홀로 754 ❶

지은이 서명균

1968년 서울에서 태어난 서명균은 대원외국어고등학교와 연세대학교를 졸업했다. 대학 시절 단편영화를 만들고 상업영화에 참여하면서 영화에 대한 꿈을 키웠지만, 졸업 후 광고회사에 취업했다. IT 벤처 열풍이 불 땐 온라인 게임의 마케팅을 했고, 이후 정유회사 계열기업으로 옮겼다.

하지만 항상 꿈틀거리던 열정을 완전 연소하기 위해 영화 프로듀서가 되었다. 5타수 무안타, 그 와중에 병살타 하나. 7년간 거둔 성적이다. 한국영화 시장의 규모에 어울리지 않게, 기획하는 작품들마다 예상 제작비가 100억을 우습게 넘겼던 탓이다.

매일 밤 꿈에서 촬영하던 영화 장면들을 활자로 바꾼 첫 작업이 여행(모험)+스파이(첩보)+전투 스펙터클+역사적 사실이 혼합된 『홀로 754』이다. 이 소설에는 남극 대륙을 제외한 5대륙의 이곳저곳을 다녀온 작가의 공간적 경험이 녹아 있다. 또한 역사적 사실에 기반을 둔 소재와 함께 수십억을 호가하는 요트에서 칵테일과 커피에 이르기까지 다양한 소품이 등장한다. 그리고 소설에선 보기 드물게 각주를 통해 본문에서는 다루지 못한 상식을 소개하고 있다.

음모에 휘말린 고가 예술품 절도단에 관한 소설이 작가의 다음 작품이다.

홀로 754 ❶

© 서명균, 2011

1판 1쇄 인쇄__2011년 11월 10일
1판 1쇄 발행__2011년 11월 20일

지은이__서명균
펴낸이__양정섭
펴낸곳__작가와비평

　　등 록__제2010-000013호
　　주 소__경기도 광명시 소하동 1272번지 우림필유 101-212
　　블로그__http://wekorea.tistory.com
　　이메일__wekorea@paran.com

공급처__(주)글로벌콘텐츠출판그룹

　　대 표__홍정표
　　기획·마케팅__노경민
　　디자인__김미미
　　경영지원__최정임
　　주 소__서울특별시 강동구 길동 349-6 정일빌딩 401호
　　전 화__02-488-3280
　　팩 스__02-488-3281
　　홈페이지__www.gcbook.co.kr

값 12,000원
ISBN 978-89-97190-07-2 04810
　　　978-89-97190-06-5 (세트)

서명균 장편소설

홀로754 ①

작가와비평

차 례

등장인물

한태주: L&R(사람이나 물건의 소재 확인 및 회수) 전문가. 2년 전 연인 쥴리를 홍콩에서 잃은 후, 그녀를 죽인 백인 남자에게 복수를 다짐하며 그가 남긴 흔적들을 추적한다. 허강녕의 의뢰로 '이력서'를 확인하기 위해 마닐라로 향한다.

이소림: UN 인권위원회 직원. 절친한 쥴리가 죽은 지 2년 후, 그녀로부터 유산을 상속받게 된다. 쥴리가 남긴 유산을 확인하기 위해 왔다가 마닐라로 오는 비행기 안에서 만난 장용신의 부탁을 들었다가 사건에 휘말리게 된다.

황상도: 북한 인민무력부 정찰총국 소속 특수전 요원. 북한의 3대 세습에 대항하여 쿠데타를 준비하다가 발각되어 아버지가 처형당하자, 무기를 싣고 예멘으로 가던 황상도는 몸을 숨기고 알 카에다 훈련 캠프의 특수전 교관이 된다.

최진영: 7년 전 허강녕, 장용신, 안상욱과 함께 필리핀에 와서 보물섬 호로 금이 숨겨진 섬을 찾아다녔다. 마닐라 호텔로 오라는 허강녕의 연락을 받고 한태주, 황상도, 이소림과 힘을 합하여 숨겨진 금을 찾으러 간다.

조나단 모건: '조물주가 헛갈릴 때 충고해주고자 모인 300인 위원회'의 젊은 위원. 세계적인 억만장자면서도 제임스 본드 흉내 내는 것을 좋아한다. 소림에게 상속된 땅을 되찾기 위해 싱가포르와 필리핀으로 소림을 따라온다.

이시카와 다이키: 일본 최고의 막후 실력자인 요시오의 손자. 이시카와 가문의 유일한 후계자지만, 친할아버지인 요시오 때문에 아버지가 자살했다고 생각해 요시오에게 반항적인 모습을 보인다. 금을 찾아오라는 할아버지의 명을 받고 마지못해 마닐라로 떠난다.

자비르: 지구 최고의 복지국가 쿠웨이트 상류층 출신의 알 카에다 전사. 아시아의 석유 수송로를 막기 위해 필리핀 술루해로 온다. 때마침 필리핀에 도착한 억만장자 조나단 모건을 사로잡아 인질로 사용하려는 계획을 세운다.

할: 델타 포스 출신으로 마음만은 제임스 본드인 모건을 수행하며 그의 손발 역할을 한다. 군인 출신답게 건장한 체격에 남자다운 외모이지만 특이한 성적 취향을 가지고 있다.

허강녕: 1980~90년대 한국 정보기관 해외공작의 전설. 홍사익이 숨겨 놓은 금을 찾자는 장용신의 제안을 받고, 국가에 대한 마지막 충정으로 여기며 필리핀으로 향한다. 그러나 정권이 바뀐 후 감시와 압력이 밀려들자, 이를 막아내려 서울로 귀국한다.

장용신: 북한 신의주사범대학 혁명력사학과 교수. 유동열을 연구하던 중 홍사익이 보낸 우편물의 존재를 알게 된다. 반체제사범으로 숙청당할 위기에 처하자 탈북하여 대한민국으로 온다.

1. 지옥의 문

1946년 9월 26일
필리핀 마닐라 남쪽 문틴루파 시(Muntinlupa City)
뉴 빌리비드(New Bilibid) 교도소

이 방은 삶과 죽음의 경계다. 후미진 곳에 덩그러니 자리 잡은 이곳에서 인간의 생사가 교차해 나간다. 벽은 물론 높다란 천정에까지 회색 페인트가 두텁게 칠해져 있는 60평방미터(m²) 넓이의 방엔 창문도 아무런 장식도 없다. 방 가운데에 작은 탁자 하나와 의자 몇 개만이 덩그러니 놓여 있을 뿐이다.

뉴 빌리비드 교도소 교도헌병대 이반 케이피체 하사는 아침 일찍부터 방 구석구석을 청소했다. 천정과 벽의 먼지를 탈탈 털어내고, 바닥을 쓸고 닦고, 실링팬을 돌려 최대한 환기도 시켰다. 하지만 방 전체를 짓누르는 음습함은 사라지지 않는다. 음습함이 만들어내는 한기와 냄새는 육신을 좀먹는 것 같다.

청소를 마친 이반은 새 군복으로 갈아입었다. 이 방의 주인을 정중하게 영접하는 것이 그의 보직이다. 잠시 후 오늘 이 방의 주인이 문을 열고 들어서면 진중하면서 절도 있는 거수경례를 올릴 것이다. 그 다음 주인을 탁자 앞 의자로 인도하는 것이 이반이 해야 할 일이다. 준비를 마친 이반은 입구에서 세 걸음 떨어진 곳에 자리 잡고 섰다.

스페인으로부터 필리핀을 할양받은 미국은 유럽의 식민통치자들이 마닐라에 세운 빌리비드 교도소를 문틴루파 시로 옮겨 새로 지었다. 그러므로 뉴 빌리비드 교도소는 전형적인 미국 현대 건축양식이다. 그러나 사형집행장만큼은 예전 빌리비드 교도소의 그것을 고스란히 복원했다. 그래서 입구는 중세 유럽풍의 웅장함이 돋보인다.

그런데 이 방엔 문이 하나 더 있다. 입구보다 두 배 크고, 양문 개폐형 구조와 기독교적 천국을 묘사한 장식은 이곳에 처음 와본 사람들도 문 뒤에 무엇이 있을지를 직감하게 만든다. 바로 이 방의 출구이자 또 다른 세계로 향하는 입구다.

천국이 새겨져 있음에도 불구하고 이반의 동료 교도헌병들은 그것을 지옥의 문이라 부른다. 지옥이란 단어가 적절하다고 생각하진 않지만, 그렇다고 천국의 문이라 부르기도 애매하다. 개똥밭에 굴러도 이승이 좋다지 않은가!

이 방에선 입구로 들어온 자, 반드시 출구로 나간다. 예외는 단 한 번도 보질 못했다. 죄수들도 방에 들어오면 직감한다. 살아서 되돌아 나갈 수 없다는 것을….

2차 세계대전 종전 후 이 교도소엔 별 넷의 남방총군 사령관부터 말단 사병, 계급도 없는 군속에 이르기까지 수많은 일본 군인들이 수감되었다. 항복한 군인들이지만 이들은 전쟁 포로가 아니었다. 대부분 사형을 선고받을 A급 전범들이었다.

능숙한 교도관이라도 사형수를 다루는 것은 수월치 않다. 그런데 중령이 소장을 맡고 있는 이 교도소에 별들이 넘쳐났다. 비록 지금은 끈 떨어진 가오리 연 같은 신세일지라도 얼마 전까지 동아시아 전역과 태평양의 절반을 석권했던 강력한 야전군 지휘관들이었다. 술 취해 싸움질을 하거나 원주민 처녀를 덮치다 잡혀 온 망나니들만 다뤄온 교도헌병대에겐 엄청난 부담이었다.

다행인 점은 수감된 장군들도 자신의 처지를 받아들였다는 것이다. 승전국 사병들의 시시콜콜한 통제를 받는 것이 썩 내키진 않았겠지만 큰 저항은 없었다. 영관급 장교들도 상관들을 따라 행동했다. 개중엔 적극 협력하는 부류도 생겼다. 교도헌병들도 처음의 부담감을 벗어 던지고 편한 마음으로 장군과 장교들을 관리했다. 단 두 명을 제외하고….

그 두 명 중 하나가 남방총군 14방면군 사령관 야마시타 도모유키 대장이다. 2차 대전 초기 그는 5만 병력을 이끌고 말레이 반도에 상륙했다. 자전거 부대를 선봉으로 밀림을 관통해 연합군 지휘관 퍼시발 중장의 허를 찔렀고, 영국 해군의 자랑이던 아시아 함대도 박살냈다.

야마시타는 10만이 넘는 영국-호주-네덜란드 연합군을 싱가포르에 몰아넣고 콩 볶듯 몰아쳤다. 창이 지역에 포위된 채 굶주리던 연합군은 항복할 수밖에 없었다. 이 전투는 영국의 전쟁사에서 가장 큰 규모의 항복으로 기록되었다. 대영제국 군대에 치욕을 안겨 준 대가로 야마시타는 '말레이의 호랑이'라는 칭호를 얻었다.

수감 이후에도 그는 호랑이다운 면모를 보여줬다. 재판정에서 부하들이 책임을 놓고 우물쭈물하거나, 비굴한 모습을 보이면 황군의 품위를 지키라며 벼락같이 호통쳤다. 그 벼락은 종종 교도헌병들에게도 가차 없이 떨어졌다.

　그는 자신에게 선고된 사형을 현실로 인정하지 않았다.

　"군인으로서 명령을 수행했을 뿐인데 설마 죽이기야 하겠는가? 천황 폐하께서는 충성스러운 우리 신민들을 절대 버리시지 않아!"

　야마시타는 부하들을 다독였다. 그는 몇 달 적당히 징역 살다가 귀국할 것이라 믿었다. 믿음에는 나름의 근거와 확신이 있었다.

　1945년 2월 3일, 더글러스 맥아더가 지휘하는 30만 명의 미군이 마닐라에 상륙했다. 야마시타는 휘하 부대에 루손 섬 북부 바기오로 철수할 것을 명령했다. 일본군 13만 명은 필리핀 북부 산간 지역에 최후의 방어선을 폈다. 탄약과 식량의 보급이 끊긴 상태에서도 야마시타는 능숙하게 부대를 지휘했다. 그 때문에 오키나와를 거쳐 일본 본토로 상륙하려던 미 육군 주력부대는 발목을 잡히고 말았다.

　대본영으로부터 뒤늦은 항복 전문을 받은 야마시타는 1945년 9월 2일, 휘하 부대를 이끌고 산에서 나왔다. 옥쇄를 각오하고 전력을 다했지만 패장이 되었다. 할복할 생각은 없었다. 할복은 대본영을 장악하고 있던 도조 히데키 부류가 할 짓이라 생각했다. 그는 귀국해서 천황 폐하를 보위하고 자신의 야전 경험을 토대로 일본군을 더욱 강력하게 만들 계획이었다. 필요한 자금도 확보해 뒀다.

　그러나 야마시타의 계획은 어긋났다. 포로가 아닌 A급 전범으로 감옥에 갇히게 되었다. 죄목은 생각지도 못한 민간인 학살이었다.

　바기오로 철수할 당시, 야마시타의 명령을 따르지 않은 부대가 있었다. 대본영 해군사령부 직할함대로 마닐라 항에 주둔 중이던 이와부치 산지 중장 휘하의 해군 1만 6천 명이었다.

일본 해군은 1944년 10월 23일부터 3일 간 필리핀 중부의 레이테 섬 앞바다에서 체스터 니미츠 원수가 지휘하는 미 해군 태평양 함대와 맞붙었다. 인류 역사상 가장 큰 해전으로 기록된 이 싸움에서 일본 해군은 괴멸됐다.

일본이 자랑하던 야마토[1], 무사시 같은 초거대 전함들과 항공모함 쓰이, 쓰이가쿠가 침몰하거나 기능을 상실했다. 기함들을 호위하던 구축함과 순양함들도 몽땅 바다에 수장되었다. 비장의 무기로 준비한 가미카제[2] 특공대까지 출격시켰지만 소용없었다.

레이테 해전에서 자신의 전투 함선을 모두 잃은 이와부치의 가슴엔 울분과 복수심만 가득했다. 그는 야마시타의 철수 명령을 무시하고 독자적으로 움직였다.

미군이 마닐라 만으로 몰려들자 이와부치는 항구를 파괴하고, 휘하 병력을 인트라무로스[3] 성벽 안으로 이동시켰다. 더불어 수십만 명의 필리핀 민간인들을 성 안으로 끌고 와 남녀노소를 가리지 않고 인간 방패로 삼았다. 도망치려는 민간인들은 죽여서

---

1) 야마토(大和) : 1941년 건조된 전함으로 만재 배수량이 72,800톤이다. 당시 미국의 최대 전함인 아이오와가 58,000톤급이고, 현재 아시아에서 가장 크다는 대한민국의 독도함(독도함은 LPH, 즉 헬리콥터 탑재 수송함이다)이 14,500톤 급임을 감안하면 얼마나 거대한 규모인지를 짐작할 수 있다. 일본 제국주의의 자랑이던 야마토는 대함 거포주의의 상징과도 같다. 포탄의 무게만 14톤에 이르는 3기의 45구경 460㎝의 연장포탑은 인간이 만들어 낸 전함 주포 중 최대, 최강으로 기록되고 있다. 하지만 역설적이게도 야마토에 탑재된 거포들은 이 괴물 전함의 침몰을 부추기는 요인이 된다. 레이테 해전에서 자매함인 무사시와 진주만 습격에도 나섰던 항공모함인 쓰이, 쓰이가쿠가 침몰할 때 용케 도주한 야마토는 오키나와 해전에서 미군 함대의 포탄과 어뢰를 맞고 선체의 일부가 파괴되자 무게 중심이 흐트러지면서 전복된 것이다.

2) 가미카제(神風): 1944년 10월 23일~26일까지 벌어진 레이테 해전에서 일본 해군 제1항공함대가 시작한 항공기 자살 공격. 처음 등장했을 때에는 미 함대에 타격을 주었으나, 미군의 대응능력이 향상된 이후 성공률이 극도로 낮았다.

3) 인트라무로스(Intramuros): 1571년 스페인의 정복자 미겔 로페스 레가스피가 세운 요새 도시. 마닐라 만과 합류하는 파식 강 어귀에 있다. 마닐라 대성당 등 문화유산이 즐비하고, 마닐라 만으로 침입하는 적을 방어하기 위한 포트 산티아고와 만조 때 죄수들을 수장·익사시켰던 지하 감옥 등이 유명하다. 2차 대전 때 미군의 폭격으로 상당 부분 파괴되었다.

진지구축용 재료로 썼다.

치열한 시가전이 끝났을 때, 마닐라 곳곳에는 15만 명이 넘는 시신이 널려 있었다. 그러나 마지막 순간 자살했다는 이와부치의 시체는 어디에도 없었다.

맥아더는 무장도 변변찮은 해군 패잔병력 1만 6천 명을 잡기 위해 항공기 폭격, 함포 사격, 지상군 포격을 쏟아 부었다. 그의 머리 속엔 잠수함을 타고 황급히 도망쳐야 했던 3년 전의 분노만이 자리 잡고 있었다. 불타는 복수심은 민간인이 대량살상되리라는 우려 따윈 무시하게 만들었다.

그러나 아무리 전시 교전이었다 해도 15만 명이나 죽어나간 건 제노사이드[4]나 다름없다. 따라서 맥아더는 대량살상의 책임을 누군가에게 전가하려 했는데, 적임자인 이와부치가 사라져버린 것이다. 희생양이 필요해진 맥아더는 항복한 야마시타에게 그것을 뒤집어씌웠다.

마닐라 전범재판소 법정에서 야마시타는 항변했다.

"이와부치는 내 부하가 아니다. 지휘 계통이 달라 명령을 듣지 않는 자를 어찌하란 말인가?"

맥아더와 미국 정부는 야마시타의 항변을 당연히 무시했다. 맥아더는 마닐라 대학살의 책임에서 발을 빼려했고, 미국 정부는 야마시타가 숨겨 놓은 것을 손에 넣고 싶었다.

사형 선고 뒤 금발의 미국인과 날카로운 인상의 젊은 일본인이 야마시타를 찾아왔다. 먼저 일본인이 야마시타에게 일본어로 말했다. 야마시타의 눈이 커졌다. 뒤이어 미국인이 종이 한 장을 내

---

4) 제노사이드(genocide): 어떤 인종이나 민족에 대한 조직적이고 계획적이고 조직적인 대량 집단학살. 2차 세계대전 당시 나치에 의한 유대인 집단학살, 1970년대 말 캄보디아의 킬링필드, 1990년대 세르비아 민병대에 의한 보스니아와 코소보 인종청소 등이 제노사이드의 대표적인 사례다.

밀었다. 야마시타의 고개가 침통하게 끄덕여졌다.

미국인은 지도를 펼쳤다. 필리핀 전역이 상세히 표시된 군사용 지도였다. 이미 마닐라 인근의 몇몇 지점은 빨간색으로 표시되어 있었다. 야마시타의 부관과 운전병을 고문해서 얻은 결과였다. 야마시타는 루손 섬 북부의 산간 지역 몇 곳을 손가락으로 짚었다.

미국인은 야마시타에게 손을 내밀었다. 미국인의 손을 잡고 흔드는 야마시타의 얼굴엔 아쉬움과 안도감이 번갈아 서렸다. 야마시타는 돌아서서 나가며 비릿한 웃음을 짓는 미국인의 얼굴을 보지 못했다. 그리고 미국인도 야마시타의 얼굴에 표시된 안도감의 정체를 단순하게 생각했다.

다음날 새벽, 야마시타가 이반이 근무하는 방의 주인이 되었다. 입구에 들어서면서 출구를 본 후 그의 다리가 몹시 후들거렸다. 말레이시아 밀림을 뚫고 거침없이 진격하던 호랑이도 기가 꺾인 것이다. 지옥의 문 뒤로 끌려가면서 그는 "속았다"며 울부짖었다. 누구에게 속았다는 것인가? 이반은 알 수 없었다.

이반은 방 가운데 놓인 탁자로 시선을 돌렸다. 야마시타가 벌떡거리는 심장을 억누르며 생의 마지막 맥주를 마셨던 자리다. 그곳에 한 사내가 앉아 있다. 누렇게 빛바랜 일본 군복, 칼라에 달린 별 셋 계급장. 이 사내가 남방총군 병참총감 겸 포로수용소장 홍사익이다.

그는 야마시타와 다른 차원에서 교도헌병들을 긴장시키는 존재다. 조선 출신의 일본 육군중장은 교도소의 형편없는 처우에도 불평 한 마디 없었다. 그렇다고 협조하지도 않았다. 그게 얄미워 징벌을 가해도 그저 견뎌냈다.

마음에 들지 않으면 교도헌병들은 물론 교도소장까지 불러 호통쳐대는 야마시타는 그저 시끄럽고 귀찮은 존재였다. 그러나 말 없는 이 사내는 엄청난 무게로 상대를 압도했다. 그가 오늘 이 방의 주인이 되었다.

홍사익은 지그시 눈을 감은 채 미동도 없다. 호흡조차 느껴지지 않을 정도다. 지옥의 문을 보았으니, 이 방이 사형집행장인 줄은 알 텐데…. 이반은 그를 찬찬히 살펴보았다. 평범한 초로의 사내처럼 보이지만 죄목으로 보면 이 교도소의 최고 악질 범죄자다.

그는 무려 107가지나 되는 포로 학대 죄목으로 기소되었다. 검사는 물론이고 변호인에게까지 말 한 마디 하지 않은 탓이다. 엄청난 기소장에 놀란 재판관이 죄목을 줄일 수 있는 질문들을 했지만, 그는 끝내 입을 열지 않았다. 결국 포로수용소의 말단 군속들이나 저질렀음직한 각종 포로학대 죄목 84가지를 떠안은 3성 장군이 되었다.

"갑종합격이군!"

사형을 선고 받은 후 홍사익이 법정에서 내뱉은 단 한 마디였다. 이후 그는 장성 사동을 관리하는 교도헌병들 사이에서 각별한 존재가 되었다.

교도소의 모든 헌병들은 오늘밤 이 방에서 벌어질 일을 궁금해한다. 눈에 가시처럼 껄끄러웠고 한편으론 두려움까지 느끼게 하는 이 사내가 과연 지옥의 문 앞에서도 의연할 수 있을까? 저마다 의견이 분분했고, 논쟁하던 헌병들 사이에서 주먹 다툼도 있었으며, 한편에선 몰래 내기판도 벌어졌다.

이반은 표면상으론 어느 쪽도 아니지만, 내심 홍사익도 다를 바 없으리라 생각한다. 그 동안 이 방을 거쳐 간 전범들은 모두들 강한 척하며 두려움을 숨기려 애썼지만, 최후의 순간에는 본심을 드러내며 허물어졌다.

어쨌든 오늘밤 교도헌병들의 궁금증은 풀릴 것이고, 이반이 그 해답을 줄 것이다. 뚜벅뚜벅 복도를 울리는 구두 소리가 점점 다가오고 있다.

방에 들어서는 순간, 홍사익은 생의 마지막에 왔음을 알았다. 심란함을 진정시키기 위해 의자에 앉아 눈을 감았다. 그러자 검은 망막 뒤로 환하게 고향 마을과 어린 시절이 그려졌다. 가난했지만 꿈이 있었고, 그로 인해 행복했던 때였다. 홍사익의 가슴에서 탄식이 터졌다.

'수구초심(首丘初心)이로다. 옛말이 틀리지 않는구나!'

아련한 고향 풍경 다음으로 군인이 되고자 했던 시절, 그리고 소망대로 군인이 된 후의 삶이 떠올랐다.

1904년 일본과 러시아가 대한제국의 땅과 바다에서 전쟁을 했다. 놀랍게도 막강하다는 짜르의 군대가 일본군에 완패했다. 그해 홍사익은 군인이 되기로 마음먹었다. 아버지마저 일찍 여읜 몰락한 양반 가의 막내아들로서 더 이상 책만 잡고 있을 순 없었다. 궁핍한 생계에 입 하나라도 덜어야 했다. 군대에 가면 먹이고 재우고 신학문을 공부시켜 준다고 했다.

다음해 봄, 대한제국 무관학교에 입학했다. 그곳엔 황실 시위대 기병대장 유동열[5]이 교관으로 있었다. 홍사익은 유동열로부터 대한제국 군인이 지녀야 할 충절, 예의, 무용, 신의, 검소를 몸에 익혔다.

---

5) 유동열(1879.3.26~1950.10.18): 평안북도 박천 출생. 호는 춘교. 고종의 국비유학생으로 선발되어 일본 육군사관학교 기병과를 졸업했다. 대한제국 군대 해산 이후 항일활동을 하다가 중국에 망명하여 임시정부 수립에 기여했다. 대한제국 군대, 독립군, 광복군 군인이었고 임시정부 군무부장을 역임했다. 해방 이후 미군정 통위부장으로 국군 창설의 초석을 다졌다. 6.25 전쟁 때 납북되었고, 1950년 10월 병사했다.

1907년 8월 1일, 이토 히로부미와 내통한 이완용 등의 친일파들이 대한제국 황제 순종의 조칙을 위조해서 대한제국의 군대를 해산시켰다. 이토는 군대해산에 항의하는 순종에게 조선의 영토는 일본군이 지켜주므로 돈이 많이 드는 군대를 유지할 필요가 없다는 핑계를 댔다.

　이토는 더 나아가 졸업해도 임관할 군대가 없어져 버린 무관학교도 폐교하라고 강압했다. 그러나 순종은 무관학교에 대해서는 쉽게 물러서려 하지 않았다. 우수한 장교들을 보유하고 있으면 언제든 다시 군대를 만들 수 있다는 것이 순종의 계산이었다.

　그러나 노회한 이토는 순종의 속셈을 읽어냈다. 그는 대한제국 무관학교 생도들을 일본에 보내어 우수한 군사 교육을 받게 해주겠노라며 왜소한 대한제국 마지막 황제의 저항을 눌러 버렸다.

　1909년 가을, 순종은 일본 육군사관학교로 파견 교육을 떠나는 무관학교 생도 44명에게 군인칙유를 내리며 열심히 공부해서 대한제국의 군인이 되어 줄 것을 명했다. 홍사익은 순종이 하사한 군인칙유를 소중히 받들었다.

　다음해 8월 29일 순종이 퇴위 당하고 대한제국이 없어졌다. 군사교육을 받던 44명의 생도들에게도 영향이 미쳤다. 조선학생반이 해체되고, 대한제국을 상징하는 분홍색 견장이 일본 제국의 상징인 **빨간색**으로 바뀌었다.

　조선인 생도들이 비밀리에 도쿄 아오야마 공동묘지에 모였다. 어떻게 할 것인가를 두고 토론이 벌어졌다. 전원 자퇴하고 당장 귀국하자는 울분과 탄식이 쏟아져 나왔다. 하지만 돌아가서 무엇을 할 것인가? 의병에 합류한들 1년도 안 된 사관생도 경험으론 큰 도움이 되지 못할 것이 뻔했다.

　묵묵히 있던 홍사익이 입을 열었다.

"우리는 더 많은 것을 배워야 하오. 우리 중 누구도 총 한 번 쏴본 적이 없소. 지금의 울분을 삭히고 군사 실무와 경험을 쌓아야 하오. 실력을 기른 후에 기회를 보는 게 나을 것이오. 순종 황제께서 우리에게 귀국 칙명을 내리지 않으신 연유도 잘 판단해야 하오."

생도들 모두 홍사익의 말에 고개를 끄덕였다. 그날 모임에서 생도들은 의무복무기간 동안 최선을 다해 실력을 기른 후 귀국하기로 결의했다.

홍사익은 26기로 일본 육군사관학교를 졸업했다. 황태자 상을 받을 만큼 우수한 성적이었다. 황태자 히로히토에게 은 회중시계를 받았다. 대한제국 무관학교 시절부터 홍사익은 수학을 잘했다. 군 생활을 마치면 귀국해서 중학교 수학교사가 되고 싶었다.

의무복무기간 만료 즈음인 1919년 고종이 급서하고 3.1운동이 일어났다. 무관학교 유학생 출신 장교들이 동요했다. 선배 김광서,[6] 동기 지대형,[7] 후배 이종혁 중위 등이 탈영해서 만주와 상하이로 갔다. 홍사익은 이들이 남긴 가족들의 생계유지를 위해 발 벗고 나섰다. 이를 위해서는 계속 군복을 입어야 했다.

대한제국 무관학교 시절 유동열에게서 배운 군인의 자세는 일본인 상관들의 신망을 얻기에 충분했다. 드러내놓고 조선인을 차별하는 환경 속에서도 사서삼경에 능통한 교양과 진중한 언행은 그를 지장과 덕장으로 자리매김하게 했다.

실력 하나로 일본군 장교들의 최대 소망인 육군대학에 합격했고, 도쿄 1사단이나 관동군 같은 일본군 핵심 부대에 연이어 전

---

6) 김광서(1888.6.5~1942.1.2): 김경천, 김일성이라는 가명으로 만주에서 활동.

7) 지대형(1888.2.15~1957.1.15): 이청천, 지청천이라는 가명으로 활동. 임시정부 광복군 사령관이 됨.

속되었다. 그리고 마침내 별까지 달았다. 하지만 일본군 수뇌부는 홍사익에게 일선 전투부대 지휘관이나 작전참모 같은 요직은 맡기질 않았다. 그리고 홍사익도 창씨개명은 하지 않았다.

만주 관동군과 상하이 홍아원[8] 조사관으로 근무할 때에도 광복군 사령관 지대형과 소식을 주고받았다. 독립운동에 적극적으로 참여하진 않았지만, 그렇다고 독립운동 지사들을 잡으러 다니지도 않았다.

1944년 2월 중장으로 진급하면서 남방총군 병참총감 겸 포로수용소장으로 임명됐다. 도쿄 1사단에서 함께 근무했던 야마시타의 요청이었다. 홍사익에게 맡겨진 임무는 어려운 과제였다.

남방총군의 작전 지역은 중국과 한반도, 일본 본토를 제외한 아시아-태평양 전역이었다. 나날이 악화되는 전황 속에서 엄청나게 광대한 영역에 군수품 보급, 병력 수송, 통신망 유지, 야전병원을 운용해야 했다.

병참보다 더 골치 아픈 건 포로 관리였다. 개전 초기 일본군은 싱가포르에서 10만 명, 필리핀에서 7만 5천 명을 포로로 잡았다. 전쟁이 지속되면서 포로의 수가 30만을 넘었다. 또 각 전선 별로 포로수용소를 만든 결과 필리핀, 타이랜드,[9] 버마, 말레이시아, 싱가포르, 인도네시아, 베트남, 캄보디아 곳곳에 포로수용소가 난립했다.

---

8) 홍아원(興亞院): 일본이 중국 점령지를 다스리기 위해 설립한 기관. 첩보 업무도 담당했다.

9) 타이랜드 칸차나부리에는 2차 대전 당시 희생된 포로들의 묘지가 있다. 이들은 타이-미얀마 간 철도를 건설하기 위해 강제 동원된 연합군 포로들이었다. 일본군은 영국군이 완강히 버티는 인도를 침공하기 위해 병력과 물자 수송용 철도가 필요했던 것이다. 당시 연합군 포로 62,000여 명 중 12,619명이 강제 노역과 영양실조로 사망했다.
　　당시 인도차이나 반도에서 일본군 포로생활을 경험했던 혹성탈출(Planet of the apes)의 작가 피에르 불(Pierre Boulle)이 철도 건설 중 가장 험난한 지역인 콰이 강 유역에 철도교를 건설하는 과정을 배경으로 쓴 소설이 『콰이강의 다리(The bridge on the river Kwai)』다. 1957년 데이비드 린 감독이 이 소설을 바탕으로 연출한 영화 <콰이강의 다리>는 다음해 아카데미 상 7개 부분을 수상하며 전쟁영화의 명작이 되었다.

문제는 이들 포로를 먹일 식량이었다. 일선 전투부대에 식량을 보내기도 힘든 처지에 후방의 포로까지 신경 쓸 수는 없었다. 배고픔을 견디지 못한 포로들이 들고 일어났고, 마찬가지로 배를 곯던 군속들도 합세했다.10)

포로들을 감시하고 관리하는 군속들은 대부분 강제 징용된 조선인11)이었다. 포로 관리뿐만 아니라, 말썽을 일으키는 조선 출신 군속도 다독일 수 있는 인물이 필요했다. 야마시타의 머리에 바로 떠오른 얼굴이 홍사익이었다.

필리핀으로 가기 전 도쿄 영친왕의 저택12)에 들렀다. 중장 진급과 필리핀 부임 인사를 하기 위해서였다. 천황의 고교와 황태자의 아카사카 별궁 사이에 자리 잡은 대저택은 대문에서 현관까지 가는 데 5분이 걸렸다. 2만 평의 정원 위에 우뚝 자리 잡은 건평 500평의 유럽식 2층 궁전은 야전으로만 돌던 홍사익에게 낯선 풍경이었다.

영친왕의 저택을 나서자마자 매일신보 도쿄 특파원 김을한이 다가왔다. 찻잔을 사이에 두고 둘은 말없이 앉아 있었다. 홍사익은 그가 임시정부의 연락책임을 알고 있었다. 뜨겁던 찻물이 다 식을 때 즈음 김을한의 입이 어렵사리 열렸다.

"홍 장군님, 이 전쟁은 일본이 졌습니다."

전황이 극히 불리해졌음은 잘 알고 있었다. 동남아시아에서 석

---

10) 대표적인 사례가 인도네시아 가룻 국립영웅 묘역에 묻힌 전북 완주 출신 '양칠성'이다. 인도네시아 스마랑 포로수용소 감시원으로 징용된 양칠성은 탈영하여 현지인들과 게릴라 부대를 조직하고 항일투쟁에 앞장섰다. 일본 패망 후엔 네덜란드를 상대로 독립전쟁에 나섰다가 잡혀서 총살당했다. 인도네시아 초등학교 교과서에는 양칠성을 "꼬마 루딘(인도네시아를 비추는 달)"이라 칭했다.

11) 전후 필리핀 전범재판소에서 사형을 선고 받은 한국인은 홍사익 중장 등 15명이었다. 또한 싱가포르 전범재판소에서도 모두 148명의 한국인 군속이 포로학대 죄목의 전범으로 처벌되었는데, 이 중 상당수가 사형 또는 무기징역을 선고 받았다.

12) 이 저택은 전후 세이부 그룹에 매각되어 현재는 그랜드 프린스 아카사카 호텔이 자리 잡고 있다.

유, 철광석, 주석, 구리, 고무, 목재 같은 원료를 가져와야 일본 공장에서 무기와 군수품을 만든다. 하지만 미드웨이 해전 이후 제해권을 잃고 원료 보급선 유지가 힘들어졌다. 급한 대로 한반도와 중국 점령지, 포모사(대만)에서 각종 물자를 징발했다. 이젠 수저와 놋쇠 요강까지도 녹여야 할 상황이었다.

식어 버린 찻잔을 홀짝이는 홍사익의 무심한 얼굴을 보며 김을한의 눈빛이 반짝였다.

"일본이 패망하면 우리 대한은 독립할 것입니다. 새 나라를 만들 때 홍 장군님 같은 분께서 군대를 맡아주셔야 합니다. 광복군 이청천 사령관님은 홍 장군님이 합류해주시기를 바라고 있습니다. 마닐라로 가지 마시고, 중국으로 탈출하십시오. 지금이 마지막 기회입니다."

홍사익은 30여 년 전 아오야마 공동묘지에서 자신이 말했던 기회를 생각했다. 마지막 기회라는 말이 귓바퀴를 맴돌았다. 하지만 기회란 왔다고 해서 쉽게 잡을 수 있는 것이 아니다. 항상 어려운 여건과 함께 오기 때문이다.

"김 기자, 지금 전쟁터에 나가있는 조선인이 얼마나 되는지 아시오?"

"잘 모르겠습니다. 군사비밀이니까요."

"육군 25만 명, 해군 3만 명, 군속 30만여 명. 도합 60만 명이오."

"그렇게나 많이….'

"거기에 각종 건설 현장에 끌려온 조선인 징용 노무자는 40만 명이나 되오. 종군위안부는 10만 명이고."[13]

---

13) 미국 펜실베이니아 대학교 명예교수 이정식의 추산에 의하면 징병자는 60만 명, 징용 노무자는 40만 명, 종군위안부는 10만 명에 이른다. 이정식 교수는 미국의 한국 문제 전문가인 로버트 스칼라피노 교수와

전선에 끌려온 조선 청장년이 110만 명이다. 조선의 인구 2천 5백만 명에서 노인과 부녀자, 어린이를 빼면 열에 하나 꼴이다.[14] 머리 속으로 계산하던 김을한은 가슴이 답답해졌다.

"내가 부임하는 남방군에만도 조선인 육군 10만 명, 군속 7만 명이나 되오. 병참총감은 군속 7만 명을 지휘하는 자리요. 조선인 출신 장성은 영친왕 폐하와 나밖에 없는데, 누가 가야 하겠소?"

"그래도 지금 남방으로 가는 건 죽으러 가는 것과 매 한가집니다. 장군님은 나라를 위해 큰일을 하셔야 할 분입니다. 작금의 작은 희생보다는 후일을 내다보셔야 합니다."

"귀족집 아들은 어떻게든 군대에 오질 않소. 그래서 전쟁터엔 장삼이사들만 오게 되오. 하지만 평민, 상놈도 조선의 귀한 자식이고 남편이고 아비요. 그들을 몸 성히 가족 품으로 돌려보내는 것이 어깨에 별을 단 내 책무요. 나 하나 탈출하는 것 보다는 수백, 수천 명 장정을 더 많이 귀국시키는 것이 후일을 내다보는 게 아니겠소?"

김을한의 시선이 빈 찻잔으로 떨어졌다. 선택이란 둘 중 하나를 버리는 것이다. 광복군에 합류하는 것도, 강제 징용된 조선인의 울타리가 되는 것도 모두 다 올바른 길이다. 둘 다 할 수 없다는 것이 문제다. 찾아온 기회는 두 손을 내밀며 하나의 선택을 강요했고, 홍사익은 영광의 길을 버렸다.

가지 않아도 될 사지를 고른 홍사익을 보며 김을한은 쓴 입맛

함께 한국 근현대사에 관한 미국 정부의 자료를 연구한 학자다. 이 책에서는 이정식 교수의 저서 『한국과 일본: 정치적 관계의 조명』의 자료를 따랐다.

14) 1965년 한일협정에는 강제 징병, 징용자 수를 103만 2,684명으로 명시하고 있다. 하지만 이 숫자는 당시 일본 정부가 자료를 내놓지 않은 상태에서 정확한 조사 없이 박정희 군사정부가 대충 정한 것이다. 지금도 일본 정부는 징용, 징병, 종군위안부 자료를 내놓지 않고 있다. 이 때문에 이 분야를 연구하는 학자들마다 동원된 인원의 추산이 다르다. 그간의 연구 성과를 종합해 보면 강제 징병자는 36만~80만 명, 강제 징용자는 60만~160만 명, 종군 위안부는 5만~20만 명에 이른다.

을 다셨다.

"임시정부 유동열 군무부장님은 이리 될 줄 알고 계신 것 같네요."

유동열이라는 이름에 홍사익이 자세를 가다듬었다. 대한제국의 마지막 군인 유동열은 홍사익의 영원한 스승이다. 그의 가르침은 대한제국 군인칙유에 다름 아니었다.

"유 장군님께서는 홍 장군님의 선택을 존중하라고 하셨습니다. 그리고 꼭 살아서 다시 만날 수 있기를 부탁하셨습니다."

스승과 제자는 엇갈린 운명 탓에 서로 만날 수 없었다. 하지만 둘은 같은 길을 걸으며 올바른 군인의 자세를 고민하고 있었다. 그렇기에 역사의 흐름에서 만난 새로운 갈림길에서 스승은 제자가 선택할 길을 예측하고 있었나보다.

"선생님께 고마움과 존경을 전해 주시오. 그리고 여건을 봐서 선생님께 연락을 넣겠소. 김 기자가 도와주시오."

다음날 아침 홍사익은 하네다 공항에서 마닐라로 향하는 신잔 수송기에 탑승했다. 장거리 폭격기로 설계되었지만, 단 6대만 생산된 후 수송기로 바뀐 신잔의 뱃속엔 놋쇠를 녹여 만든 탄약이 가득 실려 있었다.

활주로 끝에 다다라서야 무겁게 이륙한 수송기는 남서 방향으로 기수를 돌리기 위해 도쿄 상공을 선회했다. 도쿄의 전경이 눈앞에 펼쳐졌다. 문득 이 풍경을 다시 보지 못하리라는 생각이 들었다.

마룻바닥을 울리는 구두 소리에 홍사익은 긴 상념에서 깨어났다. 금발의 백인이 성큼 성큼 걸어왔다. 그 뒤로 날카로운 인상의 일본인이 백인 사내의 보폭을 맞추려 잰 걸음을 놀렸다.

"홍 장군, 잘 지내셨습니까?"

백인의 말을 일본인이 통역했다. 홍사익은 앞에 앉은 금발의 백인이 낯설지 않다. 어디서 보았을까? 기억을 되짚어 보았다. 재판정이다. 사형 선고를 받은 날, 몇 안 되는 참관인 가운데 금발의 사내가 있었다.

"나는 에드워즈 렌즈데일입니다. 미합중국 정부의 전범 심사관이죠."

낚시광 렌즈데일은 오늘도 가벼운 마음으로 낚시질 채비 중이다. 물고기 대신 사람을 낚는 것이지만 심리적 손맛도 나름 짜릿하다. 그의 앞에 앉은 B급 전범은 관심도 없던 잔챙이 잡어다. 밑밥만 살짝 뿌려줘도 어서 낚아달라고 몸부림치리라. 빨리 낚아채서 아가미를 딸 것이다.

렌즈데일은 탁자 위로 두툼한 서류 뭉치를 올려놓았다. 이게 고기를 유인하는 밑밥이다.

"홍 중장의 재판 기록을 검토해 봤습니다. 사실을 확인하는데 많은 시간이 걸렸습니다. 안타깝게도 홍 중장이 묵비권을 행사한 탓이지요. 하지만 나는 홍 중장의 기소 항목 중 상당수가 터무니없는 것임을 알았습니다."

렌즈데일은 입질을 기대하며 홍사익의 얼굴을 빤히 쳐다보았다. 렌드데일의 넓은 미간에 미세한 골이 잡혔다. 물고기가 밑밥에 관심을 보이지 않은 것이다. 대어 야마시타는 이쯤에서 파다닥거렸는데….

렌즈데일은 낚싯줄에 추를 달고 바늘을 묶었다.

"홍 중장의 유죄 항목은 포로 강제 수용, 구타 상해, 강제 노역, 의료시설 불비, 포로수용소 환경 불량, 기아, 강제 배식 등 모두 84가지나 됩니다. 먼저 강제 수용은 바탄 죽음의 행진15)과 관련된 거군요. 이때는 홍 중장이 관동군 여단장으로 만주에 있었다는 사실을 도쿄 미군사령부에서 보낸 군적부로 확인했습니다. 이건은 당시 사령관이었던 혼마 마사하루에게 책임을 물어야 하는 사안입니다.

다음, 구타 상해는 일선 포로수용소에 갈 일이 거의 없는 병참총감이 직접 포로들을 때리고 다녔다는 기소 내용에 대해 재판관들도 이해할 수 없다고 했습니다. 홍 중장이 재판정에서 자기변호를 하지 않아서 어쩔 수 없이 유죄를 선고했답니다. 그리고 강제 배식은 검은 종이를 먹게 했다는 건데, 음…."

골똘히 서류를 읽던 렌즈데일은 큼직한 손바닥으로 이마를 짚으며 일본인에게 물었다.

"젠장, 김이 뭐야?"

"해조류입니다."

그런 것도 모르느냐는 표정으로 일본인이 대답했다.

"해조류? 그건 사료나 비료로 쓰는 것 아냐? 일본 사람들은 이런 것도 먹어?"

"물론이죠. 매우 귀하고 비쌉니다. 조선을 식민지로 삼았을 때, 맛있는 김을 먹게 됐다며 좋아했던 사람들이 많았습니다. 영양도 풍부합니다. 콩보다 단백질이 더 많아서…."

북미 대륙의 한복판인 캔자스주 출신의 렌즈데일은 듣도 보도 못한 해조류에 대해 구구절절 설명을 듣고 싶지 않았다. 손을 혼

---

15) 바탄 죽음의 행진(Bataan Death March): 2차 대전 초기 미군은 일본군에 밀려 마닐라 만 남단의 바탄 지역에 포위되어 있었다. 마닐라 만 입구의 코레히도르 섬에서 항전을 독려하던 맥아더가 잠수함을 타고 호주로 철수한 후, 조나단 웨인라이트 중장 휘하의 미군—필리핀군 76,000명이 항복했다. 이는 미군 역사상 최대 규모의 항복으로 기록된다.
　　일본군은 미군 포로를 바탄 지역의 항구도시 마리벨레즈에서 탈락 주의 카파스 산간지역까지 120여 km를 행군으로 이동시켰다. 10일 간의 이 행군에서 1만 명의 포로들이 굶어 죽거나 탈진으로 사망했고, 전쟁 끝날 때까지 이 포로수용소에서 25,000명이 사망했다.

들어 일본인이 입을 막았다.

"알았어. 알았다고, 망할 놈의 해조류 건도 무죄라고 전해줘."

이젠 바늘에 미끼를 끼워야 할 때다. 렌즈데일은 심각한 얼굴로 말을 이었다.

"그러나 강제노역, 기아, 의료와 환경 문제는 제네바 협정 위반입니다. 유럽에서는 이 조약에 따라 나치 전범들을 처벌하고 있습니다. 미국 정부도 국제사회의 눈을 의식하지 않을 수 없죠. 물론 방법이 없는 건 아닙니다. 일본은 제네바 조약에 가입하지 않았고, 자체적인 포로수용법령이 있었습니다. 우리 미국 정부는 일본 군법에 따라 포로수용소를 운용한 홍 장군에게 책임을 지우는 것은 부당하다고 주장할 겁니다. 물론 유럽의 동맹국들이 반발하겠지만 말이죠. 홍 장군은 우리가 국제사회의 비난을 감수하면서까지 당신을 보호하는 것에 감사하셔야 합니다."

렌즈데일은 서류 더미에서 종이 한 장을 꺼내어 홍사익 앞으로 내밀었다. 너무 먹음직스러운 미끼가 물고기를 유혹할 것이다. 잔챙이가 감당해내기 힘든 이 유혹물은 루어16)다.

"이건 트루만 대통령이 서명한 사면장입니다. 축하합니다. 당신은 사형을 면하게 되었습니다."

벼랑 끝에 매달린 자에게 누군가 손을 내밀었다면, 당연히 마음이 요동칠 것이다. 살 수 있다는 희망 앞에선 간이고 쓸개는 물론 등골까지 다 빼주려 한다. 지금까지 접해 온 대어급 전범들이 다 그랬다.

렌즈데일은 의기양양한 표정으로 홍사익의 반응을 기다렸다. 물고기가 미끼를 무는 순간 물 위에 뜬 찌가 흔들린다. 이 흔들림

---

16) 루어(lure): ① 유혹물 ② 매 사냥용 미끼새, 낚시용 가짜 미끼, ③ 덫, 올가미

이 낚시의 눈맛이고, 보는 것만으로도 즐거운 순간이다. 그는 일본인의 통역을 듣는 홍사익의 입이 벌어지고, 그 속에 바늘이 콱 — 박히기를 기다렸다.

하지만 이 빌어먹을 물고기는 여전히 입을 꽉 다문 채 아예 미끼를 무시했다. '통역이 잘못되었나?' 렌즈데일은 의구심을 가득 담은 강렬한 눈빛을 일본인에게 던졌다. 일본인은 천천히 고개를 저었다. 통역엔 문제없다는 표시다. 렌즈데일은 당황스러웠다. 의외의 강적을 만났다.

렌즈데일은 야마시타 건의 실수를 만회해야 했다. 냄새나고 별 볼일 없는 아시아 구석에 오래 있고 싶지 않기 때문이다. 홍사익은 랭리17)로 가는 열쇠다. 그런데 그가 요지부동 자물쇠라니. 오기가 생겨 끝까지 가 보기로 한다.

미끼가 움직이지 않으면 물지 않는 물고기들이 더러 있다. 살아 있는 먹잇감만을 먹는 똑똑이거나 아니면 눈 앞에 대줘도 못 알아채는 미련탱이거나. 눈 앞의 물고기가 미련하다고 판단한 렌즈데일은 낚싯대를 흔들어 미끼를 더 가까이 대주기로 했다.

"단, 조건이 있습니다. 재작년 12월 초부터 12월 말까지 당신이 다녀온 곳에 대해 알고 싶습니다. 구체적으로 말씀드릴까요? 싱가포르에서 온 화물을 어디에 두었는지를 알고 싶단 말입니다."

'결국은 그것인가?' 홍사익의 눈썹이 꿈틀했다. 미국인은 친절 뒤에 더러운 발톱을 숨기고 있었다. 그것은 바로 탐욕이다. 탐욕스럽기는 이 사건을 일으킨 일본 왕실도, 제 백성들이 전쟁터에 강제로 끌려가는데도 궁전 같은 대저택에서 호사를 누리는 영친왕도, 나라가 망해가는 데도 왕실의 안녕만을 되뇌던 조선 왕실

---

17) 미국 중앙정보국(CIA)의 본부가 있는 지역. 미국은 1945년 10월, 2차 대전 중 운용하던 OSS를 해체하고 1947년에 CIA를 공식 창설했다.

도 마찬가지였다.

렌즈데일이 알고 싶어 하는 것은, 군인 홍사익을 절망의 구렁 텅이에서 헤어나오지 못 하도록 만든 일이다. 그 절망감으로 인해 전범재판 과정에서도 단 한 마디 자기변호도 하지 않았다. 군인 홍사익의 영혼이 스스로 군복을 벗게 만든 것이다.

레이테 해전 후 사마르 섬에 미 지상군이 상륙했다. 미군의 전략은 분명했다. 필리핀의 허리를 끊어 일본군을 갈라놓는 것이다.[18]

남방총군 사령부에 비상이 걸렸다. 필리핀 주둔 병력은 총 21만 명이었다. 루손(呂宋) 섬의 사령부 직할부대 13만 명 외에 필리핀 중부지역에도 8개의 사단이 주둔하고 있었다. 야마시타는 중부에 주둔한 8만 명의 병력으로 미군의 길목을 막으려 했다.

필리핀 제2의 도시가 있는 세부 섬에서 미 지상군과 전투를 벌였다. 그러나 일본군은 처참하게 무너졌다. 패잔 부대들이 간신히 네그로스와 파나이 섬으로 패주했고, 일부는 민다나오 섬으로 도망쳤다. 추격해 오는 미군을 피해 그들을 데려와야 했다. 하지만 해군이 괴멸된 상태에서 병력을 수송할 배가 부족했다.

홍사익이 병참총감실에서 골머리를 싸매고 있을 때, 급한 호출이 왔다. 마닐라 호텔의 펜트하우스로 향했다. 마닐라에서 가장 높은 건물의 꼭대기 층은 전쟁 전 맥아더의 관저 겸 집무실로 사용된 호화 객실이다.

홍사익을 기다리고 있는 사람은 히로히토 천황의 동생 미카사타카히토[19] 친왕과 천황의 4촌 동생인 다케다 쓰네요시[20] 왕자

---

18) 맥아더는 적진을 양분하는 상륙전을 선호했다. 그래서 이 전략은 6년 후인 1950년 한국 전쟁 때도 쓰였다. 인천상륙작전이다.

였다. 홍사익은 왕실 종친들이 빈번히 필리핀을 드나들며 무언가 하고 있다는 정도만 알고 있었다.

다케다가 마닐라 항이 내려다보이는 널찍한 창가로 홍사익을 안내했다. 얼마 전까지 항구를 가득 채웠던 일본 해군 함대는 영원히 돌아오지 않을 것이다. 한적한 항구를 바라보며 다케다가 물었다.

"병참감 소속의 배는 모두 몇 척인가요?"

"저기 보이는 텐노마루21) 호와 그 뒤의 후지마루 호 두 척입니다."

홍사익은 손가락으로 창 밖을 가리키며 대답했다. 부두엔 두 개의 굴뚝에 녹색 십자가를 그려 넣은 배수량 6천 톤의 텐노마루와 중앙에 거대한 붉은 색 십자가를 세운 9천 톤급 후지마루가 나란히 정박해 있다.

"저 배 외에 다른 배는 없나요?"

"병력과 보급품을 싣고 코레히도르22) 섬에 간 500톤급 연락선 한 척이 오늘밤 입항합니다."

"연락선이 있으면 급한 일은 하겠군요. 텐노마루와 후지마루를 우리가 써야겠습니다."

---

19) 미카사 타카히토(1915.12.2~): 히로히토의 막내 동생. 결핵으로 활동이 어려웠던 형 지치부 야스히토를 대신해 남방군 점령지역의 황금 백합(Golden Lily; 金の百合) 계획을 지휘했다. 관동군 점령지역의 지휘자는 미카사의 바로 윗형인 다카마츠 노부히토였다.

20) 다케다 쓰네요시(1909.3.4~1992.5.11): 히로히토의 4촌 동생. 전후 일본올림픽위원회(JOC) 위원장, 국제올림픽위원회(IOC) 위원 역임. 2차 대전 당시 마루타 생체실험을 한 관동군 731부대에 관여했다.

21) 원래 선박명은 옵 텐 누르트(Op ten Noort)로 2차 대전 당시 식민지 인도네시아에 주둔한 네덜란드 군의 병원선이었다. 1942년 일본군이 강탈한 후 텐노마루(天應丸)로 이름을 바꾸고 병원선으로 위장한 수송선으로 사용했다. 1945년 8월 17일 일본군이 교토 지역 마이즈루 앞바다에 고의로 침몰시켰다. 침몰시킨 이유에 대해 여러 가지 의혹이 있다.

22) 마닐라 만의 입구에 있는 섬. 스페인 식민 시절부터 마닐라 방어를 위한 요새가 설치되었다. 2차 대전 초기 일본군에 쫓긴 맥아더는 호주로 철수하기 전까지 이 섬에 은거했었다.

관동군에서 함께 근무했기에 홍사익의 성격을 아는 다케다가 어렵게 말을 꺼냈다.

"안 됩니다. 연락선을 포함하여 동원 가능한 모든 배는 병력을 데리러 가야 합니다. 현 상황에 대해 잘 아시겠지만, 어선이라도 있으면 보내고 싶은 심정입니다."

"급히 본토로 보내야 할 물품들이 있어서 그래요."

"병력 수송이 최우선입니다. 본토에 물품 보내는 것은 병력을 데려온 다음에 하십시오."

"이건 병력 수송보다 더 중요한 황실의 일이에요. 협조해 주시기 바랍니다."

절대 있을 수 없는 일이다. 얼마나 중요한 것인지는 모르겠지만, 물품 따위를 보내려고 병사들을 사지에 내버려 둘 순 없다. 홍사익은 입을 꽉 다물고 버텼다. 다케다가 다시 한 번 협조를 부탁했지만, 홍사익은 창 밖만 바라봤다. 아무리 왕족의 부탁이고 황실의 일이라도 이런 건 협력할 수 없다. 두 척의 배는 8만 명의 생명선이다.

둘의 대화를 듣고 있던 미카사가 나섰다.

"어쩔 수 없군요. 홍 장군님, 이걸 보세요!"

미카사가 문서 한 장을 내밀었다. 황실에 남방총군이 보유한 모든 선박의 사용권 부여와 무조건 협조를 명령하는 남방총군 사령관 데라우치 히사이치[23] 원수의 직인이 찍혀 있었다. 군인은 명령에 살고 명령에 죽는다. 터무니없어도 명령은 명령인 것이

---

23) 데라우치 히사이치(1879.8.8~1946.6.12): 2차 대전 당시 일본 육군 원수이자 남방총군 사령관으로 동남 아시아 전역의 전투를 지휘했다. 미군이 필리핀에 상륙하자 남방총군 사령부를 마닐라에서 사이공으로 옮긴다. 패전 후 포로수용소에서 뇌경색으로 사망. 초대 조선 총독을 지내며 무단 공포 통치를 한 데라우치 마사다케의 아들이다.

다. 꼿꼿이 버티던 홍사익의 몸에서 힘이 빠졌다.

부두의 배를 보며 미카사가 물었다.

"어느 배가 더 빠릅니까?"

"최고 속도는 텐노마루가 15노트, 후지마루가 18노트입니다."

홍사익이 힘없는 소리로 답했다.

"데라우치 사령관의 명령서에 의거하여 홍사익 중장에게 정식으로 협조를 요청하겠습니다. 후지마루를 타고 오늘밤 제셀톤[24]으로 출발하세요. 제셀톤 항구에 싱가포르에서 온 배 한 척이 있습니다. 미군의 폭격을 받아 항해가 어려운 배에요. 그 배에 실린 화물을 옮겨 싣고 일주일 내로 마닐라에 귀환하십시오. 그리 어려운 일이 아닙니다. 하지만 꼭 지켜야 할 사항이 있습니다. 화물은 반드시 밀봉 상태를 유지해야 합니다. 아시겠습니까?"

"네…."

미카사는 마지못한 듯 대답하는 홍사익이 미덥잖게 느껴졌다. 당근을 보여줘야 할 필요가 있었다.

"이번 임무를 완수하면 좋은 일이 있을 겁니다. 제가 천황 폐하께 홍 중장님의 충성심에 대해 자세히 말씀 올리겠습니다."

"……."

미카사는 대답도 없는 홍사익의 무표정한 얼굴이 마음에 걸렸다. 하지만 더 이상 구구절절 구차한 당근을 늘어놓을 순 없다. 불안감을 억지로 걷어내며 미카사가 다케다에게 말했다.

"형님, 오늘부터 마닐라의 물건을 텐노마루에 실어야 합니다. 각지에 보관해 놓은 물건도 마닐라로 가져와야 하고요. 후지마루가 돌아올 때까지 완료할 수 있겠지요?"

---

24) 제셀톤(Jesselton): 말레이시아 보루네오 섬 코타 키나바루(Kota Kinabalu)의 옛 이름.

"서두르면 될 것이네."

"이 일은 조심스럽게 해야 해요. 전 오늘밤 도쿄로 갑니다. 물건 받을 준비를 해야죠. 이곳의 일은 형님이 책임지고 완수하셔야 합니다."

다케다는 홍사익 보란 듯 힘차게 고개를 끄덕였다.

그날 밤 마닐라 항 일대는 대낮처럼 불을 밝혔다. 인트라무로스부터 마닐라 항까지 일체의 출입이 통제되었고, 해군 병력이 총동원되어 경계를 펴고 있었다. 인트라무로스는 마닐라 항까지 연결된 여러 개의 지하 터널이 있다. 해안 방어와 함께 물자 수송의 편리성을 고려한 설계로서 스페인의 요새 건축 방식이다.

포트 산티아고에서 마닐라 호텔 뒤편의 부두로 연결된 터널은 궤도 차량의 이동으로 분주했다. 궤도차는 궤짝들을 싣고 줄줄이 텐노마루로 향했다. 부두에선 이와부치가 궤짝 선적을 지휘하고 있었다.

홍사익은 후지마루 갑판에 서서 그 광경을 그저 지켜보고만 있었다. 그의 얼굴은 단단한 바위처럼 굳어 있었다. 선장이 준비 완료를 보고해도 출항 명령을 내리지 않았다. 그는 가끔 시계를 보며, 검은 바다만을 응시했다.

다케다가 배에 올라 출발을 종용했다. 화물 선적에 방해가 된다는 것이다. 그러나 홍사익은 버텼다. 미카사도 배에 올라왔다. 후지마루의 출항을 보고 자신도 출발하겠다며 압박했다. 홍사익은 여전히 묵묵부답이었다. 잠시 후 데라우치도 화가 잔뜩 난 얼굴로 잠수함에서 나왔다. 데라우치는 위험 지역이 된 필리핀을 한시라도 빨리 떠나고 싶었다. 미카사와 데라우치를 태우고 갈 잠수함은 벌써 출발 준비를 마친 상태였다.

검은 하늘과 바다가 접히는 부분에서 희미한 불빛이 아른거렸다. 수평선 위로 떠오른 불빛이 조금씩 선명해졌다. 마침내 홍사익이 출항 명령을 내렸다. 미카사가 하선하면서 빗장을 걸었다.

"이 일은 천황 폐하께서 각별하게 관심을 가지고 있습니다. 명심하세요!"

마닐라 만 가운데에서 후지마루는 연락선과 조우했다. 홍사익은 배를 갈아탔다. 후지마루는 항로를 바꿔 남쪽으로 향할 것이다. 그리고 여건이 된다면 민다나오 섬에도 가라고 했다. 9천 톤배가 터져나가도록 병사를 태워야 한다. 홍사익은 후지마루에 타지 못할 병사들을 생각했다. 가슴이 시렸다.

명령을 거부하는 것은 군인의 길이 아니다. 하지만 이 명령은 도저히 따를 수 없다. 명령불복종으로 죽는다 해도 어쩔 수 없는 일이다. 아니다 싶을 때에는 양심에 순종하라는 유동열의 가르침이 가슴을 쳤다. 멀어지는 후지마루를 보며 홍사익은 남몰래 눈물을 훔쳤다.

제셀톤으로 가기 위해 남지나해의 남사군도25)를 가로질렀다. 암초와 모래톱투성이인 바닷길이지만, 위험을 감수해야 했다. 최고 속도가 10노트인 낡은 연락선으로는 2배의 시간이 걸릴 터였다. 시간을 최대한 단축해야 했다.

제셀톤 항에서 옮겨 실은 화물은 나무 궤짝 1,500개였다. 궤짝은 작았지만, 꽤 무거워서 장정 넷이 끙끙거리며 들어야 했다. 그것들을 전부 연락선에 옮겨 실으니 화물의 무게가 300톤에 이르

---

25) 남사군도(南沙群岛; Spratly Islands): 남중국해 남부 해역 약 73만km²에 위치한 100여 개의 작은 섬, 산호초, 모래톱, 암초를 말한다. 해면 위로 나온 도서의 면적은 2.1km² 불과하지만, 중국, 대만, 말레이시아, 베트남, 필리핀, 부루나이가 영유권을 주장하는 분쟁 지역이다. 인간이 설 수만 있는 섬이라면 국기를 꽂고 군대를 파견해 점령하고 있다(중국 10개, 대만 1개, 베트남 24개, 말레이시아 6개, 필리핀 7개).

렀다. 연락선이 가라앉을 듯 위태로워 보였다. 선장과 선원들의 우려에도 홍사익은 배를 출항시켰다. 다케다가 매일 전문을 날리며 귀환을 독촉했기 때문이다.

돌아오는 길은 더욱 험난했다. 연락선의 속도는 한없이 느렸다. 총 적재 용량이 500톤이라지만, 배의 상태는 썩 좋지 못했다. 거기에 300톤 가량의 화물이 실렸기에 배의 운항 속도는 걷는 것보다 약간 빠른 수준이었다. 이 속도라면 한 달은 족히 걸릴 것이다.

더구나 미군도 피해 다녀야 했다. 미군 함대가 일본의 보급로를 끊기 위해 남지나해 전역을 감시하고 있었다. 미군은 일본 화물선을 보기만 하면 십자포화를 퍼부었다. 연락선도 출항 이후 몇 차례 미군 전투기를 만났지만, 다행히 그냥 지나쳐갔다. 보기에도 한심한 배의 상태 덕이었을 것이다.

바다에도 항로가 갈라지는 이정표가 있다. 보루네오 섬의 동쪽 끝은 북동쪽으론 남지나해와 이어지고, 남쪽으론 필리핀의 내해와 같은 술루해와 연결되는 교차점이다. 이 지점에 도달했을 때, 선장이 조심스럽게 말했다.

"장군님, 배의 항로를 바꿔야 합니다. 이 상태로 남사군도를 지나다가는 분명 이 배는 모래톱이나 암초에 좌초될 겁니다."

"어느 쪽으로 가는 게 좋겠소?"

"여기서 남쪽으로 돌아 내려가 술루해를 관통하는 게 나을 것 같습니다."

선장은 해도를 펼쳐 손가락으로 항로를 짚어 가며 설명했다.

"시간이 얼마나 더 걸리오?"

"거리상으론 이틀 내지 삼일 더 걸린다고 봐야 합니다."

술루해는 이슬람 세력 지역이었다. 이 지역의 이슬람 세력은 미군과 손을 잡고 일본군에 대항하고 있었다. 때문에 미군 함대는 남지나해와 셀레베즈 해협에 집중 배치되어 있었고, 상대적으로 술루해는 소홀히 했다.

"좋소. 술루해를 가로질러 갑시다."

홍사익은 미군 전투함에게 잡히는 것보다는 며칠 늦더라도 안전한 항로를 택하는 것이 낫다는 판단을 내렸다. 연락선은 배의 기수를 남쪽으로 돌렸다.

술루해의 거친 파도는 수시로 만재흘수선을 넘나들었고, 배는 속절없이 아래 위로 출렁거렸다. 어선으로 위장한 이슬람 해적선의 공격도 두 차례나 받았다. 연락선에 탄 50여 명이 모두 총을 들고 나서서 간신히 해적선을 격침시켰지만, 배의 옆구리엔 총탄의 흔적이 가득했다. 총알 구멍들로 바닷물이 스며들었다. 무거운 화물에 배의 상태도 나쁘고 시간은 없었다. 악조건 3박자를 모두 갖춘 셈이다.

거기에 마닐라에서 시시각각 보내오는 전문은 미군 함대가 루손 섬 인근 해역으로 속속 집결하고 있음을 알렸다. 미군의 마닐라 상륙이 임박했음을 알 수 있었다. 마음은 급했지만, 거리는 멀고 배는 느렸다.

마침내 홍사익이 결단을 내렸다. 선장은 가까스로 배를 작은 섬의 해변에 댔다. 해도에도 나와 있지 않은 섬이었다. 배에서 내려 섬을 둘러보았다. 사람이 사는 흔적은 찾아볼 수 없었다. 대신 화물을 보관하기에 적당한 장소를 발견했다. 작은 백사장에 인접한 천연동굴이었다.

홍사익과 50여 명의 승무원들이 사흘 동안 화물을 그곳으로 옮겼다. 동굴에 옮긴 후 홍사익은 수량과 밀봉 상태를 확인했다. 몇 개의 궤짝이 깨져 있었다. 무거운 화물을 들고 옮기다 보니 어쩔 수 없는 일이었다.

홍사익은 깨진 궤짝을 수습하다가 그 안에 담긴 것을 보게 되었다. 그는 일본 왕실이 수만 명의 병력을 사지에 버리면서까지 이 화물에 집착한 이유를 알게 되었다. 탄식 같은 한숨을 내쉬는 홍사익의 두 주먹에 불끈 힘이 들어갔다.

홍사익은 선장에게 섬의 위치에 대해 항해일지에 자세히 기록하게 했다. 전쟁에서 이기든 지든 반드시 찾으러 와야 할 것이기 때문이다.

선장은 해도에도 표시가 되어 있지 않은 섬의 위치를 기록하려고 머리를 싸맸다. 낡아 빠진 연락선은 마닐라 만 연안 지역만 다녔다. 항해 보조장치들이 먹통이 된 지 오래였기 때문이다. 그래서 이 선장은 지금까지 해도와 나침반으로 방향을 잡고 운항했다.

이 섬의 위도와 경도를 알 수 없었기에 선장은 대신 제셀톤에서 여기까지 오는 과정을 항해일지에 기록했다. 감에 의한 기록이기에 정확할 리 없겠지만 그것 이외에는 섬의 위치에 대해 기록할 것이 없었다.

대신 선장은 섬의 특징을 기록했다. 남쪽은 완만한 민둥 바위고 깎아지른 북쪽 절벽엔 각종 바다새들이 많이 서식한다고…. 나중에 다시 이 섬을 찾아올 때에는 좀 헤매긴 하겠지만, 새가 많은 북쪽 해안 절벽을 찾으면 되리라 여겼다.

화물을 전부 토해내고 가벼워진 배는 거칠 것이 없었다. 파도는 뱃전에 새겨진 탄흔의 한참 아래에서 찰랑거렸다. 항해 속도도 빨라졌다. 연락선은 팔라완 섬의 해안선을 따라 항해하다가 민도로 섬을 지나 루방 섬에 다다랐다.

마닐라 만 바로 아래에 위치한 루방 섬은 코레히도르 섬과 함께 중요한 전략요충지다. 이 섬의 일본군 파견대는 마닐라 만으로 향하는 선박을 감시하는 임무를 수행하고 있다. 늦은 오후에 연락선이 루방 섬 항구에 도착했을 때 파견대 지휘관인 오노다 히루 소위가 달려나왔다.

홍사익이 고지식해 보이는 그에게 물었다.

"마닐라 만의 미군 상황은 어떤가?"

"며칠 전까진 미군 함대가 마닐라 만 밖에 새까맣게 진을 치고 있었는데, 지금은 거의 빠진 상태입니다. 크리스마스 휴가를 보내기 위해 철수한 것 같습니다."

"귀관의 판단인가?"

"아닙니다. 저는 판단을 내리지 않습니다. 명령을 수행할 뿐입니다."

"미군이 크리스마스 휴가를 보내러 갔다는 건 누구의 판단인가?"

"이곳을 방문하신 다케다 왕자님과 야마시타 대장님께서 그렇게 말씀하셨습니다."

"야마시타 장군님과 다케다 왕자가 언제 오셨나?"

"그제 오셨다가 어제 가셨습니다. 야마시타 대장님께서는 산속에 중요한 군사시설물을 숨겨 놓았다고 하시면서 목숨을 바쳐서라도 그것을 지키라고 명령하셨습니다."

홍사익은 그들이 묻어 둔 중요한 군사시설물이 무엇인지 짐작할 수 있었다.

"음… 알겠네. 충실히 명령을 수행하되 자네들의 목숨을 쉽게 버리지 말게."

다음날 홍사익이 탄 연락선이 마닐라 항에 입항했다. 1944년 12월 24일 크리스마스 이브였다. 일주일 예정이었지만 마닐라에 되돌아오기까지 22일이 걸렸다. 홍사익은 곧장 마닐라 호텔로 갔다. 다케다에게 보고해야 할 것이 있었다. 마닐라 호텔은 성탄절

분위기로 떠들썩했다. 하지만 펜트하우스는 텅 비어 있었다.

다케다는 후지마루 호가 병력을 수송하러 간 것을 뒤늦게 알았다. 다케다가 조치를 취하려 했을 때, 후지마루 호에는 이미 많은 패잔병들이 타고 있었다. 후지마루 호의 선장은 패잔병들을 싣고 본국으로 귀환한다고 보고했다.

배를 잃어버린 다케다는 본국으로의 물품 수송계획을 철회해야 했다. 대신 그는 야마시타에게 협조를 요청했다. 이번에도 데라우치의 명령서가 효력을 발휘했다. 야마시타는 공병대를 동원해서 필리핀 각 지역에 동굴을 파고 물건들을 숨겼다.

계획이 어그러진 다케다는 위험 지역에 머물고 싶지 않았다. 마닐라에 있던 남방총군 사령부를 사이공²⁶⁾으로 옮긴 데라우치처럼 안전한 곳으로 피신하고 싶었다. 하지만 그는 홍사익을 기다렸다. 일을 그르친 책임을 물어 처벌해야 마땅했고, 그것을 자기 손으로 하고 싶었다. 목에 걸린 올가미처럼 바짝바짝 조여 오는 미군의 압박을 견디며 반역자를 기다렸다.

하루하루 가시방석에 앉은 것처럼 불안에 떨던 그는 크리스마스로 인해 미군 함대가 마닐라 만 입구에서 철수하자 이것이 마지막 기회임을 직감했다. 홍사익의 머리에 총알을 박아주고 싶었지만, 미군에 맞서 총을 쏠 용기는 없었다. 그리고 사로잡혀 포로수용소로 가는 건 상상조차 끔찍했다. 다케다는 야마시타와 루방 섬에 다녀온 직후 잠수함을 탔다. 그는 탈출하면서 홍사익에 대한 처벌 요구를 잊지 않았다.

그러나 야마시타는 부대로 복귀한 홍사익에게 아무런 조치를 취하지 않았다. 그간의 경과도 묻지 않았다. 홍사익도 보고하지

---

26) 사이공: 베트남 남부의 중심 도시 호치민의 옛 이름.

않았다.

홍사익과 야마시타는 병력을 바기오로 철수하는 계획에 몰두했다. 바다를 메운 함정과 하늘을 덮은 폭격기, 그리고 30만 병력이 마닐라로 몰려왔다. 엄청난 함포 사격과 항공기 폭격이 시작되었다. 폭탄이 스콜처럼 쏟아졌지만 남방총군은 큰 피해를 입지 않고 마닐라에서 철수했다.

렌즈데일은 홍사익의 침묵을 이해할 수 없었다. 이 자는 목숨을 살려준다는 사면장에 관심조차 없다. 혹시 사면보다 더 큰 것을 원하고 있는 게 아닐까?

"우리 미국 정부는 홍 장군을 당장 석방해 드리겠습니다. 또 당신과 직계 가족의 미국 이민을 보장하고 평생 안락하게 살 수 있도록 지원을 아끼지 않을 것입니다. 어떻습니까? 당신이 타고 갔던 배의 항해일지가 어디에 있는지만 알려주십시오. 그것으로 거래를 끝냅시다!"

지금껏 위풍당당했던 렌즈데일의 목소리는 온데간데없고 가늘게 떨리기까지 했다. 자괴감이 그의 성대를 잠기게 했다. 머리 속이 지끈거리기 시작했다.

원래 이 건은 항해일지만 입수하면 되는 일이다. 그렇기에 렌즈데일은 손가락으로 콧구멍 파는 것보다 더 쉬운 일이라 판단했다. 배의 운항기록인 항해일지는 해당 배와 병참부에 각각 보관된다. 그런데 어디에서도 연락선의 항해일지를 찾을 수 없었다.

홍사익이 탔던 연락선은 침몰했다. 미군의 마닐라 상륙 일주일 전, 코레히도르 섬의 수비대에 보급품을 전달하러 가다가 마주친 미군 함대의 십자포화를 받은 것이다. 항해일지는 50여 명의 승무원들과 함께 바다 속으로 사라졌다.

렌즈데일은 항복한 일본군 사령부의 병참 서류를 뒤졌다. 서류 확인에 시간이 많이 들었다는 렌즈데일의 말이 순 거짓은 아닌 셈이다. 마침내 연락선 운항기록부를 발견했다. 하지만 렌즈데일이 찾는 기간의 기록만 없었다. 누군가 뜯어낸 흔적이 남아 있을 뿐이었다. 렌즈데일은 그 누군가가 홍사익이라고 의심했다.

화물이 있는 곳의 열쇠를 가지고 있는 이 자의 입이 자물쇠니 큰 문제다. 렌즈데일로서는 별 생각 없이 콧구멍 후비다가 피가 터져버린 꼴이다. 그는 항해일지를 얻어내기만 하면, 당장 이 사내를 매달아 버리고 싶었다. 말 한 마디 없는 자의 눈빛에 경멸이 담겨져 있음을 느낀 것이다.

"마닐라에서 철수하던 날, 당신은 마닐라 우체국에 갔습니다. 다케다에게 보고서를 보냈나요? 아닐 겁니다. 다케다는 우편물을 받지 못했으니까요. 당신은 다른 곳으로 항해일지를 보냈지요? 누구에게 보냈습니까?"

홍사익이 우체국에 간 사실은 그의 운전병을 고문해 얻은 것이리라. 바기오로 철수하기 직전, 홍사익은 마닐라 우체국에서 국제 우편물 하나를 보냈다. 수신인은 도쿄의 김을한이었다. 김을한은 이 우편물을 유동열 장군에게 전달할 것이다. 홍사익은 항해일지와 함께 옛 스승에게 간략한 편지를 써서 넣었다. 일본 우체국에서 이뤄지는 보안 검열 때문에 자세히 적을 순 없기에, 꼭 필요한 귀중한 물건이라고만 했다.

렌즈데일은 통역하던 일본인에게 어깨를 으쓱했다. 작전을 바꾼다는 신호다. 일본인은 황실 문양인 국화가 새겨진 신분증을 꺼냈다.

"저는 천황 폐하를 모시는 이시카와 요시오입니다. 국내청 소속이지요. 먼저 폐하께서는 홍 장군의 충성을 치하하셨습니다.

폐하와 황실의 명령을 충직하게 수행하고 있으니 말이지요. 하지만 이젠 정세가 바뀌었습니다. 미국은 더 이상 우리의 적이 아닙니다. 미국과 새로운 관계를 열어가기 위해 황실에서도 적극 협조하고 있습니다.

또 조선도 미국과 협력하여 새로운 나라를 만들려고 합니다. 폐하께서는 홍 장군 같은 분이 조선으로 돌아가 중요한 역할을 하시기를 바라십니다. 물론 홍 장군 같이 충성스러운 신민을 잃는 것에 대해 폐하께서도 무척 가슴 아파하십니다만 그간 조선과의 관계를 생각해서 아쉬움을 달래고 계십니다.

금일 부로 홍 장군에게 내린 명령은 해제되었습니다. 홍 장군도 그간의 짐을 벗어 던지고 조선으로 돌아가기 바랍니다."

홍사익이 가볍게 목례했다. 홍사익이 반응을 보이자 렌즈데일과 요시오가 희망을 가졌다. 기대에 부푼 요시오가 본론을 꺼냈다.

"그러나 명령 해제에 따른 인수인계 문제가 남았습니다. 홍 장군이 타고 오신 연락선은 마닐라 항에 빈 채로 입항했습니다. 화물은 어디에 두신 겁니까? 그것은 황실의 소중한 재산입니다."

홍사익의 눈에서 불덩이가 이글거렸다. 그리곤 벽력같은 고함이 터져나왔다.

"화물? 금괴 300톤을 말하는 건가? 그것이 어째서 황실의 재산인가? 전쟁터에서 죽어간 군인들의 목숨 값 아닌가! 금덩이를 손에 넣으려고 우릴 전쟁터에 내몬 것인가? 우리들이 목숨을 바쳐가며 충성을 다할 때, 황실은 무슨 일을 꾸미고 있었느냔 말이다! 무엇 때문에 야마시타 대장은 물론 그의 부관과 운전병까지도 목을 매달아야 했나? 과연 그게 천황이 할 도리냔 말이다!"

렌즈데일은 일본어를 알아들을 수 없었다. 그러나 금괴 300톤의 행방을 알아내는 것은 이제 끝장이 났음을 알았다. 홍사익의 온몸에서 뿜어져 나오는 분노와 새파랗게 질린 요시오의 얼굴이 그것을 증명했다.

"나는 군인이다. 전쟁에 지고, 부하를 잃은 패장은 입이 없다. 더 이상 나를 욕보이지 말라!"

의자를 박차고 일어선 홍사익이 뚜벅뚜벅 지옥의 문으로 걸어 갔다. 렌즈데일은 책상 위에 펼쳐놓은 사면장과 서류를 주섬주섬 챙겼다. 소득 없는 낚싯대를 걷어치우는 것이다. 미끼를 던지자 마자 덥석 물것이라 여긴 잔챙이에게 당한 완패였다. 머리가 깨 질 것 같이 욱신거렸다.

렌즈데일은 필리핀의 모든 섬을 이 잡듯 뒤지고 싶은 심정이었 다. 하지만 이 사실이 워싱턴에 알려져서 섬을 수색하라는 명령 이 떨어지면 랭리로 가는 길은 늦어질 것이다. 이 나라엔 섬도 많 고, 금괴를 찾는다는 보장도 없다. 소득 없이 허송세월 하다간 CIA 핵심 요직은 엉뚱한 녀석의 엉덩이 아래에 깔리고 만다.

황금 300톤. 아쉽긴 하지만, 그냥 덮어 버리면 출세를 방해하 는 요소는 안 될 것이다. 홍사익을 취조한 오늘의 기록은 이 교도 소를 나가자마자 폐기할 것이다. 이 건은 영원히 어둠 속에 묻어 야 한다. 이제 남은 일은 너무 많이 알고 있는 입을 영구적으로 봉인하는 것이다. 야마시타의 처형도 그런 이유였고, 일본 왕실 도 흔쾌히 동의한 사항이다.

지옥의 문 앞에 선 홍사익이 양손으로 지옥의 문을 밀어 젖혔 다. 끼이익— 문이 활짝 열리자 얼음장 같이 차가운 냉기와 음습 한 냄새가 렌즈데일과 요시오의 몸을 덮쳤다. 요시오는 몸을 부 르르 떨며 뒷걸음질 쳤다. 끔찍하기는 렌즈데일도 마찬가지였다. 그러나 그는 온 힘을 두 다리에 모으며 버텼다. 유럽 전역을 누비 며 산전수전 다 겪은 첩보공작원으로서의 마지막 자존심이었다.

"당신은 현명한 물고기요. 하지만 미련한 군인이지. 편히 가시오!"

홍사익에게 작별 인사를 건넨 렌즈데일이 뒤돌아 입구로 나갔다. 요시오가 빠른 걸음으로 렌즈데일의 뒤를 따랐다.

이런 일은 상상도 못했다. 사형수가 스스로 지옥의 문을 열다니…. 이반은 황급히 달려갔다. 그에겐 해야 할 일과 마무리 지어야 할 절차가 아직 남아 있었다.

이반의 혈통은 독일계다. 그가 태어나 자란 곳은 로스앤젤리스 다운타운으로, 정확히 말하면 LA 시청과 유니온 역(Union Station)[27] 사이다. 이 지역은 일확천금을 노리고 캘리포니아로 사람들이 몰리던 1849년[28]부터 독일계 이민자들이 자리 잡고 살았다.

그런데 1890년대 초부터 독일인 마을에 일본인들이 하나 둘 들어왔다. 철도 노동자나 잡역부로 미국에 온 중국인들과는 달리 일본인들은 주로 시청 주변에 식당을 열었다. 이반이 태어난 1920년대 초반이 되자, 이 지역엔 독일계 백인보다는 일본인들이 더 많이 살게 되었다. 그 즈음 지역의 이름이 독일인 마을에서 리틀 도쿄로 바뀌었다.

어린 시절 이반은 일본인 친구들과 전쟁놀이를 하며 어울렸다. 그런데 일본 아이들은 항상 장군, 독일계 아이들은 병정이었다. 재미는 있었지만 불만도 컸다.

"왜 우리가 장군하면 안 된다는 거야?"

---

27) 미국 LA의 중심역으로 미국의 핵심 철도인 앰트랙(Amtrack), LA 시와 근교 도시들을 연결하는 메트로 링크(Metro Link), 3개의 지하철(Metro) 노선이 교차한다.

28) 1848년 대규모 노천광이 발견된 후 노다지를 꿈꾸며 캘리포니아로 사람들이 몰려든 해가 1849년이다. 이때 캘리포니아로 이주한 사람들을 가리켜 49년의 사람들, 즉 포티 나이너스(Forty-Niners)라 부른다. 샌프란시스코의 명문 미식축구단 포티나이너스(49ers)의 이름은 여기에서 비롯되었다.

독일계 아이들이 투정할 때마다 일본 친구들은 이렇게 대답했다. "너흰 사무라이 정신이 없잖아."

이반이 사무라이 정신을 체험한 것은 입대 이후였다. 1943년 여름, 고등학교 졸업 후 징집된 이반은 태평양 전선 배치를 희망했다. 유럽으로 가면 혈통이 같은 독일군에게 총부리를 겨눠야 했기 때문이다.

태평양 전선에 투입된 이반은 다음해 가을이 될 때까지도 일본군을 접해 본 적이 없었다. 2차 대전 말기까지 태평양에서의 전쟁은 전함 위주였다. 서로 보이지도 않는 거리에서 함포와 전투기로 적의 함대를 공격했던 미드웨이, 산호해, 레이테 해전이 그런 전투였다. 그래서 대다수 미 육군은 일본군과 직접 맞닥뜨린 적이 없었다.

그러나 상륙전으로 접어든 1944년 가을 이후, 필리핀-괌-사이판-이오-오키나와에서 미군은 충격을 받았다. 가미카제나 반자이 어태커[29] 같은 자살 공격을 도무지 이해할 수 없었기 때문이다. 도저히 승산이 없다면 항복해야 한다. 전쟁 초기 필리핀 바탄에서 항복한 7만 6천 명의 미군이나, 싱가포르에서 항복한 10만의 영국-호주-네덜란드 연합군이 그랬다.

그러나 일본 패잔병들은 항복 대신 절벽 아래로 뛰어내렸고, 숨이 끊기기 전엔 총칼을 버리지 않았다. 이것이 사무라이 정신인가? 이반은 어린 시절 일본인 친구들과 했던 장군 놀이의 기억을 되살려냈다.

종전 후 전범들을 수용한 뉴 빌리비드 교도소의 교도헌병으로 전환 배치된 이반은 아무도 맡지 않으려 하는 사형수 대기실 관

---

29) 총알이 다 떨어진 일본군은 칼 한 자루를 쥐고 미군을 상대로 자살 공격을 감행했다. 미군들은 반자이(만세)를 외치며 막무가내로 달려드는 일본군을 반자이 어태커라 불렀다.

리를 자원했다. 사무라이들의 지휘관인 일본군 장군들을 직접 보고 싶었기 때문이다.

스스로 목숨을 던지는 부하들의 지휘관이라면, 그 역시 죽음 앞에서 의연할 것으로 생각했다. 그러나 지금까지 이반이 본 일본군 장교들의 태도는 그렇지 않았다. 실망이 커졌고, 야마시타 이후엔 냉소를 띠게 되었다. 그런데 오늘 진정한 장군의 모습을 보게 된 것이다.

이반은 홍사익의 군복 칼라에 달린 중장 계급장을 떼어냈다. 사형수의 칼라에 붙은 계급장 회수는 꼭 필요한 절차다. 교수형에서 밧줄은 외상없이 목뼈를 부러뜨리지만, 철 계급장은 목 부분의 피부를 심하게 훼손시킨다.

이반은 손수건을 꺼내어 계급장의 별을 정성스레 닦았다. 그리곤 반짝이는 계급장을 홍사익의 양어깨의 견장에 달아주었다. 사형수 대기실에서의 마지막 절차를 마친 이반이 세 걸음 뒤로 물러서서 척- 거수경례를 붙였다.

"당신의 마지막을 지켜볼 수 있어서 영광입니다!"

이반의 입에서 일본어가 흘러나왔다. 그는 어린 시절 일본 아이들과 놀며 어느 정도 일본어를 익힐 수 있었다. 약간 놀란 듯한 표정으로 이반을 바라보던 홍사익이 무거운 입을 열었다.

"고맙소."

이반은 홍사익을 사형집행장으로 인도했다. 4각형의 높다란 제단 앞에서 사형 집행 절차가 진행되었다. 참관인으로 온 목사가 사형수를 확인한 후, 죄를 사하고 천국으로 이끌어 주십사는 기도를 했다.

렌즈데일과 요시오가 어느새 참관인 석에 앉아 삐걱거리는 계단을 하나씩 밟고 제단으로 오르는 홍사익을 지켜보고 있었다.

"어느 방향이 북동쪽이오? 고향 쪽으로 머리를 두고 싶소!"

홍사익은 목사가 가리키는 방향으로 돌려 앉았다. 홍사익이 제단에 정좌하자 목사가 유품과 유언을 물었다.

"진인사대천명(盡人事待天命)"

짧은 유언을 남긴 홍사익은 군복 상의 주머니에서 오래된 낡은 서첩을 꺼냈다. 그것은 순종이 하사한 대한제국 군인칙유였다. 홍사익은 평생 이것을 가슴에 간직했던 것이다.

제단을 내려온 목사가 이반에게 뭔가를 건네주었다. 홍사익의 왼쪽 어깨에서 떼어낸 중장 계급장이었다. 이반은 반짝이는 별 셋을 두 손으로 소중히 받아들곤 홍사익을 향해 고개를 숙였다.

이반은 오늘자 일기에 무엇을 기록해야 할지 정했다. 금을 캐러 캘리포니아로 달려와 매일매일 작업일지를 썼던 증조부 이후, 하루의 기록은 가문의 전통이 되었다. 이반도 입대 후 일기 형식으로 군용 수첩에 자신이 겪은 태평양 전쟁을 기록하고 있었다.

홍사익의 머리에 검은 보자기가 씌어지고, 굵은 밧줄이 목에 걸렸다. 덜컹- 소리와 함께 제단의 밑판이 내려앉았다. 그리고 홍사익의 몸도 어둠 속으로 떨어졌다.[30]

---

30) 홍사익 중장의 처형 부분은 『洪思翊中將の處刑』(山本七平 著, 筑摩書房)을 참조하였다.

2. 한태주

빅토리아 피크의 스카이 테라스에서 보는 홍콩은 아름답다. 남자와 보이쉬 쇼트커트 헤어스타일의 여자는 이 광경을 이미 여러 차례 보았다. 하지만 평생을 함께 하기로 다짐한 연인으로 와서 본 야경은, 처음처럼 황홀했다.

홍콩 섬을 넘어 카우룽 반도까지 펼쳐진 불빛의 향연을 보며 여자는 곁에 선 남자의 어깨에 머리를 기댔다. 남자가 짧은 머리카락 사이로 훤히 드러난 여자의 이마에 입술을 붙였다. 여자의 얼굴엔 더할 수 없는 행복함이 가득했다.

피크에서 내려가는 트램의 대기 줄이 너무 길었다. 남자가 여자의 귀에 속삭였다.

"올 때 트램을 탔으니, 갈 땐 2층 버스를 타자."

2층 버스의 시간을 확인하고 있는데, 내려가는 길이니 싸게 해주겠다며 택시 기사가 다가왔다. 남자는 오랜 비행 탓으로 지쳐 보이는 여자를 보며 택시의 문을 열었다.

구불구불한 피크 로드를 내려오던 택시가 커브길 낭떠러지 옆에 멈췄다. 기사는 타이어에 문제가 생겼다고 말하곤 차 문을 열고 내렸다. 남자도 담배를 꺼내 물고 내리면서 여자에게 말했다.

"더우니까 안에 있어. 피곤할 테니 잠깐 눈 붙여두고."

타이어를 보던 택시기사가 주머니에서 꺼낸 리모컨을 누르고 달아났다. 철컥— 택시의 문이 잠겼다. 남자가 차문을 잡아 당겼지만 문은 꿈쩍하지 않았다. 여자는 살짝 잠이 들어 있었다. 유리창을 때리며 여자의 이름을 불렀다.

"쥴리! 쥴리!!"

여자가 눈을 떴다. 문을 밀어보지만, 열리지 않았다. 남자는 유리창을 깨려 미친 듯이 주먹과 팔꿈치로 두들겼지만 소용없었다.

남자가 돌멩이를 가지러 몇 걸음 옮기는데, 대형 트럭이 모퉁이를 돌아 쏜살같이 달려왔다. 순식간에 트럭은 택시의 꽁무니를 박아 벼랑으로 밀어냈다. 도로 턱에 걸려 기우뚱거리던 택시가 벼랑으로 흘러내려 갔다.

남자는 필사적으로 따라 잡으려 했지만 택시는 점점 속도가 붙어 멀어져만 갔다. 여자의 커다란 눈에 맺혀 있던 물방울이 두 볼을 타고 흘러내렸다. 눈물범벅인 여자의 얼굴이 크게 보였다. 여자가 택시 뒷유리창에 붙어 "사랑해! 사랑해!" 외쳤다. 남자의 귀는 소리를 듣지 못했지만 심장은 입 모양을 읽어 냈다.

굴러 내리던 택시가 폭발했다. 불기둥이 치솟았다. 남자가 울부짖었다. 운명을 저주했다. 하늘을 우러러 괴성을 질렀다.

악— 소리와 함께 침대에서 벌떡 일어난 한태주의 눈가엔 눈물 자욱이 선명했다. 또 그 꿈을 꾸었다. 꿈이 재연해낸 시간은 태주의 삶에서 가장 행복했던 때이자 결코 잊지 못할 최악의 순간이다.

가끔씩 꿈은 빅토리아 피크에 가기 몇 시간 전의 상황도 되살려준다. 태주와 쥴리가 이스트 침사추이의 인터콘티넨탈 그랜드 스탠포드 호텔 하버 뷰 룸에 들어왔다. 객실의 LCD TV엔 태주와 쥴리를 환영한다는 메시지가 떠 있었고, 스피커에서는 호텔 2층의 라운지에서 객실로 보내주는 음악이 흘렀다. 이글스의 기타리스트였던 글렌 프레이(Glenn Frey)의 'The One You Love'였다. 태주가 체크인 할 때 쥴리가 신청한 노래다.

태주는 쥴리를 들어 올려 침대에 앉혔다. 쥴리는 태주의 가슴에 포근히 안겼다. 둘은 오랫동안 키스를 나눴다. 입술을 뗀 태주와 쥴리는 서로의 얼굴을 맞대고 가볍게 코를 비볐다. 마침내 둘은 서로의 몸을 감싼 옷을 벗어 던졌다.

넓은 창에 홍콩을 가득 채운 하버 뷰 룸에서 태주와 쥴리는 부드러운 몸짓으로 서로의 몸을 탐닉했다. 저물어가는 태양이 빅토리아해와 홍콩 섬 마천루들의 창을 노랗게 물들이는 늦은 오후였다.

시간은 상처를 치유하는 놀라운 약이다. 생살이 찢어지는 듯한 아픔과 미쳐버릴 것 같은 괴로움을 점점 잊게 하고, 결국엔 추억이라는 이름으로 현실을 봉인한다. 그러나 꿈은 상처받은 그때의 상태 그대로 멈춰 있다. 아물어가던 상처를 긁으면 더 아프다.

이럴 때 필요한 건 약이다. 태주는 200cc 맥주잔에 100파이퍼스(Pipers)를 들이붓고 약간의 콜라를 섞어 단숨에 들이켰다. 100 파이퍼스는 시그램(Seagram)에서 만드는 싸구려 블렌디드 위스키31)다.

영국 스코틀랜드 출신의 짐 머레이가 매년 발표하는 위스키 바이블(Whiskey Bible)에 따르면 57점짜리다. 어지간한 위스키라면

---

31) 블렌디드 위스키(Blended Whiskey): 맥아(Malt)만으로 단식 증류한 몰트 위스키와 맥아에 대맥, 호맥, 소맥, 옥수수 등의 곡물을 첨가하여 발효·증류한 그레인(Grain) 위스키를 혼합한 제품.

보통 70점대 중반부터 시작하는 머레이의 평점 기준으로 봐서 어쨌든 대단한 술임에 틀림없다.

태주의 음주는 시그램의 본거지인 캐나다 사람들도 잘 모르는 이 위스키로 시작됐다. 어디서 왔는지 창고 구석에 박스째 쌓여 있던 것을 부모님 몰래 홀짝거렸다. 성인이 된 후엔 본격적으로 마셔댔다. 나름 희귀한 술을 마신다는 자부심도 있었다. 그러다 어느 순간 한국에서 이 위스키를 찾아볼 수 없었다. 잘 팔리지 않으니 더 수입해오지 않았고 재고가 바닥나면서 사라진 것이다.

100파이퍼스가 사라진 즈음부터 태주의 가슴앓이가 시작되었다. 한 여자가 태주의 심장을 뛰게 했다. 하지만 그녀를 볼 수 있는 것만으로 만족해야 했다. 태주와 그녀 사이엔 태주의 친구가 있었고, 친구와 그녀는 연인 관계였다.

그 즈음 한 재벌의 안주인으로부터 의뢰를 받았다. 어둠의 경로로 입수한 18세기에 그려진 유화의 출처와 진품 여부를 확인하라는 것이다. 그 유화를 마지막으로 소유했던 곳은 러시아 모스크바의 트레티야코프(Tretyakov) 미술관. 19세기 러시아 최고의 자본가 트레티야코프가 기증한 수천 점과 소련 혁명 당시 귀족들에게서 몰수한 수만 점의 미술품을 소장하고 있던 소련 최대의 미술관이었다.

하지만 소련 붕괴 후 러시아는 술주정뱅이 옐친의 몸처럼 비틀거렸다. 나라 전체가 무정부 상태나 다름없자, 러시아 사람들은 공공재산에 손을 댔다. 옐친의 측근들은 광대한 지하자원을 닥치는 대로 팔아먹었고, 군인들은 폭격기와 미사일에서부터 군복과 군화까지 마구잡이로 군수창고를 텅 비웠다.

미술관 직원들도 그 대열에 빠지지 않았다. 그렇게 풀려나간 미술품들이 어둠의 경로로 흘러다니다가 극동 아시아까지 오게 된 것이다.

모스크바로 출발하던 날, 공항에서 그녀의 전화를 받았다. 결혼식 날짜를 잡았다는 말을 전했다. 그리고 태주의 사랑을 받아주지 못해 미안했고, 한편으론 그 사랑을 받아 행복했다고 말했다. 태주는 첫사랑이자 오랜 짝사랑을 접어야 할 때가 왔음을 깨달았다. 이런 때가 오리라 예상은 했지만 막상 닥치고 보니 마음이 구멍 난 것 같았다.

태주의 모스크바 출장은 엉망이었다. 불이 활활 타오르는 보드카에 절어 지냈기 때문이다. 귀국 길엔 직항 항공편을 놓쳐서 여러 개의 환승[32] 항공편을 타야 했다. 혼란한 마음과 술이 덜 깬 몸 탓이었다.

환승 때문에 방콕 공항에 도착했다. 안개처럼 빗방울이 맺힌 유리창 너머로 활주로를 우두커니 바라보고 있으려니 외로움이 가슴에 사무쳤다. 상실감이 평생 따라다닐 것 같았다. 공항을 나와 시로코(Sirocco)를 찾았다. 언젠가 사랑하는 사람과 함께 오리라 점 찍어둔 곳이었다.

원래는 북아프리카 사하라 사막에서 시작된 건조한 모래 바람이지만, 지중해를 지나면서 남유럽을 습윤하게 보듬어 주는 바람으로 바뀐 것이 시로코다. 태주는 메말라 갈라터진 마음에 술 소나기를 퍼붓고 싶었다.

스테이트 타워의 64층 루프 탑 레스토랑 시로코에 혼자서 100파이퍼스를 마시는 여자가 있었다. 그녀의 옆을 지나칠 때, 오직

---

[32] 통과(Transit): 경유지 공항에 1~2시간 대기하다가 타고 왔던 항공기를 다시 타는 것. 보통 항공기 급유나 승무원 교체, 기체 정비 등의 사유다.
환승(Transfer): 경유지 공항에서 목적지로 가는 다른 비행기를 갈아타는 것.
체류(Stop Over): 경유지에서 하루 이상 체류했다가 목적지로 가는 것. 경유지의 입국 심사를 받아야 한다.

허밍만이 어울리는 멜로디가 들렸다. 10대 후반 우연히 TV 심야 영화 프로그램에서 본 영화의 주제곡이고, 태주의 지친 영혼에 딱 들어맞는 멜로디였다.

"원스 어폰 어 타임 인 더 웨스트(Once upon a time in the west), 세르지오 레오네."33)

이 말이 태주의 입에서 툭 튀어 나왔다. 세르지오 레오네는 마카로니 웨스턴34)이란 영화 장르의 창시자다. 그 이전의 서부 영화는 착하고 정의감 넘치며 인품마저 고매한 백인 총잡이가 악당에게 죽임을 당한 불쌍한 개척민의 복수를 위해 최후의 결투를 신사적으로 벌인다는 이야기 구조였다. 악당은 인디언이라 불린 아메리카 원주민이 주종이고, 백인 무법자는 곁다리 수준이다. 존 포드35)의 영화들이 다 그렇다.

그러나 레오네는 그런 공식을 뒤집어 버렸다. 악다구니를 벌이고 배신을 일삼아야 살아남을 수 있는 무법지대에 정의가 뭐란 말인가? 원주민들에게서 땅을 빼앗으려 그들을 몰살시킨 처지에 말이다. 무법자들이 판치는 그의 서부 영화엔 이런 세계관이 투영되어 있었다.

레오네의 영향은 컸다. 〈장고(Django)〉, 〈황야의 무뢰한(Texas

---

33) 세르지오 레오네(Sergio Leone): 1929.1.3~1989.4.30. 이탈리아 출신 영화감독. 무명의 클린트 이스트우드를 일약 슈퍼스타로 등극시킨 〈황야의 무법자(A fistful of dollars)〉(1964), 〈석양의 건맨(For a few dollars more)〉(1965), 〈석양의 무법자(the Good, The Bad and The Ugly)〉(1966)의 무법자 3부작과 〈원스 어폰 어 타임 인 더 웨스트(Once upon a time in the west)〉(1968), 〈원스 어폰 어 타임 인 아메리카(Once upon a time in America)〉(1984)가 대표작이다.

34) 마카로니 웨스턴(Macaroni Western): 1960년대 이탈리아와 스페인 합작으로 만든 일련의 서부 영화. 스파게티 웨스턴(Spaghetti Western)이라고도 한다.

35) 존 포드(John Ford): 1984.2.1~1973.8.31. 140여 편을 연출한 미국 서부영화의 대가. 〈역마차(Stagecoach)〉(1939), 〈분노의 포도(The grapes of wrath)〉(1940), 〈황야의 결투(My darling Clementine)〉(1946), 〈아파치 요새(Fort Apache)〉(1948), 〈리오 그란데(Lio Grande)〉(1950), 〈수색자(The Searchers)〉(1956) 등이 대표작이다.

Adios〉 같은 모방작과 아류작들이 쏟아진 것이다. 하지만 아류작엔 철학이 없었다. 그저 총질과 살육이 전부였다. 레오네는 자신이 만든 서부 영화 장르와 결별하기로 결심하고 마지막 서부 영화를 만든다. 그것이 1968년 작 〈원스 어폰 어 타임 인 더 웨스트〉다.

이 영화는 마카로니 웨스턴 이전의 서부 영화 이야기 구조를 차용했고, 복수하는 찰슨 브론슨보다 복수 당하는 헨리 폰다가 더 멋지게 묘사된 영화였다. 헨리 폰다는 존 웨인과 함께 존 포드 감독의 아바타였던 배우다.

이 영화엔 자신이 만든 장르와 결별하는 레오네 감독의 서글픔이 가득 들어 있다. 그것은 찰슨 브론슨이 등장할 때 나오는 구슬픈 하모니카 소리, 아버지를 죽인 헨리 폰다에게 복수한 뒤 깔리는 주제곡으로 표현되었다. 헨리 폰다를 제거한 후 철로를 걸어가는 찰슨 브론슨의 뒷모습에는 복수의 통쾌함보다는 허망함이 피어오른다. 그런 서글픔과 허망한 감정을 불러일으키는 주제곡이 영화 이름과 같은 제목을 달고 있다.

허밍을 하던 여자가 고개를 들어 태주를 보았다. 반짝이는 눈망울을 가진 그녀가 말했다.

"엔니오 모리코네36)죠. 상복 없는 천재 작곡가."

"그 술은 100파이퍼스죠. 시그램의 숨은 명작."

태주가 술을 가리키며 말을 받았다. 테이블 위의 작은 조명이 그녀의 눈동자에서 빛을 퍼뜨렸다. 그녀는 비어 있는 자신의 옆

---

36) 엔니오 모리코네(Ennio Morricone): 1928.11.10 출생. 이탈리아의 작곡가 겸 지휘자. 평생 500여 편의 영화음악을 만들었다. 세르지오 레오네의 무법자 3부작, 원스 어폰 2부작, 〈미션(Mission)〉(1986), 〈시네마 천국(Nuovo Cinema Paradiso)〉(1988), 〈시티 오브 조이(City of Joy)〉(1992) 등이 대표작이다. 그는 명성에 비해 상복이 없다. 다섯 차례나 아카데미 음악상 후보로 올랐지만, 단 한 번도 수상하지 못했다. 그게 면목이 없었던지 2007년 아카데미는 모리코네에게 '평생공로상'을 준다.

자리를 손으로 가리켰다. 태주가 그 자리에 앉았다.

"이 음악과 이 술을 동시에 아는 사람 드문데…. 한 잔 할래요?"

그녀는 맥주잔에 100파이퍼스와 콜라를 3 : 1로 섞었다. 40도의 알코올이 탄산과 결합되어 목을 두들기고 위장을 흔들었다. 그리고 잠시 후 뒷골을 알싸하게 했다. 처음 경험하는 묘한 흥분이 몸을 타고 흘렀다.

"죽음의 맛인데요!"

"이 술은 이 맛에 마시는 거에요. 복잡한 머리를 확 비워주거든요!"

그녀의 이름은 쥴리 울릭센. 쥴리가 건네준 술은 태주의 마음 속에 똬리 튼 외로움과 상실감을 점점 밀어냈다. 그날 밤 태주와 쥴리는 기분 좋게 만취했다. '모든 사람이 친구를 100으로 채운다면 사회에는 우정만이 있다'는 100파이퍼스의 광고 카피처럼 둘은 어느새 친구가 되었다.

시로코의 영업시간이 끝나자 스테이트 타워의 메리터스 호텔 53층 15호로 내려왔다. 둘은 5315호 객실에서 짜오프라야 강변의 야경을 함께 보았고, 새벽 무렵엔 발코니에 서서 지평선으로 떠오르는 태양도 보았다.

노르웨이의 유서 깊은 항구 도시 베르겐(Bergen) 출신이면서 파리에서 대학원을 다녔고, 런던 시티[37]에서 일한다는 쥴리와 3년 간 드문드문 만나며 좋은 술 친구로 지냈다.

그러다가 사랑하고 있음을 알았다. 이번엔 짝사랑이 아니었다. 쥴리가 태주를 찾아 열세 번째 홍콩에 온 날, 둘은 서로의 사랑을

---

37) 시티(City): 뉴욕 월 스트리트와 같은 런던의 금융기관 밀집 지역.

확인했다. 평생을 함께 하자고 약속했다. 그러나 그날 밤의 지키지 못한 약속과 사랑은 가슴에 묻어야 했다.

　태주는 메리터스에서 이름을 바꾼 르 부아(Le Buas)에 2년째 거주하고 있다. 쥴리와 함께 밤을 지샜던 5315호는 주방 설비와 드럼 세탁기가 구비된 투 베드룸 레지던스다. 짜오프라야 강의 상류 쪽을 향한 방엔 홍콩에서 수습해 온 쥴리의 여행 가방이 침대 위에 가지런히 놓여 있다. 2년 전 그때도 그녀의 방이었다.

　태주가 그 방의 발코니로 나가 섰다. 강 위엔 크고 작은 배들이 분주히 오가고, 강 너머론 지평선까지 펼쳐진 넓은 평지 위로 방콕의 모습이 들어왔다. 1984년 영국 가수 머레이 헤드가 불러 전 세계 히트곡이 된 '방콕에서의 하룻밤(One night in Bangkok)'의 노랫말처럼 방콕의 맛은 볼거리와 환락을 잘 섞은 비빔밥이다. 하지만 태주가 방콕에 거주하는 이유는 환락이 아니다. 방콕엔 넘쳐나는 정보와 그에 맞춰 흘러오는 이 세계의 선수들이 많다.

　아시아권의 정보 유통지는 홍콩, 싱가포르 그리고 방콕이다. 군사기밀이나 산업정보처럼 돈 되는 물건은 주로 홍콩이나 싱가포르에서 유통된다. 힘 좀 쓴다는 나라의 정보기관과 거대 다국적 기업들이 홍콩과 싱가포르 곳곳에 안테나를 바짝 세우고 치열하게 경쟁하고 있다.

　반면 방콕은 다른 차원의 정보 집산지이자 유통지다. 기관이나 기업들은 방콕에서 유통되는 정보에 별 관심이 없다. 배낭 하나 메고 각지를 돌아다니는 여행자들로부터 나오기 때문이다. 그러나 돈 안 된다고 무시하는 이런 정보들이 L&R(Location&Return) 분야에선 엄청난 가치를 지니고 있다.

　L&R, 즉 소재 확인 및 회수란 말 그대로 물품의 위치를 확인하

고 협상이나 기타 수단을 동원해 회수하는 일이다. 이해하기 쉽게 설명해 보면, ① 지방의 어느 종가에서 조상의 유물을 도둑맞았다, ② 종가의 의뢰를 받은 전문가가 도난당한 유물이 현재 누구의 수중에 있는지를 확인한다, ③ 전문가는 공권력이든 자력이든 능력껏 유물을 회수해 온다. 이것이 L&R의 가장 이상적인 업무다. 이 분야의 전문가가 되는 것이 중학생 시절부터 태주의 꿈이었다.

하지만 이 분야의 전문가를 찾는 고객들은 한국의 가난한 종가나 몰락한 과거의 명문가가 아니다. 대개의 고객은 어느 파티에서 정신을 빼놓고 놀던 애첩이 잃어버린 다이아몬드 목걸이나 반지를 찾아달라는 졸부들이다.

또 다른 차원에서의 고객들은 대영 박물관(National Gallery), 뉴욕 현대 미술관(The Museum of modern Art), 메트로폴리탄 미술관(Metropolitan), 게티 미술관(Getty Museum), 루브르 박물관(Louvre), 네덜란드 국립미술관 같은 기관이다. 이들의 주문은 잃어버린 미술품을 찾아달라는 것이 아니라 미술품의 원래 있던 자리를 확인해 달라는 거다.

세계적으로 이름난 박물관이나 도서관의 재산 목록에는 전시관에 공개된 유물만 있는 것이 아니다. 수장고에는 단 한 번도 햇빛을 보지 못한 유물들이 몇 배나 더 많다. 식민지나 제3세계에서 닥치는 대로 싹쓸이 강탈한 것이라, 어디서 어떤 경로로 입수했는지 밝히지 못하는 경우가 태반이다. 또 소더비나 크리스티를 통해 기증받았지만 출처가 의심스러운 것도 많다. 그렇기에 공개하지 못하는 것이다. 즉, 세계 최대의 미술관이나 박물관은 곧 세계 최대의 장물 창고이고, 세계 최고의 경매회사는 세계 최고의 장물 거래시장인 셈이다.

요즘엔 경제력이 급성장한 동아시아의 고객들도 많다. 급격한 경제성장으로 졸부가 된 이들이 집안 장식을 위해 너도나도 골동품이나 미술품을 사들이는 탓이다. 졸부들은 더 나아가 사설 미술관을 만들기도 한다. 이들은 장물이라도 개의치 않지만, 만약의 경우를 대비한 출처와 입수과정의 합법성이 필요했다. 에이전시에서는 L&R 전문가들이 수집한 히스토리(history)를 바탕으로 고객들에게 복잡한 스토리(story)를 만들어 준다.

그러나 이들의 소장품들은 진품보단 짝퉁이 많다. 진품은 이미 오래 전부터 세계 유명 박물관이나 도서관 수장고에 잠겨 있기 때문이다. 돈 들여 스토리까지 만들어낸 물건이 짝퉁이라면 속 뒤집어질 일일 것이다.

태주의 집안은 10여 년 전, 대를 이어 내려온 조상의 서첩들을 도난당했다. 태주는 그날 밤, 잠결에 화장실을 가기 위해 방을 나서다 복면 괴한을 보았다. 순간 몸이 얼어붙었고, 숨을 쉴 수가 없었다.

손에 서첩을 들고 유유히 마당을 가로지르던 괴한이 부들부들 떨고 있는 태주를 노려보았다. 칼날처럼 무서운 괴한의 눈빛에 태주는 오줌을 지렸다. 대청마루를 타고 마당으로 흘러내리는 물줄기를 보며 괴한의 입에서 피식 소리가 들렸다.

"니 뭐꼬? 좆 달고 나온 사내 새끼 맞나?"

한 마디 던진 괴한이 껑충 뛰며 담장을 타고 올랐다. 담을 넘는 순간 복면이 흘러내리며 얼굴이 드러났다. 태주의 눈은 그 얼굴을 뇌에 각인시켰다. 태주가 14세 때의 일이었다.

다음날부터 태주는 킥복싱, 유도, 검도, 레슬링 등 각종 격투기를 연마했다. 중학교 내내 수련한 결과 고등학교에 진학할 즈음엔 동네에서 논다하는 양아치들을 전부 제압했다. 그 덕분에 태주가 살던 지역은 청소년범죄율이 급격히 낮아져 언론에 보도되기도 했다.

고등학생 시절의 생활기록부를 보면 태주는 매우 얌전한 모범생이었다. 그러나 학교 선생님이나 친구들은 알 수 없었다. 그가 주말마다 전국의 고등학교를 찾아다니며 그 지역의 내로라하는 일진들과 몸으로 부딪힌다는 것을….

전국의 소문난 일진들을 모두 쓰러트렸을 즈음, 태주는 자신만의 격투 요령을 몸에 장착했다. 일제강점기의 전설적인 싸움꾼 시라소니처럼 형식과 틀에 매이지 않는 능동형 싸움꾼이 된 것이다.

대학교는 사학과에 입학했다. 그런데 한 학기만 다니곤 군에 입대했다. 그가 자원한 곳은 자주색 베레모로 알려진 공군 제6탐색구조비행전대다. 미군 SAR(Search And Resque)[38]을 본떠서 창설된 항공구조대다.

이 부대는 전투 중 추락한 조종사를 구조하는 임무를 수행한다. 낙하산을 타고 내려오는 조종사는 육지나 바다의 어디로 떨어질지 모른다. 따라서 항공구조대원은 특전사와 해군 UDT/SEAL을 결합한 능력을 갖춰야 한다. 적진에 떨어진 조종사를 찾아내는 수색 능력은 물론 사막이나 빙하 같은 극한의 상황도 극복해내야 하며, 거기에 부상당한 조종사를 치료할 수 있는 의술까지 익혀야 한다.

태주는 항공구조대에서 5년 간 하사관으로 복무한 후 전역했다. 대학교 복학까지 남는 시간을 이용해 10여 년 간 그의 어깨를

---

38) 흔히 레스큐로 불리며 전투 중 적진에 추락한 조종사를 생환시키는 임무를 수행하는 미 공군 소속의 특수부대다. 베테랑 전투기 조종사 1명을 키워내는 데에는 최소 50억 원의 비용과 오랜 교육기간이 소요되기에 추락 후 생존한 조종사는 반드시 구조해야 한다. 한국의 항공구조대는 엄격한 체력 검증을 통해 선발된 부사관 70여 명으로 구성되어 있다.

짓눌러온 숙제를 하려고 나선 것이 그가 L&R 분야에 처음 발을 디디게 된 계기였다.

태주는 칼날 같은 눈빛을 지닌 자를 찾기 위해 인사동 상점들과 경운동 고미술협회, 대구의 고서협회를 탐문했다. 그곳을 출입하는 사람들 모두를 관찰했고, 의심이 생기면 추적했다. 그러기를 한달, 마침내 뇌에 각인된 얼굴을 찾아냈다. 고서협회 관계자의 칠순 잔치하는 곳이었다.

태주는 그에 대해 치밀하게 조사했다. 그리고 구미시 선산읍의 한적한 야산에 자리 잡은 사슴 농장으로 그를 찾아갔다. 태주가 농장에 들어섰을 때 농장의 일꾼들은 모두 자리를 비운 상태였다.

"그 동안 안녕하셨습니까?"

"당신 누꼬?"

"좆 달고 나와서 오줌 지리던 새낍니다."

칼눈의 사내가 기억을 더듬는가 싶더니 고개를 갸웃거렸다. 기억은 없지만 결코 호의적인 관계가 아닌 것은 확실했다. 오른손으로 점퍼 안주머니를 만져봤다. 사슴이나 염소 목을 딸 때 쓰는 주머니칼이 느껴졌다. 마음이 든든해졌다.

"니 뭐꼬? 어데 와서 함부로 좆을 입에 담노?"

"저에게 돌려주셔야 할 것이 있습니다. 10년 전 안성의 한씨 종가에서 가져간 서첩 말입니다."

"가마 있자…. 음… 니가 가가? 오줌 지리던 얼빵이?"

안성 한씨 종가를 듣자 칼눈의 머리 속이 번쩍했다. 거길 갔었고, 그 집 사당에서 서첩 몇 개를 들고 나온 기억이 났다. 하지만 그 서첩들은 영양가 없는 것이었다. 그걸 넘기고 받은 돈은 고작 돼지고기 서너 근 값 정도였으니까 말이다. 인건비도 안 나온다며 그날 술값으로 다 써버린 기억이 되살아났다. 그런데 그걸 찾으러 오다니.

"그걸 와 내가 니한테 돌려줘야 하는데?"

"아저씨의 사슴을 몰래 훔쳐간 놈을 안다면, 그걸 찾으러 갈까요, 말까요?"

말은 맞는 말이다. 칼눈은 말문이 막혔다. 한참을 무섭게 노려보던 칼눈이 으르렁거렸다.

"그 책 나부랭이, 내한테 없다. 존 말로 이래 해줄 때 곱기 가라!"

"어딨는지 말씀 듣고 갈 겁니다."

말로 해서는 안 되는 놈이다. 칼눈이 안주머니에서 칼을 꺼내 들었다. 위협용이지만 수틀리면 칼춤을 보여줄 것이다. 문화재 발굴업이 생각만큼 큰돈이 되는 것은 아니다. 다만 자본이 필요 없는 나름의 전문직이라는 게 그와 맞았다. 다행히 20년 간 종사하며 꼬리가 밟힌 적은 없었다. 간신히 돈을 모아 은퇴하고 사슴 농장을 열었는데, 이제 와서 꼬리를 잘릴 수는 없다.

"아저씨와 충돌하고 싶진 않습니다. 누구에게 넘겼는지만 말하면 됩니다."

"내는 모린다. 알아도 알켜 줄 수 없다."

"저는 알아야겠습니다. 강제로라도요."

적당한 거리를 두고 칼눈은 태주를 노려봤다. 복싱 선수가 잽을 날리듯 칼을 조금씩 흔들며 태주의 빈틈을 찾았다. 보신용 사슴피를 찾는 고객들을 만족시키기 위해서는 한방에 사슴을 보내야 한다. 그래야 심장에서 정화된 뜨끈한 피를 받을 수 있다. 목표는 목 줄기의 대동맥이다.

칼을 흔들며 거리를 가늠하던 칼눈이 휙— 팔을 뻗었다. 흔들리는 칼을 피하려 움직인 태주의 목과 어깨 사이에 허점이 보였고 그것을 놓칠 순 없었다.

그런데 그게 함정이었다. 칼이 목 주변을 파고드는 순간 태주의 몸이 살짝 내려앉았다. 그리고 눈 깜짝할 새 팔뚝이 태주의 손에 잡혔다. 칼눈의 팔이 활처럼 휘었다. 뚝- 소리가 났다. 압력을 버티지 못한 팔꿈치 뼈가 관절에서 튕겨져 나온 것이다. 엄청난 통증이 밀려왔다. 쨍그랑 소리를 내며 칼이 바닥으로 떨어졌다.

"아악-"

태주는 칼눈의 어깨를 끼고 그의 몸을 땅 바닥에 메다꽂았다. 한가롭게 풀을 뜯던 사슴과 염소들이 주인의 비명 소리에 놀라 우왕좌왕 했다.

잠시 후 태주에게 응급조치를 받은 칼눈은 태주가 듣고 싶어 하던 이야기를 다 털어 놓았다. 그 길로 고미술상을 찾아 갔다.

장물 거래는 기록을 남기지 않는다. 다만 미술상 주인의 머리 속에 기억되어 있을 뿐이다. 모른다고 버티던 고미술상 주인은 팔이 부러진 칼눈의 진술이 담긴 비디오를 보여주자 얼른 기억을 되살려냈다.

지방 국립대학 국문학과 교수의 집을 방문했다. 교수는 순순히 서첩을 내주었다. 연구 목적이었고 연구를 마친 후엔 주인에게 돌려주려 했다고 말했다. 그런데 너무 바쁜 나머지 10년째 연구를 진척시키지 못했다고 했다. 교수는 학자적 양심을 내걸고 진실을 말한다며 울먹였다. 그러나 미안하다는 말은 없었다.

다음날 칼눈과 고미술상과 대학교수는 경찰서 조사실에서 만났다. 경찰은 그들의 신분만 확인하면 되었다. 누군가 이들의 죄를 잘 정리해서 제보해 준 덕분이었다. 경찰은 셋에게 제보자가 누구인지 물었다. 하지만 셋은 제보자를 밝히지 못했다.

칼눈은 칼을 휘두른 것을 숨겨야 했다. 고미술상은 머리 속의 엉뚱한 기억이 탄로 날까 두려워 묵비권을 행사했다. 교수는 학자적 양심을 팔아먹으며 눈물 흘린 것을 죽을 때까지 부끄러워할 것이다. 경찰은 끝내 제보자가 누구인지 알지 못했지만, 상당량의 도난 문화재를 회수해 원래의 주인들에게 돌려주었다.

학교에 복학한 어느 날 누군가가 찾아왔다. 외국인이었다. 세계 최대의 L&R 에이전시인 '브라운&해리스 에이전시'의 니콜라스 해리스였다. 그는 태주에게 일 처리 방법이 매우 흥미롭고 마음에 든다고 했다. 태주는 그가 어떻게 자신을 찾아냈는지 궁금했다. 해리스는 사람이나 물건을 찾는 일이 자신들의 업무라고 했다. 태주는 나중에 에이전시가 지구상의 누구를 찾아내는 것이 어려운 일이 아님을 알게 되었다. 각국에 거미줄처럼 구축된 네트워크의 힘이다.

해리스는 한국 고객들을 위해 태주를 고용하고 싶다고 했다. 계약금으로 대학교 학비와 생활비 지원을 제시했다. 의뢰받은 일을 처리하면 두둑한 수당도 지급된다고 했다. 태주는 계약서에 흔쾌히 사인했다.

태주는 4년 간 체계적으로 국사와 세계사, 그리고 예술사를 공부하는 한편 짬짬이 의뢰받은 다양한 일을 처리하며 L&R 전문가로 성장했다.

태주가 브라운&해리스 에이전시 아시아 사무소가 있는 홍콩으로 거주지를 옮긴 건 첫사랑이자 짝사랑의 상처 때문이었다. 그리고 실연의 상심을 이겨낸 건 줄리를 향해 조금씩 커져가는 사랑 때문이었다. 그런 줄리를 눈 앞에서 잃었다. 태주는 자신의 일 때문에 줄리가 죽은 거라고 생각했다.

택시 기사를 찾는 건 쉬웠다. 도박 중독자인 그는 마카오 페리 터미널 앞 깜롱 호텔에 있었다. 이 호텔 6층엔 〈18〉이라는 이름의 사우나가 있다. 목욕뿐만 아니라 매춘, 식사, 음주, 마사지, 봉쇼나 물쇼 같은 유흥까지 제공되는 환락 뷔페 시스템이다.

택시 기사는 나체로 활보하며 세계 각국에서 온 매춘부들을 껄떡거리며 술을 마셔댔다. 당장이라도 놈의 척추 뼈를 잘근잘근 부러뜨리고 싶었다. 이곳은 어디에도 CCTV가 없다. 반면 CCTV가 필요 없을 만큼 매니저와 가드의 수도 많다. 태주는 억지로 분노를 삼키고 기회를 노렸다. 우즈베키스탄 출신의 매춘부와 중국인 안마사를 데리고 마사지 실에 들어갔던 택시 기사가 세 시간 만에 나왔다.

마침내 택시 기사가 옷을 챙겨 입고 사우나를 나섰다. 카지노에 갈 모양이었다. 엘리베이터를 기다리는 택시 기사의 팔짱을 꼈다. 그리고 신문지로 감싼 글록 19(Glock 19) 권총을 그의 옆구리에 들이댔다.

오스트리아 글록 사에서 만든 이 총은 가볍고 신뢰성이 높아 미국 경찰과 유럽 각국의 군 장교들, 그리고 중국군 고위 장교들이 애용하는 무기다. 태주는 이 권총을 어제 카지노 뒤편의 전당포에서 샀다.

권총과 태주의 얼굴을 본 택시 기사의 눈동자에 두려움이 번졌다. 객실로 택시 기사를 끌고 와 그의 관자놀이에 글록 19를 겨눈 채 물었다.

"누가 시켰지? 삼합회야?"

최근 의뢰 받은 일이 삼합회[39]의 이해 관계와 살짝 스쳤던 적이 있었다.

"중국인이 아니고요, 백인 두 명이에요. 몽콕시장 캘리포니아 피자 앞에서 어디 홀린 샤오지에(小姐, 아가씨) 없나 보고 있는데, 그 사람들이 다가왔어요. 1만 홍콩 달러 줄 테니 택시 운전하겠냐 하더라고요. 여자를 태운 다음, 코너에서 멈추고 내려서 리모컨만 누르면 되는 간단한 일이랬어요. 저도 그렇게 될 줄 몰랐습니다. 정말입니다요."

태주는 깜짝 놀랐다. 그러면서 의문이 생겨났다.

'목표는 내가 아닌 쥴리였다. 삼합회 놈들이 나에게 복수하고자 사랑하는 여인을 노린 것인가?'

하지만 삼합회는 그런 방식으로 일을 처리하진 않는다. 그들은 걸리적거리는 자들을 직접 위협하거나 해치운다. 그리고 외부의 백인 킬러를 고용하지 않는다. 일거리가 없어서 문제지, 일할 중국인은 얼마든지 있다. 언제든 동원 가능한 13억 일꾼, 그게 삼합회의 힘이다.

"백인들, 어떻게 생겼어? 특징 같은 거!"

"양복 입은 백인 놈들은 다 비슷해요. 코 크고, 눈 퍼렇고… 아, 참! 지금 생각해보니 뒤에 선 놈은 보디가드 같았어요. 덩치가 엄청나게 좋았거든요. 한 놈은 촌스럽게 애들 만화 시계 같은 걸 차고 있었어요. 시계 바늘도 없이 십자가가 새겨진 돛단배랑 지도 그림만 그려진 거에요. 옷은 간지나게 입은 인간이 몽콕시장 가면 10달러에 2개씩 파는 그런 시계를 차고 있더라고요. 오른손 가운데 손가락에 은반지를 끼고 있었는데, 반지 장식이 특이했어요. 삼각형 안에 눈알이 그려져 있더라고요."

30분 후 택시기사가 마카오 시립병원 응급실 앞에 내려졌다.

---

39) 홍콩을 중심으로 활동하는 중국인 범죄 조직. 마피아, 야쿠자와 함께 세계 3대 범죄단체다.

왼쪽 무릎 슬개골이 박살난 그는 고통에 울부짖었다. 앞으로는 오토매틱 트랜스미션이 달린 택시만 운전할 수 있을 것이다.

홍콩으로 돌아온 태주는 몽콕시장의 후미진 건물 지하창고로 들어갔다. 홍콩 전역에 유명 고급 시계의 짝퉁을 공급하는 곳이었다. 홍콩 짝퉁업계의 실력자는 자신이 공급하는 물건에 대한 자부심이 대단했다. 그는 짝퉁이라도 모방자의 피와 땀과 정성과 기술에 따라 등급이 달라진다고 했다. 자신이 보증 판매한 제품을 차고 다니다가 누군가 짝퉁임을 알아보면 환불해준다고까지 했다.

태주는 사장에게 택시 기사가 말한 시계에 대해 물었다. 한참 동안 고급시계 제조회사의 브로슈어 여러 개를 뒤적거리던 사장이 숱도 없는 머리를 긁적였다.

"그 시계는 내가 취급하지 않소. 여기뿐만 아니라 중국 어디에도 없을 거요. 중국에 없으면 세계에도 없지. 이유를 알고 싶소? 다이아몬드 닥지닥지 붙인 시계는 쉽게 모방할 수 있소. 요샌 워낙 큐빅이 잘 나와서 얼핏 봐선 다이아몬드와 구별하기 쉽지 않으니까.

하지만 그 시계는 정교하게 수작업 된 그림이 시계판에 있소. 만화 그림 같아서 우스워 보이지만, 그걸 제대로 모방하는 게 매우 어렵소. 주문 들어왔다고 모사 화공 불러다 짝퉁 만들어 봐야 제작비가 너무 비싸게 되오. 물론 조잡한 B급은 나올 수 있겠지. 하지만 내 명예를 걸고 내다 팔 만한 특A급은 만들기가 힘들단 말이오. 한 마디로 그 물건은 우리 짝퉁 업계의 애물단지요.

그런 시계이니만큼, 짝퉁이라도 그걸 차려면 몸에 걸친 모든 것을 바꿔야 하오. 그래야 짝티가 안 날 테니 말이오. 선글라스부터 드레스 셔츠, 넥타이, 정장, 양말에 구두까지 특A급 짝퉁으로 걸치려면 돈 깨나 깨질 거요."

"어딜 가면 그 시계를 볼 수 있죠?"

"백화점에서도 안 팔 거요. 보고 싶으면 특급 호텔 주변을 뒤지시오. 운 좋으면 찾을 수 있지 싶소."

"시계 이름이 뭡니까?"

"바쉐론 콘스탄틴(Vacheron Constantine) 메티에 다르(Metiers d'Art) 시리즈 중 하나인 크리스토퍼 콜럼버스 원정대일 거요. 참고로 콜럼버스 원정대는 한정판이 있소. 내 소원이 뭔지 아오? 그 한정판을 뜯어보는 거요. 일반판과 무엇이 다른지 궁금해 죽겠소."

침사추이 페닌슐라 호텔 옆에 새로 생긴 최고급 지향의 복합 쇼핑몰이 있다. '1881 헤리티지(Heritage)'라는 곳에 바쉐론 콘스탄틴의 부띠끄가 자리 잡고 있다. 태주는 부띠끄 매니저에게 메티에 다르 크리스토퍼 콜럼버스 원정대에 대해 물었다.

매니저는 매장으로 들어오는 태주의 차림새를 보고는 이 매장에서 시계를 살 것 같지 않다고 판단했다. 그런데 혹 미스터리 쇼퍼[40]일 수도 있다는 생각이 들었다. 스위스 제네바의 바쉐론 콘스탄틴 본사에서는 전 세계 매장에 가끔씩 미스터리 쇼퍼를 보내어 고객을 대하는 직원들의 태도를 점검했다. 고객 대응이 부실한 직원은 즉시 해고되었다. 매니저는 새로 개장한 이 매장에 아직 비밀 평가원이 온 적 없음을 항상 염두에 두고 있었다.

"세계 최고를 지향하는 저희 바쉐론 콘스탄틴의 모든 제품은 스위스 제네바에서 세계 최고의 시계 명장들이 직접 손으로 만듭니다. 고객님께서 여쭤보신 메티에 다르는 정말 멋진 작품이죠.

---

[40] 미스터리 쇼퍼(mystery shopper): 영업점의 위반행위를 감시하거나 고객 대응 능력을 평가하기 위해 본사에서 고객인 것처럼 보내는 평가원.

케이스는 18K 금이고, 밴드는 미시시피 강의 악어가죽입니다. 시계판 위에 금으로 장식된 지도와 배 그림 보이시죠? 이건 아메리카 항해를 성공한 크리스토퍼 콜럼버스에 대한 헌정입니다.

이 시계의 특징은 시계 바늘이 없다는 겁니다. 상부의 지도 그림판 아래에 또 다른 지도 그림판이 1시간 동안 132도 회전하며 시간을 알려줍니다. 이것이 이 시계의 특징이고, 이 기술 때문에 짝퉁이 없습니다. 물론 그림도 예술이고요."

"가격은 얼마나 하죠?"

"부띠끄 개장 기념으로 특별 할인해서 89,900US 달러입니다. 정말 좋은 가격이죠."

89,000달러면 홍콩에선 벤츠 S 클래스 350 세단을 살 수 있다. 삼합회는 일하는 데 그만한 돈을 들이지 않는다. 밥값하고 목욕비만 주면 당장 뛰쳐나올 조직원이 수십만 명인데, 굳이 손목에 대형 고급 승용차를 매달고 다니는 백인 용병을 고용할 일은 없다. 태주의 머리가 복잡해졌다.

"메티에 다르 콜럼버스 원정대엔 한정판이 있죠?"

태주가 묻자, 매니저는 자신의 예감이 맞았다고 판단했다. 이 자는 분명 미스터리 쇼퍼다.

"저희 제품에 대해 잘 아시는군요. 99개만 생산되었고 전 세계 유력인사들에게만 판매되었습니다."

"한정판은 가격이 얼마였죠?"

"그 제품은 부띠크를 통해서 판매된 것이 아니라, 저도 직접 보진 못했습니다. 가격은… 일반판의 열 배 정도였다고 알고 있습니다."

일반판의 열 배면 거의 10억 원이다. 한정판엔 시간을 멈추게 하거나 과거와 미래를 오가는 타임머신 기능이라도 있나 보다.

어쨌든 최소한 1억 원짜리 시계를 손목에 차고 다닐 만한 재력이 있는 자가 쥴리를 노린 것이다. 이젠 누가 쥴리를 죽였는지, 그리고 왜 죽였는지를 알아내야 한다. 쥴리의 죽음 뒤엔 음모의 기운이 도사린 채 스멀거리는 것 같았다.

1976년 마오쩌둥 사망 후 중국의 권력을 손에 쥔 덩 샤오핑은 흑묘백묘론을 주장하며 자본주의를 도입했다. 그 첫 시험무대가 홍콩에 인접한 선전과 마카오에 인접한 주하이였다.

1980년엔 인구 3만 명의 한적한 어촌이었던 선전은 30년이 지난 후엔 상주인구가 1,000만 명을 넘는 거대 도시가 되었다. 문제는 1,000만 명 중 선전 시에 호적을 둔 사람은 200만 명도 채 안 된다는 것이다. 중국인은 거주지를 이전하려면 정부의 허가를 받아야 한다. 문제는 허가 받기가 쉽지 않다는 데에 있다. 그래서 무허가 거주자 800만 명은 공안들에게 시달리기 일쑤다.

트럭 기사 첸 샤오기도 그런 사람 중 하나다. 중국의 낙후지역인 구이저우에서도 궁벽하기로 소문난 산골 마을 출신인 첸은 일거리를 찾아 나이 열여섯에 선전으로 흘러들었다. 15년 간 닥치는 대로 일했지만, 큰돈을 벌지 못했다. 공안들이 번갈아가며 과도한 상납을 요구했기 때문이다.

첸의 직장은 아시아 최대의 전자제품 상가인 선전 화창베이다. 그는 폐차장에서 빼온 4톤 대포 트럭에 산자이[41] 제품을 싣고 홍콩으로 운송하는 일을 한다. 산자이는 짝퉁과는 다른 차원의 모

---

41) 산자이(山寨): 산적 소굴이라는 의미지만, 현재는 중국의 모방품 산업을 가리킨다. 중국 선전은 전자제품 산자이의 중심지며 화창베이(華强北)는 그 핵심이다. 이곳에서 생산된 전자제품은 저렴한 가격과 진품에 뒤지지 않는 성능을 자랑한다. 미군의 첨단 무기 시스템에도 원산지를 속인 산자이 부품이 들어갈 정도다. 글로벌 기업들은 산자이 제조업체의 뛰어난 기술력을 인정하고 자사의 OEM 업체로 편입시키려 했다. 그러나 대부분의 산자이 업체들은 하청업체가 되기보다는 독자적인 산자이 기업으로 남아 있다.

방품이다. 짝퉁은 글로벌 브랜드 제품의 상표를 그대로 모방한 것이다. 반면 한입 베어문 위치가 약간 다른 하이폰(h-iPhone), 중국인의 눈에 가장 선명한 화질이라는 소니(soni), 급속 냉방을 보장한다는 LQ 에어컨 같은 산자이는 중국 내에선 합법적인 브랜드로 등록되어 있다.

여느 날과 마찬가지로 니혼(Nihon) 카메라를 가득 실은 첸의 트럭은 황강 세관을 통과한 후 고속도로를 시속 60km로 달렸다. 속도를 더 낼 수도 없는 차였다.

그런데 한참 전부터 자신의 트럭 뒤에 승용차가 붙어 있다는 것을 알았다. 삼각형 안에 홀쭉이와 뚱뚱이 M자가 겹쳐진 마크가 달린 차였다. 자칫 트럭 적재함에서 뭐라도 떨어지면 자신의 간, 쓸개, 콩팥을 모두 떼어 팔아도 턱도 없을 만큼 비싼 승용차이니 신경이 안 쓰일 리 없었다. 첸은 속도를 늦추며 마이바흐에게 추월해 가라고 손짓했다. 그러나 마이바흐는 그저 낡은 트럭 뒤를 졸졸 따라오고 있었다. 자기 이름만 간신히 쓸 정도로 까막눈에 가깝지만 기억력만은 비상한 첸은 마이바흐의 번호판을 유심히 보았다.

몽콕시장에 화물 하역을 마치고 선전으로 돌아가려는데, 덩치 큰 백인 남자가 다가왔다. 그는 5만 홍콩 달러를 건네주며 트럭을 가리켰다. 트럭을 팔라는 것 같았고, 트럭을 가지고 떳떳한 일을 하려는 건 아님은 분명했다. 꺼림칙했지만 낡아빠진 차값으로 5만 홍콩 달러는 거부할 수 없는 유혹이었다. 그 돈이면 선전 호적을 얻고, 괜찮은 중고 트럭도 살 수도 있으니까.

첸이 키를 건넸고, 덩치 큰 백인 남자는 트럭을 몰고 갔다. 트럭 뒤로 오전에 본 마이바흐가 따라갔다. 그런데 마이바흐의 번호판이 바뀌어 있었다.

몇 시간 후. 들뜬 마음으로 몽콕시장을 돌며 딸 아이와 마누라에게 줄 선물을 고르던 첸 앞에 덩치 큰 백인 남자가 다시 나타났다. 트럭 열쇠를 돌려받았다. 트럭은 앞부분이 박살나 있었다. 뭘 심하게 들이받은 듯 했다. 아무래도 상관없었다. 굴러만 간다면 선전으로 가져가 폐차장에 팔아넘기면 고철값은 받는다.

터덜거리는 트럭을 몰고 선전으로 향하는 고속도로를 달리던 첸은 자꾸 켕기는 느낌이 들었다. 뒤를 돌아본 첸은 덜컥 겁에 질렸다. 헤드라이트도 켜지 않은 승용차가 20여 미터 간격을 두고 따라오고 있었던 것이다. 첸은 필사적으로 액셀러레이터를 밟았다. 바로 앞에 휴게소가 보였다. 선전과 홍콩을 오가는 트럭기사들이 잠시 쉬는 곳이었다.

휴게소 주차장 구석엔 도축장으로 가는 트럭이 서 있었다. 첸은 재빠르게 화물칸의 돼지들 속에 숨었다. 돼지 오줌똥 냄새가 코를 찔렀다.

마이바흐의 운전석에서 덩치 큰 백인 남자가 내렸다. 그는 첸의 트럭을 본 후 주차 중인 트럭들을 매섭게 훑었다. 그가 첸이 숨어 있는 돼지 운반 트럭 앞에 왔을 때 마이바흐의 뒷자리 창문이 내려왔다. 회색 줄무늬 정장을 입은 백인 남자가 짜증스러운 얼굴을 내밀었다.

"할!"

줄무늬 정장이 외치자 덩치 큰 백인 남자가 돌아보았다. 덩치 큰 백인의 이름이 할인 것 같았다. 손가락으로 코를 막은 줄무늬 정장은 할에게 성화를 부렸다. 가자는 것 같았다. 할이 어깨를 으쓱하더니 마이바흐의 운전석에 올랐다.

마이바흐가 휴게소에서 고속도로로 진입하려 할 때 라이트가 켜졌다. 첸의 눈에 마이바흐의 번호판이 들어왔다. 그런데 번호판이 또 바뀌어 있었다.

태주가 화창베이의 화물차 주차장에서 첸을 찾았을 때, 새 트럭의 주인이 된 그는 마이바흐에 달렸던 3개의 차량 번호를 기억해냈다. 그리고 덩치 큰 백인 남자에 대해서도 기억해냈다.

"트럭 운전이 시원치 않더라고요. 하긴 양복 입는 놈이 그런 똥차를 몰아보진 안았겠지만 서두요."

"기억나는 특징 같은 거 없어요?"

"있지요. 열쇠를 돌려주는데 덩치는 산만한 놈이 오른손 손등에 날개 달린 어린애 문신을 했더라고요. 거 왜 있잖아요, 화살 쏘는 어린애. 근데 화살이 가운데 손가락으로 이어지던데."

태주는 차량 번호를 조사했다. 둘은 이미 폐차된 차의 것이고, 하나는 선박 컨설팅 회사가 일주일 전에 구입한 마이바흐였다.

컨설팅 회사는 홍콩 섬 애버딘 항 앞의 정크선 수리점 3층 창고를 주소지로 둔 유령회사였다. 유일하게 등기된 대표이사는 에버딘 항에 사시사철 정박 중인 정크선 위에서 생활하는 중국 노인이었다. 노인은 대표이사가 뭔지도 몰랐다. 노인은 태주가 원하는 답을 주지 못했다. 다만 흔들리는 정크선 위에서 세월을 낚으며 사는 방법에 대한 컨설팅은 자세하게 해주었다. 다른 길을 뚫어야 했다.

마이바흐 구입 과정을 추적했다. 범죄 조직이라도 수십만 달러의 현금을 가방에 넣어 들고 다니진 않는다. 돈뭉치 가방은 영화에서나 보는 상상력일 뿐이다. 예상대로 차 값은 계좌로 입금되었다. 그 돈을 송금한 곳이 라부안에 설립된 LLP라는 회사였다.

브루나이 앞바다에서 30km 떨어진 곳에 위치한 말레이시아 령 라부안 섬은 아시아의 대표적인 조세회피처이고, 그 섬에 등록된 외국인 기업은 100% 페이퍼 컴퍼니이다. 밀수꾼들이 화물의 원적지 세탁용으로 애용하는 자유무역항 외엔 특별한 경제활동 수단이 없는 라부안 사람들은 페이퍼 컴퍼니를 관리하며 살아간다.

쌍둥이 빌딩으로 이루어진 라부안 파이낸셜 파크엔 수백 개의 신탁회사들이 있다. 페이퍼 컴퍼니의 등록 및 유지를 대행해 주면서 수수료를 받는 곳이다.

태주가 찾아간 사무실은 직원 10명 가량이 일하는 작은 신탁회사였다. 3면의 벽엔 회사의 명패 수백 개가 빽빽이 걸려 있었다. 그중에서 LLP를 찾았다. 하지만 달랑 팩스 한 장이 전부인 LLP의 회사 설립 서류로 알 수 있는 것은 없었다. 팩스는 송신자 번호가 없었고, 신탁회사 수수료도 선불로 10년치를 완납했다. 또 막다른 길을 만났다.

풀리지 않는 의문이 커진 태주는 줄리가 인터콘티넨탈 그랜드 스탠포드 호텔에 남긴 여행가방에서 나온 신분증을 가지고 유럽으로 갔다. 비틀즈의 노래를 흥얼거리며 하루키의 소설책을 들고 있으면 더할 나위 없을 것 같은 '노르웨이의 숲'의 나라에 도착했다. 수도 오슬로에서 비행기를 갈아타고 인구 25만 명이 사는 노르웨이 제2의 도시 베르겐으로 향했다.

베르겐은 205km로 세계에서 가장 긴 송네 피오르(Songne Fjord)[42]의 관문 역할을 하는 항구다. 중세 초기엔 바이킹의 근거지로, 이후엔 북대서양에서 서식하는 대구의 일종인 해덕(Haddock)을 잡아 훈제 가공하는 항구로 유명했다.

태주는 줄리의 부모에게 그녀의 직장에 관해 물었다. 외동딸을 잃은 후 부쩍 늙어 버린 뱃사람은 억센 팔뚝으로 눈물부터 훔쳤

---

42) 피오르(Fjord): 빙하의 침식으로 만들어진 골짜기에 바닷물이 들어와 생긴 좁고 긴 만.

다. 줄리의 어머니도 태주가 아는 수준을 넘지 못했다. 줄리가 살던 런던 외곽의 아파트 주소와 휴대폰번호가 다였다.

파리로 가서 소르본 누벨(Sorbonne Nouvelle)이라 불리는 파리 제3대학교에서 커뮤니케이션 박사학위 과정을 마친 기록을 확인했다. 그녀는 열심히 공부하면서도 봉사활동에도 적극적으로 참여하는 학생이었다. 학교의 취업 상담자를 찾아간 태주는 줄리가 취업한 곳에 대한 정보를 물었다. 취업 상담실이 가지고 있는 자료는 이력서를 받은 우편사서함 하나밖에 없었다.

런던으로 건너갔다. 줄리의 명함에 적힌 주소지는 런던 시티였다. 그런데 그 주소지엔 금융회사가 있었다. 우체국 사서함과 연결된 주소지도 이 빌딩이다. 그런데 줄리가 일했던 환경재단은 그 빌딩 내 어디에도 없었다. 줄리의 직장은 실체가 없었다. 지난 3년 간 줄리와 연락한 방법을 생각해보니 핸드폰이나 이메일이었다. 머리 속에 어두운 구름이 잔뜩 낀 것 같았다.

여행사에 가서 사용하지 않은 항공권 환불을 핑계로 줄리의 홍콩행 항공권을 알아봤다. 법인 계좌에서 결제되었다. 그런데 그 법인의 소재지가 카리브해의 케이맨 군도였다. 그곳은 바하마, 버뮤다, 영국령 버진 아일랜드와 함께 카리브해의 유명한 조세회피처 군락 중 하나다. 돈은 많지만, 세금은 내기 싫은 자들의 천국(Tax Heaven)이 모여 있는 지역이다.

그 시점에서 태주는 추적을 멈췄다. 줄리에 대해 알고자 할수록 모르는 게 많아졌고 의구심은 커져만 갔다. 그렇기에 더 알고 싶지 않았다. 태주는 줄리를 사랑했다. 줄리도 그랬다. 이건 스토리가 아닌 히스토리였다. 태주는 줄리와의 사랑, 추억, 그리움만을 마음속 깊이 간직해 두기로 했다.

그리고 작은 소망도 함께 마음 한 구석에 보관했다. 바쉐론 콘스탄틴 메티에 다르 손목시계를 차고, 피라미드 안에 눈이 새겨진 반지를 끼고 다니는 남자와 큐피드의 화살이 가운데 손가락을 향한 문신을 오른손 손등에 새긴 남자에게 쥴리를 왜 죽였는지 물을 수 있도록 해달라는 소망을….

쥴리의 사고 이후 태주는 많은 돈을 벌 수 있는 미술품이나 귀금속 같은 물품 추적 의뢰를 받지 않았다. 대신 L&R의 마이너로 취급되던 분야에 매진했다. 그리고 거주지를 방콕으로 옮겼다. 배낭 메고 여행 다니는 이들의 메카라 할 수 있는 카오산 로드가 있는 도시이기 때문이다.

전 세계 출신의 여행자들이 보고 듣고 체험한 이야기가 이 도시로 무여 든다. 하나하나의 이야기들을 모으고 거르면 유용한 정보가 되는 것이다. 태주는 그렇게 흘러드는 이야기들에 안테나를 세우고 있다.

3. 세브란스 병원

　신촌 세브란스 병원 본관 19층 병동. 흰 가운과 잘 어울리는 백발을 가지런히 빗어 넘긴 노 의사가 간호사실에서 기록지를 확인하고 있다. 그는 이 병원 소화기내과 의사이자 의과대학 교수다.

　기록지를 보며 표정이 어두워진 의사가 병실이 이어진 복도로 발걸음을 옮겼다. 그는 병동 중앙부에 위치한 휴게실, 간호사실, 탕비실 등의 공용시설과 멀찌감치 떨어진 복도 끝 병실 앞에서 걸음을 멈췄다. 병실 문 팻말엔 허강녕이라는 환자 이름이 적혀 있다. 의사는 가볍게 노크한 후 살짝 문을 열고 병실로 들어갔다.

　병실이 어둡다. 신촌 일대의 멋진 경관을 보여줄 창에 블라인드를 촘촘히 쳐 놓았기 때문이다. 침상엔 머리털이 다 빠진 한 남자가 잠들어 있다. 건장한 체격이지만 병색이 완연한 이 남자가 허강녕이다. 의사가 창을 가린 블라인드를 제치자 밝은 빛이 쏟아져 들어왔다. 그 바람에 강녕이 깜짝 놀라 눈을 떴다. 의사가 강녕을 보며 약간 화난 듯 말했다.

　"광합성을 해야 몸이 제 기능을 해!"

"난 육식 동물이야."

잠에서 덜 깬 강녕이 아무렇지도 않게 받아넘겼다.

"좀 어떤가? 특별히 불편한 데라도 있나?"

"날아갈 것 같이 아주 좋으니까 퇴원 좀 시켜줘."

"또 그 소리. 당장은 안 돼. 그래도 예후가 좋으니, 조금만 있으면 퇴원할 걸세."

의사가 등을 돌려 시선을 창 밖으로 향하며 말했다. 하지만 그의 어깨는 힘없이 쳐져 있다. 햇살을 받아 머리카락이 더욱 하얗게 보이는 의사에게서 지나간 세월을 확인하던 강녕이 조용히 물었다.

"김박, 얼마나 남았지? 삼남이."

"쯧쯧… 걱정하지 말아. 자넨 앞으로 50년은 거뜬히 살 거야."

김박이라 불리운 의사가 여전히 창 밖을 바라보며 대답했다.

"이봐. 대관이. 솔직히 말해줘. 이젠 그럴 때도 됐잖아. 이렇게 병원에 누워서 죽을 순 없어."

"때는 무슨 때! 일은 천천히 해! 천년 만년 살게 해줄 테니."

대관이 비장한 표정으로 강녕에게 시선을 돌렸다. 하지만 침대 위의 환자를 보는 그의 눈빛이 흔들렸다. 환자는 그에게 진실을 요구하고 있었다.

"내 의사질 40년이야. 내 손으로 수도 없이 많은 환자들을 살려냈다고. 날 믿고 내 말을 따르면 돼. 쓸데없는 고집 좀 그만 부리고!"

대관이 버럭 화를 내며 병실을 나갔다. 목이 메여서다. 그는 매일 병원으로 출근하면서 이 환자를 꼭 살리고 싶다는 간절한 기도를 한다. 하지만 그 바람이 불가능에 가깝다는 것을 잘 안다. 천하의 명의도 손을 쓸 수 없는 췌장암 말기이기 때문이다.

이자라고도 불리는 췌장은 옥수수처럼 길쭉한 모양으로 위 뒤에 붙어서 소화액을 만드는 기관이다. 이 참을성 많은 신체기관은 악성 종양이 생겨도 티를 안 낸다. 그러다 더 이상 못 버티겠다고 표시를 할 때엔 악성종양 세포가 췌장관을 타고 전신에 퍼진 췌장암 말기 상태. 증상을 자각하고 병원에 온 환자의 대부분은 6개월을 넘기지 못한다. 운이 좋은 10%의 환자만 수술이 가능하고, 수술해도 5년 이상 생존율이 20%를 넘지 못한다.

병실을 나선 대관이 병실 문 옆 벽에 기대어 섰다. 그리고 한숨을 내쉰다. 강녕과 술 한 잔 했으면 좋겠다는 생각이 들었다.

둘은 45년 전 까까머리에 여드름투성이 고등학교 시절 처음 만났다. 둘은 당시 한국에서 첫 손에 꼽히는 경기고등학교에 다녔다. 정치인, 법관, 의사, 교수, 과학자가 되는 것이 목표인 엘리트들 사이에서 강녕의 장래 희망은 첩보원이었다. 때문에 강녕은 학교에서 괴짜로 통했다. 대관은 괴짜와 친했고 그의 꿈을 인정했다.

대학교 입학원서를 쓸 때 강녕은 학교를 크게 술렁이게 만들었다. 외국어대학교를 지원했기 때문이었다. 그의 성적은 서울대에 갈 수 있었다. 학교와 부모는 극력 반대했지만, 강녕의 고집을 꺾을 수 없었다.

대관이 의과대학을 졸업하고 병원의 인턴이 되었을 때, 강녕도 공채로 중앙정보부(중정)에 들어갔다. 1978년 겨울이었다. 이후 강녕과 대관은 각자의 분야에서 최선을 다해 일했다. 그렇게 세월이 지나 강녕은 퇴직했고, 대관도 은퇴를 눈 앞에 두고 있다.

석 달 전 고등학교 동기 모임이 둘의 마지막 술자리였다. 국회의원, 장관, 대기업 CEO, 변호사, 의사, 대학교수가 된 고등학교 시절 벗들이 한강을 굽어보는 워커힐 호텔 명월관 별당에 모였다.

대한민국의 지도층이라고 자부하는 이들의 모임에선 단조로운 대화만 오갔다. 그들은 최고급 한우를 씹고 고급 양주를 마시면서 부동산과 펀드와 골프만을 이야기했다. 세월은 청춘의 이상과 현실의 고뇌를 토로하던 이들을 역겨운 속물들로 바꿔 놓았다. 거기에 끼어들 여지도, 의지도 없는 강녕은 자리를 박차고 나갔다.

대관이 어렵게 강녕을 찾아냈을 때, 그는 천호대교 북단 사거리의 치킨 집에 있었다. 치킨 집의 문을 열고 들어서던 대관은 탁자 위로 푹— 고꾸라지는 강녕을 보았다. 강녕의 노란 눈 색깔이 마음에 걸렸다. 검사 결과 6개월 넘기기 어렵다는 사실에 하늘이 노래지는 걸 느꼈다. 그리고 3개월이 흘렀다. 앞으로 강녕이 언제까지 숨을 쉴지는 오직 신만이 알 뿐이다.

대관이 나간 후 강녕은 참아왔던 통증을 한꺼번에 쏟아냈다. 그는 살아서 이 병원을 나설 수 없다는 것을 안다. 상대의 미세한 얼굴 표정이나 몸짓 하나에서 의미 있는 정보를 캐온 지 30여 년이다. 매일 찾아오는 대관과 전담 레지던트, 매시간 상태를 확인하는 간호사들의 표정에서 하루가 다르게 악화되어 가는 자신의 육신을 읽어낼 수 있다.

그는 대한민국 정보기관의 블랙[43]이었다. 현대사의 굵직한 첩보 현장 뒤에는 항상 자신이 있었다고 자부한다. 그랬기에 마음만 먹으면 고등학교 동창들처럼 사회적 출세를 할 수 있었다. 그런 기회가 너무 많아 일을 못할 정도였다.

강녕의 직급은 대한민국 7급 공무원이다. 남들 보기엔 전직이

---

[43] 블랙: 신분을 위장한 채 외국에 잠입해 정보를 수집하는 첩보요원.
화이트: 대사관 소속의 외교관 신분을 가진 정보요원.

지만, 강녕은 아직도 현직이라 자부한다. 비록 평생을 바친 일터로 돌아갈 수 없어도 말이다.

강녕이 스스로를 현직이라 여기는 이유는 아직도 중요한 공작이 진행되고 있기 때문이다. 그것은 대한민국 정부의 승인 아래 그가 지휘하는 일이고, 대한민국의 이익만을 위해 평생을 바친 노 첩보원의 마지막 과업이다. 그러나 자신에게 주어진 시간이 얼마 안 남았다. 그로 인한 조바심으로 매일 대관에게 퇴원을 조르는 것이다.

강녕은 이를 악물고 통증과 싸우면서 죽기 전에 반드시 정리해야 할 사항들을 생각했다. 가장 좋은 방법은 그가 필리핀으로 가는 것이다. 그러나 몸 상태는 그것을 불가능하게 만들었다. 대신 가줄 사람이 필요하다.

강녕은 머리 속 인명사전을 뒤져본다. 하지만 사익과 공익의 갈림길에서 흔쾌히 공익을 선택할 사람은 쉽게 떠오르지 않았다. 더구나 숭숭 빠져나간 머리털과 함께 기억력도 날아가 버린 것 같다. 독한 항암제가 뇌 속 해마와 편도체[44]의 활동을 방해하는 탓이다.

강녕은 뭐든 기록하지 않았다. 대신 어떤 것이든 기억했다. '기록은 기억을 지배한다'는 캐논의 유명한 카메라 광고는 강녕의 뛰어난 기억력 앞에서 힘을 쓰지 못했다. 하지만 강녕의 자부심이었던 것이 이젠 장애물이 되었다.

피곤한 마음은 병든 몸을 더욱 지치게 만든다. 강녕은 오후 내내 더 이상 예전과 같지 않은 머리를 짜냈다. 9시 뉴스를 보고 난 이후부터 침대 위에서 궁싯거리다 자정 즈음 시나브로 잠이

---

44) 인간의 기억은 뇌의 변연계에서 담당한다. 변연계에는 언어적, 의식적 기억을 담당하는 해마(Hippocampus)와 감정적, 무의식적 기억을 담당하는 편도체(Amygdala)가 있다.

들었다.

세상 사람들이 새아침을 맞기 위해 깊은 잠에 빠진 시간, 불야성을 이루던 신촌 유흥가의 네온사인도 하나 둘 꺼져 갔다. 세브란스 병원 19층 맨 끝 병실에도 작은 취침등만 켜져 있다.

유리창 너머로 누군가 병실 안을 엿보았다. 간병인 복장의 젊은 여자다. 보통 간병인은 중년 이후의 여인들이다. 젊은 여인들은 힘들면서도 보수가 적은 간병인 일은 하려 하지 않는다. 그래서 병원에 젊은 간병인이 없는 것이다. 이 특이한 젊은 간병인은 소리 없이 병실 문을 열고 들어섰다.

한창 때 강녕은 잠든 상태에서도 베게 맡을 기어가는 바퀴벌레를 때려잡았을 만큼 비상한 감각의 소유자였다. 러시아와 중국의 호텔방에 장착된 도청장치들은 30분 이내에 죄다 변기 속에서 수명을 마쳤다.

그러나 늙고 병들었으며, 약에 취한 강녕은 자신의 것이 아닌 미세한 숨소리를 느끼지 못했다. 젊은 간병인이 강녕에게 다가섰다. 그리곤 앞주머니에서 주사기를 꺼냈다. 그녀는 링거병 마개에 주사 바늘을 꽂고 액체를 투입했다. 여자의 미세한 손 떨림이 링거 줄을 흔들었다. 투입을 마친 여자는 다시 소리 없이 문을 열고 나갔다.

잠시 후 강녕의 호흡이 가빠졌다. 맥박도 심하게 요동쳤다. 하지만 기분은 몹시 좋았다. 뇌 활동이 자유로워지는 것을 느꼈다. 유체이탈이라도 한 것처럼….

침대에 부착된 환자상태 감시장치(Patient Monitor)의 호흡, 맥박, 혈압, 체온 표시등이 번쩍거리며 간호사실로 '코드 블루'[45]

---

45) 환자의 심장 박동이 멈춘 응급 상황.

상황임을 전송했다.

마치 대포처럼 터지던 심장 박동이 멈추자, 의식이 가물거리기 시작했다. 간호사들이 급히 들이닥치는 것을 끝으로 강녕의 시야가 온통 하얗게 변했다.

순간 번쩍하며 허공에 이름과 얼굴이 떠올랐다. 하루 종일 기억해내려 애쓰던 그 사람, 한태주였다. 강녕은 하얀 공간의 누군가에게 조금만 더 시간을 달라고 간청했다.

그에겐 꼭 마무리 지어야 할 일이 있기 때문이다.

4. 예멘 사나

한태주는 막 두바이 공항 3터미널에 도착했다. 방콕 수완나폼 공항에서 새벽 2시 30분에 출발한 에미레이트 항공 소유의 보잉 777-300ER은 6시간 20분 동안 약 4,900km를 날아와 새벽 5시 50분에 두바이 공항의 활주로에 내려앉았다. 방콕과 두바이의 시차는 3시간이다.

새벽이지만 두바이 공항은 부산했다. 중동의 허브 공항이라 연결 항공편으로 갈아타려는 승객들이 많았다. 의자는 물론 무빙워크 양쪽 바닥에도 수많은 남아시아 사람들이 잠들어 있었다. 중동 곳곳에 건설 노동자로 왔다가 인도, 파키스탄, 방글라데시, 스리랑카, 네팔의 가족에게 돌아가는 사람들이다. 공항의 카페테리아 앞에도 엄청나게 많은 사람들이 길게 줄을 지어 있었다. 4시간 이상 공항에서 대기한 트랜스퍼 승객에게 두바이 공항에서 무료로 아침 식사를 제공하기 때문이다.

프라이어리티 패스46)로 이용할 수 있는 메르하바(Merhaba) 라운지가 눈에 띄었다. 터키어로 안녕이라는 의미의 이 라운지는 술탄의 궁전을 본뜬 디자인에 아라베스크로 장식되어 있다. 태주는 빈자리에 앉자마자 아이폰을 켜 구글 G메일을 확인했다. 하지만 기다리는 소식은 없다. 갓 뽑아낸 커피 한 모금이 식도를 타고 흘러내리며 정신을 바짝 들게 했다.

태주는 어제 에이전시에 긴급요청을 했다. 에이전시는 네트워크를 총동원해 조력자를 찾고 있고, 태주는 응답을 기다리고 있다. 그러나 시간이 문제다. 태주는 1시간 뒤에 출발하는 예멘 사나행 비행기를 타야 한다. 시계 바늘이 움직일수록 초조해진다.

L&R 마이너 분야에서 태주는 에이전시 본사에서도 놀랄 정도로 많은 성과를 올렸다. 태주의 주요 의뢰인은 한국의 금융기관들이었다. 이들은 부도나 돈을 떼어먹고 해외로 도피한 사람들이 어디에 있는지 알고 싶어 했다.

태주는 그들의 소재를 확인하고 필요하면 데려오는 일을 한다. 태주의 첫 고객은 한국의 한 보험회사였다. 계좌를 조작해서 계약자들에게 지급해야 할 보험금 20억 원을 횡령한 직원을 찾아달라는 것이었다. 방콕으로 흘러드는 여행자들로부터 단서가 나왔다.

단서를 추적해 보니 그 직원은 마카오 카지노에서 VIP 대접을 받으며 호기를 부리다가 돈을 다 날리고, 앵벌이 롤링꾼47)으로 전락했다. 구걸로 연명하던 그는 주하이를 통해 중국에 입국했고, 베이징을 거쳐 옌볜(延邊) 조선족자치주48)의 주도인 옌지(延

---

46) 프라이어리티 패스(Priority Pass): 1992년 설립된 세계 최대의 공항 VIP 라운지 프로그램. 이 프로그램에 가입하면 전 세계 100여 개 국가, 300개 도시의 600여 개의 공항 라운지를 이용할 수 있다.

47) 가지고 온 돈을 다 잃어 급히 도박자금이 필요한 사람에게 카지노 꽁지꾼(사채 전주)을 소개해주면서 알선료를 받거나, 카지노 고객의 수발을 들어주며 수고료를 받거나, 이에 구걸에 나선 카지노 폐인들. 롤링꾼도 한때는 당당한 카지노 고객이었지만, 돈 다 날린 후엔 비참한 카지노 떨거지로서 도박장 주변을 떠돌다가 조금이라도 돈이 생기면 도박 테이블로 달려간다.

48) 1948년 중화인민공화국 건국 전까지는 북간도로 불렸던 지역으로 옌지(延吉), 투먼(圖們), 돈화(敦化), 허

吉)까지 갔다.

그곳엔 돈이 되는 일들이 널려 있었다. 보이스 피싱 조직에 일자리를 얻었다. 한국 내 대포계좌 간 자금 이체와 중국으로의 송금 업무를 맡고 있던 그에게 북한 정보요원이 접근했다. 다양한 금융 계좌를 만진 그의 경력을 높이 평가했기 때문이다. 그는 압록강을 건너 북한으로 넘어갔다.

태주는 그 직원의 평양 거주지 주소까지 알아내어 의뢰인에게 보고서를 보냈다. 2주 후 한국의 보험회사는 중국 베이징을 경유한 국제우편물 한 통을 평양으로 보냈다. 우편물 안에는 횡령한 금액과 법정이자의 변상을 요구하는 내용증명이 들어 있었다. 앞으로 보험회사는 채권시효의 연장을 위해 주기적으로 우편물을 보낼 것이다. 통일이 되거나 그 직원이 사망할 때까지….

이 건으로 태주는 한국 금융업계 채권추심 담당자들 사이에서 신화가 되었다. 한국의 금융기관들로부터 의뢰가 밀려들었다. 대부분 채무자 추적이었고 태주에겐 손쉬운 일거리였다. 하지만 세상만사가 그렇듯 순탄한 나날 뒤엔 반드시 고비가 찾아온다. 지금 태주가 가야 하는 예멘이 그 고비다.

한국인 청년 하나가 가출해서 몇 달째 해외를 떠돌고 있었다. 문제는 그 청년이 한국 정부가 지정한 여행금지 국가인 예멘에 간 것이다. 그가 예약한 항공권대로라면 방콕에서 두바이를 경유해 이스라엘의 예루살렘으로 가야 했다. 그런데 느닷없이 예멘으로 넘어갔다.

청년의 부모는 서울의 대형 교회 목사 부부였다. 목사 부부는 늦둥이 외아들의 가출을 조용히 처리하고자 했다. 신학대학에서

룽(和龍), 룽징(龍井), 훈춘(琿春)의 5개 시와 왕칭(汪淸), 안투(安圖)의 2개 현으로 구성되어 있다. 이 지역은 조선 말기부터 한민족이 이주하여 개척한 지역으로 일제강점기 독립운동이 활발했던 곳이다.

공부하고 있어야 할 아들이 거액을 들고 집을 나간 사실이 신도들 입에 오르는 것을 원치 않았기 때문이다. 교회를 물려줄 녀석에게 흠집이 생기면 곤란한 일이다.

가출 초기엔 귀국하라는 말을 안 했다. 골치 아픈 사정이 있었기 때문이다. 그러나 한 달이 넘자 부부는 거의 매일 아들에게 전화해서 귀국하라고 달랬다. 하지만 아들은 들은 척도 안 했다. 그러더니 부모와 교회의 전화번호를 수신차단 목록에 등록시켰다. 아들과 통화조차 할 수 없게 된 목사 부부는 주님의 뜻으로 아들의 마음이 바뀌리라 믿으며 열심히 기도했다. 그렇게 또 한 달이 흘렀다.

세상엔 비밀이 없다. 신도들에게는 아들이 해외 선교 봉사활동 중이라고 했지만, 이 교회 장로들은 눈치가 비상했다. 점차 평신도들까지도 수군거렸다. 지난 주일엔 유난히 아들 아직 안 돌아왔느냐는 물음과 걱정을 많이 들었다. 부끄러움과 스트레스가 하늘을 찔렀다. 그날 밤 목사는 거나하게 술을 마시고 들어왔다. 그는 아들이 돌아오길 기도하는 아내에게 퉁명스럽게 말했다.

"기도는 개뿔! 염불한다고 중이 다 부처 되나?"

"그럼 어떡해요? 이거라도 하고 있어야지."

"항상 그렇지만 주님은 필요할 땐 응답이 없어! 젠장할!"

목사는 주머니에서 새로 산 휴대폰을 꺼내 국제전화를 걸었다. 일곱 번째 신호음만에 아들이 받았다.

"누구세요?"

"아버지다."

"에이, 이런! 폰 새로 샀나 보네."

"뭐 하나?"

"안마 받았더니 피곤해져서… 술 마셔."

"언제 귀국할 거냐?"

"또 그 소리야?"

"그 일 때문이라면 아버지가 다 해결했다."

"그 년 아니라도 난 한국이 싫어."

"한국이 싫으면 어디서 살 건데?"

"맘에 드는 데 가서 살다가 싫증나면 딴 나라 가고, 그렇게 살면 되지."

"그렇게 떠돌다가 뭐가 될래? 교회는 어떻게 하고?"

"그냥 내비 둬. 세상은 넓고 즐거운 일은 많은데, 왜 그래? 술맛 떨어지게."

목사의 분노가 한계치 이상 끓어오른 압력밥솥처럼 뚜껑이 터졌다.

"야, 이 자식아! 늙은 애비 애미 애간장 다 녹이면서 술이 넘어가냐? 정신 차려 이놈아! 이젠 남들 보기 창피해서 못살겠다. 차라리 이스라엘에라도 가 있으면 떳떳하게 말이라도 하지. 이건 뭐…. 애비 말 똑똑히 들어. 당장 귀국해! 알아들었어?"

"……."

아들은 아무런 말도 하지 않았다. 휴대폰에서는 여자의 교성과 신음만 들려왔다. 목사는 애꿎은 새 휴대폰을 벽에 던져 박살내 버렸다. 목사는 더 늦기 전에 아들을 잡아와야 한다고 마음먹었다.

은밀히 홍콩으로 날아온 목사 부부는 브라운&해리스 에이전시를 찾아와 아들의 소재 파악과 귀환을 의뢰했다. 교회 장로인 보험회사 부사장이 지나가는 말로 했던 이야기를 귀담아 들었던 목사는 한태주를 지정했다. 거기엔 현실적인 이유도 있었다. 진행 상황을 보고 받아야 하는데, 영어는 알아들을 수 없기 때문이다.

태주는 방성태라는 목사 아들의 사진을 들고 카오산의 한인 업소들을 수소문했다. 방성태는 방콕의 한인업소에선 꽤 유명 인사였다. 그 유명세가 좋은 쪽이 아니어서 문제지만. 한인업소 사장들은 방성태가 프레이저 스윗 어바나 사톤에 장투(장기투숙) 중이라고 했다.

세계적인 환락가인 팟퐁의 초입과 사톤 대로를 사이에 둔 사톤 지역은 고급 주택가와 대사관 밀집지역이다. 사톤 대로변의 프레이저 스윗 어바나 사톤은 주변의 대사관 직원들이 많이 사는 고급 서비스 아파트먼트다. 태주는 그곳의 리셉션 데스크에서 방성태가 3일 전 체크아웃 했음을 확인했다. 하루 종일 방콕의 모든 서비스 아파트들과 주요 호텔들을 뒤져봤지만 종적이 묘연했다.

혹시나 하는 마음에 수완나폼 공항의 출국 기록을 확인했다. 방성태라는 이름이 거기 있었다. 타이항공 여객관리 부서에 그의 항공기 탑승 현황을 알아봤다. 목적지는 예루살렘이지만 경유지인 두바이에 체류 중인 것으로 나왔다.

태주는 두바이의 수많은 호텔 리셉션 데스크와 통화했다. 그중한 곳에서 방성태라는 한국인이 이틀 전 체크아웃 했다고 전해왔다. 두바이 공항의 출국자 명단을 뒤져 방성태가 간 곳을 알아낼 수 있었다. 그의 목적지는 예멘의 사나였다. 누워서 떡 먹기라고 생각했던 태주는 삼키던 떡이 목에 걸린 느낌이었다.

매년 전 세계에서 500여 명의 한국인이 납치, 감금, 실종된다. 대부분은 길을 잃거나 일시적인 연락 두절이지만 심각한 경우도 꽤 있다. 위험 지역이라면 더욱 그렇다. 당사자들이 프라이버시 문제로 밝히지 않거나, 국가 간 관계를 생각한 정부가 무마하기 때문에 알려지지 않을 뿐이다.

자정 넘어 목사 부부가 막 잠자리에 들려고 할 때 한태주의 전화를 받았다.

"아드님은 현재 예멘에 간 것으로 확인되었습니다."

"예멘? 그게 어디 붙어먹은 나라요?"

"사우디아라비아 남쪽에 있는 나랍니다."

"어딨는지 알면 당장 가서 데려오면 되잖소."

"그게 쉽지 않습니다. 혹시 영화 '람보' 보셨습니까?"

"실베스터 스텔론 나오는 그 영화 말이오?"

"맞습니다. 람보 같은 특수전 전문가들도 가기를 꺼리는 나라가 몇 있습니다. 그중 하나가 예멘입니다."

지구상의 230여 개 나라 가운데 이방인에게 위험한 나라를 꼽는다면, 다이아몬드와 석유 때문에 내전을 벌이는 중부 아프리카 몇 나라와 이라크, 아프가니스탄, 소말리아 그리고 예멘이다. 북한은 이들 나라에 비하면 한참 양호하다.

예멘의 인구는 2,200만 명이다. 그런데 국제 무기조사 기관인 스몰 암스 서베이(Small Arms Survey)에 따르면 예멘의 총기 보유 수가 1,700만 정이다. 공식적으로 성인 남자 1인당 3정씩 가지고 있다는 말이다. 더구나 비공식 통계로는 총기 보유 수가 6,000만 정을 넘는다.

예멘에서는 절도나 소매치기 같은 생활범죄가 그리 많지 않다. 모두가 가난하기에 훔칠 것도 없다. 또한 예메니(예멘 사람)들의 성정도 순박하고 인정이 넘친다. 그러나 충돌이 생기면 걷잡을 수 없이 커진다. 흔한 총기와 늘 차고 다니는 칼이 등장하기 때문이다. 따라서 피해자는 중상 아니면 사망인 경우가 많다.

"엇!"

혈압이 오른 목사가 뒷목을 잡는 광경이 소리로 전해졌다.

"아프가니스탄, 이라크, 소말리아 같은 나라에 사람을 보내는 건 비용이 많이 듭니다. 위험도가 높아서죠. 최근 예멘의 위험도가 이들 나라와 비슷할 정도로 높아졌습니다. 알 카에다(Al Qaeda, القاعدة)의 창설지이고, 알 카에다 연계 조직이 적극적으로 움직이니까요."

"알 카에다…라면, 수염 기르고 터번 쓴 놈이 두목인 테러 집단 말이오?"

지정학적으로 중동 아시아와 블랙 아프리카의 가교 역할을 하는 예멘은 아라비아 반도의 남서부에 위치한 나라다. 북쪽으로는 사우디아라비아, 동쪽으로는 오만과 국경을 맞대고 있고, 서쪽으로는 폭이 26km밖에 안 되는 홍해의 밥 엘 만뎁(Bab el-Mandeb) 해협을 건너면 아프리카의 에리트레아와 지부티, 남쪽으로는 아라비아해의 아덴 만을 사이에 두고 아프리카의 뿔이라 불리는 소말리아와 마주보고 있다.

예멘의 영토 안에서도 북서부는 산간 지역, 북동부는 사막, 중부는 고원, 남부는 평야와 해안지대다. 또한 예멘은 4개의 세력이 지역별로 분할통치하는 나라다. 정규군을 가진 사나의 예멘 정부, 북부의 시아파 부족 반군 세력, 아덴을 중심으로 한 남부를 독립시키려는 사회주의 세력, 그리고 동부의 알 카에다. 오사마 빈 라덴(Osama bin Laden)이 알 카에다를 창설한 곳이 예멘과 오만의 접경지대 사막이다.

곁에서 통화 내용을 듣고 있던 목사 부인의 통곡이 터졌다. 수만 명 신도들을 쥐락펴락 하는 목사가 떨리는 목소리로 말했다.

"비용은 얼마가 들어도 좋소. 미우나 고우나 하나밖에 없는 자식이오. 교회 팔아서라도 돈을 댈 테니, 어떻게든 빨리 데려오시오."

목사와 통화를 마친 태주는 5시간 뒤에 출발하는 항공편 좌석을 예약했다. 그리고 준비물을 챙겼다. 물품들은 50리터 크기의 산악 등반용 배낭을 꽉 채웠고 무게도 40kg에 달했다. 더 가져가고 싶었지만 시간이 없었다. 현지에서 구하기로 하고 출발했다.

대기 중인 사람들의 행색을 보면, 탑승 게이트 행선지에 표시된 나라의 경제 상황을 알 수 있다. 두바이 공항의 예멘행 항공기 탑승객은 모두 아랍인이었다. 그리고 다 남자였다. 그들의 행색은 매우 초라해 보였다. 태주는 예멘에서 나머지 물품들을 구할 수 있을지 걱정이 들었다.

탑승 시간이 되자 승객들은 셔틀 버스를 타고 주기장으로 향했다. 에어버스 330-200이 점점 뜨거워지는 햇살을 받으며 서 있었다. 아마도 이 비행기는 에미레이트 항공이 소유한 비행기 중 가장 낡은 것이리라. 비행기 내부도 국민의 하루 생계비가 2달러 이하인 국가로 투입하기에 적당했다.

모든 전자기기 전원을 꺼 달라는 승무원의 이륙 안내 멘트가 나올 때 태주는 마지막으로 G메일을 확인했다. 메일을 확인한 태주는 각오했던 것보다 더 힘든 일이 될 것임을 예감했다. 비행기가 이륙하자마자 그는 깊은 잠에 빠졌다.

2시간 50분 동안 약 1,600km를 날아 해발 2,300m 높이에 자리 잡은 예멘공화국의 수도 사나에 도착했다. 대홍수 때 방주가 이곳에 닿자 노아가 큰 아들 셈 부부를 내려놓았다는 전설의 땅이다.

사나 국제공항은 한 나라의 관문이라 하기엔 너무도 초라했다. 부족한 전산 역량을 인력이 대신하다 보니 입국 절차도 상당히 오랜 시간이 소요되었다. 수하물 처리는 말할 나위도 없었다. 비행기는 10시에 착륙했지만, 태주가 공항 출구로 나왔을 땐 정오가 훌쩍 지난 후였다. 이미 늦었다. 하지만 가봐야 한다. 에이전시에서 보내온 두 가지 조언 중 첫 번째가 그곳이기 때문이다.

태주는 택시 승차장 맨 앞에 대기하던 택시에 올라 '투어리즘 오피스'를 외쳤다. 택시는 80년대에 생산된 도요타 코롤라였다. 굴러가는 게 신기했다. 하지만 태주의 손에 쥔 5달러짜리 지폐는 고물 택시를 슈퍼카로 만들었다.

이슬람의 휴일은 금요일이다. 따라서 대부분의 이슬람권에선 목요일 오후면 다른 나라의 토요일 같은 분위기가 된다. 그런데 예멘은 약간 다르다. 예멘 공무원들은 수요일 오후가 되면 급하게 처리해 달라는 민원서류라 할지라도 휴일 뒤로 미뤄 놓는다. 모두가 일손을 놓은 채 동료들과 까트를 씹으며, 이틀 동안의 휴일을 준비한다. 자율적인 주 5일 근무인 셈이다. 때문에 예멘에 체류하는 외국 기업 주재원들은 아무런 일도 못한 채 4일을 허비하기도 한다. 예멘의 휴일이 끝나면 본국 기업의 주말이기 때문이다.

태주가 올드 사나49) 버스터미널 인근의 투어리즘 오피스에 도착한 시간은 1시였고, 예상대로 직원들의 자리는 텅 비었다. 잠시 기다리자 관광경찰 복장의 한 사내가 사무실로 들어왔다. 그는 태주를 힐끗 보곤, 책상 서랍에 넣어둔 까트 다발을 집어 들고 나가려 했다.

예멘 관광청 직원들은 대부분 '투 잡(Two Job)'을 뛴다. 그들은 수요일엔 정오 기도를 마치면 곧바로 잠적해 버린다. 사무실에서 사라진 그들을 볼 수 있는 곳은 부업의 현장이다. 3일 간 공항택시를 운전하기도 하고, 여행사에서 관광 상품을 팔거나 관광객들의 가이드가 되기도 한다.

---

49) 올드 사나(Old Sanaa): 예멘의 수도인 사나의 구 시가지. 구약성서엔 아잘(Azal)이라는 이름으로 나오며 이슬람 문화에선 아라비안나이트의 주요 무대로 등장한다. 11세기 이전에 지어진 6~8층 높이의 건물들 6,500여 채가 있다.

하이살 하메드라는 이름을 가진 예멘 관광청 소속 관광 경찰도 오늘 그 대열에 나섰다. 그는 예멘의 다른 사람들에 비해 형편이 나은 편이라 자부한다. 월급이 나오는 직업이 있기 때문이다. 그러나 그의 월급은 2만 5천 리알[50]밖에 안 된다. 거기서 매월 1만 리알을 사나 외곽의 방 두 칸 임대료로 내야 한다. 나머지 돈으로 두 명의 아내와 네 명의 자녀가 먹고 산다.

미납한 전기료로 인해 어두컴컴한 방에서 빈약한 밥그릇을 놓고 다툼을 벌이는 자식들을 보고 있을 수 없었다. 더구나 다음 달이면 둘째 부인이 다섯째를 출산하게 된다. 하메드도 동료들처럼 부업에 나서기로 결심했고, 오늘이 그 첫날이다.

"여행허가증은 여행자 개인별로 발급 받습니까?"

나가려는 하메드를 막아 선 본 태주가 여행허가증 발급 신청서 양식을 가리키며 물었다. 부업 출근을 위해 본업 자율 퇴근하려던 하메드는 당황했다. 예멘 공무원 경력이 오래된 동료들은 부업에 종사할 시간을 빼앗는 민원인을 능숙하게 무시하겠지만, 그는 그러지 못했다.

"아니요. 일정이 같은 그룹 여행일 경우엔 대표자 명의로 발급합니다. 동행인의 이름을 전부 기록하는 게 원칙이지만 그렇지 않을 때도 많습니다. 누구 외 몇 명 이런 식이죠."

"그럼 단체여행일 경우, 참가자가 누군지 정확히 알 수 없다는 건가요?"

"그렇다고 봐야지요."

예멘 정부는 외국인이 사나를 벗어나려면 타스리하라 불리는 여행허가증을 발급 받도록 했다. 그것이 없으면 10~20km마다 설

---

50) 25,000예멘 리알=US $ 125, 한국 돈 13만 원 정도.

치된 검문소를 통과할 수 없다. 여행허가서를 발급하는 목적은 납치된 외국인이 어느 지역에 있는지 알아내려는 것이다. 여행을 간 외국인이 납치되었다면, 각 검문소에 제출된 여행허가증을 확인해 보면 된다.

예를 들어 10번 검문소엔 허가증 사본이 있는데 11번 검문소에는 없다면, 그 외국인은 10번과 11번 검문소 사이에서 납치된 것이다. 외국인을 풀려나게 하려면 그 지역 무장 세력과 협상하면 된다.

"3일 전부터 오늘까지 발급된 타스리하 내역을 볼 수 있습니까?"

"안 됩니다. 그걸 왜 보려 합니까?"

"사람을 찾고 있습니다. 한국인이죠. 이름은 방성태. 그의 부모는 아들이 한국으로 돌아오길 바라고 있습니다."

"그래도 정부 문서를 함부로 보여줄 수 없습니다."

충직한 예멘 공무원인 하메드 앞으로 태주는 타스리하 신청서를 내밀었다. 신청서 밑에는 5달러 지폐가 깔려 있었다. 하루 종일 부업해서 버는 돈과 맞먹는 지폐를 본 하메드는 즉시 여행허가서 발급 목록을 태주에게 건넸다.

거기엔 방성태는커녕 한국인과 비슷한 이름조차 없었다. 하메드는 그가 사나에 있거나 단체에 끼어서 여행을 갔거나 둘 중의 하나라고 했다. 그러면서 사나 인근에서 여행자들이 가는 곳은 뻔하다고 했다. 록 팰리스와 틸라와 꼬까반, 사실 세 곳을 제외하면 갈 데도 없단다. 하메드는 그곳들은 모두 당일로 다녀올 수 있다며 필요하면 연락하라며 부업 영업을 했다.

관광청을 나선 태주는 지나가는 택시를 잡아타고 코리안 레스토랑으로 가자고 했다. 택시 기사는 어렵지 않게 그곳을 찾았다.

사나의 유일한 한국식당이기 때문이다.

'한국의 집'은 30년 전 건설회사의 지사장으로 왔다가 회사가 망하면서 예멘에 주저앉은 사람이 연 식당이다. 예멘의 한국인들이 생활 정보를 교류하고 정을 나누는 유일한 공간으로, 지금은 일흔을 넘긴 창업자의 아내가 죽은 남편의 역할을 대신하고 있다.

식당을 찾은 고국의 동포들과 대화하는 걸 낙으로 삼는 여주인은 방성태를 또렷이 기억하고 있었다.

"양고기만 먹었더니 니글거려 죽겠다며 김치 먹으러 왔더라구. 투어 가려는데 사막의 마리브가 나을지, 홍해 쪽 후데이다가 좋을지 물어보더군. 어디로 갔는지는 모르지. 아무튼 갔을 거야. 그런데 관광엔 관심이 없는 것 같았어. 함께 온 여자, 백인 여잔데 아주 예뻤어. 두바이에서 만났다고 했지 아마? 그 여자 따라간다고 했으니까."

"차를 빌린다든지, 운전기사를 구한다든지 그런 말은 없었나요?"

"차는 내가 잘 모르지. 그건 우리 가드에게 물어보면 될 거야. 주차 관리도 하니까. 불러 줄 테니까 물어봐."

그녀는 문 앞을 지키는 경비원에게 오라고 손짓했다.

"그런데 그 청년은 왜 물어? 문제라도 생긴 거야? 내 그럴 줄 알았어."

"그럴 줄 알았다는 게 무슨 의미인가요?"

"30년 식당하면서 여행객들 수도 없이 봤어. 하고 다니는 거 보면 딱 알지. 걘 배낭 메고 다니는 청년들하곤 많이 달랐어. 나 부자요 유세를 떨더라고. 계산할 때 자랑 삼아 지갑을 여는데 달러가 가득해. 그것도 100달러짜리로만. 그래서 내가 조심하라고 했지. 꼭 이 나라뿐만 아니라 세계 어디 가서든 돈 자랑 하는 거 아니잖아?"

녀석의 철딱서니 없는 짓은 어딜 가나 마찬가지였나 보다. 거구의 경비원이 성큼 걸어왔다. 그 역시 한국 청년을 기억했다. 많은 팁을 던져주고 갔기 때문이었다. 그는 손님의 차량을 발레파킹하기 때문에 주차기록을 관리했다. 거기엔 차량 모델과 입출차 시간이 기록되어 있었다. 주인이 기억하는 시간대에 들어온 차량은 모두 4대였다. 경비원은 그중에서 가장 고급 차를 가리켰다.

사나의 대형 렌터카 회사는 다섯 개였다. 그중 2개가 다국적 기업이었고, 나머진 현지인 회사다. 한국의 집 여주인은 그런 차는 다국적 렌터카 회사에만 있다고 했다. 2개의 다국적 렌터카 회사 사무실은 사나 공항 앞에 있었다. 다시 공항에 온 태주는 버젯 사무실에 들어갔다.

"차를 빌리려 하는데, 어떤 차를 가지고 있는지 알 수 있을까요?"

직원은 차량 보유 목록을 보여줬다. 버젯에는 찾는 차가 없었다. 태주는 곧바로 허츠로 향했다. 그곳의 목록엔 베엠베(BMW) 760Li가 있었다.

"이 차가 좋겠네요. 지금 렌트할 수 있겠죠?"

"죄송합니다만, 이 차는 지금 대여 중입니다."

컴퓨터로 대여 상황을 확인하던 직원은 진심으로 미안해 했다. 태주는 최대한 아쉬운 표정을 지었다.

"그 차, 누가 빌려갔는지, 또 언제 반환되는지 알 수 있을까요?"

"젊은 한국인이 3일 전에 빌려갔네요. 반납예정일은 내일 정오구요. 이 차 들어오면 고객님 쓰실 수 있도록 대기시켜 놓겠습니다. 안타깝지만 그때까진 다른 차를 쓰셔야 할 것 같습니다."

"지금 쓸 수 있는 차 중에 가장 깨끗한 차는 뭡니까? 상태가 제일 좋은 차를 원합니다."

"잠시만 기다리세요. 고객님에게 적합한 차량을 확인해 보겠습니다."

직원이 자리를 비우자 태주는 모니터에 떠 있는 베엠베 760Li의 번호판을 수첩에 적었다. 그리곤 전화를 걸었다.

"운전기사 겸 가이드가 필요합니다. 당신이 적합할 것 같네요. 하루 20달러면 어떨까요?"

공항 주변의 여행사 앞에서 서성거리며 관광가이드를 필요로 하는 외국인을 기다리던 하메드는 하늘에서 금덩이가 떨어진 기분이었다. 3일 동안만 일해도 월급의 절반을 버는 셈이니 말이다. 그는 신이 나서 달려왔다.

태주는 하메드가 운전하는 도요타 랜드크루저를 타고 뫼벤픽(Movenpick) 호텔로 이동했다. 가는 동안 보이는 시가지의 거리는 한적했고 상점들도 많이 문을 닫았다. 주인과 종업원 할 것 없이 옹기종기 모여 앉아 까트를 씹어대고 있기 때문일 것이다.

사나의 최고급 호텔인 뫼벤픽 호텔은 시내 끝자락의 언덕에 자리 잡고 있었다. 9층짜리 이 호텔은 앞으로는 사나 시내를 굽어보고 뒤로는 산을 마주보고 있다. 호텔 옆의 영국대사관은 마치 반지하 건물처럼 보였다. 알 카에다의 습격에 대비해 이중 삼중으로 산성 같은 방어벽을 친 탓이다. 오는 길에 본 미국 대사관은 군사기지의 벙커 같았다.

뫼벤픽 호텔도 만만치 않았다. 조만간 알 카에다의 테러가 있을 거라는 미국 정보기관의 경고 때문이다. 호텔 정문 앞에서 무장 경비원들이 차 안은 물론 거울을 이용해서 바닥까지 샅샅이 훑었다. 호텔 출입문 앞에서도 태주는 배낭을 전부 까 보여야 했다. 쏟아져 나오는 물품들을 보며 보안 요원들은 의심의 눈초리를 거두지 못했다.

대리석으로 꾸며진 호텔 로비를 보자 하메드의 눈이 휘둥그레 졌다. 관광청에서 일하는 그도 처음 본 듯했다. 페인트칠도 안 된 좁은 방에 일곱 식구가 사는 말단 공무원에게 스위스의 5성급 호텔 라운지는 과도하게 화려했다. 태주는 8층 객실에 배낭을 던져 두고 다시 내려왔다. 알아봐야 할 일들은 많고, 시간은 부족했다.

태주는 출입문 옆에 서 있는 컨시어지(concierge)에게 갔다. 들어올 때 본 컨시어지의 옷깃에 골든 키 배지가 반짝이는 걸 봤기 때문이다. 그 배지는 세계컨시어지협회에서 인정한 최고 등급의 '서비스 맨'임을 의미한다.

컨시어지는 고객들에게 최상의 서비스를 제공하기 위해선 호텔 내부뿐만 아니라 그 도시의 상황을 속속들이 꿰고 있어야 한다. 그는 예멘의 유일한 골든 키 컨시어지로서 예멘 유일의 5성급 호텔을 자주 이용하는 예멘 실력자들에 대해서도 잘 알고 있었다. 태주는 에이전시에서 보낸 메일의 두 번째 조언에 따라 컨시어지에게 예멘의 실력자 중 한 사람에 대해 물었다. 컨시어지는 실력자가 있을 만한 곳과 함께 기호와 취향을 자세히 알려주었다.

도시 전체가 유네스코 문화유산으로 지정된 올드 사나는 레고 블록으로 쌓은 것 같은 건축물이 6,500개나 밀집한, 구약성서에도 나올 만큼 오래된 도시다. 알록달록 파스텔 톤의 흙벽돌로 예쁘게 꾸며진 이 오래된 시가지는 아라비안 나이트의 주요 무대다.

태주가 올드 사나에 와서 제일 먼저 한 일은 예멘 남자들의 원피스 형 전통 복장 사우브와 초승달처럼 끝이 날카롭게 구부러진 칼인 잠비야를 사는 것이었다.

예멘 사람들에게 있어 잠비야는 비즈니스맨이 정장할 때 넥타이 메는 것과 같다. 잠비야를 두세 자루씩 허리춤에 차고 다니는 남자들도 많다. 예멘 남자들의 얼굴에 자상이 많은 것은 잠비야 때문이다. 짐승의 목을 따는데 유용하도록 틈틈이 갈아 둔 칼날은 분쟁이 생기면 여지없이 허공을 가른다. 태주는 잠비야 값을 지불하면서 이것을 쓸 기회가 없기를 바랐다.

사우브를 입고 그 위에 잠비야를 찬 태주가 올드 사나의 가장 크고 화려한 식당 건물 6층으로 올라갔다. 문을 열고 들어서자 벽면을 따라 길게 소파와 카펫이 깔린 화려한 응접실이었다. 통유리 창으로 올드 사나의 전경이 한 눈에 들어왔다. 이곳이 예멘의 VIP 전용 까트 방이다.

술이 금지된 이슬람 국가 예멘의 남자들은 함께 까트를 씹으며 친근감과 동질감을 쌓는다. 까트는 한 가지 식물이 아니다. 씹을 수 있는 여러 가지 식물이 까트의 재료이고, 이것을 씹는 것이 까트다.

예메니들은 오후에 꼭 까트 씹는 시간을 가진다. 공무원도 상점 주인도 심지어는 전쟁터의 군인들도 마찬가지다. 예멘 정부가 공식적으로 허용하는 까트 시간은 30분이지만, 많은 예멘 남자들이 정오 기도를 마치고 씹기 시작한 까트를 뱉어내는 건 일몰 기도 시간 직전이다.

까트에 함유된 카틴과 카티논 성분은 아드레날린을 분비를 촉진한다. 그 결과 체온, 혈압, 맥박수가 높아지며 미묘한 흥분을 불러오지만, 시간이 지나면서 식욕 감퇴, 졸음, 신경과민, 무기력증이 나타나는 부작용이 있다. 당연한 이야기지만 까트에도 비싸고 싼 게 있다. 비싼 것은 질이 좋아 무기력증 같은 부작용이 덜

하다.

VIP 까트 방의 가장 전망 좋은 자리엔 쿠션에 비스듬히 몸을 기댄 군인 주변으로 중년 남자 몇 명이 앉아 있다. 창 밖의 우스운 것을 봤는지 중년 남자들의 입 주변이 움찔거렸다. 그러나 그들의 눈은 군인의 눈치를 살피느라 경직되어 있었다. 군인은 뒤늦게 봤는지 호탕하게 웃었다. 그러자 중년 남자들도 마음 놓고 깔깔거렸다.

이 모임을 쥐락펴락하는 군인이 바로 태주가 찾는 사람이다. 바크르 알 쿠르비. 예멘 육군 헌병대장으로 계급은 준장이지만 권세는 대장을 능가했다. 30여 년 간 예멘을 통치해 온 알리 압둘라 살레 대통령과 동향이고, 그의 운전병으로 군문에 들어와 치열한 권력투쟁의 와중에서도 충직하게 살레의 곁을 지켰다.

그렇기에 살레의 친인척이 아니면 맡기 힘든 군의 요직을 차지했다. 전 국토에 거미줄처럼 설치된 검문소들이 그의 관할이다. 검문소 위병들이 보내는 보고는 정확성과 빠르기가 예멘의 어느 정보기관보다 월등했다.

한참을 웃어 제치던 쿠르비의 눈에 낯선 사람의 어설픈 행동이 잡혔다. 사우브를 입고 잠비야를 찼지만 분명 극동아시아 인이다. 그는 까트51)를 우적우적 마구 씹어댔다. 그리곤 쓴 물이 올라오는지 온 얼굴을 찡그렸다. 그 모습을 본 쿠르비가 활짝 웃으며 태주에게 다가왔다.

"까트는 그렇게 음미하는 게 아니오. 잘 보시오."

쿠르비는 까트 잎사귀를 개구리처럼 볼이 볼록해지도록 입에

---

51) 쌉싸름한 맛의 마취성 식물을 씹는 까트의 학술적 명칭은 <Catha edulis Forskal>이다. 예멘, 에티오피아, 지부티, 소말리아 등 홍해 연안의 이슬람 국가들에 널리 퍼져 있는데, 에티오피아에서는 "차트", 케냐에서는 "미라"로 불린다. 이 지역 사람들은 커피는 재배해서 수출하고, 까트의 재료는 100% 자국 내에서 소비한다.

넣고 씹으며52) 시범을 보였다. 태주가 쿠르비를 따라 했다. 쿠르비는 국수주의자에 가까울 정도로 자국의 문화를 사랑하는 사람이다. 그는 예멘의 전통 복장을 한 이 극동아시아인이 마음에 들었다. 비록 시장에서 파는 허접스런 사우브에 싸구려 잠비야를 찼지만, 그건 중요하지 않다. 예멘의 문화를 이해하고 존중해주는 마음이 반가울 뿐이다.

잠시 후 태주의 찡그렸던 얼굴이 쫙 펴졌다. 이를 본 쿠르비가 물었다.

"어떻소?"

"아… 좋은데요. 머리가 맑아지는 것 같습니다."

"하하하. 까트의 정수는 그것이오. 까트야말로 인간의 정신을 맑게 해주지."

쿠르비는 웃으며 태주에게 오른손을 내밀었다.

"난 쿠르비라 하오. 어느 나라에서 왔소?"

"저는 한태주입니다. 한국인이죠."

"북한? 아니면 남한?"

예멘은 통일 이전 공산주의 국가였던 남예멘 시절부터 북한과 밀접한 관계를 맺었다. 현재도 북한 대사관이 마음 놓고 활동하는 몇 안 되는 나라 중 하나다.

"남한의 서울에서 오늘 처음 예멘에 왔습니다."

"아하! 남한. 잘 사는 나라지. 그런데 난 남한이 좀 못마땅할 때가 있소. 잘 사는 만큼 넉넉한 마음으로 북한 형제들에게도 잘 대해 줬으면 좋겠소."

---

52) 까트를 씹는 방법은 ① 잎사귀를 천천히 씹으며 즙을 빨아먹는다. ② 어느 정도 씹은 까트를 왼쪽 볼에 밀어 넣은 후 다른 잎을 씹는다. ③ 왼쪽 볼이 가득 차면 조금씩 물을 마시며 되새김질을 한다. ④ 다시 즙이 나온다. ⑤ 다 씹은 까트를 뱉어내고 찬물로 입을 헹군다.

"우리도 예멘처럼 어서 통일이 되어야 할 텐데. 남북통일을 이룬 점은 예멘에 본 받아야 할 것입니다."

"하하하. 그렇고 말고. 우린 가난하지만 통일을 이룬 나라요."

"예멘에 진작 오지 않은 것이 후회됩니다. 시바 여왕의 왕국, 노아의 큰 아들 셈이 정착한 땅, 도시 전체가 인류의 문화유산인 올드 사나, 모카 커피의 고향…, 정말 대단한 나라 같아요."

한태주는 사람을 유쾌하게 만들 줄 알았다. 눈치 보며 아부 떠는 자들과는 차원이 다르게 기분을 뜨게 했다. 최고급 까트의 정점에 다다른 것과 같은 느낌이었다. 쿠르비는 여기에서 더 기분이 좋아지고 싶었다. 입 안에 모아둔 까트를 뱉어내고 중년의 사내들에게 시가를 가져오라고 소리쳤다. 그러자 태주가 작은 상자를 열어 놓았다.

"오… 이것은…!"

쿠르비는 말을 잇지 못했다. 태주가 건넨 상자엔 파르타가스 세리에 D 4호(Partagas Serie D No. 4)가 담겨 있었다. 돈 하이메 파르타가스 라벨로(Don Jaime Partagas Ravelo)가 1845년 설립한 파르타가스는 주로 유럽의 상류층과 세계 각지의 식민지배자들을 위한 귀족용 시가를 제조했다. 쿠바 아바나에 아직도 건재한 파르타가스 공장을 로열 팩토리(Royal Factory)라 불렀던 이유도 거기에 있다.

파르타가스라는 상표는 두바이 공항 면세점을 지나던 태주의 눈을 확 잡아끌었다. 보기 힘든 한정판이었다. 환승 시간에 쫓기면서도 2상자를 샀다. 왠지 그래야 할 것 같았다. 태주는 뫼벤픽 호텔에서 그 이유를 알게 되었다. 컨시어지는 쿠르비가 가장 좋아하는 것으로 시가를 꼽았다. 맛이 풍부하고 향이 조화를 이룬 시가를 끔찍이 애호한다는 것이다.

쿠르비는 두툼한 파르타가스를 만져보고, 향을 맡으며 감격스러워했다. 태주가 불을 붙여주었다. 쿠르비가 한 모금 들이 마신 후 탄성을 토해냈다. 담뱃잎이 살짝 타들어가는 느낌 위에 카리브해의 바람과 대지의 향이 어우러진 연기는 그의 허파를 격정에 휩싸이게 했다.

쿠르비가 몸을 부르르 떨며 연기를 내뿜을 때, 태주가 자리에서 일어섰다.

"이 좋은 걸 두고 어딜 가오?"

"경찰서에 가봐야 합니다."

"무슨 일 있소?"

"친한 동생이 저보다 먼저 예멘에 왔습니다. 오늘 동생과 만나기로 했는데 소식이 없네요. 좀 걱정스럽습니다. 차를 빌려서 지방엘 간 모양인데….”

"차 번호를 아시오?"

헌병대 상황실로 전화를 건 그는 엄중하게 명령을 내렸다. 예멘의 실력자는 자신의 권세를 마음껏 과시했다. 10분 후, 쿠르비의 휴대폰이 울렸다. 쿠르비는 통화하며 고개를 끄덕거렸다.

"동생은 마리브에 있는 것 같소. 여기서 그리 멀지 않은 곳이오. 당신이 이야기한 시바의 여왕이 세운 왕국이 있던 곳이지. 좀 위험한 곳이긴 하지만, 마리브 바로 전 검문소까지 문제없었고 또 마리브에서도 납치 신고가 없었소. 그러니 별 문제 없을 것이오.”

태주는 일몰기도 시간이 될 때까지 쿠르비와 함께 까트를 씹고 시가를 피웠다. 시가에 취한 쿠르비는 알 카에다와 관련된 일급 비밀도 서슴없이 이야기했다. 그리고 마리브 주변의 무장 세력에 관한 이야기도 들려줬다.

저녁엔 하메드와 함께 준비물을 샀다. 랜드크루저엔 물, 여분의 기름통과 휘발유, 식량 등이 가득 실렸다. 그리곤 저녁을 먹었다. 예멘 사람들은 음식을 손으로 먹는다. 그리고 빵은 전부 화덕에 붙여서 굽는다. 전병처럼 얇게 펴서 화덕 안에서 구웠기에 누덕누덕 걸레같이 보이는 것이 예멘 사람들이 가장 좋아하는 빵인 홉스다.

엄청난 크기의 홉스를 식탁 위에 그냥 올려놓고 손으로 찢어 스튜에 찍어 먹는다. 스튜의 맛은 양고기 삶은 물에 카레의 원료인 강황을 대충 갈아 넣은 것 같았다. 느끼한 스튜에 양고기까지 먹으니 시원한 맥주 한 잔이 간절해졌다. 눈치 빠른 하메드가 암시장으로 안내했다.

태주는 뢰벤픽 호텔의 침대 위에서 칼스버그를 들이키며 어둠에 잠긴 사나 시내를 내려다보았다. 쿠르비의 말대로 방성태는 위험도 모른 채 여행 중일까? 그럴 수도 있다. 하지만 예감이 좋지 않았다. 그리고 태주의 예감은 틀린 적이 거의 없었다. 어쨌거나 방성태를 찾아서 이 위험한 나라를 벗어나게 하면 된다. 그 철부지가 여행 중이건 납치되었건 말이다.

정말 긴 하루였다.

5. 허강녕

　강녕이 중정에 들어간 다음해 박정희가 죽었다. 대한민국 권력 서열 2위라는 중정부장 김재규가 술자리에서 대통령을 사살한 것이다. 이로 인해 중정은 군사반란을 일으켜 권력을 움켜 쥔 전두환에게 초토화되었다. 많은 직원들이 잘려나갔다.

　강녕은 국가안전기획부(안기부)로 이름이 바뀐 기관에 남았다. 들어온 지 얼마 안 되었고, 영어는 물론 일본어와 중국어 그리고 러시아어가 가능한 해외부문 요원이기 때문이었다.

　1980~90년대 내내 해외 정보 파트에서만 근무했다. 독재자의 수족처럼 움직이는 국내 파트로 가면 돈과 권력이 따른다는 것을 잘 알고 있었다. 그러나 보직을 옮겨주겠다는 제안이 들어오면 단칼에 거부했다. 승진엔 신경 쓰지 않았기에 직급도 낮았다. 그렇지만 실력이 출중해서 해외 정보 분야에서는 무시할 수 없는 인물이 되었다.

　1983년 5월 5일 중국 에어차이나 소속 여객기 한 대가 춘천에 불시착했다. 심양을 출발해 상하이로 가야 할 비행기가 타이완으로 망명하려는 6명에게 납치된 것이다. 국가안전기획부 해외담당 1차장[53]인 박세직이 직접 납치범들을 면담했다. 박세직을 수행한 것이 강녕이었다. 여객기 승객들이 워커힐 호텔에 투숙하며 서울과 관광지를 구경하는 사이, 강녕은 홍콩을 거쳐 베이징으로 넘어가 여객기와 승객 송환 협상 실무를 진행했다.

같은 해 9월 1일 뉴욕 케네디 공항을 출발, 알래스카 앵커리지를 경유하여 서울로 향하던 대한항공 소유의 보잉 747-230B 여객기가 사할린 섬 서쪽 바다에 추락했다. 여객기가 소련 영공을 침범하자 소련의 전투기가 미사일을 발사한 것이다. 탑승객 269명 전원이 사망했다.[54] 강녕은 9월 2일부터 사할린 섬과 시베리아 그리고 모스크바를 누비고 다녔다.

그 다음 달엔 버마[55]의 수도였던 양곤에서 한국의 대통령을 겨냥한 폭탄 테러가 발생했다. 간발의 차이로 전두환은 살았지만 부총리와 외무장관 등 17명이 사망했다. 강녕은 양곤에서 그 해 가을을 보냈다.

1987년 민주화 항쟁 이후 취임한 새 대통령은 전두환의 친구 노태우였다. 노태우는 처조카 박철언을 안기부의 실권자로 만들었다. 박철언은 이데올로기가 붕괴되는 시대의 흐름을 읽고, 소련과 중국에 접근하는 북방외교를 기획했다. 박철언은 조직 내에서 자신의 북방정책을 실행할 적임자를 찾아냈다.

강녕은 대한항공 격추 사건으로 구축한 인맥을 총동원해 소련의 1988년 서울올림픽 참가를 성사시켰다. 그 인맥은 2년 후 대

---

53) 현재의 국정원도 원장 아래 세 파트가 있다. 1차장 산하의 해외 파트, 2차장 산하의 국내 파트, 3차장 산하의 북한 파트.

54) 당시 미국 대통령 레이건은 이 사건 이후 군사용으로 개발된 GPS를 민간에 개방했다.

55) 미얀마의 옛 국명.

한민국이 소련과 정식으로 수교하는 데도 가동되었다. 1992년 중국과 수교할 때에는 에어차이나 송환 협상 때 구축한 중국 인맥을 활용했다.

1993년 김영삼이 대통령이 되자 대한민국의 권력 지형이 바뀌었다. 대구-경북 출신으로 육군사관학교를 졸업한 정치군인이었던 자들이 일거에 몰락했다. 대신 부산-경남 출신이거나 서울 출신 율사56)들이 득세했다.

서울 출신 중에서도 경기고등학교(경기고)를 졸업한 자들이 큰 세력을 이뤘다. 이회창이 국무총리가 되자 경기고 출신들은 안기부 내의 특이한 동문을 찾아냈다. 뛰어난 첩보공작 이력을 가진 말단 직급의 해외파트 요원이었다. 그들은 강녕에게 더 높은 직위와 권력을 안겨주려 했다. 대신 정치 정보를 제공 받고 싶어 했다. 그들의 관심사는 국익이 아닌 사욕과 권력투쟁이었다.

끊임없는 치근덕거림에 넌덜머리가 난 강녕은 1차장에게 동남아시아 지부로 옮겨달라고 요청했다. 한직이라 아무도 흔쾌히 가려 하지 않는 곳이기에 오히려 차장이 고마워했다. 그렇게 떠나온 강녕은 하노이와 자카르타, 방콕을 떠돌게 되었다.

1997년 김영삼의 임기 마지막 해에 한국은 큰 경제적 타격으로 IMF에 구걸하는 신세가 되었다. 그 경제 위기는 동남아시아 타이에서 시작되어 한국을 거쳐 러시아와 동유럽으로 갔다가 브라질과 아르헨티나 같은 남미 국가까지 세계 경제를 흔들었다.

1998년 김대중이 대통령이 되자, 한국의 권력 지형은 또다시 바뀌었다. 부산-경남 출신이 몰락하고 그 자리를 호남 출신이 대체했다. 하지만 서울 출신 율사들은 오히려 세력을 더 키워갔다.

---

56) 율사: 판사, 검사, 변호사 등 법률 전문가.

안기부도 국가정보원(국정원)으로 이름을 바꾸었다.

집권 후 '햇볕정책'을 펴던 김대중은 2000년 북한을 방문하여 김정일의 손을 잡았다. 강녕은 남북한 상황 변화를 동남아시아에서 느낄 수 있었다. 북한을 탈출한 주민들이 부쩍 많아졌기 때문이었다.

지금도 별반 차이는 없지만, 북한의 역사는 경제가 완전 붕괴한 1990년대를 '고난의 행군' 시절이라 한다. 1990년대 후반부터 북한은 매년 큰 수해를 겪었다. 해마다 곡물 수확량이 전년도의 절반에도 못 미쳤다. 당연히 식량 배급도 매년 반으로 줄더니 아예 끊겼다.

굶주린 인민들의 원성이 하늘을 찌르고, 급기야 폭동의 조짐마저 보이자 김정일은 희생양을 찾았다. 노동당 농업담당비서 서관히였다. 1997년 김정일은 서관히를 '미제의 고용간첩'으로 몰았다. 미국의 지령을 받고 당의 농업정책을 말아먹어 인민을 굶주리게 했다며 공개처형한 것이다.

그러나 서관히를 죽인 다음해에도, 그 다음해에도 배급 상황은 나아지지 않았다. 오히려 더 나빠질 뿐이었다. 굶주림으로 인한 아이들의 죽음과 영양부족으로 인한 말라리아 같은 질병의 창궐로 곳곳의 마을이 쑥대밭이 되었다.

먹을 것을 찾아 조선족이 많은 옌볜으로 압록강을 건너는 인민들이 생겨나더니, 순식간에 북한과 국경을 맞대고 있는 중국의 동북 3성[57] 전체로 퍼져나갔다. 그들은 처음엔 좀 더 생활 여건이 좋은 중국에서 식량을 구한 후 돌아갔다. 그러나 점차 북으로 돌아가지 않는 주민들이 많아졌다.

---

57) 동북 3성; 옛 만주지역인 지린(吉林), 랴오닝(遼寧), 헤이룽장(黑龍江)성(省)을 말한다.

이들에게 한국의 기독교 단체 사람들이 접근했다. 이들은 공안의 단속을 피해 숨어 사는 탈북자들에게 남한에 가면 풍족하게 먹고 산다고 유혹했다. 솔깃해하는 탈북자들에겐 브로커를 소개시켜 줬다. 탈북자들은 공사판과 농촌 허드렛일로 번 전 재산을 브로커에게 건네줬다.

브로커들은 탈북 주민들을 이끌고 베이징의 외국 대사관이나 학교 같은 시설로 들이닥쳐 정치적 망명을 요구했다. 이것이 국제적 문제꺼리가 되자 중국 당국은 외교기관 주변에 공안을 집중 배치시켰다.

그러자 브로커들은 탈북자들을 이끌고 수천 km를 이동하기 시작했다. 몇 차례나 버스와 기차를 갈아타고 중국 대륙을 가로지른 후, 도보로 산을 넘고 강을 건너 동남아시아 국가로 밀입국시켰다. 최종 목적지는 타이 주재 유럽 국가의 대사관이고, 중간 경유지는 대개 라오스와 캄보디아였다.

그러나 탈북자들을 미얀마에 몰아넣는 무책임한 브로커들도 있었다. 미얀마는 아웅산 수치로 대표되는 자국의 민주화운동 세력을 탄압하기 위해서 3명 이상만 모이면 감시대상으로 분류하는 삼엄한 군사독재국이다. 그리고 자국민들이 대량으로 인근 국가로 탈출하는 사례가 빈번하기에 망명을 인정하지 않는다. 때문에 미얀마에 들어간 탈북자 대부분은 잡혀서 북한에 강제송환된다.

2001년 봄, 강녕은 해외 정보 심사부서로 보직이 변경되어 귀국명령을 받았다. 그는 1주일 간의 휴가를 얻어 미얀마의 지인들을 방문했다. 아웅산 폭탄테러 사건으로 구축한 인맥 중 하나의 문상을 겸한 오랜만의 해후였다.

돌아올 때는 양곤에서 만달레이를 거쳐 따찌렉으로 나오는 육

로를 택했다. 이 나라의 아름다운 비경들을 언제 다시 볼 수 있겠
나 하는 아쉬움 때문이었다. 강녕의 나이도 쉰을 넘었다. 귀국 명
령을 받은 순간 더 이상 현장 요원 역할이 주어지지 않을 것임을
느꼈다. 트랙을 질주하는 경마 기수에서 마구간의 조교사로 물러
날 때가 된 것이다.

미얀마의 인맥은 강녕을 위해 통행 허가증과 함께 경호 부대를
붙여주었다. 미얀마는 외국인의 출입과 국내 이동을 극도로 제한
하는 나라이기에 허가증 없이는 도시를 벗어나기 힘들다.

또한 미얀마 북부는 타이, 미얀마, 라오스가 국경을 맞댄 산악
지대다. 골든트라이앵글이라 불리는 이 지역에 아시아의 마약왕
쿤사58)가 마약 왕국을 세웠다. 늙은 쿤사의 후계 문제로 내분이
생기자, 쿤사는 군대를 해산하고 미얀마에 투항했다. 하지만 잔
당들은 각축을 벌이며 여전히 양귀비를 재배한다.

경호부대의 호위 속에 미얀마 관광을 마친 강녕이 따찌렉에 도
착했다. 이곳은 폭 20여m의 개천을 사이에 두고 타이의 매싸이
와 마주보는 국경지역이다. 타이 국경을 넘어 출입국 사무소에서
여권을 내밀자, 보안 직원이 강녕을 사무실로 데려갔다. 그곳엔
강녕과 비슷한 나이 또래의 부부와 자녀로 보이는 10대 후반의
남매가 있었다. 그들은 온몸에 땀먼지를 뒤집어쓴 꾀죄죄한 몰골
이었다.

출입국심사관이 영어로 그들에게 국적을 묻고 있었다. 가족들
은 종이에 태극기를 그린 다음 심사관에게 내보였다. 그러나 심
사관은 믿지 않는 눈치였다. 심사관이 강녕에게 요청했다. 저들
의 국적이 사우스(남한)인지 노스(북한)인지 확인해 달라고.

---

58) 골든 트라이앵글 지역을 장악하며 세계 양귀비(헤로인의 원료) 생산량의 절반을 차지했고, 미국에 유통되
   는 헤로인의 60%를 공급했다. 1997년 미얀마에 재산을 헌납하고 투항한 후, 2007년 사망했다.

강녕이 다가가자 그들은 당황했다. 강녕을 바라보는 가족 모두의 눈빛엔 간절한 애원이 담겨 있었다.

"북에서 오셨죠?"

강녕이 입을 열자 가장의 눈이 공포에 휩싸였다. 그의 아내는 체념한 듯 고개를 숙인 채 어깨를 들썩였다.

"이보시라요, 선생 동무. 한 번만 편의를 봐주시면 안 되갔습네까? 우린 북으로 돌아가면 죽습네다. 제발 부탁드립네다!"

가장이 심사관의 눈치를 보며 강녕에게 애원했다. 가장의 손엔 굳은살이 없었고 말투도 부드러웠다. 고등교육을 받은 흔적이 역력했다.

"성함이 어떻게 되십니까?"

"장용신이라 합네다. 임시정부 광복군 총참모장 춘교 유동열 장군 아십네까? 그분 비서로 계시다 유동열 장군 납북될 때 같이 끌려가신 '창'자 '하'자 쓰신 분의 아들됩네다. 제 아버지도 광복군 출신으로 인민군 장성이셨습네다. 저도 북에선 대학교수였습네다."

강녕은 그 말을 믿지 않았다. 탈북자들은 대부분 자신이 거물인 것처럼 과장하고 북한의 기밀을 가지고 있다고 말한다. 그래야 남한 정부에서 자신들을 흔쾌히 받아줄 것이라 믿기 때문이다. 그의 말이 사실이든 아니든, 목숨 걸고 북한을 탈출한 사람들을 북송시킬 순 없다. 강녕은 입국심사관에게 말했다.

"저들의 국적은 남한입니다. 라오스 북부를 여행하던 중 마약을 운반하는 무장 괴한들에게 납치되었답니다. 돈과 여권을 뺏긴 상태에서 감시가 소홀한 틈을 타서 도망쳐 나왔고, 산악 지대를 헤매다 간신히 이곳까지 왔답니다. 방콕의 한국 대사관에 연락해서 저들을 데려가라고 하십시오."

입국심사관은 고개를 갸웃거리며 여전히 미심쩍어 하는 눈치였다. 하지만 더 이상 그 가족을 위해 강녕이 해줄 것은 없었다. 입국심사관이 귀찮은 것을 싫어하는 사람이길 바랄 수밖에는….

보안 직원이 장용신 일가를 격리소로 데려갈 때, 강녕은 용신의 손에 돈을 쥐어 주었다.

"식사라도 하세요."

돈을 받아 든 용신의 눈에 눈물이 맺혔다.

강녕이 장용신이라는 이름을 다시 본 것은 6개월 후였다. 탈북자들은 망명 신청지 공관의 1차 조사 외에도 한국에 오면 매우 엄격한 공안기관 합동신문을 받는다. 위장 간첩을 가려내기 위해서다.

태국에 오래 있었던 강녕에게 협조 요청이 왔다. 강녕이 확인해야 할 부분은 태국 매싸이 국경에서의 행적이었다. 자신과 관련된 일을 자신이 확인하는 것은 복무규정 위반이다. 강녕은 난처했다.

심문 서류를 보니 장용신의 말은 사실이었다. 그의 아버지 장창하는 김철주포병종합군관학교 교장을 역임한 인민군 장성이었고, 장용신 역시 평안북도 신의주에 위치한 차광수신의주제1사범대학 혁명력사학부 교수였다. 남한처럼 북한에서도 교수는 상당한 지위를 가졌다. 노동당 서열에도 끄트머리지만 이름이 올랐다. 급증한 탈북자 중에서 경력이 가장 묵직했다.

북한의 엘리트인 그가 탈북하게 된 이유는 학생 선발과정에서의 갈등이 원인이었다. 용신은 종파분자로 몰려 교수직을 박탈당하고 협동농장으로 보내졌다. 탈북 후 중국과 미얀마를 거쳐 온 그의 행적도 명확했다.

하지만 장용신 일가의 행적과 탈북 동기가 너무 매끄러운 것이 마음에 걸렸다. 강녕은 그들 가족에게 관심을 가지고 지켜보아야 겠다고 마음먹었다.

교차 확인을 거친 다음 장용신 일가에 대한 조사는 종결되었다. 급증하는 탈북자들로 인해 북한 파트의 업무 하중이 상당했다. 장용신 일가만 붙잡고 있을 순 없었다.

장용신 일가는 하나원으로 보내졌다. 그곳은 탈북자들의 남한 사회 정착교육을 담당하는 기관이다. 강녕은 가끔 하나원에 가서 장용신 일가의 동태를 살폈다.

3개월 뒤 장용신 일가는 정부가 마련해준 임대아파트에 입주했다. 남매는 학교에 다녔고, 용신은 도서관에 다녔다. 그는 2차 세계대전 때의 일본군에 관한 책과 자료를 샅샅이 훑었다. 강녕은 그 이유를 도서관 사서에게 대신 묻게 했다. 그러자 용신은 유동열 장군에 대한 책을 쓰고 싶어 자료를 모은다고 답했다. 용신은 1년 간 도서관에 틀어박혀 지냈다.

용신이 일본에 가기 위해 여권을 신청했다. 저술할 책의 자료 조사 목적이었다. 강녕은 국정원 일본 지부에 용신의 행적 감시를 요청했다. 총련계 공작원과 접촉할 것이라 예상했다.

14일 간의 일본 체류 기간을 감시한 보고서는 달랑 1장이었다. 용신은 아침 일찍 일본 국회도서관에 나가 자료 찾고 복사한 후 저녁에 싸구려 비즈니스호텔로 돌아왔다. 호텔에 들어가면 객실 밖으로 나오지도 않았다. 찾아오는 외부인도 없었다. 전화도 한국의 가족에게 몇 차례 한 것뿐이었다.

어떤 지점과 다른 지점 사이의 최단 거리는 언제나 직선이다. 강산이 세 번 바뀌는 세월을 첩보원으로 보내면서 터득한 진리다. 꼬투리가 잡히지 않을 땐 직접 대면해서 대상의 표정, 손짓,

말투에서 정보를 캐내는 게 확실하다.

　용신이 귀국하자 강녕은 그를 찾았다. 가양대교 남단의 도시개발 아파트 단지 인근의 구암공원에 우뚝 서 있는 허준 동상 근처의 벤치에 둘이 앉았다.

　"책 준비는 잘 되십니까?"

　"알고 계셨습네까? 일본에서 가져온 자료를 분석하고 있습네다."

　"남한에선 1989년 유동열 장군에게 건국훈장 대통령장을 수여했습니다. 북에서는 어떤가요?"

　"애국렬사릉에 묻히신 독립영웅이십네다."

　"남북에서 자료를 조사해서 애국자로 인정한 분에 대해 다시 조사하실 필요가 있을까요?"

　"허 선생. 선생이 국정원 사람이라는 거, 저도 알고 있습네다."

　용신에게 의표를 찔린 강녕은 뜨끔했다. 무슨 말을 해야 할까 고민하는 강녕에게 용신이 눈물을 글썽이며 말했다.

　"내가 60 가까이 살면서 제일 고마웠던 때가 언젠지 아십네까?"

　강녕은 용신의 눈물이 어떤 의도인지 파악하기 위해 그의 표정을 살폈다.

　"글쎄요…. 장 선생의 속마음을 제가 어찌 알겠습니까?"

　"태국 국경에서 허 선생이 돈을 쥐어 주었을 때입네다. 우리 가족은 3일을 굶었더랬습네다. 산엔 먹을 게 아무 것도 없었습네다. 흔해 빠졌다는 바나나 하나 못 먹고 산 속을 헤매다 간신히 국경에 도착한 것이디요. 그때 우리 모습은 허 선생도 보셨으니 잘 아시디요? 허 선생이 준 돈으로 밥을 사 먹었습네다. 우리 애들이 돼지고기 카레 덮밥을 다섯 그릇이나 먹었더랬으니까요."

　"……."

용신의 눈에 고인 물방울의 의미를 안 강녕을 말을 할 수 없었다.

"은혜를 배신하는 건 짐승도 안 합네. 조만간 허 선생의 은혜를 조금이라도 갚을 수 있을 겁네. 공부하는 것, 준비 마치면 제일 먼저 허 선생에게 연락 드리디요. 얼마 안 걸릴 겁네."

용신은 손을 뻗어 강녕에게 악수를 청한 후 집으로 돌아갔다. 강녕은 용신의 말과 표정에서 자신이 가지고 있는 의심을 해결해 줄 단서를 찾지 못했다. 강녕은 용신이 간첩일 가능성이 높다고 느꼈지만 간첩으로 잡아들이기엔 증거가 부족했다. 용신이 찾아 올 때까지 기다리되 감시는 계속하리라 마음먹었다.

2002년 국정원은 2차장 산하의 국내 분야로 인해 한바탕 소용돌이 쳤다. 불법 도청 문제였다. 2차장은 물론 국장, 과장급 직원들 상당수가 자리를 떠났고 대규모 인사이동이 있었다.

강녕도 임용 기수로는 국정원의 최고참 급에 속했다. 새로 임명된 국장들이 강녕의 1~2년 선배거나 동기였다. 낮은 직위의 선배와 일하는 과장들은 물론 국장들도 버거워했다. 첩보원 생활을 그만둘 때가 다가왔음을 느꼈다. 이젠 마구간에서 말을 관리하는 역할도 끝을 보게 된 것이다. 그러나 국가를 위해 마지막으로 뭔가 하고 싶었다.

2003년 노무현이 대통령이 되었다. 초여름 같지 않게 무덥던 날, 용신에게서 연락이 왔다. 그는 뜬금없이 2차 세계대전 중 일본군이 점령지에서 금, 은, 보석, 문화재를 강탈한 과정과 수치를 이야기를 했다.

일본군은 점령지의 유지들을 협박했다. "네 재산을 내놓을래? 아니면 나라 재산을 내놓을래?" 유지들은 너나 할 것 없이 자기 재산을 지켰다. 그렇게 강탈된 문화재만도 한국에서 10만 점, 타이완을 포함한 중국에서 100만 점, 베트남 5만 점, 캄보디아 산출 불가능, 말레이시아 4만 점, 인도네시아 6만 점에 이른다는 것이다. 문화재 다음엔 주민들이 가지고 있던 금, 은, 보석을 닥치는 대로 빼앗았다. 나치가 유태인들의 귀금속을 빼앗았던 과정과 같았다.

"일본 왕실이 각지에서 긁어모은 보물들을 필리핀에 옮겨놓고 분류했습네다. 금붙이를 녹여서 금괴를 만들고, 이 금괴를 일본으로 수송했습네다. 그런데 전쟁이 불리해져 뱃길이 끊기자, 남은 금괴들을 필리핀 각지에 숨겨 두었습네다. 이것을 일명 '야마시타 골드'라고 하디요."

"그건 그냥 떠도는 소문 아닌가요?"

강녕도 동남아시아에서 근무하면서 숱한 야마시타 골드 사기 사건에 대해 들었다. 많은 한국인들이 사기에 말려들었고 여지없이 패가망신했다.

"명확한 증거가 여기 있습네다. 이 자료를 확인해 보시라요."

용신은 배낭에 가득 채워 온 일본어와 영어로 된 자료들을 펼쳐 보였다. 일본어 자료는 국회도서관에서 복사한 것이고, 영문 자료는 비밀 해제된 미국 정부자료였다. 강녕은 용신이 왜 이런 자료를 건네는지 이해할 수 없었다.

"야마시타 골드가 실제로 존재했다고 해도, 이제 와서 뭘 어떻게 한다는 겁니까? 더구나 우리나라도 아닌 필리핀에서 일어난 일을요."

"우리 민족과 관련된 일이 있디요. 혹시 홍사익 장군이라고 들어보셨습네까?"

"처음 들어보는 이름입니다."

용신은 홍사익이 300톤의 금괴를 숨겨 놓아야 했던 사정을 이야기했다. 강녕은 호기심이 생겼다. 5년 전 IMF 구제 금융을 받을 때, 전 국민이 나랏빚을 갚겠다며 금반지, 금목걸이를 내놓던 눈물겨운 모습들이 떠올랐다. 그때 국민들이 모은 금이 200톤이었다.

"홍사익이 숨겨 놓았다는 금괴가 어디에 있는지 어떻게 압니까?"

"항해일지대로 가면 됩네다."

"그 항해일지가 없어서 미국과 일본도 포기했다면서요."

"홍사익 장군이 보낸 항해일지가 있습네다. 편지도 있고요."

"그게 어디에 있지요?"

강녕은 흥분했다. 잘하면 이 일이 국가에 대한 마지막 봉사가 될 것도 같았다.

"평안북도 박천의 유동열 장군 생가에 유물로 보존되어 있었습네다."

"거긴 영변 옆 동네 아닙니까? 핵 시설이 있는…. 그런데 방금 있었다고 했습니까? 지금은 없다는 말씀인가요?"

"그렇습네다. 지금은 유동열 장군 생가에 없습네다. 소실되어 버렸습네다."

"그럼, 항해일지가 있다는 건 무슨 의미입니까?"

"그 사본이 제 머리 속에 들어 있습네다. 제가 그 지역 사범대학 사학과 교수였다는 거 잊으셨습네까? 그 내용, 토씨 하나까지 전부 기억하고 있습네다."

"그거, 혹시 문서로 된 거 가져오셨나요?"

"여기 있습네다. 배에 홍사익 장군이 탔다는 부분과 실린 화물이 300톤이라는 부분만 가져왔습네다."

"나머지는요?"

"허 선생이 이 과업에 착수하신다고 결정하면, 그때 드리갔습네다."

용신은 보험을 걸었다. 그의 행동엔 일리가 있었다. 강녕은 그것보다 먼저 야마시타 골드와 홍사익 장군의 금괴에 대한 신빙성 확인이 우선이라고 생각했다. 항해일지는 금괴의 진실성이 확보된 이후에 필요한 것이다.

"일단 자료들을 검토할 시간을 주세요. 확인 후 연락 드리지요."

여름 내내 자료들을 꼼꼼히 확인했다. 강녕은 확인에 필요한 사항들을 뽑았다. 그리고 필리핀과 일본 지부에 자료를 요청했다. 자료들이 속속 도착했다. 교차 확인한 결과는 놀라웠다.

1.59) 마닐라에서 남서쪽으로 120km 떨어진 마닐라 만 입구의 작은 섬 루방. 1974년 2월 이 섬에 일본인 자유여행가라는 스즈키 노리오가 들어왔다. 그는 밀림지역에서 단 하루 만에 2차 세계대전 때 낙오된 오노다 히루 소위를 '발견'해냈다.

스즈키는 오노다에게 전쟁이 끝났다며 귀국을 설득했다. 그러나 오노다는 '명령받은 임무'를 버릴 수 없다고 거부했다. 스즈키가 급히 본국에 연락했다. 이틀 뒤 일본에서 몇 사람이 왔다. 그들은 밀림에서 오노다를 데리고 나왔다.

'최후의 황군' 오노다의 귀국은 일본의 모든 TV 방송으로 생중계되었다. 그가 비행기 트랩에서 내릴 때 방송 카메라에는 오노다의 바로 뒤에 선 사람의 모습도 잡혔다. 중년이 된 이시카와 요시오였다. 오노다는 일약 국민적 영웅이 되었지만, 대중들에게 철저히 차단되었다. 그를 감금하다시피 보호한 건 궁내청이었다. 오노다는 대중의 관심이 식어 버린 몇 년 후 조용히 이민을 떠났다. 정착지는 브라질의 밀림 지대였다.

---

59) 야마시타 골드에 관한 내용은 스털링·페기 씨그레이브(Sterling·Peggy Seagrave) 지음, 김현구 옮김, 『야마시타 골드(원제 Gold Warriors)』, 옹기장이, 2003를 참조했다.

오노다 발견 몇 달 후, 일본의 레저 회사가 루방 섬에 리조트를 개발하겠다고 나섰다. 전혀 알려지지 않은 회사였다. 레저 회사 사람들은 측량과 지질 조사를 한다며 오노다가 있던 밀림 지역으로 들어갔다.

현지 주민들은 중장비로 산을 파낸 후 나무 궤짝들을 싣고 나오는 것을 목격했다. 궤짝들은 배에 실려 어디론가 갔다. 그리고 다음해 레저 회사는 도쿄 법원에 파산신고 했다.

2. 마닐라에서 남쪽으로 105km 떨어진 팍상한 시. 이곳엔 매년 수십만 관광객들이 찾는 '팍상한 폭포'[60]가 있다. 오로지 사공의 힘만으로 배가 협곡을 거슬러 오르는 동안 관광객들은 주변의 절경을 구경하며 폭포까지 간다. 그런데 그 폭포가 2차 대전 말기 미군에 쫓긴 일본군들이 집단으로 몸을 던진 곳인 줄은 모른다.

1976년 일본의 한 종교단체가 폭포에서 자살한 일본군들의 넋을 위로한다며 이 지역에 왔다. 그 단체는 일본군의 주둔지를 파헤치고 신사(神社)와 공원을 만들었다. 라구나 호수 근처의 비도사(比島寺)가 그것으로 필리핀인들은 '재패니스 가든'이라고 부른다.

현지의 노인들 중엔 공원 건설 당시를 기억하는 사람들도 많다. 땅을 파자 수많은 나무 궤짝들이 나왔고, 일본인들이 밤에 궤짝들을 트럭에 실어 어디론지 보냈다는 것이다. 신사 안의 불상이 세워진 곳이 궤짝들이 나온 곳이다.

몇 년 뒤 종교단체 관계자들이 몰래 일본으로 철수했다. 현재 이 공원은 관리 상태가 엉망이라는 게 필리핀 지부의 보고였다. 일본 지부는 그 종교단체가 해산했다고 보고했다. 하지만 이 단

---

60) 정식 명칭은 막다피오 폭포(Magdapio Falls).

체가 일본 왕실 궁내청과 관련이 있었음을 보도한 신문기사 복사본을 첨부했다.

3. 츠지 마사노부는 도조 히데키가 총애하는 부하 중 하나였다. 또한 그는 궁내청과 밀접한 관계였다. 츠지는 방콕 인근의 주둔지에서 항복 방송을 들었다. 그는 자신의 부대에 보관하던 것들을 수십 대의 트럭에 싣고 캄보디아의 밀림으로 향했다.

그 후 츠지는 머리를 밀고 캄보디아의 절로 숨어들었다. 10년 후 전범 시효가 풀리자 일본으로 돌아왔다. 그는 '대일본 제국을 위해 반드시 살아남아야 했던' 자신의 도피 경험을 담은 책을 썼다. 책은 베스트셀러가 되었다. 그 여세로 국회의원에 당선됐다.

츠지는 베트남 전쟁이 캄보디아로 확대되자 안절부절 못했다. 1968년 츠지는 자유를 위해 싸우는 사이공 정부를 응원하고 전쟁에 신음하는 캄보디아 사람들을 위로하겠다며 비행기에 올랐다. 그리고 캄보디아에 들어간 후 모습을 감췄다.

그 후 츠지를 보았다는 이야기가 나돌았다. 미국 플로리다 해변의 대저택에 살고 있다는 것이다. 미국 정부는 이를 부인했다. 그 후로도 스위스의 은행 앞에서 츠지를 보았다는 목격담이 일본 언론에 회자되었다.

4. 1970년대 중반 일본의 언론들은 기업의 해외 진출에 대해 우려하는 기사를 쏟아냈다. 당시 일본 기업들은 태국, 말레이시아, 인도네시아, 필리핀에 앞 다투어 진출했다. 그러나 실적이 전혀 없는 신생기업이라는 공통점이 언론이 우려하는 문제점이었다. 이 기업들은 공장 터로 부적합한 밀림이나 산악지대의 오지를 골랐다. 그리고 1~2년 안에 철수했다. 철수한 기업의 공장 부지엔 땅굴이나 동굴에서 뭔가를 파낸 흔적이 남았다.

5. 1970년대 초 일본 정부는 필리핀에 관개시설이나 도로 건설

등 다양한 사회적 기간시설을 무상으로 원조했다. 조건은 일본 기업들이 설계에서 시공까지 처리하는 것이었다. 일본인 설계사들은 필리핀의 오지를 돌아다니며 현장을 조사했다. 그들이 현장을 조사한 후엔 어김없이 대형 트럭이 들어왔고, 트럭엔 궤짝들이 실리는 것이 목격되었다.

영문 자료는 세 가지였다. 하나는 1944년 10월 말 싱가포르 항을 떠난 일본의 야마가키라는 화물선이 전쟁이 끝날 때까지 제셀톤에 묶여 있었다는 것, 그 배에 실린 화물 중 일부가 1944년 12월 초 일본 장군이 몰고 온 작은 배에 옮겨졌다는 항구의 화물 하역 기록이었다.

다른 하나는 에드워즈 렌즈데일이라는 미국인의 행적에 관한 것이었다. 비밀 해제된 미국 정부의 자료를 유추해 보면 그는 CIA의 고위직 터줏대감이었다. 렌즈데일은 전후 필리핀에서 발견한 막대한 금괴를 관리하는 직책에 올랐다. 그는 이를 기반으로 여러 개의 펀드를 만들었다. 그리고 펀드 관리에 일본 왕실을 끌어들였다. 미국의 권력은 4년 또는 8년마다 바뀌지만, 일본은 그럴 염려가 없었다. 렌즈데일의 일본 측 파트너는 이시카와 요시오였다.

여러 자료에 조금씩 언급된 내용들을 퍼즐처럼 맞춰보면 펀드들의 명칭과 초기 규모가 잡혔다. 그 펀드들은 60년 동안의 이자와 운용 수익, 금값 폭등으로 상상도 못할 규모가 되었을 것이다.

용신이 건네준 영문 자료의 세 번째는 렌즈데일과 홍사익이 만났다는 증거였다. 2차 대전 후 설치된 동아시아전범재판소의 전범 관리 기록 복사본으로 정확히는 필리핀 뉴빌리비드 교도소 사형장 관리 일지다. 일지엔 홍사익의 사형집행일에 에드워즈 렌즈데일과 이시카와 요시오가 방문 면담했다고 기록되어 있으며, 기록자는 이반 케이피체 하사였다.

용신은 렌즈데일의 면담 내용을 찾아보려 애썼지만 찾을 수 없었다고 했다. CIA 고위직이 된 렌즈데일이 자신의 면담 기록을 없앴을 것이다. 일본에서 가져온 자료는 일본군이 과거 금괴를 숨겨 놓았다는 증거일 뿐이다. 홍사익이 금괴를 어딘가에 감춰놓았다는 것을 말해주진 않는다. 증거가 필요했다.

강녕은 미국으로 가서 이반 케이피체의 행적을 탐문했다. 미국의 2차 대전 참전군인 단체들을 찾아다녔다. 마침내 남 캘리포니아 베테랑(참전군인) 연합회에서 이반의 기록을 찾아냈다. 그는 제대 후 장의업자가 되었고 1997년 심장마비로 사망했다. 유일한 기록자가 사라졌다.

LA 근교 패서디나 시의 조용한 주택가에 이반의 미망인이 살고 있었다. 여든을 넘긴 이반의 아내는 불쑥 찾아온 한국인에게 친절했다. 그녀는 2차 대전 당시의 필리핀 전범재판에 관해 연구한다는 한국의 사학자에게 이반의 유품들을 보여주었다. 그중엔 홍사익에게 받은 중장 계급장과 함께 이반의 회고록 초안이 있었다.

그의 회고록은 〈지옥의 문에서 겪은 이야기: 일본 장군들의 죽음을 지켜 본 베테랑의 회상〉이라는 장황한 제목을 달고 있었다. 이반은 회고록에 홍사익의 당당했던 수감생활과 처형 당일의 마지막 면담에 대해서 상세히 기록해 놓았다. 이반은 홍사익이 시종일관 침묵하다가 '항해일지'에 대해 물었을 때 '금괴 300톤'이라는 말을 하면서 대단히 화를 냈다고 적었다. 그 아래엔 항해일지가 무엇이기에, 죽음을 앞둔 영웅을 화나게 했는지 궁금하다고 했다. 강녕은 이반의 회고록을 복사했다.

렌즈데일은 공적인 면담기록을 없애 버렸다. 그러나 세상에 비밀은 없다. CIA의 렌즈데일 후임자들은 이반이 회고록을 썼는지도 몰랐으리라. 만약 회고록이 출판되었다면, CIA는 무슨 수를 써서라도 봉인해 버렸을 것이다. 평범한 장의업자의 회고록에 관심을 가진 출판사가 없었던 것이 다행이었다.

LA에서 서울로 돌아오는 비행기 안에서 강녕은 젊은 날 자신이 관여했던 굵직한 일들을 되돌아보았다. 대한항공기 폭파와 러시아 수교, 중국 민항기 납치와 중국 수교, 아웅산 묘지 폭발사건 수습…. 강녕은 홍사익의 금괴 건을 국가에 대한 자신의 마지막 봉사로 장식할 결심을 굳혔다.

다음날 강녕은 용신과 만났다. 강녕은 자신이 확인한 사항들을 용신에게 알려주며 항해일지와 홍사익의 편지 내용을 달라고 했다. 그러자 용신은 가방에서 몇 장의 문서를 꺼냈다. 그리곤 라이터를 켜서 문서에 불을 붙였다.

"뭐 하시는 겁니까? 제가 사실을 확인하니까 이제 사심이 생기신 겁니까?"

"금덩이는 이전부터 확신하고 있었습네다. 사심요? 나 하나 배불리 먹고 잘 살자면, 가끔 가서 금덩이 서너 개씩 들고 오면 됩네다. 그러나 이 일은 우리 민족을 위한 일입네다. 꼭 해야 할 일이지만, 허 선생도 아시다시피 남한 정부가 나서서 할 일도 아니잖습네까?"

그렇다. 이 일은 정부 차원에서 할 일이 아니다. 민간을 위장해서 해야 할 비밀공작이었다. 잘못되어도 그 선에서 마무리 지어야 한다.

"말씀대로 정부가 나서진 못합니다. 남의 나라에 가서 맘대로 황금 300톤을 갖고 올 순 없으니까요. 시간도 오래 걸릴 겁니다. 은밀히 추진하려면 2~3년은 기본이고, 10~20년이 걸릴 수도 있습니다. 필리핀 정부 몰래, 더욱이 미국과 일본에 비밀로 하려면 개인 단위로 움직여야 합니다."

"어떤 일이 생겨도 이 일을 반드시 하시겠습네까?"

"조국을 위한 제 마지막 봉사라고 생각합니다."

"허 선생은 항해일지를 얻으실 겁네. 하지만 이제 세상에 문서로 된 항해일지는 없습네. 유일하게 제 머리 속에 있다요. 그러니 반드시 저도 함께 해야 갔지요. 제 머리 속에 저장된 항해일지는 필요할 때, 필요한 만큼씩 나올 겁네."

"그건 안 됩니다. 우리 정부가 당신의 뭘 믿고 함께 일을 진행하겠습니까?"

"물론 한국 정부가 나, 장용신은 못 믿을겁네. 하디만 평생을 나라에 충성한 허 선생은 믿을 것 아니겠습네까? 허 선생은 금덩이의 존재를 인정하시다요? 그러니 허 선생이 작업을 지휘하면 될 것 아니겠습네까! 이 일을 하는 동안 내 처자식은 한국 땅에서 한 발자국도 움직이지 않을 겁네."

용신은 뜻을 굽히지 않았다. 용신의 머리 속 항해일지가 없으면 금을 찾는 건 불가능하다. 강녕은 오래 고민했다. 공직자의 입장에서 이 건은 위험하고 무모했다. 하지만 첩보원의 입장에선 버리기에 너무 아까웠다. 설령 용신이 간첩이라 해도 말이다.

강녕은 전체적인 작업 구조와 계획을 A4용지 한 장에 요약했다. 그것을 들고 국정원 기획조정실(기조실)로 갔다. 국정원 기조실은 국정원의 핵심 부서다. 기조실장은 국정원장에게 보고되지 않는 일도 알 수 있다. 그 힘은 국정원의 조직과 자금을 관리 운용하는 데에서 나온다. 기조실장이 관리하는 자금엔 중앙정보부 시절부터 계좌에서 잠자고 있는 수천억 원도 포함된다.

국정원 기조실장은 북한 문제에 정통한 학자 출신의 서동만61)

이었다. 강녕은 서동만에게 몇 십 년이 걸릴지 모르는 비밀공작을 설명했다.

서동만은 잘못되면 국제적 분쟁을 일으킬 수십조 원의 금괴 회수 계획에 관심을 보였다. 2003년의 한국은행 금 보유량은 14.4톤[62]에 그쳤다. IMF 구제금융을 받을 당시 대한민국 국민들은 200톤의 금을 모았다. 당시 가격으로는 21억 달러였다. 그 사이 금 가격이 올라 이제는 금 300톤 정도만 있으면 제2의 외환위기가 와도 버틸 수 있을 것이다. 묵혀두기만 하는 과거 권력자들의 쓰고 남은 비자금을 걸 만한 도전이다.

서동만은 곧바로 청와대로 갔다. 며칠의 검토와 심사 끝에 노무현이 허가했다. 대신 이 건은 극비여야 한다고 했다. 국정원 사람들도 모르게 진행하라고 했다. 국정원 내에도 미국이나 일본에 경도된 사람들이 득시글거렸기 때문이다.

서동만은 잘못될 경우의 대책을 준비한 후 강녕을 불렀다.

"이 작업에 모든 것을 걸 각오가 되어 있습니까? 일이 조금이라도 잘못되면 허 선배가 다 뒤집어쓰게 됩니다."

"알고 있습니다. 대한항공 비행기가 사할린에서 격추되었을 때, 당시 동토의 땅 소련으로 잠입하면서 쓴 각서가 아직 보관되어 있을 겁니다. 그때도 일이 잘못되면 제가 다 책임진다고 했죠. 그 이후에도 그렇고."

"이렇게 밖에 해주지 못해 허 선배께 미안합니다. 그리고 고맙

<hr>

61) 서동만(1956.5.31~2009.6.4): 상지대학교 교수. 2003년 4월 31일~2004년 2월 10일까지 국가정보원 기획조정실장 역임. 2009년 폐암으로 별세.

62) 2011년 7월 말 현재 한국은행의 금 보유량은 39.4톤으로 늘었다. 금값이 연일 폭등하던 2011년 6~7월 사이에 한국은행이 런던 국제 금시장에서 25톤(1조 3천억 원 어치)을 사들인 것이다. 이에 따라 세계금위원회가 발표하는 전 세계 중앙은행 금보유 순위도 56위에서 45위가 되었다. 참고로 김영삼 정부 말기 97년 외환위기(IMF 구제금융)를 맞을 당시의 금 보유량은 11톤이었다. 이후 김대중 정부가 금모으기운동으로 모여진 금을 수출하고 남은 3.9톤을 매입했다.

습니다. 잘 하시고 무사히 귀국하시길 빌겠습니다.”

서동만은 강녕에게 통장 하나를 넘겨주었다. 서울의 동쪽 변두리인 면목동에 위치한 농업협동조합(농협) 지점의 계좌였다. 강녕은 그날 부로 국정원을 퇴직하는 것으로 했다. 강녕과 서동만은 공작이 성공하기 전까지 일체 연락하지 않기로 약속했다. 이때가 2003년 9월 1일이었다.

강녕과 용신은 준비에 몰두했다. 가장 오래 걸린 일은 동지를 모으는 것이었다. 공직 경력이 전혀 없고, 해외에 오래 체류하는 데에 문제가 없어야 했다. 영어가 유창하진 못해도 어느 정도는 할 줄 알아야 했다. 거기에 입이 무겁고 국가관도 투철하며 사욕이 없는 사람을 고르는 일은 쉽지 않았다.

여섯 달 동안 수천 명의 사람들을 탐색했다. 2004년 3월 대한민국 국회가 현직 대통령을 탄핵한 뒤 전국에 촛불이 피어오를 때, 강녕은 함께 할 동지 둘을 찾아냈다. 41세의 안상욱과 28세의 최진영이었다.

국내에서 준비를 마친 넷은 필리핀으로 향했다. 2004년 8월 31일이었다. 넷은 필리핀에서 차근차근 일을 추진해 갔다. 일의 진척은 느렸다. 철저한 보안을 우선으로 했고, 생각지도 못한 현지 상황들이 발목을 잡았다.

그것들을 타개하며 3년 반이 흘렀다. 한국에선 이명박이 대통령에 취임했다. 이명박은 전 정부에서 했던 일들은 모조리 털었다. ‘좌파척결’을 내걸고 김대중과 노무현 정부의 행적을 샅샅이 훑은 것이다. 이명박의 측근들이 접수한 국정원도 예외는 아니었다.

국정원 감찰국은 20년 간 묵혀둔 계좌 하나가 사라진 사실을 알게 되었다. 아웅산 폭탄테러 당시 미얀마 정부 요인들을 상대로 뇌물 공작을 펼치고 남은 자금이고, 인출자는 허강녕이라는 장기근속 요원으로 밝혀졌다.

국정원 수뇌부는 고심했다. 양날의 칼이었다. 노무현 정권의 비리일 경우, 이명박에게 충성심을 보일 절호의 기회가 된다. 당연히 후벼 파헤칠 것이다. 하지만 허강녕의 개인 비리일 경우엔 국정원이 큰 상처를 입게 된다. 자금의 출처는 물론 허술한 관리 실태와 내부 단속도 못하면서 나라의 보안을 어떻게 책임지느냐는 비난을 뒤집어쓸 것이다. 심증은 있지만, 사건의 전모를 알아보는 게 우선이었다.

마닐라의 강녕은 자신의 주변을 캐고 다니는 국정원 요원들의 움직임을 눈치 챘다. 이런 때가 올 것을 예상해 대비해 두었기에 큰 걱정은 없었다. 자신이 필리핀을 떠나도 일은 진행될 것이다. 강녕은 동지들에게 동요하지 말고 일을 진행하라는 부탁을 남겼다. 이제 강녕은 거센 파도를 막아내는 방파제가 되어야 했다. 한국행 비행기를 탔다. 필리핀에 온 지 만 4년째 되는 날이었다.

감찰국 요원들은 어떻게든 강녕과 서동만, 더 나아가 노무현과의 연결점을 캐려고 안간힘을 썼다. 기조실장의 도움 없이 해외 파트의 말단 직원이 비자금을 횡령할 수 있는 구조가 아니기 때문이다. 하지만 감찰 요원들은 오로지 강녕의 입에만 매달려야 했다. 명확한 증거가 없는 이상 전직 대통령을 조사할 순 없었고, 핵심 연결고리인 서동만은 가끔씩 의식불명에 빠질 만큼 위독했다. 폐암 말기였다.

강녕은 감찰 요원들에게 자신의 횡령 사실을 순순히 시인했다. 계좌는 미얀마 공작 이후 자신이 관리하고 있었고, 은퇴 후 편히 살기 위해 그 돈을 인출했다고 진술했다. 감찰 요원들도 두 달 간 치밀하게 조사했다. 횡령한 돈으로 마닐라에서 벌였다는 사업도

소상히 알아봤다. 그러나 뚜렷한 실마리가 잡히지 않았다. 결국 감찰국 실무자들은 강녕의 개인 비리라고 결론 내리고 국장에게 보고했다.

그러나 강녕과 임용동기인 감찰국장 오승준은 이를 믿지 않았다. 그는 강녕이 사욕에 빠질 인간이 아님을 잘 알고 있었다. 오승준은 과거 강녕의 해외 공작이 국정원 사에 길이 남을 자랑스런 업적이라 여겼다. 애국심 하나로 평생을 살아왔고, 국익을 위해서라면 불구덩이에라도 주저 없이 몸을 던졌던 강녕의 성과로 인해 많은 국정원 직원들은 권력자의 개라는 끔찍한 오명을 견뎌낼 수 있었다.

필리핀에서 하는 일이 무언지는 몰라도 나라를 위한 일이 분명하다고 생각한 오승준의 비호 덕에 강녕은 형사처벌과 횡령금 추징을 면할 수 있었다. 국정원 수뇌부도 존재하지 않아야 할 비자금 때문에 국정원 전체가 휘청거리는 것을 원치 않았다. 그러나 의심이 완전 해소된 것은 아니었다. 그래서 강녕의 출국을 금지시키고 그를 감시하도록 했다.

강녕은 국정원 요원들의 감시 속에서 2년 동안 태연히 지냈다. 감시자들이 보기엔 그저 노년의 일상이었다. 석 달 전 췌장암으로 쓰러지기 전까지….

6. 마리브(Marib)

예멘의 동북부 지역은 사우디아라비아와 오만에 걸친 광대한 룹 알하리 사막의 일부다. 반면 예멘의 북서부는 고원 산악지대다. 산악과 사막지형의 접점인 하드라마우트(Hadhramaut) 지역은 석회암 사막으로 평소엔 마른 골짜기지만, 큰 비가 오면 물이 흐르는 강이 되는 와디(wadi) 지형이다.

바짝 마른 계곡을 굽어보는 고지대에 염소 털가죽을 이어 붙인 베잇타쉬알이 서 있다. 베잇타쉬알은 겉으로 보기엔 커다란 천막이지만, 내부엔 카펫을 둘러서 세 개의 공간으로 분리한 베두인족의 전통 주거양식이다.

첫 번째 공간이 남자들의 공간이자 손님을 접대하는 응접실인 마후라지다. 바닥에 카펫을 깔고, 그 위에 길게 보료를 놓은 그곳에 족장인 셰이크와 인근의 부족 원로들이 모여 있었다. 그들은 물담배를 빨아대며 셰이크를 압박하고 있다. 원로들은 묵묵부답인 셰이크가 불만이었지만, 그의 권위를 존중하는 차원에서 자리를 떴다.

원로들의 인내도 오늘까지일 것이다. 내일이면 어떡하든 결정해야 한다. 홀로 남은 셰이크는 큰 한숨을 쉬었다. 그들은 저녁 즈음 갑자기 인질을 데려왔다. 그리곤 결정을 내리라고 다그쳤다. 하지만 결정은 쉽사리 할 수 없는 것이었다.

셰이크의 베잇타쉬알 뒤편엔 작은 천막 몇 동이 서 있다. 부엌으로 쓰는 곳, 식량과 생활도구를 보관하는 곳, 다량의 총기를 숨겨둔 곳이다. 무장한 경비병 2명이 엄중히 감시 중인 무기 창고 맞은편 천막에 한국인과 캐나다인이 있다. 그 한국인이 목사 부부의 아들이자 태주가 찾는 방성태다. 앨리스란 이름의 캐나다 여자는 천막 기둥에 매달린 낡은 등잔 불빛보다 더 붉은 머리칼을 가졌다.

이들 남녀는 등을 댄 채 손발이 묶여 있다. 다른 점이 있다면 성태는 팔이 등 뒤로 묶인 반면, 앨리스는 앞으로 묶여 있다는 것이다. 성태가 결박을 풀어보려고 몸을 비틀었다. 밧줄이 배와 가슴을 파고들자 앨리스가 신음했다. 그런데 앨리스는 통증을 묘한 음정으로 표출해냈다. 그 소리는 천막을 뚫고 밖으로 퍼져나갔다. 그리고 경비병들의 호기심을 자극했다.

"아, 씨박 자식들. 단단히도 묶어놨네."

용을 쓰던 성태가 투덜거렸다. 그는 줄 푸는 걸 포기하고 뒤통수를 앨리스에게 기댔다. 성태의 머리가 닿자 앨리스는 몸서리치며 머리를 숙였다. 성태는 어깨 너머로 고개를 돌려 앨리스를 노려봤다.

"이 고생을 하는 게 누구 때문인데. 이 년이⋯."

성태는 화가 나서 강하게 몸을 움직여 밧줄을 잡아당겼다. 앨리스가 신음을 터트리며 애원하듯 말했다.

"그만. 제발!"

"좋다구? 알았어. 더 뽕가게 해줄게."

성태는 뒤로 묶인 손을 움직여 앨리스의 브라우스를 밀어 올렸다. 매끈한 맨 살이 드러났다. 앨리스는 고함치려 했지만 밧줄이 배를 파고들어 힘을 낼 수가 없었다. 성태의 손이 앨리스의 브래지어 단추를 쉽게 끌렀다. 전문가의 솜씨였다. 앨리스는 몸부림쳤다.

"이거 왜 이래? 여긴 진도 다 나간 곳인데."

성태의 손이 앨리스의 등을 어루만졌다. 밀착되어 묶인 터라 몸을 피할 곳이 없는 앨리스는 울상을 지었다. 성태의 팔이 움직일수록 밧줄은 앨리스의 가슴을 파고들었다. 앨리스는 연신 신음을 토했다.

"어때? 너도 좋지?"

성태의 손이 아래로 내려왔다. 이젠 앨리스의 바지 사이로 손을 넣고 볼기 사이의 꼬리뼈를 어루만졌다. 앨리스가 온 힘을 짜내어 비명을 지르자, 경비병 둘이 천막 안으로 들어왔다. 그들은 말아 올려진 앨리스의 브라우스를 보며 씨익 웃었다.

한 녀석이 허리에 찬 잠비야를 꺼내 들었다. 칼끝이 그녀의 가슴에 닿았다. 단추가 떨어져 나가고 블라우스가 벌어졌다. 탱탱한 젖가슴이 드러났다. 앨리스가 비명을 질렀다. 성태는 경비병들이 하는 짓을 보려고 고개를 돌렸지만 사람의 목은 180도 회전이 불가능한 구조다.

경비병은 본격적으로 나섰다. 그의 손이 앨리스의 굴곡진 가슴과 날씬한 허리를 훑으며 내려갔다. 손이 멈춘 곳은 여자의 하복부. 앨리스는 미친 듯이 소릴 지르며 몸을 비틀었다. 지켜보던 다른 감시병은 낄낄대며 웃었다. 성태는 이를 갈았다. 분했다.

"이 새끼들아 그만 해! 이 여잔 내 꺼야!"

성태가 고함쳤다. 그러나 낄낄 웃어대던 경비병이 잠비야 칼끝을 성태의 목에 댔다. 쇠 냄새와 함께 피 냄새가 확 풍겼다. 성태가 움찔하며 떨었다. 이 칼이 장식용이 아니란 것을 깨달은 것이다.

이때 셰이크가 문을 열고 들어왔다. 앨리스의 비명과 성태의 고함소리를 듣고 달려온 것이다. 그는 옷이 벗겨진 여자를 보고 사태를 눈치 챘다. 낙타 몰 때 쓰는 채찍으로 경비병들을 두들겨 패던 셰이크가 씩씩거리며 밖을 향해 소리쳤다. 그의 부관이 검은색의 자루 같은 것을 들고 왔다. 아랍의 미혼 여자들이 입는 부르카다. 셰이크는 부르카로 앨리스의 온몸을 뒤집어씌운 후 데리고 나갔다.

성태는 아쉬웠다. 앨리스의 크고 하얀 가슴과 늘씬한 허리가 눈에 어른거렸다. 갑자기 숨이 턱 막혔다. 발길질이 날아왔다. 채찍으로 얻어맞고 화가 난 경비병들이 혼자 남은 성태를 화풀이 상대로 삼은 것이다. 소총 개머리판으로 뒤통수를 제대로 맞은 성태가 순식간에 정신을 잃었다.

한참 뒤 성태가 눈을 떴다. 머리가 깨질 듯 아팠고 목덜미가 끈적끈적했다. 코와 입, 그리고 뒤통수에서 흘러내린 피가 말라붙은 것이다. 어쩌다 이 지경에 이르렀는지 한심하고 암담했다. 성태는 앨리스가 미웠다. 달랄 때 진작 줬으면 이런 사태는 없었을 것이다. 더 나아가 가출하지 않았으면 이런 횡액도 안 당했을 것이다. 성태가 가출하게 된 과정을 되돌려보자.

성태는 어릴 때부터 공부가 싫었다. 작은 개척교회에서 시작해 한국에서 손꼽히는 대형 교회를 세운 아버지는 그가 원하는 것을 다 사주었다. 뭐든 얻을 수 있는데, 굳이 공부해야 할 이유는 없었다. 대신 몸이 원하는 것을 따랐다. 고등학교 때 담배 연기로 다양한 도넛을 말았고, 폭탄주, 혼돈주, 회오리주의 맛을 구별했다. 당연히 성적은 꼴찌를 도맡았다.

전국 최하위의 성적에도 아버지의 힘으로 신학대학에 진학했다. 학교는 입학식 날부터 가질 않았다. 낮엔 자고 밤엔 나이트클럽에 출석 도장을 찍었다. 클럽 웨이터들에게 황태자 대우를 받았다. 일찍부터 접한 술과 담배에 여자를 더한 쾌락 3종 세트에 본격적으로 몸을 내던졌다. 침 바른 여자완 반드시 그날 자빠진다. 그가 정한 성생활의 원칙이었다. 그는 매일 몸이 원하는 여자를 얻었다.

그러나 점차 침 잘 발리는 '년'들이 시시하게 느껴졌다. 이미 작정하고 온 그녀들은 약간의 '시네로'에도 '삑사리' 없이 자빠져 줬다. 어느 날 문득 삶이 허무하다는 생각이 들었다. 허망함 때문에 일주일씩이나 금욕 생활을 했다.

그 기간에 학교라는 델 가봤다. 고루한 꼰대들의 총본산이라고 여겼는데 그게 아니었다. 신선한 아우라를 풍기는 여자는 모두 여기 있구나 싶었다. 당장 몸이 끌리는 여학생에게 달려들었다. 그러나 그는 무참히 깨졌다. 세상엔 침 발랐어도 그날 자빠뜨리지 못할 여자도 있다는 걸 알았다.

그는 한 단계 도약했다. 손쉬운 '자빠링'만 상대하던 그가 여염집 '규수'와 '처자'들의 영역에 본격적으로 발을 담근 것이다. 매일 머리 아픈 공부도 했다. 입 다물고 있으면 훌륭한 아버지를 둔 명문가 자제로 대우 받았지만, 입만 열면 모두들 그를 비웃었기 때문이다. 그렇다고 '작업'하는 데 '뻐꾸기'를 안 날릴 수도 없는 일이다.

아버지가 설교할 때 유용하게 써먹는 세계명언집을 독파했다. 공부한 것을 처자들에게 써 먹었다. '우리는 똥과 오줌 사이에서 태어났다' 같은 명언은 처자들에게 '사이'를 상상하도록 만들었다. 신학을 공부하는 처자들도 피 끓는 청춘이라 이삼 일 걸러 하나씩 처자들을 자빠뜨릴 수 있었다. 선후배 가리질 않았다. 학년을 마칠 즈음엔 그와 무촌 관계를 맺지 않은 여자가 없었다. '오크 계열' 빼곤.

문제는 성태의 리스트에서 마지막 순위와 등외를 오가던, 석사학위 취득을 앞둔 처자에게서 터졌다. 몸은 어여쁜데 얼굴이 오크와 친인척이라서 건너뛰려다 기록 차원에서 달려들었다. 그런데 이 처자가 완강했다. 입술, 가슴은 내주고도 도무지 자빠지려 하질 않았다. 독한 년이었다.

오기가 생겼다. 낮에 학교 채플실 십자가 밑에서 청혼하고 저녁엔 변두리 작은 교회 목사인 처자의 부모에게 인사 갔다. 물론 결혼할 생각은 전혀 없었다. 그날 밤 성태는 그 처자를 제대로 자빠뜨렸다.

그 동안 투자한 노력과 시간이 아까워 그 후로 몇 번 더 자빠뜨렸다. 그리곤 애정이 식었다며 헤어지자 했다. 결별 통보는 휴대폰 문자로 보냈다. 처자는 울며불며 매달렸지만, 성태는 한사코 피해 다녔다. 그렇게 겨울방학 두 달을 버텼다.

새 학기가 시작되었다. 학교는 신입생들의 재잘거림으로 활기찼다. 대학교수는 이런 맛에 하는구나 싶었다. 매년 헌 것은 내보내고, 신선한 처자들을 받으니 말이다. 성태는 대학교수가 되겠다는 꿈을 가졌다. 꿈을 이야기했더니 아버지도 좋아라 했다. 적극 밀어준다고 했다. 아버지가 시켜 준다니 대학교수는 다 된 거나 다름없는 일이다.

더욱 노련해진 스킬로 신선한 처자들을 자빠뜨리던 어느 날이었다. 간밤의 '달리기'로 피곤해 죽겠는데 아버지가 잠을 깨웠다.

"성태야, 좀 나와 봐라."

"급한 일 아니면 나중에 불러. 오늘 학교 나가서 후배들 가르칠 것 선행학습 해야 돼."

몇 번의 독촉을 받고 몸을 일으켜 거실로 나왔을 때 아버지를 찾아온 생기다 만 처자를 봤다. 그녀는 울고 있었다. 어디서 보긴 했는데 기억이 가물거렸다. 누구지? 교회 신잔가? '상판'이 너무 저화질이어서 그가 애정을 가지고 몸소 성은을 입힐 상대는 절대 아니다. 그렇다면 혹시 아버지가? 입으론 박애주의를 설파하지만, 몸으론 '박아주의'를 실천하시니 모르는 일이다. 고개를 갸웃거리는데 아버지가 달려오더니 다짜고짜 뺨을 때렸다. 번쩍- 눈앞에서 번개가 튀면서 그 처자가 누군지 떠올랐다. 독한 년이었다.

"성태야, 너 이 아가씨에게 무슨 짓을 한 거냐?"

"저 여자가 뭐라 했는데?"

먼저 상황을 파악해야 했다.

"애비 입으론 창피해서 말을 할 수가 없다. 직접 물어봐라."

"성태 씨가 청혼하던 날, 난 순결을… 흑흑…. 주님께 서약했는데. 남편에게만…."

생각해 보니 그녀가 '아다'였던 것 같기도 했다. 그래서 어쩌라는 건가? 아랫도리만 아다면 뭐하나? 윗도리는 나 이전에 어떤 놈이 가져갔는지 알게 뭔가? 그것 때문에 결혼해야 한다는 거야? 21세기에 말이나 돼? 성태는 마음속으로 반박 논리를 가다듬었다.

"갑작스럽게 헤어지자고 해서 정신이 없어 몰랐는데… 세 달째 생리가… 없어요. 병원에 가보니… 임신이라고… 12주 됐다고… 난 이제 어떡해요?"

쇠망치에 머리통을 제대로 맞은 것 같았다. 꽃 피는 인생에 에

밀레종 치는 소리가 둥둥~ 울렸다. 여기서 밀리면 인생 막장 뻔했다. 일단 길길이 뛰었다.

"말도 안 돼. 아버지, 저 여자 말 믿어? 아들은 안 믿고? 난 저여자 학교에서 몇 번 본 게 다야. 저 여자, 우리랑 교파도 다르잖아. 아무렴 아들이 그런 분간도 안 하고 다녔겠어?"

아들의 말을 들은 아버지가 흔들렸다. 독한 년은 기가 막혀서말을 못했다.

"저 여잔 아버지의 명성을 음해하려고 다른 교파에서 보낸 거같아. 저 여자가 뭐 성모 마리아야? 스치기만 해도 애를 갖게!"

여자는 억울해서 말도 못하고 펑펑 울기만 했다. 목사는 고개를 끄떡였다.

"아무렴, 아버진 널 믿는다!"

아버지는 독한 년의 등을 떠밀어 내쫓았다. 그녀는 애절하게성태의 이름을 불렀지만 성태의 마음은 태평양을 건너간 배였다.

그날 오후 성태는 목사 부부의 방에 몰래 들어갔다. 30cm 두께의 육중한 금고문을 여는 건 어렵지 않았다. 비밀번호가 자신의생년월일이기 때문이다. 금고 깊숙한 곳엔 달러가 뭉치로 있었다. 100달러짜리 100장 10뭉치를 꺼내 들고 곧바로 인천공항으로냅다 튀었다. 막 출발하려는 비행기의 일등석에 탑승했다. 그렇게 도착한 곳이 방콕이었다.

성태는 다음날 머리부터 발끝까지 명품으로 감쌌다. 그의 돈질에 예쁘고 잘 빠진 '푸잉'63)들이 줄줄이 자빠졌다. 그는 성관계를맺은 여자를 기록한 스크랩북을 만들었다. 각 면마다 여자의 사진 아래 이름, 나이, 출신지역, 성격, 특징 등의 신체적 정서적 기

---

63) 타이어(語)로 여자. 남자는 '푸차이'.

록과 함께 그녀의 음모를 붙여 놨다.

대학교수가 되는 꿈을 포기한 성태는 다른 원대한 꿈을 꾸고 있었다. 세계를 돌며 지구상 모든 민족 여자들을 자빠뜨린 후 '증명털'을 채집하는 것이다. 카사노바나 돈 후앙조차도 엄두 못 낼 일면서 인류학적으로도 꼭 필요한 작업이라 여겼다. 그렇기에 증명털 스크랩북은 세계 역사에 길이 남을 것이다.

가족과 연락을 끊고 살아도 인생은 즐거웠다. 그런데 며칠 전, 낯선 전화번호가 뜨기에 받았다. 아버지였다. 어린 시절 아버지는 도전하는 즐거운 인생을 이야기하며 영감을 줬다. 이번에도 그랬다. 아버지가 이스라엘이란 말을 했을 때, 머리 속엔 군복 입은 이스라엘 여군들이 떠올랐다. 현역 여군 털에 구미가 당겼다.

다음날 아침 짐을 챙겨 두바이 경유 예루살렘행 비행기에 올랐다. 그런데 옆자리에 상판과 하판 '와꾸'가 매우 훌륭한 백인 여자가 탔다. 작업용 뻐꾸기를 날렸다. 이코노미 클래스가 오버 부킹되어 비즈니스 석으로 올라온 그녀는 인구 5만 명이 안 되는 캐나다 온타리오 주의 작은 도시 오로라 출신의 앨리스 모르텐슨이라 했다. 그녀는 세계일주 여행 중이었다.

출신 지역 이름처럼 황홀하게 예쁜 앨리스의 머리카락 색깔은 캐나다 국기의 단풍잎처럼 붉게 빛났다. 성태는 앨리스의 아랫도리 털도 울긋불긋 단풍 들었을까 궁금했다. 성태는 어릴 때부터 신기한 물건에 대한 호기심을 못 참았다. 그녀의 보디가드를 자처해 예멘까지 따라왔다.

이틀 동안 작업을 하며 기회를 노렸다. 앨리스에게 하루 세끼 양고기만 먹였다. 양고기의 노린내는 발정기 수컷의 호르몬 탓이라는 기사를 비행기 안의 잡지에서 봤다. 숫양의 노린내를 맡은 암컷이 달려와 넙죽 엉덩이를 깐다는 것이다.

성태는 노린내 나는 양고기 찜과 꼬치와 스튜를 먹으며 앨리스의 아랫도리가 싱숭생숭해지기를 기다렸다. 그러나 그녀의 아랫도리는 숫양의 호르몬에도 여전히 굳건했다. 오히려 성태의 위장만 뒤집어질 뿐이었다.

애가 탔다. 술도 없고 여자들은 눈만 내놓고 다니는 이 끔찍한 나라를 빨리 뜨고 싶은데 자빠져야 할 앨리스는 철옹성이니 말이다. 한국의 독한 년보다 등급이 높은 지독한 년이었다. 뭔가 결정타가 필요했다. 사막이 떠오른 건 한국 식당에서 밥을 먹을 때였다. 앨리스도 시바의 여왕 유적지에 관심이 있었다.

성태는 마리브를 둘러보고 난 후 길을 잃은 척하며 인적 없는 사막으로 갔다. 더 이상 차가 갈 수 없는 곳에 이르러 앨리스를 덮쳤다. 엎치락뒤치락 실랑이를 벌였다. 점점 앨리스의 힘이 빠져갔다. 1시간 전 식당에서 밥 먹을 때 음료수에 섞은 수면제가 효과를 발휘했다. 마침내 그녀가 정신을 잃었다.

그런데 이 과정을 낙타 한 마리가 들여다보고 있었다. 비싼 BMW의 유리창에 침을 뚝뚝 떨어뜨리며 이죽거리는 것 같았다. 하찮은 미물에게 만물의 영장이 교접하는 광경을 보여줄 순 없었다.

낙타를 쫓아내려고 나섰다. 모래를 뿌려도 놈은 꿈쩍도 안 했다. 빌어먹을 나라에선 별게 다 속을 썩였다. 호신용으로 시장에서 산 베레타 권총을 빼들었다. 그런데 갑자기 모래 언덕 위로 낙타 수십 마리가 나타났다. 낙타 위엔 들도적 놈들이 타고 있었다. 그들이 일시에 성태에게 총을 겨눴다.

태주는 아침 일찍 뫼벤픽 호텔을 나서 마리브로 향했다. 사나 시의 경계를 벗어나 마을 시장에 들렀다. 시장엔 각종 무기를 파는 상점들이 있었다. 예멘에서 총기는 흔하고 누구나 소지할 수 있지만, 사나 시내에서의 휴대는 금지되어 있다.

태주는 2자루의 진품 AK-74 소총과 탄약통을 구입했다. AK 소총은 옛 소련의 칼라슈니코프(Kalashnikov)가 자신의 조국을 위해 만든 자동소총이다. 그 총은 공산권을 넘어 전 세계 범죄 집단, 반군, 테러리스트들이 선호했다. 가볍고 사용하기 쉽기 때문이다. 내구성도 좋아 혹한의 시베리아와 모래를 녹이는 중동의 사막에서도 문제없이 작동한다.

더욱이 부품이 단순해 약간의 과장을 섞으면 시골 대장간에서도 복제품을 만들어 낼 수 있다. 예멘에서는 십대 후반이 되면 자신들의 첫 무기로 복제품 AK-47을 산다. 비록 복제품이지만 망치로 뚝따뚝따 두들겨 만든 복제 총알을 대충 끼워 넣어도 격발이 될 만큼 훌륭하다. 가격도 싸다. 사막에서는 물 한 병과 AK 소총을 맞바꿀 수 있다는 말이 있을 정도니까.

AK-74는 러시아 육군의 제식소총이다. 태주는 공터에 가서 총의 성능을 시험해 봤다. 총의 성능은 만족스러웠다. 랜드크루저로 돌아오던 태주는 공터 구석에 서 있는 트럭을 유심히 보았다. 트럭 뒤에 실린 물건이 다이너마이트 상자였기 때문이다. 아마도 예멘 정부군 무기고에서 빼돌려진 것이리라.

다이너마이트는 화학적 안정을 유지하고 있다. 그래서 이동과 보관이 쉽다. 단점은 예멘에선 구하기 어렵고 가격이 비싸다는 것이다. 그래서 예멘의 반정부 부족이나 알 카에다는 질산암모늄이나 염소산칼륨을 휘발유와 섞은 후 밀가루로 반죽한 사제 폭탄을 쓴다. 가격은 싸지만 배합 비율에 따라 폭발력이 들쭉날쭉하고, 보관과 이동 시 터질 위험이 높다.

태주는 왠지 다이너마이트를 사야 할 것 같은 느낌이 들었다. 쿠르비에게 준 파르타가스 시가처럼 말이다. 얼른 팔고 자리를 뜨고 싶었던 판매자는 태주가 건네는 100달러를 받고 상자를 넘겨주었다.

그랜드 캐년의 축소판 같은 자연 경관을 자랑하는 틸라와 꼬까반, 깎아지른 바위 위에 세워진 작은 궁전으로 이름 난 록 팰리스 (the Palace on the Rock) 지역을 거쳤다. 그 후엔 한참 동안 황무지와 산악 지대와 사구를 통과했다.

열다섯 개째 검문소를 통과한 후 눈 앞에 녹색지대가 펼쳐졌다. 사막의 오아시스가 무엇인지 실감했다. 시바 여왕의 왕국이 있던 마리브에 도착했다. 마리브에서 처음 본 풍경은 맨발로 커다란 가스통을 굴리며 노는 아이들이었다.

마리브에서 가장 큰 식당으로 갔다. 성태의 성향상 그 지역에서 제일 크고 비싼 식당으로 갔을 것이다. 식당 주인은 외국인이 오자 특별대우를 했다. 식탁 위에 신문지를 깔아준 것이다.

식사를 마치고 종업원들에게 이틀 전에 이곳을 찾아온 한국 청년에 대해 물었다. 주인을 비롯해서 모두들 모른다고 했다. 그러나 뭔가 숨기는 듯한 인상을 풍겼다. 그런데 종업원 중 한 명이 눈빛으로 말해 왔다. 식당을 나온 태주가 하메드에게 그 종업원을 데려오라고 했다.

잠시 후 하메드가 종업원을 데리고 랜드크루저가 주차된 곳으로 왔다. 식당 종업원 이름은 하심으로 사막을 버리고 도시에 정착한 베두인족이었다. 태주는 그와 함께 까트를 씹었다. 한참 까트를 오물거리던 하심이 마침내 태주가 듣고 싶은 이야기를 했다. 태주가 주머니에서 꺼낸 5달러를 본 직후였다.

하심은 베두인족 전사인 동생에게 들은 이야기를 했다. 태주는 "아이고" 한숨을 토해냈다. 방성태와 백인 여자를 데려간 세력이 베두인족이라고 했기 때문이다. 예멘의 부족들은 각자의 영역을 지키며 살아간다. 성태를 데려간 부족이 어느 부족인지만 알아내면, 그 지역으로 찾아가면 된다.

그러나 베두인족이라면 이야기가 달라진다. 이들은 정처가 없다. 낙타나 양, 염소를 방목하는 이들은 물과 풀이 있는 곳을 찾아 이동한다. 그리고 여타의 아랍 부족들이 두려워할 만큼 용맹했다. 19세기 유럽 제국주의 군대를 떨게 했던 투아렉족이 사하라 사막의 베두인족이다. 투아렉족의 명성은 독일 폭스바겐에서 생산하는 최고급 SUV 자동차 이름에도 새겨져 있다.

베두인족은 대부분 정규교육을 받지 못한다. 사막을 떠돌며 유목 생활을 하니 학교가 있을 수 없다. 대신 아버지나 부족의 연장자들에게 사막 생활과 유목에 필요한 지식을 배운다.

그 배움에는 부족의 전통적인 가치관이 포함되어 있다. 타인에게 친절하게 대하고 명예를 소중히 여기라는 것이다. 그러나 모욕을 당하거나 명예가 훼손된 경우 반드시 피로 갚아주는 복수도 가르친다. 그런 가치관을 체득한 베두인족의 인간관계는 단순하다. 가족과 친구 아니면 적이다.

태주는 하심에게 동생과 연락이 되는지 물어봤다. 하심은 주머니에서 투라야64) 위성전화기를 꺼내 보였다. 사막에 사는 사람들의 필수품일 것이다. 동생을 통해 셰이크가 지금 머무는 곳이 어디인지를 알아볼 수 있는지 물었다. 베두인족이 데려갔다면 그것은 셰이크에게 보고될 것이고, 또 협상도 셰이크와 할 일이다. 그러나 하심은 고개를 저었다. 셰이크의 위치를 노출시켰다가는 보복을 당하기 때문이다. 태주가 까트 위에 50달러를 올려놓았다. 하심은 갈등에 빠졌다.

---

64) 투라야 (Thuraya): 아랍에미리트에 기반을 둔 중동지역 최대의 위성전화 회사.

셰이크는 아침부터 찾아온 원로들과 힘겨운 싸움을 벌이고 있었다. 원로들은 사나 정부에 본때를 보여줘야 한다고 했다. 또 마리브 지역에서 외국 석유회사들 몰아내려면 알 카에다와 손을 잡고 무장투쟁을 벌여야 한다고 주장했다.

예멘은 산유국이긴 해도 주변 나라들만큼 알라의 축복을 받지 못했다. 그래서 외국 석유회사들은 예멘에 큰 관심을 갖지 않았다. 땅 속에 원유가 있긴 하지만, 나오는 것에 비해 뽑아내는 비용이 많이 들었기 때문이다. 그런데 석유값이 몇 배로 뛰어오르자 석유회사들이 예멘으로 달려들었다. 그들은 사나의 탐욕스러운 권력자에게 뇌물을 먹이고 원유가 나올 가능성이 있는 지역의 채굴권을 얻었다.

광대한 땅을 차지한 석유회사는 터줏대감들의 출입을 막았다. 모래 사막과 석회암 지반이 겹치는 바위산 골짜기의 드문드문한 초지에 기대어 낙타와 양을 기르며 살아온 베두인족들에겐 사막에 떨어지는 우박처럼 날벼락이었다. 어제까지 낙타를 몰며 마음대로 돌아다니던 지역을 못 가게 되었다. 어떤 부족은 살고 있던 지역에서 쫓겨나기도 했다. 항의해도 소용없었다. 어디서부터 어디까지가 석유회사 지역인지 아무도 몰랐다. 사막과 황무지라 경계가 모호했다. 그런데도 외국 석유회사들은 무조건 자신들의 영역이라 우겼다. 예멘 정부도 군대를 파견해 석유회사 편을 들었다.

석유회사는 용병들을 고용해 눈에 띄는 베두인족은 다 밀어냈다. 화가 난 베두인족이 총을 들고 나섰다. 예멘 정부군은 낙타를 몰고 달려오는 베두인족을 보곤 줄행랑을 쳤다. 몇 달, 몇 년이 흐른 뒤에라도 반드시 복수하는 베두인족의 습성을 잘 알기 때문이다.

그런데 석유회사 용병들은 달랐다. 이들은 자신들이 이라크에서 명성을 떨쳤다는 블랙 워터[65] 소속의 정예였던 스콜피온 팀이라 했다. 비록 십여 명밖에 안 되지만 최신 무기로 중무장한 용병들은 베두인족이 접근하면 엄청난 화력을 아낌없이 쏟아부었다.

이틀 전에도 베두인족 전사들은 용병들과 싸우다 상처만 입고 퇴각했다. 대신 돌아오는 길에 홀랑 벗은 채 낙타에게 총질하려던 한국인과 캐나다인 여자를 잡아왔다. 원로들은 그들을 인질로 삼자고 했다. 중무장한 용병들의 장갑차와 기관총과 유탄 발사기에 비해 자신들이 가진 낙타와 소총의 초라함을 안 그들은 알 카에다에게 용병과의 싸움을 맡기자고 했다.

하지만 셰이크는 여러 가지 측면에서 걱정했다. 잡아온 인질은 먹잘 것 없지만 버리자니 아쉬운 계륵이다. 잠비야를 뽑았으면 뭐든 잘라야 한다. 그러나 돈벌이에 혈안이 된 석유회사는 인질 두 명 때문에 물러서지 않으리라. 그러면 언제까지 인질들을 데리고 있어야 한단 말인가?

또한 알 카에다와 손을 잡는 것의 위험성도 있었다. 알 카에다

---

65) 블랙 워터(Black Water Private Company): 1998년 미국 네이비 씰 출신의 에릭 프린스가 네이비 씰, 델타 포스, 그린 베레, 레인저 같은 미군 특수부대 전역자들을 모아 세운 회사다. 블랙 워터 같은 PSF(Private Security Firm) 또는 PMC(Private Military Company)는 군사 서비스를 제공하는 기업이다. 돈 받고 대신 싸워주는 용병인 것이다.

위험도에 비례하지만, 소속된 용병들은 최소 월 1,500만 원 이상의 월급을 받는 고소득 직장인이다. 대신 전투나 훈련 중의 부상 치료는 자기 부담이다. 따라서 자기 보호를 위해 무작정 무력을 퍼붓는 경향이 있다.

블랙 워터 용병들은 2007년 이라크 바그다드 번화가인 니수르 광장에 모인 민간인들이 교통흐름을 방해한다는 이유로 로켓포와 기관총을 퍼부어 무고한 민간인 17명을 사살했다. 이로 인해 블랙 워터는 이라크에서 퇴출되었고, 미 의회 청문회에 회부되었다. 하지만 지 서비스(Xe Service)로 이름을 바꿔 여전히 이라크와 아프가니스탄 등지에 용병들을 공급하고 있다.

그렇다면 미국은 세계 최강의 군대를 놔두고 굳이 비싼 돈을 들여 용병을 고용하는 것일까? 용병들은 현역병이 아니기에 사망이나 부상당해도 전상자로 집계되지 않기 때문이다. 전사자가 많아질수록 커져가는 미국 국민의 전쟁 혐오 여론을 피하려는 것이다. 때문에 용병들은 자신들을 총알받이(Bullet Sponge)라며 자학하기도 한다.

는 용병과 싸워주는 대가로 추가적인 반대급부를 요구할 것이고, 그것은 두고두고 부담으로 남을 것이다.

그렇다고 원로들이 주장하는 것처럼 알 카에다에 인질을 넘기는 것도 꺼림칙했다. 예멘에서 지방 부족들이 외국인을 납치하는 건 정부와 협상하기 위한 것이다. 비록 인질로 잡아왔지만, 외부에서 온 손님으로 대우했다. 무슬림의 기본 도리는 손님을 극진히 대접하는 것이니까. 또한 정부와 협상이 타결되면 인질들을 무사히 돌려보냈다.

그런데 최근 정부와 협상이 안 되는 것은 모두 외국 석유회사와 관련된 일이었다. 석유회사에게는 예멘 정부도 어쩔 수가 없었다. 이런 상황을 파고 든 것이 알 카에다였다. 알 카에다는 부족들의 가려운 곳을 대신 긁어줬다. 그들은 시한을 정해 놓고 요구조건이 충족되지 않으면 주저 없이 인질들을 죽였다. 효과는 있지만 적이 아닌 손님을 죽이는 것은 무슬림으로선 해서는 안될 일이다.

셰이크의 고민은 엉킨 실타래 같았다. 인질을 풀어주고 물러서는 건 부족원들의 비등한 불만 때문에 힘들다. 총 들고 나서봤지만 용병들을 이기는 것은 쉽지 않다. 무기가 부족한 베두인족이 희생당할 것이다. 그렇다고 일을 알 카에다에 맡기고 뒷전에서 손가락만 빨며 지켜보는 것은 베두인족의 명예에 낙타똥 칠하는 일이다. 또 부족의 손님으로 데려온 인질들을 알 카에다에 넘겨 죽게 하는 것은 이슬람의 교리에 어긋난다.

셰이크는 깊이 고민했지만 원로들의 압력을 이겨내지 못했다. 부족 원로회의는 부족의 전통을 따르는 것으로 결정되었다. 부족의 전통은 은혜는 은혜로, 원수는 원수로 갚아주는 것이다. 원로들은 복수를 위해선 원수의 적과 손을 잡아야 한다고 주장했다.

그런데 시간이 촉박했다. 내일은 베두인족의 전통 축제인 보름달 축제일이고, 14일 후엔 라마단(رمضان)66)이 시작되기 때문이다. 셰이크는 보름달 축제보다 라마단이 닥쳐온 것을 걱정했다.

라마단은 선지자 무함마드67)가 알라로부터 꾸란의 첫 번째 경구를 계시 받은 것을 기리는 축제다. 라마단의 계율은 단순하다. 1달 동안 해가 뜬 이후부터 해질 때까지 금식하는 것이다. 이슬람력 아홉 번째 달의 초승달이 뜨는 날부터 한 달 간 전 세계 16억 인구가 물을 포함해서 아무 것도 먹지 않은 채 그간 쌓은 죄를 씻기 위해 몸과 마음을 정결히 할 것이다.

이 속죄의 기간을 앞두고 있는 셰이크는 어차피 넘겨야 할 거라면 하루라도 빨리 알 카에다에 인질을 넘기고 싶었다. 연락병이 낙타를 몰고 알 카에다 훈련소로 떠났다. 셰이크는 멀어져 가는 낙타 발자국 먼지를 보며 착잡한 심경이 되었다. 그는 이 사태를 해결할 방법을 고심했다. 부족의 명예를 지키면서 실리도 얻을 수 있는 방법을….

태주와 하메드와 하산은 룹 알하리 사막을 횡단하고 있었다. 하산은 동생에게 전화해서 셰이크의 위치를 알아냈고, 태주는 위험해서 못 간다는 하메드를 설득했다. 태주는 사막 앞의 마지막 마을에 차를 세우고 낙타 여섯 마리를 샀다. 세 마리엔 사람이 타고, 나머지 세 마리에는 물과 식량과 무기와 짐을 실었다.

2시간쯤 가자 승용차 한 대가 모래먼지를 뒤집어쓰고 서 있었

---

66) 이슬람의 계율은 신앙증언, 예배, 종교부금, 금식, 성지순례다. 이를 이슬람의 다섯 기둥이라 부르며, 무슬림은 5가지 계율을 엄격하게 지켜야 한다. 이 중 금식 계율을 수행하는 기간이 라마단이다.

67) 선지자 무함마드(صلى الله عليه وسلم): 알라의 말을 전하기 위해 선택된 알라의 마지막 선지자. 유대교와 기독교와 이슬람교는 믿는 신이 같다. 차이점은 신의 메시지를 받은 자다. 유대교는 모세를 선지자로, 기독교는 예수를 구원자로, 이슬람교는 무함마드를 선지자로 인정한다.

다. 베엠베 760Li였다. 며칠 더 지나면 '저먼 테크놀러지'가 집약된 최고급 차량은 모래에 파묻혀 사막의 일부가 될 것이다. 아까운 생각이 들어 목에 달고 있는 휴대용 GPS에 지점 좌표를 입력해 두었다.

태주가 가져온 마젤란 트라이튼(Triton) 2000의 장점은 터치스크린과 내셔널 지오그래픽이 제작한 TOPO 지도다. 태주의 트라이튼 액정 화면엔 등고선이 표시되는 TOPO 지도에 구글의 위성사진과 정보가 연동된다. 이것을 위해 방콕 수완나품 공항 인터넷 카페에서 2시간을 매달렸다. 탑승 마감 5분을 남기고 간신히 구글어스를 GPS에 넣을 수 있었다. 태주는 사막에 들어서면서 전적으로 트라이튼이 표출하는 지형도와 위성사진에 의존해 왔다.

거대한 붉은 공이 사막 아래로 저물어간다. 몇 시간을 쉼 없이 걸었지만 계속 그 자리에 머물고 있는 것처럼 느껴졌다. 가도 가도 모래뿐이라 시야의 변화가 없어서다. 마침내 사막에 어둠이 내려앉았다. 낮의 더위는 씻은 듯이 사라지고 찬바람이 몰려왔다. 하메드는 보이지 않는 위험을 경고했다. 그러나 태주는 마음이 급했다.

납치 사건에선 초기 이틀이 경계선이다. 납치범은 치밀한 계산 아래 범행하는 것이 아니다. 절박한 심사에 우발적으로 일을 벌인 후 주변을 단속하고 요구사항을 정리하는데 이틀이 걸린다. 따라서 범인이 요구사항을 미처 정리하기 전 이틀 안에 협상을 완료해야 한다. 이 시기를 놓치면 갈수록 요구사항은 복잡해지고 지루한 협상의 나날들이 이어질 것이다.

둥실 떠오른 달과 총총한 별빛에 의지하며 계속 나아갔다. 밤하늘을 지붕 삼아 사막을 가다 보면, 별자리로 지구의 경도와 위도를 알아내는 천문학이 이슬람에서 발전한 이유를 알게 된다.

무더운 날씨 때문에 낮보단 밤에 이동하는 경우가 많았을 테고, 이정표가 될 만한 것이 전혀 없는 깜깜한 사막에선 별자리를 보며 시간과 위치를 알아내야 했을 것이다.

잘 가던 낙타가 멈춰 서서 움직일 생각을 안 했다. 낙타는 영리한 동물이다. 뭔가 위험을 감지한 것이다. 전등을 들고 앞을 확인해 보니 끝이 보이지 않는 가파른 내리막이었다. 낙타 등에 매달려 오느라 몰랐지만, 어느새 지형이 바뀌어 있었다. 하메드는 이 지형을 와디라고 했다.

어둠 속에서 계곡을 타는 것은 무리였다. 이곳에서 야영하기로 하고 배낭을 풀었다. 빛과 소리가 가장 절실했다. 자체 발전기가 내장되어 있어 10분만 돌리면 2시간 동안 LED 5구가 박힌 랜턴과 라디오를 동시에 쓸 수 있는 랜턴 겸 라디오로 빛과 소리를 만들어 냈다. 아랍어로 나오는 알 자지라 방송을 알아들을 순 없지만, 사막의 모래바람 소리보다는 나았다.

저녁은 데이트렉스에서 제조한 이머전시 레이션으로 대신했다. 각종 곡물과 견과류를 손바닥 만하게 압축한 비상식량이다. 하나에 200kcal의 열량을 제공하니, 2개면 성인이 한 끼에 필요한 에너지 섭취량을 충족시킨다. 맛도 그럭저럭 먹을 만하다.

식사 후 웨스턴 마운티니어링의 버설 라이트 침낭을 꺼냈다. 필 파워[68] 850 이상의 구스다운(거위 솜털) 제품이다. 이 정도면 영하 10℃까지도 무난하게 버틸 수 있다. 침낭은 쭉 펴서 1개는 바닥에 깔고 1개는 이불로 썼다. 셋이 쓰기에 좀 작았지만 사막의 냉기를 온몸으로 맞는 것보단 낫다.

침낭 주위로 사막뱀, 전갈, 거미의 침입을 막기 위한 약품을 뿌

---

68) 오리(거위)털의 탄성 측정 단위. 오리(거위)털 28.35g을 압축한 후 복원되는 정도를 측정한 것. 필 파워가 클수록 공기 함유량이 많고 복원력이 좋아 작게 접어 다닐 수 있다.

렸다. 신발도 잊지 않았다. 성인 남자라도 2시간 이내에 사망에 이르게 할 정도의 맹독을 가진 데스 스토커란 녀석은 특이하게도 사람의 신발 속에 들어가는 것을 좋아한다. 아침에 일어나 전갈이 웅크리고 있는 신발에 무심코 발을 넣으면 큰 낭패일 것이다.

하산이 커피를 끓였다. 예멘은 커피의 원산지다. 홍해의 모카항은 한때 커피 수출항으로 유명했다. 유명한 커피 품종인 모카가 이 항구 이름에서 유래됐다. 예멘의 커피 재배지는 해발 2,000미터 이상 산악지대다. 농기계를 이용한 대량재배가 어려워, 일일이 농부의 손을 거쳐야 한다. 그래서 예멘의 마따리(Mattari)는 세계 3대 커피[69]로 손꼽힌다.

깜깜한 사막에서 다크 초콜릿 맛이 도는 진한 커피 한 잔을 마시며 밤하늘을 올려보았다. 셀 수 없이 많은 별들이 반짝이고 있다. 하늘이 별빛의 무게를 이기지 못하면 어쩌나 하는 기우가 들만큼….

태주가 믿는 것은 지도와 GPS다. 하지만 사막에서는 사막의 법이 있을 것이다. 내일은 태양과 달과 별과 바람과 구름에 의지해야겠다는 생각을 할 즈음 잠에 빠졌다. 별똥별 하나가 긴 꼬리를 달고 동쪽 하늘로 사라져갔다.

스물네 살의 압바스 이븐 알 사아드에게 오늘은 설렘과 아쉬움이 교차하는 날이었다. 그는 오늘 '자비르'라는 새 이름을 얻었다. 그리고 첫 임무지를 부여 받았다. 그러나 다른 임무를 맡은 친구와 헤어져야 한다.

자비르가 떠날 준비를 마쳤다. 준비라 할 것도 없었다. 낙타에

---

69) 세계 3대 커피는 예멘 마따리, 하와이안 코나 익스트라 팬시, 자메이카 블루 마운틴이다.

실린 물통과 AK 소총 한 자루가 전부다. 자비르는 친구와 깊은 포옹을 나누었다. 그리곤 서로 코를 비비며 몸조심을 당부했다.

여덟 달 전 친구와 이곳에 왔을 때 사람들은 모두 고개를 갸웃 거렸다. 이곳 사람들은 자비르가 왜 알 카에다 전사가 되려고 혹독한 훈련을 받는지 이해하기 어려웠다. 그가 쿠웨이트 출신이기 때문이다.

쿠웨이트 인들은 대대로 아라비아 만 연안에서 물고기를 잡고 살았다. 그러나 사막에서 석유가 터져 나오자 더 이상 물고기 따위를 잡으러 바다로 나가지 않았다. 작은 땅덩어리에 전 세계 원유 매장량의 10%나 묻혀 있다.

쿠웨이트 국적을 가지고 태어나는 순간, 입에 금수저를 물고 태어나는 것과 다름없다. 북유럽 국가의 국민들은 자국의 복지체계를 자랑한다. 그러나 인구 260만 명에 세계 4위[70]의 원유 매장량을 가진 쿠웨이트를 알면 한없이 초라해진다.[71]

쿠웨이트 정부는 아이가 태어나서 직장을 잡을 때까지 매월 175달러를 지급한다. 학비, 책값, 식비, 교통비 등 교육에 관한 비용은 전액 무료다. 외국에 유학가면 학비와 왕복 항공료 외에 매월 2,000달러의 생활비도 지급한다.

결혼하면 6,900달러를 지급하고, 두 번째 부인을 얻으면 3,500달러를 준다. 국민이 살 집을 마련해 주는 것도 정부의 의무다. 쿠웨이트 정부는 매년 컴퓨터 추첨으로 주택을 제공하고 있다.

---

70) 전 세계 원유 매장량 순위는 1위 사우디아라비아 2,627억 배럴(세계 매장량의 1/4), 2위 이라크 1,125억 배럴, 3위 아랍에미리트 978억 배럴, 4위 쿠웨이트 965억 배럴, 5위 이란 931억 배럴 순이다.
　　참고로 전 세계 천연가스 매장량 순위는 1위 러시아, 2위 이란, 3위 카타르 순이며, 걸프만 연안에 세계 천연가스 매장량의 40%가 있다.

71) 쿠웨이트에 관한 자료는 조성환 님의 쿠웨이트 이야기(kr.blog.yahoo.com/sungwhan_c)에서 도움을 얻었습니다.

미처 당첨되지 못한 국민들에게는 주택 수당을 지급한다.

국민의 일자리도 국가의 몫이다. 쿠웨이트 국적을 가진 유효 노동인구 30만 명의 92%가 정부기관이나 국영기업체에서 일하는 공무원이다. 그들은 매년 2개월의 휴가가 보장된다. 남자 55세, 여자 50세가 되면 정년퇴직을 하고, 마지막 연봉의 95%를 죽을 때까지 연금으로 받는다. 가끔 인사적체로 명예퇴직을 하게 되면 대상자에게 100만 달러를 지급한다. 그럼에도 쿠웨이트의 실업률은 8%에 이른다. 직장이 없어도 정부가 먹여 살리는데, 굳이 일할 필요를 못 느끼는 것이다.

쿠웨이트는 세금이 전혀 없다. 의료비도 전액 무료다. 위성을 비롯한 모든 통신비도 무료다. 전기와 수도 요금도 공짜나 다름없다. 그런데도 쿠웨이트 정부는 5년마다 밀린 전기와 수도 요금을 탕감해준다.

또 가끔 전 국민에게 수백 달러씩 주기도 한다. 기름값이 올라 예상 외로 정부 수입이 많아졌을 때다. 거기에 연봉 1억 7천만 달러로, 매월 160억 원을 챙기는 왕도 어쩌다 한 번씩 국민들에게 선심을 쓰기도 한다. 몇 해 전, 왕이 영국에서 수술 받고 돌아오자 이틀 동안 임시 공휴일이 선포됐고, 국민들은 왕이 주는 용돈을 받았다.

이런 세계 최고의 복지국가 국민이 그 좋은 혜택들을 마다하고 어쩌다 알 카에다에 합류한 것인가? 그것은 무슬림을 개·돼지 취급하는 미국인에 대한 적개심의 발로였다. 여느 쿠웨이트인들처럼 미국인을 형제라고 믿었던 자비르가 미국을 향해 총을 들게 된 사연은 이렇다.

자비르의 아버지는 쿠웨이트의 국영 은행 부행장이다. 어릴 때부터 아버지는 자비르에게 종종 이렇게 말했다.

"내 아버지는 낙타를 타고 다녔지. 난 자동차를 타고 다닌다. 넌 자가용 비행기를 타고 다닐 거야. 하지만 너의 아들은 다시 낙타를 타고 다니게 될 거다."

아버지는 펑펑 쏟아지는 기름이 더 이상 나오지 않으면, 쿠웨이트의 부유함도 모래성처럼 무너질 거라 생각했다. 그는 후손들이 낙타 타고 물고기 잡는 삶으로 돌아가는 것을 원치 않았다. 그래서 불법은 아니지만 그렇다고 합법적이라고도 할 수 없는 방법으로 거액을 챙겼다. 그 돈으로 미국에 몇 채의 집을 샀고 미국 정부가 발행한 국채도 수백만 달러나 보유했다. 아들도 미국 대학에 유학 보냈다. 자기 자손을 미국 땅에 뿌리내리고 살게 할 계획이었다.

그러나 아버지는 아들의 미국 생활이 외로운 줄은 몰랐다. 자비르는 미국 학생들과 좀처럼 어울릴 수 없었다. 그가 지나갈 땐 알 카에다니 탈레반이니 하는 쑥덕거림이 들려왔다. 친해져 보려고 무턱대고 파티에 참석했다가 온몸에 쓰레기를 뒤집어쓴 채 내쫓기는 수모를 당했다. 아랍인들을 싸잡아 탈레반 취급하는 유대인 학생에게 한 마디 한 다음의 일이었다.

다른 유대인 놈들까지 "개나 돼지나 매한가지 아니냐"며 달려들었다. 그들은 자비르의 얼굴에 침을 뱉었고, 옷을 찢었고, 오물을 던졌다. 다른 학생들은 재밌는 구경거리라는 듯 지켜만 봤다. 아무도 유대인들을 말리려 하지 않았다. 평생 잊을 수 없는 치욕이었다.

쿠웨이트는 미국의 주요 채권국이다. 기름 팔아 번 돈을 착실하게 미국 정부에 빌려줬다. 미국 은행이나 기업이 투기하다 큰 손해를 보고 도움을 청하면 스스럼없이 거액을 건넸다. 쿠웨이트인들은 미국인들이 자신들을 고마운 형제로 여기는 줄 알고 있다. 하지만 자비르는 그 생각이 일방적인 짝사랑임을 깨달았다.

자비르는 학교의 외톨이가 되었다. 부자의 외로움은 가난한 자의 배고픔만큼이나 사람을 괴롭힌다. 매일 쿠웨이트로 전화했다. 하지만 왕따 당한다고 차마 말하지 못했다. 오히려 잘 지낸다고 거짓말했다. 자비르의 청춘은 골병이 들어갔다.

유일한 숨통은 이슬람 사원이었다. 비슷한 처지의 사람들이 그곳에 모였다. 그들은 서로의 사정을 하소연했고, 동병상련의 유대감은 곧 우정으로 승화되었다. 자비르와 동갑내기이고, 이집트 출신인 무함마드 알 파라비는 그렇게 친구가 되었다.

자비르가 겪은 치욕을 이야기하자 파라비는 분개했다. 위대한 알라가 유대인들에게 벌을 내릴 거라고 했다. 파라비의 말대로 유대인 놈들의 신상에 이상이 생겼다. 침 뱉고 쓰레기 던진 두 놈은 마약 단속반에 체포되었다. 테니스 하다가 물병에 든 물을 나눠 마신 후였다.

옷을 찢었던 놈은 고속도로를 달리던 중 앞바퀴가 빠져서 차가 뒤집혔다. 에어백 덕으로 죽진 않았지만 팔 다리가 모두 부러졌다. 아랍인 전부를 탈레반 취급했던 녀석은 자고 있던 집이 전기 누전으로 불이 났다. 그러나 약에 취한 듯 깊이 잠든 그는 쉽사리 깨질 못했고, 결국 기관지를 잘라내야만 했다.

자비르가 "혹시?" 하며 물었다. 파라비는 인샬라(신의 뜻) 하며 싱긋 웃기만 할 뿐이었다. 자비르는 친구의 웃음에서 답을 찾았다. 그날 자비르는 친구와 평생 한길을 걷기로 맹세했다. 파라비와 이슬람 교리를 함께 공부했다. 선지자 무함마드가 계시 받은 알라의 말씀은 공부할수록 오묘했다.

얼마 후, 수사망이 좁혀오는 것 같다는 말을 남긴 채 파라비가 급히 미국을 떠났다. 다시 외톨이가 된 자비르는 더욱 열심히 이슬람 경전을 파고들었다. 꾸란에는 외로움과 약자의 상처를 어루만져 주는 구절이 많았다.

방학을 맞은 자비르는 전화를 받았다. 파라비였다. 그는 함께 여행하자며 이집트로 오라고 했다. 쿠웨이트의 부모는 여름휴가 때 자비르와 유럽 여행을 계획 중이었다. 머리통이 굵어지면 부모보다 친구와 놀기 좋아하는 게 자식들의 공통적 특징이다. 자비르는 국제전화로 아버지와 대판 싸운 후 카이로행 비행기에 탑승했다.

파라비는 이슬람 청년 캠프에 가자며 자비르를 이끌었다. 파키스탄의 수도인 이슬라마바드에서 비행기를 내린 후 버스로 페샤와르72)까지 가게 되었다. 도착한 곳은 각종 총기류는 물론 소형 대포까지도 망치질로 뚝딱뚝딱 만들어 내는 대장간 옆의 마드라사73)였다. 거기엔 이슬람을 믿는 각국의 청년들이 모여 있었다.

마드라사에선 이슬람 교리와 함께 세계 정세도 가르쳤다. 알라가 아랍 민족에게 주신 선물인 석유를 빼앗고, 이슬람 정신을 말살시키려는 미국의 음모를 알게 되었다. 강사들은 미국이 유대인의 지배를 받는 나라이므로 결코 무슬림의 친구가 될 수 없다고 역설했다. 자비르는 파티에서의 치욕을 떠올리며 그 말에 전적으로 수긍했다.

마드라사에서 지내는 동안 자비르의 신앙은 강철처럼 단단해졌다. 손에 쥐어야 할 것이 펜이 아닌 총임을 자각했다. 두 달 후

---

72) 페샤와르(Peshawar): 파키스탄의 수도 이슬라마바드와 아프가니스탄의 수도 카불의 중간 지점에 자리 잡은 거점 도시. 옛 실크로드 시절부터 교역 도시로 유명했다. 이곳에서 서쪽으로 17km만 가면 아프가니스탄 국경이다.

73) 마드라사(Madrasah): 원래의 의미는 이슬람 지역의 도시에 세워진 고등교육기관이다. 20세기 전까지 꾸란을 기본으로 수학, 논리학, 문학, 자연과학을 가르쳤다. 학생들은 기숙사에서 생활했으며 수업료는 없었다. 현재의 마드라사 중 파키스탄의 마드라사는 탈레반 및 알 카에다와 연계되어 이슬람 근본주의와 군사교육을 한다.

마드라사를 나설 무렵 자비르가 파라비에게 말했다.

"이전의 나는 무슬림이 아니었어. 알라의 뜻이 뭔지도 모른 채 그저 때에 맞춰 기도나 했지. 누군가 진정한 이슬람 정신을 말하면 난 속으로 그를 비웃었어. 하지만 이곳에 와서 난 다시 태어난 것 같아. 이슬람 정신을 정확히 알게 되었으니까. 이제 내가 깨우친 것을 다른 사람들에게 알려주어야 한다는 의무감이 생겨."

자비르는 미국의 학교로 돌아가지 않았다. 대신 파라비와 함께 예멘으로 왔다. 예멘엔 알 카에다 아라비아반도 지부(AQAP)가 있다. AQAP는 아프가니스탄과 파키스탄 국경지역의 산악에 은거 중인 본부를 대신해 아라비아 반도의 모든 알 카에다 연계 조직을 지휘한다. 지부장은 오사마 빈 라덴의 운전기사였던 나세르 알 와하이시이다.

그는 자신이 모셨던 사람보다 세상 이치에 더 밝았다. 폭탄 터뜨리고, 비행기로 빌딩을 무너뜨린다고 세상이 한 번에 바뀌지 않는다는 것을 잘 알고 있었다. 그는 자동차처럼 각 분야에서 유기적 협력을 이뤄야 한다고 생각했다. 알 카에다 전사들이 바퀴가 되고, 스티어링휠이 되고, 엔진이 되고, 트랜스미션이 되어 힘을 모을 때 조직은 달려나갈 것이다. 그리고 그 부품들이 성능이 뛰어나다면 앞선 차들을 모두 제칠 것이다.

와하이시는 유능한 전사들을 길러낼 필요성을 느꼈다. 그래서 룹 알하리 사막에 한 가운데에 훈련 캠프를 설치했다. 예멘과 오만, 사우디아라비아에 걸쳐 있는 사막 지대는 어느 나라의 힘도 미치지 않았고, 미국의 정찰위성도 큰 관심을 갖지 않았다. 캠프의 겉모습은 베두인족의 베잇타쉬알 한 동이다. 커다란 천막의 한 쪽 끝은 동굴로 이어져 있다. 동굴이 캠프고 천막은 현관인 셈이다. 메카를 향해 하루 다섯 번 올리는 기도 시간 외에 현관이 북적거리는 경우는 거의 없다.

좁은 동굴 입구에서 10m쯤 들어가면 움푹 패인 구덩이들이 있다. 이곳이 전사들의 생활공간이다. 동굴의 중간 부분엔 농구 코트만한 평지가 있다. 여기에서 전사들은 신체 단련과 학습을 한다. 그리고 동굴 끝 부분엔 100m에 이르는 사격장이 있다. 동시에 4명이 사격 연습을 할 수 있다.

동굴은 전사들을 훈련시키기에 최상의 조건을 갖추고 있다. 한낮에도 27°C를 넘지 않는 쾌적한 온도에 풍족하진 않지만 지하수맥도 흘렀다. 이 천혜의 장소는 토마스 에드워드 로렌스[74]가 발견해낸 곳이었다. 그러나 석유가 나지 않는 사막의 동굴엔 아무도 관심을 갖지 않았다. 유목민들도 해가 들지 않아 풀이 나지 않는 곳엔 오지 않았다. 하지만 와하이시는 이곳에 와서 무릎을 쳤다.

그는 동굴의 유일한 난제인 어둠을 태양광 발전으로 간단히 해결했다. 사막에 펼쳐 놓은 폴리 실리콘 알갱이들은 중동지역에서 가장 흔한 태양 빛을 전기로 바꾸어 주었다. 전기는 3000루멘[75]의 35와트 HID 전구 200개를 밝히기에 충분했다. 거기에 디젤 발전기에 물린 17,000루멘의 저압 나트륨 전구 10개를 동시에 켜면 동굴은 후미진 구석까지 300룩스[76] 이상을 유지했다.

와하이시는 이곳에서 유능한 알 카에다 전사가 갖춰야 할 무기

---

74) 토마스 에드워드 로렌스(Thomas Edward Lawrence): 1888.8.15~1935.5.19. 영국의 군인이자 고고학자. 1차 대전 때 오스만 투르크의 지배를 받던 아랍 민족의 반란을 선동했다. 데이비드 린 감독의 1962년 영화 <아라비아의 로렌스(Lawrence of Arabia)>에 그의 활약이 자세히 묘사되었다.

75) 루멘(Lumen): 광원으로부터 나오는 빛의 세기 측정 단위. 100와트(Watt)의 백열전구는 약 1,300루멘 정도이다.

76) 룩스(Lux): 1루멘의 빛이 1m 떨어진 1m²에 비춰지는 빛의 양. 보름달의 밝기가 3~4룩스. 300룩스는 67.5m²(사방 8.2m)에 40W의 긴 형광등 16개를 설치했을 때 나오는 밝기이다.

사용법, 파괴 공작, 비무장 전투 방법을 가르쳤다. 그리고 훈련을 마친 전사들을 전투, 선교, 공작, 정보요원으로 분류했다.

단순한 전사들은 곧장 이라크나 아프가니스탄으로 보냈다. 고등학교 이상의 학력을 가졌다면 이슬람을 믿는 각국의 마드라사에 교사로 취업시켰다. 교사들은 학생들에게 이슬람 정신과 알 카에다의 이념을 심어줄 것이다. 외국어에 능통한 전사는 아프리카나 동남아시아의 알 카에다 연계 조직에 보냈다. 그리고 신념이 단단하고 신체 조건이 훌륭한 전사는 미국과 유럽 각지에 정보요원으로 파견했다.

오늘 낮 와하이시는 매우 뛰어난 능력을 갖춘 두 명의 전사를 불렀다. 위험하지만 꼭 필요한 일을 맡기기 위해서다. 파라비에게는 '아부 잔달'이라는 암호명을 부여했다. 그에겐 21세기 해적의 본거지인 소말리아로 갈 것을 명했다. 가난한 소말리아인들에게 총과 모터보트를 대주고 해적질을 부추기는 건 런던의 보험업계와 연계된 백인들이다. 아부 잔달은 백인들을 몰아내고 해적 조직을 알 카에다에 편입시키는 임무를 맡았다.

자비르에게는 필리핀과 보루네오 섬 사이의 이슬람 반군 조직으로 가서 해적 활동을 하라는 명령을 내렸다. 이 해역은 한국, 일본, 중국, 홍콩, 대만으로 가는 화물선 항로다. 와하이시의 전략은 동쪽과 서쪽의 유조선 길목을 장악하려는 것이다.

갈 길이 먼 자비르가 낙타에 올라탄 후 어두운 사막을 향해 나아갔다. 그는 밤새 사막을 관통한 후 내일 오전 마리브에서 차를 타고 사나 공항으로 갈 것이다. 사나 공항에서 비행기를 타고 두바이로 간 다음, 필리핀 마닐라행 비행기로 갈아탄다. 마닐라에서 필리핀 국내선 항공기를 이용해 민다나오 섬의 삼보앙가(Zamboanga)로 간 후, 차를 타고 마라위(Marawi) 지역까지 이동하여 그곳을 장악하고 있는 이슬람 반군 조직에 합류할 것이다.

　와하이시와 참모들이 자비르의 미래를 축복하는 기도를 올렸다. 아부 잔달은 멀어져 가는 친구의 뒷모습을 보며 손을 흔들었다. 그는 애써 눈물을 참아내고 있었다.

　그의 곁엔 이슬람 청년들을 전사로 키워낸 특수전 교관도 배웅 나왔다. 그리 크지 않은 몸집이지만 눈빛이 매서웠다. 조금 떨어져 나간 오른쪽 귓불과 왼쪽 눈썹 위 이마에 새겨진 2cm 가량의 상처는 그를 더욱 강인한 인상으로 각인시켰다. 그런데 이목구비를 보면 그는 아랍인이 아니다. 수염을 기르고 아랍인 복장을 했지만, 유전자는 속일 수 없다.

　그는 분명 단군의 혈통이다.

7. 이소림

　'비행기 1등석에 탈 수 있는 사람에겐 국경이 없지만, 3등석에 탈 수밖에 없는 사람들에게 국경의 벽은 높다.'[77] 전 지구적 양극화에 대한 가장 적절한 비유다. 이소림은 싱가포르 창이 공항에서 이 말을 실감했다.

　이용객 순위로 아시아 1~2위를 다투는 공항의 입국심사대 앞은 다양한 인종의 사람들이 줄지어 대기하고 있었다. 소림은 다른 줄에 비해 비교적 한산한 줄에 섰다. 그녀 앞엔 피부색이 짙은 동남아시아 남자 네 명이 서 있었다. 30대 중후반으로 보이는 이들은 넥타이를 단정히 맨 정장 차림이었다. 그러나 그들의 정장은 좀 오래돼 보였다.

　소림이 선 줄은 도무지 앞으로 나아가지 못했다. 반면 소림과 같은 비행기를 타고 온 백인들이 선 줄은 빨랐다. 소림의 뒤에 서 있던 일본인들이 우르르 다른 줄로 옮겨갔다. 소림도 줄을 바꿔

---

77) 장정일, 『장정일의 공부』, 랜덤하우스코리아, 2006, 179쪽.

야 할지 고민했다.

소림은 앞의 남자가 들고 있는 여권을 보았다. 표지에 선명하게 찍힌 국가명은 방글라데시였다. UN개발계획(UN Development Program)이 발표하는 인간개발지수(Human Development Index)는 방글라데시가 세계에서 세 번째로 가난한 나라라고 한다. 소림은 오랜 비행기 탑승으로 몹시 피곤했기에 빨리 공항을 벗어나 쉬고 싶었다. 하지만 가난한 방글라데시인들이 선 줄이 왜 유독 입국 심사가 늦은지에 대한 궁금증도 커졌다.

잠시 후 백인 남자 하나가 다른 줄에서 건너와 소림의 뒤에 섰다. 그 남자는 회색 줄무늬 정장을 입었다. 소림은 이 은은한 줄무늬 정장을 기억해냈다. 이 옷을 입은 남자는 12시간 전 소림보다 두세 걸음 앞서서 프랑크푸르트 공항의 탑승 게이트를 향해 뛰고 있었다. 소림에게 있어 그는 마치 길라잡이 같았다. 앞서 가며 여행객들로 번잡한 길을 열어주고 있었다. 소림은 그의 뒤를 따르기만 하면 되었다. 둘은 비행기도 같았다. 그러나 비행기 안에 들어서자 그 남자는 왼쪽으로 향했다. 1등석이나 2등석이 있는 방향이었다.

남자는 소림을 보며 싱긋 미소를 지었다. 하지만 소림은 어색한 미소로 답한 후 고개를 돌렸다. 반질반질한 그는 분명 아주 매력적인 외모를 가졌지만, 소림이 바라는 남성형이 아니었다.

마침내 대기 줄의 맨 앞에 서서 방글라데시인의 입국심사 과정을 보게 되었다. 방글라데시인은 입국심사 부스에서 땀을 흘리고 있었다. 창이 공항의 냉방은 긴 옷을 입고도 서늘한 정도인데도 말이다. 중국계 심사관은 여권의 사진과 앞에 선 남자를 비교하며 물었다.

"지아울 에르샤드, 이거 당신 맞아요?"

"그렇습니다."

"직업이 뭡니까?"

"농기계 수입업입니다."

"정확히, 구체적으로 이야기 하세요!"

"중고 농기계를 수입해서 농민들에게 임대하죠."

"싱가포르 입국 목적은?"

"내일부터 열리는 농기계 전시회에 참석하기 위해서입니다."

"며칠간 체류할 거죠?"

"일주일입니다."

"7일 간 어디에서 숙박할 거죠?

"호텔 81 스타입니다."

"그게 어느 지역에 있는 호텔입니까?"

"겔랑(Geylang)입니다. 그쪽에 싸고 좋은 호텔들이 많더군요."

심사관의 입꼬리가 살짝 올라갔다. 비웃음이었다. 아시아를 넘어 세계 최고의 환락가는 방콕의 팟퐁이다. 그러나 태국 정부는 매춘을 합법이라 하지는 않는다. 때문에 팟퐁의 업주들은 실제의 불법을 무마하기 위해 경찰과 폭력배들에게 주기적으로 상납한다. 부패의 사슬이다.

반면 싱가포르는 아시아에서 유일하게 공창(公娼)을 인정하는 국가[78]다. 싱가포르 정부는 아시아의 가난한 나라에서 온 젊은 여인들이 자신의 몸뚱이를 가지고 하는 육체영업을 인정한다. 그 대가로 세금을 징수하면서 부패의 사슬을 끊어낸 것이다. 그리곤 매춘부들의 영업 지역을 엄격히 제한했다. 겔랑 지역 로롱[79] 18

---

78) 공창 인정 국가: 네덜란드, 독일, 스위스, 헝가리, 멕시코, 미국 네바다 주, 호주 빅토리아 주, 싱가포르.

79) 로롱(Lorong): 말레이시아 어로 거리(Street).

을 중심으로 인근 2블록은 싱가포르 정부가 관리하는 공인된 음
지다.

입국심사관은 에르샤드가 겔랑의 홍등가에 방글라데시 출신
여자를 공급하는 포주로 의심하고 있다. 그가 에르샤드에게 고압
적으로 말했다.

"난 당신이 농기계를 보러온 것이 아니라는 생각이 들어요. 당
신은 나의 합리적인 의심을 풀어줄 근거를 대야 합니다. 귀국 항
공편 티켓과 호텔 예약증, 전시회 초청장을 제시하기 바랍니다."

"난 다카80) 주재 싱가포르 대사관에서 발급한 비자를 가지고
있어요. 당신도 내 여권에서 확인했잖아요. 그런데 뭐가 문제죠?"

"비자를 받았더라도 당신의 싱가포르 입국 여부는 오직 내 판
단에 달려 있어요. 시간 끌지 마시오. 당신 뒤에 기다리는 사람들
이 있는 거 몰라요?"

에르샤드는 가방에서 서류를 꺼내 심사관에게 건네주었다. 항
공권 e-티켓과 호텔 예약 바우처와 전시회 초청장이었다. 서류를
보던 심사관이 항공권을 손가락으로 툭툭 치며 물었다.

"당신이 말한 싱가포르 체류 일정은 7일입니다. 그런데 귀국
항공권이 왜 오픈81)되어 있죠? 그것도 3개월이나."

"여행사에서 그렇게 해준 겁니다."

"여행사가 했든 아니든 책임은 당신이 지게 됩니다. 귀국 항공
권으로 보아, 당신이 싱가포르에 불법 체류할 의도가 있다고 볼
수밖에 없습니다."

---

80) 다카(Dhaka, Dacca): 방글라데시의 수도.

81) 오픈 티켓(Open ticket): 귀국 일자가 정해지지 않은 항공권. 보통 1개월, 3개월, 6개월, 1년의 유효기간이
    있다. 이 기간 내에 사용하면 된다. 유효기간이 길수록 가격이 비싸다. 반면 고정 항공권(Fixed Ticket)은
    보통 3일, 5일, 7일의 유효기간이 주어지며 발권 시 정한 귀국 일자를 바꿀 수 없다.

"항공권은 내 잘못이 아니잖아요."

"앞에 서 있던 사람들이 당신 일행 맞죠? 그들 모두 전시회 참석한다 했어요. 난 당신들의 입국 목적을 믿을 수 없습니다."

"우린 전시회 끝나면 방글라데시로 돌아갈 겁니다. 믿어주세요."

심사관은 에르샤드의 간절한 요청에 고개를 흔들었다.

"싱가포르 공항 입국심사관으로서 지아울 에르샤드 씨의 싱가포르 입국을 거절합니다. 당신은 출발지로 강제 추방될 것입니다. 비용은 당신에게 부과됩니다. 당신에 대한 입국 거절에는 그 어떤 차별이나 편견도 없음을 밝힙니다."

"처음부터 우릴 입국시킬 맘이 없었어. 거절할 거면 비자를 내주질 말았어야지. 전시회 초청장도 보내지 말았어야 하고. 당신은 차별이 아니라고 하지만, 이건 명백한 차별이야. 또…."

심사관은 에르샤드의 항의를 무시하며 스탬프를 쾅- 눌렀다. 입국신청서와 여권에 입국거절 도장이 선명하게 찍혔다. 에르샤드는 더 이상 말을 잇지 못했다. 커다란 눈만 껌뻑거리는 에르샤드에게 공항경찰들이 다가왔다. 그는 끌려가면서 뒤돌아 입국심사관을 보았다. 그의 눈에 분노가 맺혀 있었다.

심사관이 여권에 찍어준 입국 거절(Rejected) 스탬프는 그의 해외 이동에 족쇄가 될 것이다. 어느 나라를 가든지 입국심사관들은 싱가포르에서 왜 입국이 거절되었는지를 물을 것이다. 그리고 싱가포르 심사관처럼 입국을 거절하리라.

방글라데시처럼 가난한 나라 사람들의 마음속엔 입국 거절의 횟수만큼 불만과 증오가 커질 것이다. 더구나 일자리를 찾아 외국에 나가야 할 수밖에 없는 이들에겐 더욱 그렇다. 이럴 때 누군가 다가와 채용을 약속한다면 누가 마다할 것인가? 더구나 급여

조건도 좋은 편이라면 말이다.

파키스탄과 아프가니스탄 국경 지대의 험준한 바위산을 슬리퍼 신고 뛰어다니는 알 카에다 전사들은 이렇게 모병된다. 방글라데시, 우즈베키스탄, 투르크메니스탄, 타즈키스탄 같이 경제 상황이 어려운 이슬람 국가 하층민들의 여권엔 몇 개씩 입국 거절 스탬프들이 찍혀 있다. 그들은 비행기 대신 노새나 당나귀를 타고, 공항 대신 산맥을 넘어 자신들을 불러준 일터로 가게 된다.

방글라데시인 넷에게 나락으로 떨어질 족쇄를 선사한 심사관 앞에 소림이 섰다. 심사관은 여권을 스캐닝한 후 소림을 힐끗 쳐다봤다. 비행기에서 자느라 헝클어진 짧은 머리, 헐렁한 셔츠에 카키색 면바지, 약간 낡은 스웨이드 스니커즈. 소림은 앞선 방글라데시인들보다 나은 차림새가 아니었다.

그러나 심사관은 소림의 여권에 입국 허가 스탬프를 찍어주었다. 출국 항공권과 호텔 예약증을 보자는 말도 안 했다. 입국 목적도 묻지 않았다. 소요 시간은 단 1분도 채 안 걸렸다.

심사관이 건네주는 여권을 받으며 소림은 씁쓸했다. 소림은 그 심사관을 비난할 생각이 없다. 심사관은 자신에게 부여된 업무를 성실히 수행한 것뿐이다. 비난 받아야 할 것은 3등석에 타고 오는 가난한 나라 사람들에게만 깐깐하게 대하도록 만든 전 지구적 차별 시스템과 그것을 유지함으로써 이득을 보려는 자들이다. 소림의 뒤에 서 있던 백인 남자도 순식간에 입국 심사를 마쳤다.

"소림, 여기야!"

입국장 세관 신고대를 나서자 소림을 향해 손을 흔드는 여자가 있었다. 이브 콩이다. 그녀는 샤넬의 보라색 투피스 정장에 흰색 블라우스를 받쳐 입었다. 나이에 비해 노숙해 보이면서, 정숙한 여인의 기품마저 감돌았다. 하지만 그녀의 열정을 잘 아는 소림은 그런 옷차림의 이브를 보고 웃음이 터졌다. 이브도 활짝 웃으며 다가왔다. 둘은 프랑스 식으로 가볍게 양볼에 키스하곤 서로를 끌어안았다.

"이브, 공항까지 나오면 내가 미안해지잖아."

"오랜만에 만나는 친구를 앉아서 기다릴 수가 있어야지."

"벌써 2년이 지났네. 세월 참 빠르다."

"쥴리 장례식 치른 게 어제 같은데… 그때 우리 많이 울었잖아. 평생 눈이 부어 있을 거라 걱정할 만큼."

소림은 쥴리의 이름을 듣자 기분이 우울해졌다. 그녀의 갑작스러운 죽음은 소림을 한동안 충격에 빠뜨렸다. 소림과 이브와 쥴리는 파리 5구 소르본 가에 위치한 파리 3대학교 꼬뮤니까시옹(Communication)학 박사과정을 함께 했다.

동갑인 셋은 까르띠에 라탱[82] 지역의 낡은 아파트 6층에서 함께 살았다. 엘리베이터도 없는 그 아파트는 프랑스를 빛낸 위인들의 국립묘지인 팡테옹[83] 바로 옆에 있었다.

셋은 죽이 잘 맞아서, 몰려다니며 사고도 많이 쳤다. 불을 지피는 건 항상 이브였다. 그녀는 독신의 삶을 찬양했다. 그러나 성욕은 혼자 풀기엔 답답한 것일 수밖에 없다. 만족스럽지도 못하고. 그렇다고 레즈비언도 아니었다.

이브는 주말이면 생 제르멩 데 프레(Saint Germain des Près)를 휘젓고 다녔다. 이 오래된 거리엔 앙드레 말로, 플레뷔르, 샤르트

---

82) 까르띠에 라탱(Quartier Latin): 파리 센강 좌안의 파리 5구와 6구에 걸쳐 있는 대학가 지역. 파리 1~7대학과 각종 에꼴이 가까워 학생들이 많이 산다.

83) 팡테옹(Panthéon) 입구엔 'AUX GRANDS HOMMES LA PATRIE RECONNAISSANTE(조국이 위대한 사람들에게 사의를 표하다)'라는 문장이 조각되어 있다.

르와 보부아르가 사랑했던 카페 되 플뢰르(Café de Flore), 알베르 카뮈가 즐겨 찾았던 레 뒤마고(Les Deux Magots) 같이 프랑스를 대표하는 카페들이 많다. 이브는 작가들이 시와 소설을 쓰고 철학자들이 실존을 논하던 유서 깊은 카페에서 주말 저녁을 달굴 괜찮은 먹물들을 탐색했다.

카페에 맘에 드는 상대가 없으면 레알(Les Halles)이나 생 미셸 (Saint Michel) 같은 재즈클럽으로 갔다. 비싼 돈 내고 밥 먹으며 라이브 재즈를 감상하는 품격 높은 놈팡이들을 물색하고 엮어내기 위해서였다.

재즈클럽에서도 허탕친 날은 바스띠유(Bastille) 광장이나 몽마르뜨르(Montmartre) 언덕 인근에 밀집한 나이트클럽에 갔다. 그곳엔 청춘을 발산하는 야수들이 득실거렸다. 소림과 쥴리는 이브에 끌려다니며 장단과 구색을 맞춰줘야 했다. 둘은 매 주말마다 몸이 달아오르는 친구를 위해 그런 일을 잘 해냈다.

쥴리는 북유럽 출신다웠다. 그녀의 조국 노르웨이를 비롯하여 스웨덴, 덴마크, 핀란드는 빈부격차가 크지 않다. 철저한 사회보장제도와 소득의 절반을 맞바꿨기 때문이다. 이들 나라 국민들은 분배의 정의를 이룬 사회구조에 만족한다. 이런 문화 환경에서 자라난 사람들은 대립과 경쟁 대신 협력과 조화를 중시하게 된다. 노벨상에 여러 기술적 부문과 함께 평화상 부문이 있는 것도 이런 이유다.

쥴리는 성인이 되자 부모로부터 완전한 경제적 독립을 이뤘다. 생활비를 벌기 위해 여러 가지 일을 하면서도 가난한 사람들을 위한 봉사활동에도 열심이었다. 그러면서도 학업 성적이 제일 좋았다. 자유분방한 성격 탓에 일탈이 잦은 이브를 감싸준 것도 그녀였다. 이브와는 달리 운명적 사랑을 꿈꾸면서도 말이다.

졸업 후 이브가 제일 먼저 직장을 잡고 친구들 곁을 떠났다. 그녀는 싱가포르 경영매니지먼트 대학교의 전임 강사가 되었다. 다음 차례는 쥴리였다. 그녀는 환경보호재단에 취업했다. 직장은 런던 시티에 있었다.

쥴리보다 6개월을 더 파리에 머물던 소림도 제네바로 떠났다. 그녀는 매일 아침 스위스에서 가장 큰 호수인 레만 호[84]를 바라보며 서 있는 윌슨 궁(Wilson Palace)으로 출근한다. 이곳에 입주해 있는 유엔 인권위원회(UN Commission on Human Rights)가 그녀의 직장이다. 소림은 스무 살 때부터 가졌던 직업에 대한 꿈을 이뤘다.

소림과 쥴리와 이브는 거의 매일 메신저로 연락을 주고받으며 서로의 일상을 시시콜콜 공유했다. 하지만 셋이 동시에 직접 만날 기회는 좀처럼 갖기 힘들었다. 쥴리가 죽기 한 달 전, 소림과 쥴리는 파리에서 만났다. 재즈클럽 라이오넬 햄튼(Lionel Hampton)으로 유명한 르 메르디앙 에뜨왈(Le Meridien Etoile) 호텔에서였다.

"소림, 축하해줘. 나 사랑하는 사람이 생겼어."

"오, 쥴리. 정말 정말 축하해. 그런데 누구야? 콧대 높은 쥴리의 마음을 훔쳐간 남자가."

"너랑 같은 한국인이야. 이름은 한태주. 나이는 나보다 세 살 많고. 아주 로맨틱해."

"한국 남자라… 내가 아는 한 한국 총각들은 전혀 로맨틱하지 않아. 바람피는 유부남이면 몰라도. 호호."

"뭐? 한국 남자들이 그래? 이거 뒷조사를 해봐야겠는데."

---

84) 레만 호(Lac leman): 영어권에서는 제네바 호(Lake Geneva)라 부른다.

"농담이야. 사실은 한국 남자들이 미녀에 약해. 이건 진담이고. 그런데 뭐 하는 사람이야?"

"홍콩에 사는데, 사립 탐정 비슷한 일을 해. 도난 미술품을 추적한대."

"재밌는 일을 하는구나. 사진 있어? 어떻게 생겼는지 궁금해."

쥴리는 태주와 함께 찍은 사진들을 보여주었다. 방콕의 왕궁, 홍콩 란타우 섬의 옹핑 케이블 카, 쿠알라룸푸르의 페트로나스 타워, 점보(Jumbo)라는 음식점을 배경으로 찍은 사진들이었다. 사진 속의 둘은 매우 행복해 보였다.

"이 남자, 아주 멋진 걸. 나에게 소개시켜 줘. 당장 뺏어갈 테니. 이 남자에게 말할 거야. 쥴리가 겉보기엔 좋아도 속은 별로에요. 차라리 '겉과 속이 알찬 내가 어때요'라고."

"호호호. 우정 갈라지는 소리가 막 들리네. 결혼하기 전까진 너에게 절대 보여주지 말아야지."

"흥… 감춘다고 될까? 이브에게도 말했어?"

"아직. 그런데 낌새는 챈 거 같아. 내가 데이트하러 갈 때마다 환승 때문에 싱가포르에 들렀거든. 걘 눈치가 귀신 같잖아."

"행복한 모습 보니 정말 기뻐. 너의 피앙세, 이브와 나에게 정식으로 소개시켜 줄 거지? 우리 날 잡자. 오랜 만에 셋이 모이는 거야. 아니 그 남자까지 넷이네."

그날 밤 소림과 쥴리는 오랜만에 한 침대에 누웠다. 쥴리는 직장을 그만 두려 한다고 했다. 그녀는 자신이 재직하고 있는 회사가 하는 일을 대략 이야기했다. 외양은 국제적인 환경보호재단이지만 하는 일은 그게 아니랬다. 가난한 사람들에게 가혹한 일을 한다고 했다. 쥴리는 그만두기 전에 회사를 엿 먹일 뭔가를 준비해놨다고도 했다. 그것이 무엇인지는 쏟아지는 졸음 때문에 듣질 못했다.

줄리가 약속한, 친구들에게 애인을 소개시켜 주겠다는 그날은 오지 않았다. 하지만 소림은 한태주라는 남자를 볼 수 있었다. 줄리의 장례식장에서 먼발치로나마…. 줄리에게 딱 어울리는 멋진 남자였다.

까맣게 잊고 있었던, 줄리가 준비해놓은 것이 소림에게 전해졌다. 줄리가 죽은 지 2년이 된 날, 노르웨이 오슬로에서 변호사가 소림을 찾아왔다. 그는 줄리의 유산이라며 서류와 함께 편지를 건넸다. 서류는 필리핀 민다나오 섬 중심부의 광대한 토지소유권이었다. 구글 어스 위성사진으로 보아도 엄청나게 넓은 땅이었다. 줄리는 소림에게 보낸 편지에 이 땅의 소유권을 소림에게 넘기며, 인류의 조화로운 삶을 위해 사용되길 바란다고 했다.

소림은 멘토(Mentor)인 장 지글러[85]에게 조언을 구했다. 소림이 유엔 인권위원회에서 일하려 한 이유는 그가 이곳에 있기 때문이다. 지글러는 소림에게 이 땅을 가난한 필리핀 사람들을 위해 써야 한다고 답했다. 그는 가난한 사람들을 위해 그 땅에서 할 수 있는 것을 알기 위해선 일단 땅을 확인해 보라고 했다. 이것이 어젯밤 소림이 비행기에 타게 된 이유다.

지글러는 소림과의 면담 내용을 비밀로 했다. 잘 알려져 있다시피 UN과 국제기구 직원들은 미국 정보요원들의 감시 대상이다. 소림은 하급 직원이라서 감시가 덜 하지만, 지글러 정도의 인물은 24시간 감시 받는다 해도 과언이 아니다. 미국 정보요원들은 수시로 지글러를 함정에 빠뜨릴 계략을 꾸몄다. 조금이라도 꼬투리가 잡히면 미국 정부는 모든 외교 채널을 가동해서 그를

---

85) 장 지글러(Jean Ziegler): 1934년 스위스 출생. 제네바 대학과 소르본 대학 사회학과교수 역임. 2000~2008 유엔 인권위원회 식량특별조사관 역임.

해임시키려 할 것이다. 지글러는 위험을 무릅쓰고 소림이 일주일 동안 필리핀에 출장갈 수 있는 적당한 구실을 만들어 주었다.

　회색 줄무늬 정장을 입은 남자가 소림과 이브의 곁을 지나갔다. 이브의 시선은 그를 쫓았다. 소림은 이브의 시선이 향한 곳을 보았다. 공항 대합실 출구를 나서는 회색 줄무늬가 보였다. 남자가 출구로 향하자 이브는 아쉬운 듯 어깨를 으쓱거렸다. 소림은 이브의 팔뚝을 찰싹 때렸다. 정신을 차린 이브가 소림의 얼굴로 시선을 돌렸다 그리고 깜짝 놀란 듯 말했다.
　"소림, 이게 뭐야? 눈 밑에 기미가 가득해. 피곤해? 오는 길이 힘들었나 보네."
　"말도 마. 몇 번이나 울 뻔 했으니까."
　소림은 어젯밤 7시 15분에 제네바 공항에서 루프트한자 항공의 보잉 737-300을 탔다. 그리고 1시간 20분 후 프랑크푸르트 공항에 도착했다. 유럽이나 미국의 공항을 다녀보면 왜 인천, 창이, 첵랍콕 공항이 매년 공항 평가에서 1, 2, 3등을 차지하는지를 알게 된다. 그녀는 승객들 동선은 전혀 고려하지 않고 설계했음이 분명한 프랑크푸르트 공항을 이리저리 헤매 다녔다. 그러다 1시간 25분이 훌쩍 지났다. 아직 탑승하지 않은 승객을 찾는 방송에서 소림의 이름이 나왔다. 소림은 죽자 사자 뛰어야 했다.
　보딩 게이트 직원들의 눈총을 받으며 가까스로 싱가포르 항공 소속의 보잉 777-300ER에 탑승했다. 그녀의 좌석은 56열이었다. 이코노미 클래스의 맨 뒷자리, 갤리와 화장실 앞이다. 한 발만 내딛으면 화장실 문을 열 수 있다는 점이 그 좌석의 유일한 장점이다.
　항공기의 1등석이 콕핏[86]에 붙어 있는 건 흔들림이 덜한 이유다. 반면 꼬리 부분은 엔진의 팬이 뿜어내는 강풍과 날개에서 생성되는 와류에 의해 흔들리게 된다. 때문에 예민한 사람들은 속이 울렁거린다. 더구나 이번엔 유난히 난기류를 자주 만났다. 12시간 동안 동쪽으로 날아오면서 비행기는 몇 번이나 번지점프대에서 떨어지는 듯했다. 덜컹하며 급하강과 급상승할 때마다 소림은 화장실로 달려갔다.

"내일 비행기 시간은 몇 시야?"

창이 공항 주차장을 나서며 이브가 물었다. 소림이 랩을 하듯 빠르게 말했다.

"6시 호텔 체크아웃. 7시 공항 도착. 9시 10분 출발하는 마닐라행 싱가포르 항공 비행기 탑승. 니노이 아키노 공항엔 1시 30분 도착. 그 다음엔 민다나오 섬 다바오(Davao)행 국내선 비행기를 타야 해."

"뭐가 그리 바쁘니? 그리고 민다나오? 거긴 치안이 별로인 지역이잖아."

"그렇대. 암튼 내일 여정이 끔찍해."

"내일 일은 내일 걱정해. 오늘은 오늘만 생각하는 거야. 그런데 네 옷 꼴이 뭐니? 너도 이제 서른이야. 일단 내 집에 가서 니 옷부터 갈아입고…."

"아니, 예약한 호텔이 있어. 스위스오텔 더 스탬포드(Swissotel the Stamford). 난 출장 중이잖아.

"잘됐다. 우리 저녁 먹고 에퀴녹스에 가는 거야. 거기 물 끝내준다니까! 섹시하게 변신하고 오늘밤을 불사르자."

"이브, 대학 교수가 되었으니 이제 좀 점잖아져야지. 결혼도

---

86) 콕핏(cockpit): 항공기 조종실.

하고."

"우린 이제 더 이상 젊지 않아. 매일매일 끔찍하게 늙어 간다 구. 하루하루가 아까운데 점잔 빼고 있으란 말야? 결혼은 늙어서 나 하면 돼!"

"아이고, 넌 하나도 변한 게 없구나. 하긴 그게 너의 매력이지."

"너랑, 나랑 쥴리랑 셋이 함께 보며 운 영화 기억나?"

"죽은 시인의 사회?"

"거기에 키팅 선생이 뭐라고 가르쳤지?"

"카르페 디엠!"[87]

"그래. 바로 그거야. 우린 오늘을 즐길 권리가 있어! 소림, 오 케이?"

소림은 이브가 원하는 답을 하지 않았다. 그러자 이브는 카오 디오를 켰다. 난데없는 자동차 시동 음이 터져 나왔다. 이어지는 팡파르와 신나는 비트 음, 곧이어 남자 가수가 귀에 쏙쏙 박히는 중저음의 목소리로 "Hey, hey you get into my car. Yes you, get into my car(야, 너 내 차에 타. 그래 너말야. 타라니까)"를 외쳤다.

빌리 오션(Billy Ocean)이 부른 'Get outta my dream, Get into my car'다. 1990년대 초중반 한국의 밤거리를 배회하던 '야타족' 들은 이 노래가 자신들을 위한 것으로 이해했다. 사실 가사는 딱 그렇다. 소림은 가사 때문에 이 노래를 좋아하지 않았다. 하지만 유난히 이 노래에 맞춰 춤추길 좋아하던 이브 덕에 소림과 쥴리 도 중독되어 버렸다. 빌리 오션의 중저음 목소리엔 묘한 중독성 이 있다. 이후 셋이 공유하는 것엔 빌리 오션이 추가되었다.

이브는 소림을 보며 웃었다. '이 노래를 듣고도 항복하지 않을

---

87) 카르페 디엠(Carpe Diem): 고대 로마의 시인 호라티우스(BC 65~AD 8)의 시 <노래> 중 한 구절. "이 날을 즐겨라. 나중에 이런 날이 있으리라고 기대하지 말고"

수 있어?' 하는 의미였다. 소림은 버텨보려 했지만 소용없었다. 자신도 모르게 어깨가 들썩였다. 마침내 소림이 외쳤다.

"오케이!"

"오케이? 오케이!"

이브는 신이 나서 액셀러레이터를 밟고 있는 발에 힘을 주었다. 그녀의 백진주색 혼다 어코드는 공항을 벗어나 이스트코스트 하이웨이로 진입했다. 고속도로를 달리는 어코드는 비틀거렸다. 운전 중인 이브가 마구 몸을 흔들기 때문이다. 위태위태한 어코드를 피해 다른 차들이 차선을 바꿨다.

그러나 검정색 벤틀리 뮬산만은 어코드의 뒤를 고수했다. 둘은 모르고 있지만, 어코드가 공항 주차장을 나설 때부터 벤틀리 뮬산이 따라붙었다. 어코드와 일정한 간격을 유지하며 달리는 뮬산의 운전석엔 할이, 비행기 1등석 같은 뒷좌석엔 줄무늬 정장을 입은 남자가 다리를 꼰 채 앉아 발목을 까딱거리고 있었다.

이브는 술집과 음식점 불빛이 아름답게 비치는 싱가포르 강변으로 소림을 안내했다. 강변을 따라 식당이나 카페의 야외 테이블이 놓여 있고, 작은 화물선을 개조한 싱가포르의 관광 명물인 리버 보트가 관광객들을 싣고 지나다녔다.

강을 가로 지르는 다리 앞에 서니 오른쪽엔 빨간색 지붕의 스위스오텔 머천코트가, 강 건너 왼쪽엔 주황색의 투박한 노보텔 클라키가 보였다. 둘은 리버사이드 포인트 왼쪽 끝의 강변 야외 테이블에 자리를 잡았다. 점보 씨푸드 레스토랑 앞이다.

소림은 생전 처음 와 본 이곳이 낯설지 않다. 언젠가 본 듯한 풍경이었다. 한참 기억을 뒤진 끝에 두 사람의 얼굴이 떠올랐다. 환히 웃고 있는 쥴리와 그녀의 애인 한태주였다. 쥴리가 보여준

사진들 중엔 이곳이 내려다보이는 발코니에서 찍은 것도 있었다. 위치로 봐서는 아마도 노보텔의 어느 객실이리라.

"이브, 여기가 어디지?"

"클라 키(Clarke Quay). 왜 키라는 이름이 붙었느냐? 왕년에 이곳에 부두였기 때문이지. 이 근처 술집과 음식점 건물들이 예전엔 화물을 보관하던 창고였어. 지금은 화물 싣고 다니던 배로 관광객 태우고 유람 다니고, 부두 노동자들이 하루 품삯 가지고 찾던 선술집들이 비싼 바와 카페로 바뀌었지만."

"쥴리도 이곳에 왔던 것 같아. 여기서 찍은 쥴리의 사진을 봤거든."

"그럴 거야. 거의 한 달에 한 번씩 싱가포르에 왔거든. 그때 아마 어떤 남자랑 사랑에 빠졌을 걸."

"맞아. 한국 남자랑 결혼하려고 했어."

"홍, 결혼은 청춘 단물 다 빠지고 나서 하는 거야. 인생 즐기다가, 노는 게 힘들어지면 그때나."

"괜찮은 남자들이 언제까지 널 기다리고 있을 거래?"

"어장관리라고 들어봤어? 어리숙한 놈씨 몇 명 꾸준히 관리하고 있지. 아까 공항 옆에 높은 담장 있었지? 내가 관리하던 녀석 하나가 지금 거기에 있어. 전자팔찌 차고."

"전자팔찌? 공항에서 그거 차고 무슨 일 하는데?"

"공항이 아니라, 창이 교도소에 수감되어 있어. 나도 면회 가서 안 건데, 2차 대전 때 일본군이 지은 포로수용소였던 그 교도소가 지금은 세계 최고의 첨단시설이래. 죄수들이 지금 어디서 뭘 하고 있는지, 누구랑 접촉했는지 실시간으로 알 수 있대. 전자팔찌와 수백 대의 감시카메라로. 이런 거 인권위원회 직원한테 자랑해도 되나 모르겠네."

"교도소엔 왜 갔는데? 혹시 너 때문이야?"

"당연하지. 그 인간, 내 환심 사려고 돈을 엄청 썼어. 만날 때마다 특급 호텔 식사는 기본이고 샤넬 옷에, 루이뷔통 핸드백에, 에르메스 목걸이에…. 문제는 그 돈이 아버지 회사 공금이었던 거지. 깔깔. 생각만 해도 웃기지 않아? 회사 돈을 빼돌려 여자에게 써 버린 자식이나, 그 자식을 교도소에 보낸 아버지나."

"어쩌나… 쯔쯔. 네가 진정 싱가포르 꽃뱀이구나? 그 남자 출소하면 진심으로 위로해 줘."

점보 레스토랑의 종업원이 칠리로 요리한 크랩과 따뜻한 번이 담긴 접시를 가져다주었다. 칠리소스로 요리된 커다란 스리랑카산 머드 크랩의 집게발이 먹음직스러웠다. 소림과 이브는 집게발을 들고 껍데기를 벗겨냈다. 칠리 크랩은 손으로 들고 먹을 수밖에 없고, 자연히 손에 칠리 양념이 묻게 된다. 이브가 손가락에 묻은 칠리소스를 쪽쪽 빨며 말했다.

"위로? 섹스를 의미하는 거야? 난 결혼하기 전엔 싱가포르 남자하곤 안 자. 싱가포르 남자들은 다 쫌생이야. 섹스 한 번 하고는 동네방네 떠들고 다닌다니까. 물론 나중에 결혼은 싱가포르 남자랑 할 거야. 싱가포르 남편들은 아내에게 꼼짝 못하니까. 왜냐구? 싱가포르에선 아내가 맞벌이 안하면 먹고 살기 힘들거든.

하지만 그건 나중 문제고, 지금은 즐길 때야. 놀 때는 외국인이 안전하지. 싱가포르엔 외국인들 천지야. 한 해 방문하는 외국인이 싱가포르 국민 수보다 더 많다니까. 그중 상당수가 금융이나 무역 일하는 백인 남자들이고. 그래서 이 나라가 좋아. 이건 완전 뷔페지 뭐니! 원 나잇 스탠드 상대도 입맛대로 고르는."

"위로의 의미는 섹스가 아니야. 따뜻한 마음이지. 예나 지금이나 넌 남자가 문제야. 외국인도 조심해야 돼. 우리 프랑스에서 많이 겪었잖아. 유럽인이라도 모두 지성과 양심을 갖지 못했다는 걸. 난 요즘 돈 많은 백인들이 무서워. 탐욕이 대단하더라."

"식욕 떨어지는 이야긴 그만! 그런데 넌 뭐 하러 민다나오 섬엘 가? 거긴 필리핀에서도 험한 곳이잖아. 우리 같이 우아한 숙녀에겐 어울리지 않아. 그런덴 남자들 보내야지."

"내가 꼭 가야 해. 쥴리의 유언이기도 하고."

소림은 이브에게 쥴리의 변호사가 건네준 땅 소유권과 쥴리의 부탁을 이야기했다. 소림은 그 땅을 어떻게 사용할지 모르겠다고 했다. 그러자 이브가 나섰다.

"간단해. 그 땅에 전기 울타리를 치는 거야. 그리곤 거기에 사자, 호랑이 같은 맹수부터 토끼까지 온갖 동물들을 다 넣어. 동물들에겐 전자발찌나 목걸이를 채워야지. 곳곳에 카메라도 설치하고.

거기 원시 부족들도 살 걸? 그 부족들이 동물들 사냥하는 모습을 전 세계에 생중계 하는 거야. 사냥하다 다치기도 하고, 또 맹수들에게 쫓겨 다니기도 하고. 시청자들에겐 각본 없는 리얼 서바이벌 게임이지. 이걸 실제로 보려고 관광객들이 몰려들 거야. 당연히 관광객들에게 숙식과 편의를 제공하고 돈을 받아야지.

골프장도 만들어. 짐승들이 서로 죽고 죽이는 걸 보며 공치는 맛은 전 세계 어디에서도 경험할 수 없잖아. 돈 많이 벌 거야. 그러면 원시 부족들에게 수익금의 일부를 나눠줄 수도 있고. 어쨌든 시민들에게 즐거움을 주는 것, 이런 게 공익사업 아냐?"

"이브, 그 땅은 쥴리가 인류의 조화로운 삶을 위해 사용하라고 했어. 그리고 그 땅에 사는 사람들은 남들에게 보여주기 위해 사는 게 아냐. 우리가 존중 받기를 원하는 것처럼 그들의 삶 역시 존중되어야 해."

소림의 얼굴이 굳어지며 반박했다. 이브는 아차 싶었다. 어지간하면 화내지 않는 소림에게도 인권은 예민한 부분이다. 이브는 친구의 기분을 풀어주려 웃으며 말했다.

"농담이야. 설마 내가 그런 일을 하라고 하겠니?"

식사를 마친 둘은 선선한 강바람을 맞으며 싱가포르 강을 따라 놓인 보행자 거리를 걸었다. 관광객들을 태우고 강을 오가는 리버 보트들과 강변의 다양한 상점과 풍물들을 보며 보트 키(Boat Quay)에 이르렀다. 세계적인 금융회사들의 아시아 기지들이 소유한 마천루 숲이 있는 서큘라 로드가 바로 코앞에 다가왔다. 멀리 바닷가엔 싱가포르의 상징인 멀라이언 상이 시원스럽게 물을 뿜고 있다.

소림과 이브는 보트 키의 노천카페에 자리 잡았다. 강을 보며 펼쳐진 야외 테이블엔 대학생 십여 명이 타이거 맥주를 채운 잔을 앞에 놓고, 때론 웃고 때론 토론하며, 젊음을 발산하고 있었다. 소림과 이브는 대학생들의 싱그러움을 보며 불과 몇 년 전이었던 자신들의 그 시절을 떠올렸다.

"애고, 좋을 때다. 젊을 때 즐기고 놀아야지."

이브가 한숨을 내쉬며 부러워했다. 소림이 아는 한 이브의 그때는 결코 이들보다 못하진 않았다. 오히려 몇 배는 더 했다.

한 남학생이 일어나 노래를 시작했다. 브람스의 대학축전서곡88) 4장 끝 부분 가우데아무스 이기투르(Gaudeamus Igitur)다. 1954년 영화 황태자의 첫사랑(The Student Prince)에서 마리오 란자(Mario Lanza)가 불러 유명해진 곡이다. 그러나 원래는 독일 대학생들의 입에서 입으로 전해진 '학생의 노래'다. 이 구전가요를 브람스가 자신의 작품에 삽입한 것이다.

---

88) 대학축전서곡(Academic Festival Overture): 브람스의 2대 서곡 중 하나. 브람스가 46세 때 브레슬라우 대학에서 명예박사학위를 받은 기념으로 작곡한 연주회용 서곡.

"즐거워하자. 우리 젊은 동안에. 즐거운 청춘이 지나간 다음, 고달픈 노년이 지나간 다음, 우리는 땅에 묻히게 되리. 인생은 짧다. 날쌔게 다가오나니, 아무도 피하지 못하리라."

남학생은 꽤 노래를 잘했다. 아마도 성악을 전공하는 음대생이리라. 소림도 낮은 목소리로 남학생을 따라 흥얼거렸다. 이 노래를 한국의 결혼식장에선 축가로 부른다.

이브가 자리를 털고 일어서며 말했다.

"뭐니? 칙칙하게 스리. 가자, 인생 즐기러!"

에퀴녹스(Equinox) 콤플렉스는 스위스오텔 더 스탬포드의 69층, 70층, 71층 스카이라운지들이다. 구체적으로는 싱가포르 최고의 전망을 가진 4개의 바와 1개의 레스토랑을 의미한다. 그중에서도 밤이 깊어질수록 활기가 넘치는 곳이 71층 전체를 차지하고 있는 '뉴 아시아 바'다. 이 바의 특징은 높은 천정과 통유리로 개방감을 극대화시킨 것이다. 또한 스탬포드 호텔은 원통형 타워 건축물이기에 통유리를 따라 바 내부를 한 바퀴 돌면 싱가포르 야경을 360도 조망할 수 있다.

71층에 서서 발밑에 싱가포르를 깔고 몸을 흔드는 맛이 일품이라는 소문은 젊은이들의 피를 끓게 했다. 서로 몸으로 부대끼며 작업하고 작업 당하려는 선남선녀들이 밤마다 이곳으로 몰려들었다.

소림의 옷차림을 마음에 들지 않아 했던 이브는 스탬포드 호텔과 연결된 래플즈 시티로 소림을 끌고 가선 나인웨스트의 원피스와 찰스앤키스(Charles&Keith)의 하이힐을 안겨 주었다. 그리곤 곧장 70층으로 직행하는 고속 엘리베이터에 태웠다.

둘이 뉴 아시아 바에 들어섰을 땐 이미 나이트클럽이 되어 있었다. 소림은 DJ가 붕붕 날리는 그루브 비트가 부담스러웠다. 하이웨이를 달리며 30분 넘게 빌리 오션의 노래를 따라 부른 터라, 흥의 진을 뽑은 상태였다. 또 새로 산 옷과 구두도 불편했다.

소림은 이곳에 발을 들이는 순간부터 20층 아래 자신의 객실로 돌아가고 싶은 마음이 굴뚝같았다. 하지만 온천의 용천수처럼 흥을 발산하며 신이 난 이브 때문에 어정쩡하게 있었다. 이브는 몸을 흔들면서도 사방을 탐색했다. 그러다 한 쪽에 시선이 고정되었다.

"저기 좀 봐! 언제 나타난 거야? 군계칠면조네."

소림은 이브의 눈짓이 가리키는 방향을 보았다.

"흰색 폴로셔츠 입고 춤추는 사람? 괜찮네. 키도 크고."

어서 짝 지워서 이브를 보내고 싶었다.

"아니. 거기서 오른쪽으로 5m. 스트라이프 정장 입은 남자 말야. 여자애들이 옆에서 질질 싸는 거 보이지? 왜냐? 옷부터 차원이 다르잖아. 키톤[89]은 딱 보면 알아. 조지 클루니랑 리차드 기어가 키톤을 입어. 저 스트라이프, 은은하면서도 도드라져 보이잖아. 옷이 주인을 말해주지. 저 남자, 완전 귀공자야. 저런 남자가 밤엔 얼마나 부드러울까. 아, 나도 이젠 노땅이 됐나 봐. 침대의 야수만 찾던 내가 이젠 러브 미 텐더를 바라니 말이야."

소림의 눈에 낯익은 줄무늬 정장과 반질반질한 얼굴이 들어왔다. 소림이 혼잣말처럼 이야기했다.

"자주 만나네."

"그렇지? 너도 아까 공항에서 봤지? 공항에서 작업을 못해 아쉬웠는데, 제 발로 떡이 굴러오다니. 깔깔. 보기 드문 킹카지만,

---

89) 키톤(Kiton): 치로 파오네오와 안토니오 카를로스가 1968년 이탈리아 나폴리에서 개업 한 양복점. 400명의 재단사가 100% 수작업으로 만드는 옷의 가격은 셔츠가 90만 원, 슈트는 1,000만 원대부터 시작된다.

양보할게. 절친의 싱가포르 입성 기념으로. 자~ 저 남자, 어떻게 요리해줄까?"

"아니, 난 저런 스타일 별로야."

"정말? 넌 취향이 참 특이하구나. 저런 남자 흔치 않아. 어머, 저 남자가 나랑 눈이 마주쳤어. 오호. 정말 괜찮은데. 어~ 계속 나만 보네. 남자들은 어디서든 날 알아본다니까. 깔깔. 앗! 이쪽으로 온닷!"

이브가 뒤돌아서서 옷매무새를 고치며 호들갑을 떨었다. 키톤 줄무늬 정장을 입은 남자가 소림과 이브에게 다가왔다. 그 남자가 깍듯이 예의를 차리며 말했다.

"여긴 너무 시끄럽고 번잡스럽네요. 조용한 곳으로 옮겨 한 잔 하시겠어요?"

소림은 살짝 고개를 저으며 거부 의사를 표시했다. 그러나 이브가 나서며 키톤을 입은 남자에게 냉큼 대답했다.

"물론이죠. 어디로 갈까요?"

1819년 1월 영국 동인도회사의 직원이던 토마스 스탬포드 래플즈가 말레이 반도 끝의 작은 섬 싱가푸라에 상륙했다. 같은 해 2월 그는 말레이 반도 남부를 지배하던 조호르의 술탄 후세인에게 싱가푸라를 헐값에 빼앗아 싱가포르로 개명하고 초대 식민 총독이 되었다. 래플즈는 한적한 어촌이었던 섬을 아시아-유럽 간 해운의 중계 무역항으로 개발했다.

싱가포르 사람들은 변방의 어촌에서 세계 제1의 무역항이 된 것이 래플즈의 덕이라 여긴다. 따라서 싱가포르에선 건국의 아버지 래플즈의 이름이 들어간 것은 뭐든 최고급을 의미한다. 싱가포르 최고의 학교법인 래플즈 인스티튜트, 최고의 병원 래플즈 호스피탈, 가장 넓은 길 래플즈 불러바드처럼 말이다.

그런 래플즈 타이틀은 호텔에도 있다. 바로 래플즈 호텔이다. 싱가포르 국가문화 유산으로 지정된 이 호텔은 온통 흰색으로 치장한 3층짜리 르네상스식 건축물이다. 1887년 10개의 해변 방갈로로 시작했지만, 130여 년 동안 세계 유명인사들에게 잠자리와 식사를 제공해 왔고, 지금은 103개의 스위트룸과 14개의 레스토랑과 바를 가진 세계적 명성을 가진 호텔로 성장했다.

소림은 고색창연한 목재 가구가 마치 서재처럼 배치된 바에 앉아 있다. 래플즈 호텔 로비 층의 라이터스 바(Writer's Bar)는 이 호텔의 투숙객이었던 조지프 콘래드, 루디야드 키플링, 헤르만 헤세, 찰리 채플린, 서머싯 몸 등의 작가들에게 헌정된 공간이다. 호텔 색상에 맞춘 흰색 벽면과 대리석 바닥 위에 놓인 자단색 앤틱 가구의 조화는 소림에게 평온한 기분을 느끼게 해주었다.

거기에 음악까지도 마음에 들었다. 처음 들어섰을 때 알토 색소폰의 멜로디가 소림의 귀를 잡아끌었다. 글렌 프레이의 'The One You Love'였다. 이어진 곡은 'Lover's Moon'.

소림은 이 노랠 흥얼거리던 쥴리의 모습을 회상했다. 부드럽고 감미로운 글렌 프레이의 연가는 쥴리의 애창곡이었다. 쥴리는 달빛 아래에서 사랑을 확인한 연인처럼 운명적 사랑을 꿈꾸었다. 운명적 사랑을 꿈꾸는 건 소림도 마찬가지였다. 그래서인지 둘은 이상형이 비슷했다.

소림은 모히토(Mojito)90)를 주문했다. 메뉴북 칵테일 메뉴에서 모히토라는 단어를 보는 순간 어니스트 헤밍웨이가 떠올랐다. 헤밍웨이는 쿠바에 사는 동안 노벨문학상을 받은 『노인과 바다』를

---

90) 사탕수수에서 뽑아낸 럼을 베이스한 칵테일. 시원한 라임과 청량한 민트향이 일품이다. 카리브해의 뱃사람들이 즐겨 마셨기에 해적의 술이란 별명이 붙었다.

썼다. 그의 곁엔 항상 모히토가 놓여 있었다. 쿠바 혁명 이후 피델 카스트로에 의해 쫓겨난 헤밍웨이는 "모히토는 라 보데기따[91])에 만 있다"며 한탄했다. 그 다음해 그는 미국에서 엽총으로 자살했다.

모히토를 만드는 바텐더는 많지만, 잘 만드는 바텐더는 드물다. 그만큼 모히토는 까다로운 칵테일이다. 피곤한 소림에겐 심신의 보약이 필요했다. 잔잔한 음악과 잘 배합된 모히토 한 잔.

"모히토… 헤밍웨이를 떠올리시나요?"

소림의 주문을 지켜 본 키톤을 입은 남자가 소림에게 미소 지으며 말했다. 그러나 그의 얼굴엔 미세한 그늘이 졌다. 이 남자의 계획에는 칵테일이 없었다.

그는 희대의 바람둥이 카사노바가 "여자를 유혹하는 데 이것만한 것이 없다"고 천기를 누설했던 것을 테이블에 올릴 생각이었다. 작업계의 선수들이 하나같이 양손 엄지손가락을 치켜드는 비장의 무기는 바로 프랑스 샹파뉴 지방에서 생산된 것에만 그 이름을 붙일 수 있는 샴페인이다.

익숙한 이름만큼이나 만만해 보이는 이 술이 여성을 유혹하는 바람둥이들의 비기가 된 건 달콤한 향이 여자의 경계심을 녹이고, 상큼한 맛이 혀를 마비시켜며, 입 안에서 터지는 기포가 가슴에 짜릿함을 전달하고, 은근한 알코올 도수가 몸을 들뜨게 만드는 오묘한 조화에 있다.

오늘밤 이 남자도 그것을 바라며 얼음에 재운 최고급 샴페인을

---

91) 라 보데기따(La Bodeguita): 1942년 문을 연 쿠바 아바나의 바. 벽면엔 단골손님이었던 헤밍웨이의 자필 문장이 걸려 있다. "my mojito in La Bodeguita, my daiquiri in La Floridita(내 모히토는 라 보데기따에, 내 다이키리는 라 플로리디따에)." 이 바의 벽면 곳곳엔 파블로 네루다, 마르케스 같은 유명 문인들의 문장이나 자필 서명이 걸려 있다.

대기시켜 놓았다. 하지만 레이디 퍼스트의 예의를 갖추는 동안, 소림이 칵테일을 고르고 만 것이다. 이제 카사노바의 비법은 접고 알코올 도수로 승부를 보아야 한다.

"그럼 저도 헤밍웨이가 즐겼던 마티니[92]로 해야겠네요."

소림을 보며 눈을 찡끗한 남자가 웨이트리스에게 호기롭게 말했다.

"마티니, 젓지 말고 흔들어서."

"그건 이언 플레밍이죠. 제임스 본드의 입을 빌려서. 그럼 당신은 살인면허를 가진 일곱 번째 요원?"

소림이 미소 지으며 키톤을 입은 남자에게 말했다.

"하하하. 예리하십니다. 한 방 먹었네요."

"라이터스 바에 왔다고 모두들 작가와 관련된 칵테일 주문하기에요? 그럼 전 서머싯 몸[93]이 동양의 신비라고 극찬한 싱가포르 슬링으로 하겠어요."

이브도 한 자락 깔았다. 그러나 그녀는 틀렸다. 독주를 즐겼던 몸은 슬링같이 달달한 술은 입에 대지도 않았다. 싱가포르 슬링(Sling)이라 이름 지어진 칵테일의 원산지는 땅콩 껍질을 바닥에 그냥 버리는 것으로 유명한 래플즈 호텔 2층의 롱 바(Long Bar)다.

몸이 동양의 신비 어쩌고 싱가포르 슬링을 찬양했다는 말은 1970년대 계속된 적자로 래플즈 호텔이 법정관리에 빠졌을 때 처음 나온 이야기다. 이후 싱가포르 슬링은 롱 바의 확실한 마케팅 포인트가 되었다. 슬링 한 잔에 27 싱가포르 달러[94]를 받는

---

92) 마티니(Martini): 진을 베이스로 베르무트를 섞은 후 올리브를 띄운 칵테일. 단맛을 내는 베르무트의 배합 비율에 따라 스위트 마티니(2 : 1), 미디엄 마티니(4 : 1), 드라이 마티니(5 : 1), 엑스트라 드라이 마티니(7 : 1)가 된다. 헤밍웨이의 마티니는 15 : 1의 비율이다.

93) 서머싯 몸(William Somerset Maugham): 1874~1965. 『인간의 굴레』, 『달과 6펜스』 등의 소설을 쓴 영국 작가. 1, 2차 세계대전 기간에는 영국 정보부(MI6) 첩보요원으로도 활약했다.

롱 바는 래플즈 호텔이 적자에서 탈출하는 데 혁혁하게 공헌한 캐쉬 카우95)였다. 그 역할은 지금도 마찬가지다.

키톤을 입은 남자가 눈웃음 지으며 말했다.

"아름다운 숙녀분들께 제 소개를 하죠. 내 이름은 조나단 터너입니다. 존이라고 부르세요. 국적은 미국이지만 직장은 런던이에요. 하는 일은… 질서를 세우고, 규칙을 정하는 업무에 종사하는 사람이라고 해두죠."

"전 이브라고 해요. 싱가포르 사람이고요, 직업은 교육업 종사자라고 해야겠네요. 저쪽은 나오미. 일본에서 여행 왔어요. 내일 일본 오사카로 돌아가요."

이브가 자신과 소림을 소개했다. 이브에 이끌려 불나방처럼 파리의 나이트클럽을 전전할 때, 소림은 한국인임을 밝히지 말 것을 이브에게 주문했다. 때문에 나이트클럽에서 부킹이 되면 소림은 오사카 출신의 일본인 나오미가 되곤 했었다. 덩달아 노르웨이 출신의 줄리도 스웨덴 사람을 자처했다. 인접한 나라 사람들 사이에 나쁜 이미지 떠넘기기는 어디에나 있나보다. 이브는 술에 만취해서도 그 약속만큼은 지켜 주었다. 그리고 오늘도 그 약속을 잊지 않았다.

"오사카 출신이세요? 저도 오사카를 사랑하는데. 반갑습니다."

존이 소림을 보며 반색했다. 소림은 떨떠름했다. 소림을 소개한 이브가 낮은 한숨을 내뱉었다. 차라리 중국인이라고 할 것을

---

94) 2011년 7월 23일 환율 기준으로 1싱가포르 달러=870원, 27싱가포르 달러=약 23,500원(17%의 택스와 서비스 차지 포함).

95) 캐쉬 카우(Cash Cow): 보스턴 컨설팅 그룹(BCG)이 수익과 성장의 관계를 표시하는데 사용한 단계 지표. 캐쉬 카우는 성장성이 낮아진 대신 수익성이 높은 사업. 즉, 사업의 안정 단계로서 투자비용을 모두 회수하고도 많은 이익을 남겨준다. 성장성은 크지만 수익이 낮은 단계는 프라블럼 차일드(Problem Child), 성장성도 높고 이익도 많은 단계를 스타(Star), 성장성도 수익성도 낮으면 독(Dog)이라 한다.

그랬다.

"반갑네요. 오사카를 자주 방문하셨어요?"

소림은 눈 앞에 있는 상대의 경험을 탐색했다. 알아야 적절하게 대처할 수 있다.

"가끔 일본에 출장 가죠. 도쿄엔 별 감흥이 없더라구요. 그래서 시간 날 때마다 신간센을 탔어요."

두루뭉술한 대답이 돌아왔다. 좀 더 구체적으로 물었다.

"도쿄나 오사카, 별 차이 없을 텐데요. 외국인의 시각에서 본 오사카는 어떤 점이 흥미로웠죠?"

"일본 사람들은 관동과 관서의 차이라 하던데. 두 지역은 분명 차이가 있어요. 오사카를 천하의 부엌이라 하죠? 도톤보리에 가 보면 알잖아요? 왜 먹다가 망한다고 하는지. 홋쿄쿠세이(北極星)의 오므라이스, 치보(千房)의 오코노미야키, 코가류(甲賀流)의 타코야키. 모두 오사카에서만 맛볼 수 있죠."

그간 떳떳하지 않은 일에 일본인을 사칭하며 일본을 여행해 본 외국인들도 많이 만났다. 하지만 그들의 경험은 대개 겉핥기 관광 수준이었다. 소림은 그 정도에 눈 하나 깜짝 안 했다. 소림도 막무가내로 일본인으로 행세한 건 아니기 때문이다. 론리 플래닛과 일본 여행안내서 다섯 권을 통독한 지식은 며칠 다녀온 관광객들의 경험을 압도했다.

그러나 오늘밤엔 진득한 낭패감이 소림의 몸을 휘감았다. 오사카의 식당과 음식 이름을 열거하는 백인은 처음이다. 이제 와서 일본인이 아닌 한국사람이라고 할 수도 없다. 난감해진 소림 앞에 모히토가 놓여졌다. 시간을 벌기 위해 한 모금 들이켰다. 헤밍웨이의 말이 맞았다. 모히토의 진리는 역시 라 보데기다다.

"참, 긴류라멘(金龍ラメン)도 빼놓을 순 없죠. 나오미 씨도 물

론 거기 가보셨겠죠? 오사카 사람들은 누구나 아는 유명한 곳이니까요. 그런데 라멘과 함께 먹는 반찬 이름이 기억나질 않네요. 그게 뭐죠?"

거의 재앙급이다. 소림의 두뇌는 저장된 기억을 빠르게 뒤졌다. 그러나 그런 라멘집은 기억에 없었다. 소림은 고기 육수를 쓰는 일본 라멘을 좋아하지 않았다. 자고로 라면은 국물에 밥 말아 김치와 먹는 한국식이 최고라 여겼다. 그런데 난데없는 일본 라멘집이 소림의 말문을 막히게 한 것이다.

소림의 궁벽함을 눈치 챈 이브가 나섰다. 그녀는 자신의 루이뷔통 핸드백을 옮기는 척 하며 길쭉한 칵테일 잔과 충돌시켰다. 연분홍새 싱가포르 슬링이 테이블 위에 쏟아졌다. 그리고 일부가 소림에게까지 튀었다. 이브가 사준 흰색 나인웨스트 원피스의 가슴 부분이 분홍색으로 얼룩졌다.

"나오미, 미안. 내 실수야. 레스트 룸에 가자."

"실례하겠습니다."

눈치 챈 소림도 얼른 일어섰다. 화장실로 가며 이브가 존에게 윙크하며 말했다.

"미안하지만, 싱가포르 슬링 한 잔 더 주문해 주시겠어요?"

이브는 널따랗고 긴 래플즈 호텔의 메인 윙 3층 복도를 걷고 있다. 그녀의 발걸음은 복도 끝 객실 앞에서 멈췄다. 이브는 자신이 손에 들고 있는 열쇠에 새겨진 번호와 객실 번호가 맞는지 확인했다. 그리곤 벨을 눌렀다.

잠시 후 문이 열렸다. 존의 얼굴이 드러났다. 미간에 잔주름이 잡혔지만, 그는 이내 활짝 웃으며 허리를 숙이고 두 팔을 객실 안쪽으로 모았다. 마치 공주를 맞이하는 기사 같았다.

이브는 방금 전 존의 얼굴에 서린 당혹과 실망을 눈치 챘어야 했다. 그러나 비상하던 그녀의 눈치는 오늘밤 마신 일곱 잔의 싱가포르 슬링에 묶여 버렸다. 체리 빛깔의 싱가포르 슬링은 새콤달콤한 맛 때문에 여성들이 선호한다. 그러나 이 칵테일은 예쁜 색깔 속에 드라이진과 브랜디를 숨기고 있는 알코올 도수 17도의 당당한 술이다. 색과 맛으로 연거푸 마시다 보면 어느새 취기가 확 올라온다.

오늘밤 라이터스 바에서의 이브도 그랬다. 그녀는 키튼을 입었고, 손목엔 바쉐론 콘스탄틴을 찬 남자와 근사한 밤을 보내고 싶었다. 그런데 소림을 나오미라는 일본인으로 소개한 게 발목을 잡았다. 존은 일본과 오사카에 관한 이야기를 꾸준히 꺼내 들었고, 그때마다 소림은 난처해졌으며, 이브의 가슴은 뜨끔거렸다. 분위기 전환을 위해 필사적으로 다른 화제를 만들었고, 과도하게 싱가포르 슬링을 마셨다. 위기의 순간도 있었지만 그럭저럭 좋았다. 이브가 평소보다 많이 취했다는 것을 빼곤.

그녀는 화장실에 가서 거울을 보았다. 볼이 빨간, 섹시해 보이는 중국 혈통의 여자가 거울에 비쳤다. 그 여자가 다가오더니 자신의 이마와 부딪혔다. 이브가 술에 취해 휘청거리다가 거울에 머리를 들이 받은 것이다. 거울 속의 그녀가 피식─ 웃고 있었다.

잠시 후 이브가 자리로 돌아왔을 때, 존은 이미 자리를 뜬 뒤였다. 그러나 서운함보다는 기쁨이 컸다. 소림이 건네준 것 때문이었다.

"이거, 존이 주더라. 너한텐 직접 못 주겠나 봐. 네가 자리를 뜬 사이에 네 자리에 놓고 가던데."

이건 사실이 아니다. 이브가 자리를 뜨자 존은 소림 앞에 뭔가를 밀어 놓았다. 객실 번호가 찍힌 키였다. 그는 소림을 바라보며 한 쪽 눈을 찡긋 감고 윙크를 날렸다. 하지만 그의 눈빛은 흔들렸다. 이브의 파도타기로 인해 연속으로 들이킨 독한 마티니 탓이다. 존은 키를 건네주곤 조용히 자리를 떴다.

소림은 존의 객실 열쇠를 이브 앞으로 옮겨 놓았다. 예상대로 이브는 무척 좋아했다. 그러나 소림은 오늘밤 닥칠 일을 알았다면 절대 이브 앞에 키를 놓지 않았을 것이다. 아무리 친구가 간절히 바라고 있었다 해도 말이다.

소림과 이브는 라이터스 바에서 조금 더 시간을 보냈다. 소림은 음악을 들으며, 이브는 남은 싱가포르 슬링을 마저 비우며. 둘은 라이터스 바의 영업시간이 끝날 즈음 일어섰다.

소림과 이브가 래플즈 호텔의 현관으로 나왔다. 래플즈 호텔의 컨시어지는 세포이(Sepoy) 복장을 하고 있다. 세포이는 제국주의 시절 영국이 인도에 설립한 동인도회사에 고용된 인도인 용병이다. 인도가 영국의 식민지였을 때, 인도에 주둔한 영국군의 90%가 세포이였다. 영국은 세포이를 말레이시아와 싱가포르 등의 동남아시아 식민지 주요 기관의 경비병으로 보냈다. 그 전통이 래플즈 호텔에 남아 있는 것이다.

덩치만큼이나 큼직한 흰색 터번을 쓴 세포이 컨시어지가 소림을 위해 택시를 불러 주었다.

"괜찮겠어?"

소림이 이브에게 물었다.

"괜찮냐고? 물론 괜찮지. 칵테일 몇 잔쯤이야."

"아니, 존이라는 남자 말야."

"여긴 싱가포르야. 내 홈랜드고, 세계에서 가장 안전한 도시야. 존은 싱가포르의 최고의 호텔 투숙객이고. 일은 일어나겠지. 젊은 남녀가 한방에 있는데, 아무 일도 없으면 그게 비정상일 테니까."

"그래도 조심해. 왠지 좀 느낌이 이상해."

"호호호. 멋진 남자 앞에서 느낌이 이상할 때는 아침에 입은 후줄근한 팬티가 떠오를 때야. 그런 날은 죽이는 남자 앞에서도 옷 벗기 싫지. 팬티는 여자의 마지막 자존심이잖아. 난 오늘밤 당당해. 돌체앤가바나를 입었거든!"

택시의 뒷유리창으로 소림이 손을 흔들었다. 이브는 오른손을 입에 댔다가 소림에게 키스를 날렸다. 그리곤 3층으로 올라온 것이다.

래플즈 호텔의 프레지덴셜 스윗은 단 2개다. 이 호텔의 창업자를 기리는 사키스(Sarkies) 스윗과 싱가포르의 창건자를 기리는 써 스탬포드 래플즈(Sir Stamford Raffles) 스윗이 그것이다. 이브는 스탬포드 래플즈 스윗에 들어섰다.

래플즈 스윗은 넓고 화려한 응접실과 다이닝 룸을 중심으로 양쪽에 두 개의 침실과 세 개의 욕실, 그리고 아름다운 정원이 내려다보이는 발코니를 가지고 있다. 내부는 최고급 호텔답게 우아하고 고급스러웠다. 바닥엔 티크 원목이 깔렸고 그 위를 최고급 페르시아 산 카펫이 덮고 있다. 고급스러우면서 고풍스러운 자단색 탁자와 장식장은 푹신한 실크 패브릭 소파와 잘 어울렸다.

앤틱 가구들의 조화로움과 침실의 호화로움에 감탄하고 있던 이브에게 존이 달려들었다. 그는 어느새 바지와 팬티를 벗어 던진 상태였다. 그러나 우습게도 상체는 드레스 셔츠와 넥타이 차림이었다.

뱀처럼 긴 혀가 독한 드라이 진 냄새를 풍기며 이브의 입 안으로 쑥 들어왔다. 존의 손이 이브의 엉덩이를 더듬는가 싶더니 이내 샤넬 스커트가 훌렁 벗겨져 내려갔다. 연이어 이브의 자부심인 돌체앤가바나 팬티가 끌어 내려졌다.

부드러운 외모의 귀공자는 파리의 야수들보다 더 거칠었다. 이브의 상의는 그대로인 채 순식간에 아랫도리가 다 벗겨졌다. 이브는 이 남자가 무드도 없이 너무 성급하다는 느낌이 들었다. 그녀는 "잠깐만" 하며 한 손으로 허벅지까지 밀려 내려간 팬티를 부여잡았다. 그리고 다른 손으론 존의 품에서 벗어나려 밀쳤다. 하지만 말랑말랑해 보이는 존은 대단한 완력의 소유자였다. 그의 팔에 잡힌 몸은 꿈쩍도 안 했다.

"앙탈부리지 마!"

존의 목소리는 차가웠다. 그의 손이 팬티를 우악스럽게 잡아챘다. 찌직— 돌체앤가바나가 힘없이 찢어져 버렸다. 허망하게 찢어져 발밑에 떨어진 팬티를 보는 순간 그녀의 몸이 번쩍 들렸다. 그리곤 킹 사이즈 침대 위에 내던져졌다.

이브가 원하던 '러브 미 텐더'는 이런 게 아닐 것이다. 그녀는 부드러운 애무와 섬세한 배려를 원했다. 그러나 존은 이브의 두 다리를 들어 벌린 후 그녀의 가랑이 사이를 강압적으로 파고들었다. 파리 나이트클럽의 야수들도 이런 일방통행은 안 했다. 강간이나 다름없었다. 아무런 감흥도 없었고, 그저 아프기만 했다. 그녀는 몸이 움직일수록 자꾸만 위로 말아 올려지는 샤넬 재킷을 부여잡고 어서 이 악몽 같은 시간이 지나가기를 바랐다.

잠시 후 존의 일방적인 배설이 끝났다. 그는 이브에게 어깨 한 번 으쓱거린 다음 욕실로 들어갔다. 참담해진 이브는 담요로 하반신을 두른 후 침실을 나섰다. 이브는 거실 건너편 침실에 딸린 욕실로 향했다. 걸을 때마다 아랫배와 사타구니가 송곳으로 쑤시는 듯 아팠다.

이브는 샤워기로 아랫도리를 깨끗이 닦아냈다. 연약한 피부가

다 헐어서 물이 닿을 때마다 찌릿거리고 아팠다. 이브는 눈물을 찔끔거리며 야수보다 못한 놈이 배출한 찌꺼기를 씻어냈다.

욕실 앞엔 드레스 룸이 있었다. 몸의 물기를 닦던 이브의 시선이 한 곳에 고정되었다. 빼꼼 열린 드레스 룸의 문틈으로 손목시계와 지갑이 탁자 위에 올려져 있는 것이 보였다.

싱가포르는 성폭력을 엄중히 처벌하는 나라다. 성범죄에는 징역형과 함께 볼기짝을 사정없이 때리는 공개 태형이 추가된다. 외국인도 예외가 아니다. 이브는 존을 강간범으로 고발하고 싶었다. 자신의 몸이 축난 만큼 존에게 곤장을 선사하고 싶었다. 날이 밝고 술이 깨면 대학교수라는 자신의 사회적 지위 때문에 고소까지는 안 하겠지만, 지금 당장은 분한 마음을 억누를 수 없었다.

지갑은 시계 밑에 놓여 있었다. 이브는 명품잡지에서나 보던 바쉐론 콘스탄틴 메티에 다르의 실물을 처음 만져보았다. 사진으로 보았을 땐 유치해 보였는데, 실제론 근사하기 이를 데 없었다. 더구나 뒷면엔 이 시계가 한정판(Limited 99)임이 각인되어 있었다. 메티에 다르 한정판은 전 세계 유력인사 99명에게 증정되었다는 것을 잡지에서 읽은 기억이 났다. 침대 매너는 더러워도 최상위 VIP임이 확실했다.

시계를 옆으로 치운 이브가 지갑을 펼쳤다. 조나단 터너의 주소와 인적 사항을 확인하고 싶었다. 어쨌든 이것도 인연인데, 잘되면 좋겠다는 생각을 하면서….

말랑말랑한 송아지 가죽으로 만든 구찌 지갑엔 미국 드라이버 라이선스(운전면허증)가 꽂혀 있었다. 드라이버 라이선스의 사진은 방금 자신과 교접한 남자의 얼굴이 맞는데, 이름이 달랐다. 그의 이름은 모건이었다. 조나단 모건.

이브가 인기척을 들었을 땐 이미 늦었다. 교접할 때도 못 봤던 모건의 상체가 이브의 눈을 가득 채웠다. 그의 상체는 헬스클럽에서 만들어낸 근육질이었다. 이브가 지갑을 접으며 말했다.

"미안해요. 지갑이 있길래…."

"천박한 년이 아주 무덤을 팠구먼."

"당신이 누구인지 궁금했어요. 그런데 당신 이름은 조나단 터너가 아니었어요. 왜 신분을 속였죠? 그리고 여자의 몸을 함부로 대하는 건 어디서 배운 거에요?"

대답 대신 주먹이 이브의 봉긋한 가슴 사이로 날아들었다. 명치를 가격당한 이브는 최고급 카펫이 깔린 바닥에 고꾸라져 몸을 웅크린 채 컥컥거렸다.

"쯔쯔… 천한 것들은 항상 질문이 많더라. 첫째, 왜 속였냐고? 니가 오늘밤 죽는다면 이유가 뭘까? 둘째, 밑에 구멍 뚫렸다고 다 여자냐? 정중한 대접은 너 같은 걸레에겐 해당되지 않아. 이제 의문이 다 풀렸나?"

모건은 이브의 엉덩이 사이에 파란색 캡슐을 쑤셔 넣었다. 총알처럼 생긴 캡슐은 이브의 항문 속으로 쑥- 들어가 버렸다. 이브는 손가락을 넣어 항문 속의 이물질을 빼내려 했지만 오히려 더 깊숙이 박히게 만들었다. 점차 팔다리에 감각이 사라져 갔다.

이브는 중대한 인생 경험을 하고 있다. 소림의 당부처럼 돈이 많다고 해서, 권력이 있다고 해서 그 사람의 인격이 훌륭한 것은 아니라는 것을. 그리고 사람은 외모로만 판단해서는 안 된다는 사실을. 그러나 이 경험은 서른 살 그녀의 삶에 있어 너무 늦게 찾아왔다.

"니 몸에 들어간 게 뭔지 알고 싶어? 그래 알고나 죽어라. 보툴리누스 A톡신이다. 이게 좀 쎄지. 청산가리의 20만 배나 되니까. 쉽게 설명해줄까? 킹 코브라 알지? 코끼리도 하루 만에 저승으로 보내는 독사. 그놈 독의 5만 배야. 지구상에서 가장 강력하다니까 말 다한 거지. 니 똥구멍에 박힌 캡슐 하나면 순식간에 쥐새끼 200만 마리를 쓸어버릴 수 있지."

"살려주세요. 제발 살려주세요."

이브는 제대로 몸을 움직일 수조차 없었다. 그녀는 감각이 없는 손바닥을 비비며 간절히 사정했다.

"살고 싶어? 하지만 안 됐군. 이미 늦었어. 이 아름다운 지구엔 아직 보툴리누스 A톡신의 해독제가 없으니까."

모건이 옷장을 열었다. 옷장엔 한 벌의 수트와 셔츠가 걸려 있었다. 수트 커버엔 브리오니⁹⁶⁾ 상표가 선명했다. 역대 제임스 본드들이 입었던 수트다. 모건은 온몸에 경련을 일으키는 이브를 옆에 둔 채 태연히 옷을 갈아입었다. 그리고는 바쉐론 콘스탄틴 메티에 다르를 손목에 찼다.

입술이 파랗게 변한 이브가 숨을 헐떡였다. 그녀는 입을 움직이려 했지만 소리는 나오지 않았다.

"보툴리누스 A톡신의 특성은 죽을 때까지 의식이 있다는 거야. 죽음의 고통을 하나하나 느낄 수 있지. 아참! 안 가르쳐 준 게 있군. 니 친구, 쥴리라는 노르웨이 년. 개도 홍콩에서 내 손으로 보냈어. 또 다른 니 친구, 오늘 본 한국 여자 말야. 이름이 이소림이지? 그 여자도 며칠 내로 지옥에서 만나게 될 거야. 아니, 어쩌면 좀 더 시간이 걸릴 수도 있겠네. 갠 너랑 다르게 묘한 매력이 있더라니까. 이젠 작별 인사를 해야겠군. 잘 가라."

모건은 드레스 룸을 나와 푹신한 거실 소파에 앉았다. 그리곤 휴대전화를 걸었다.

---

96) 브리오니(Brioni): 1945년 나자레노 폰티콜리와 가에타노 사비니가 이탈리아 로마에 문을 연 최고급 수제 양복점. 수트 가격이 800만 원 선에서 시작된다.

"할? 스탬포드에서 철수하고 래플즈에 와 줘. 처리해야 할 물건이 있어. 한국 년? 그건 필리핀에서 해결하지 뭐."

통화를 마친 모건은 재킷 안주머니에서 알루미늄 케이스를 꺼냈다. 트레저 블랙[97]이다. 그는 케이스 안의 금박을 제치고 까만 담배 종이 위에 돋보이는 황금색 필터가 달린 담배를 꺼내어 입에 물었다. 그가 황금색 필터를 힘껏 빨았다. 그리고 연기를 토해냈다.

검은 담배를 태운 흰 연기가 높은 천정을 향해 너울너울 올라갔다. 하늘로 올라가는 이브의 영혼처럼….

---

97) 트레저 블랙(Treasurer Black): 영국 챈슬러 타바코(Chancellor Tobacco)에서 판매하는 최고급 담배. 타르 8mg, 니코틴 0.6mg로 최상급 버지니아 담배 잎으로 만든다.

8. 도청

신촌 세브란스 병원 본관 9층 중환자실. 방금 사망한 환자를 흰색 천으로 덮은 침상이 조용히 중환자실을 빠져나갔다. 중환자실 밖에선 유가족의 비명과 오열이 터졌다. 그 침대가 빠져나간 옆 침상에 강녕이 누워 있다.

그는 서서히 눈을 떴다. 제일 먼저 눈에 들어온 것은 붉은 피가 흐르는 튜브다. 튜브를 따라 눈동자를 움직였다. 강녕의 팔뚝에서 나온 붉은 피가 튜브를 통해 여과기로 흘러간다. 여과기를 거치며 수분과 노폐물이 빠진 피가 다시 팔뚝을 통해 몸으로 들어가는 과정을 한참 지켜봤다.

강녕의 의식이 돌아온 것을 안 당직의사와 간호사가 상태를 확인했다. 산소 호흡기를 벗은 강녕이 그들에게 물었다.

"여기 온 지 몇 시간이나 지났소?"

"이틀 동안 세상없이 주무시기만 했어요."

링거를 바꿔 끼우던 간호사가 밝게 대답했다.

"피는 왜 뽑았다가 다시 넣는 거요?"

"선생님 피 속에 아드레날린이 과도하게 많거든요. 아드레날린은 심장을 흥분시킵니다. 선생님에겐 아주 위험하죠."

당직 의사가 대답했다.

"아드레날린이라는 게 왜 갑자기 많아진 거요?"

"저희도 그걸 이해 못하겠어요. 선생님의 몸이 스스로 만들었다고 보기엔 양이 너무 많아서요."

강녕은 국정원을 의심했다. 강녕이 입원해 있는 내내 19층엔 국정원 요원이 상주했다. 휴게실의 TV를 독차지하며 간호사들에게 상태를 확인하는 모양이었다. 그런데 국정원이 지금 나설 이유가 없다. 단서를 잡은 것도 아닐 텐데. 단서를 잡았으면 당장 데려다 족칠 것이다. 비자금의 존재를 영원히 묻어 버리고 싶어서? 조금만 기다리면 된다. 자연스럽게 입은 닫힐 것이다. 뭔가 미심쩍었다.

강녕은 추리의 가지치기를 접었다. 그보다 더 급한 것이 있다. 병사건 암살이건 자신의 죽음은 이제 눈 앞에 다가왔다. 죽음 이후의 대책을 세워야 한다. 그것도 최대한 빨리. 강녕은 중환자실에서 뜬 눈으로 밤을 지새웠다.

신촌 세브란스 병원의 20층은 200병동이라 불리는 VIP 병실층이다. 50평 규모의 A등급 병실 2개와 25평 크기의 B등급 병실 16개가 있다. A등급 병실의 하루 입원비는 200만 원, B등급 병실은 120만 원에 이른다.

비싼 입원비 탓에 이곳을 찾는 이들은 정해져 있다. 죄를 저지른 재벌이나 정치인들이다. 교도소에서 죄값을 치러야 할 그들은 없는 병을 만들어 이곳에서 버틴다. 그들이 이곳을 찾는 이유는 쾌적한 병실 환경도 있지만, 문 앞에 경호원들을 세워 자신의 죄를 캐묻는 언론을 피할 수 있기 때문이다.

2개 있는 A급 병실 중 하나는 강녕의 19층 병실 바로 위에 위치해 있다. 그곳에 1주일 전부터 주한 일본 대사관의 영사가 입원해 있다. 귀에 무전 수신기를 꽂은 두 명의 일본 대사관 보안요원이 밖에 버티고 선 병실 문을 열고 들어서면 현관이다. 현관문을 열고 들어서서 보면 오른쪽 방이 환자실, 왼쪽이 응접실과 주방시설, 그 안쪽엔 벽으로 막힌 회의실이 있다.

응접실에 놓인 안락한 소파엔 두 사람이 앉아 외교행낭으로 보내진 문서를 읽고 있다. 환자복을 입은 40대 중반의 남자가 일본 대사관의 정무영사 와타나베 지로다. 환자복과 어울리지 않게 활기찬 그는 내각정보조사실[98] 소속의 화이트다. 그의 맞은편에 앉은 사람은 강녕에게 아드레날린을 주사했던 간병인 복장의 그녀다. 지난달 서른한 살이 된 그녀의 이름은 다무라 료코, 궁내청 소속으로 5일 전 한국에 왔다. 문서를 다 읽은 료코가 라이터로 문서를 태웠다. 그리곤 재를 화장실 변기에 버리고 물을 내렸다.

그들 뒤편, 네 명의 일본인이 있는 회의실엔 넓은 탁자와 9개의 의자가 준비되어 있다. 탁자 위는 통신장비와 그것들을 연결한 선으로 복잡하다. 이 장비들은 음성 분석기와 전화 신호추적 장비와 GPS 연동 지도 시스템과 위성 송수신장치다. 탁자 위 스피커는 바로 아래층 병실에 몰래 숨겨 놓은 고성능 무선마이크에서 보내는 소리를 토해내고 있다. 마이크는 강녕의 병실 밖으로 사람이 지나가는 발자국 소리도 잡아낸다.

이 장비들을 가져오기 위해 와타나베가 입원해야 했다. 기밀을 취급하는 대사관 영사의 입원실에 도청방지 장비를 들여오는 것

---

98) 일본 정보기관. 총리실 직속기관으로 요원 규모가 200명에 불과하지만, 수많은 외곽 민간단체를 이용해 정보를 수집한다. 내각조사실 정예 요원들이 분석한 정보는 질이 높기로 정평이 나 있다.

은 의심을 덜 받기 때문이다. 와타나베가 회의실에 들어서서 턱짓을 했다. 장비 설치 완료를 묻는 것이다. 기술자들은 엄지와 검지를 말아 OK 표시를 했다. 모든 준비가 끝났다. 기다리면 된다.

중환자실의 두툼한 블라인드 사이로 아침 햇살이 스며들고, 새로운 하루를 시작하는 도시의 움직임이 소리로 전달된다. 강녕은 그 소리를 들을 수 있음에 감사하며 자신이 마무리지어야 할 일을 고민하고 있었다.

"죽을 때 죽더라도 나 죽어요 하고 보고한 뒤에 죽어야 할 거 아냐. 국정원에서 그런 것도 안 배웠어?"

강녕이 깨어났다는 소식을 듣고 한달음에 달려온 대관은 왈칵 반가운 마음에 핀잔부터 주었다.

"선 조치 후 보고로 신조를 바꿨어. 해도 되냐고 묻다가 실패한 첫 키스 이후부터."

"농담하는 걸 보니 아직 죽을 때가 아닌가 보구먼."

"이보게 김박, 나 예전 병실로 옮겨 줘."

"무슨 소리! 약은 약사에게, 병은 의사에게, 중환자는 중환자실에. 내 신조는 이거야."

대관은 펄쩍 뛰었지만, 강녕은 고집을 꺾지 않았다.

"해야 할 일이 있어. 그런데 여기선 보안이 안 돼."

19층 병실에 들어선 강녕은 뭔지 모를 미묘한 느낌을 받았다. 오랜 첩보원 생활에서 체득한 직감이다. 이곳저곳을 둘러봤다. 일단 전화기와 선은 이상 없었다. 벽에 걸린 TV와 그림 뒤편도 확인했다. 힘겹게 침대를 딛고 올라서서 전등갓과 천정 마감재도 살펴봤다. 차례로 훑어본 냉장고, 침대 매트리스, 소파, 보조 침대, 옷장, 창틀 등에선 아무것도 나오지 않았다. 마지막엔 쓰레기

통까지 뒤엎어 바닥을 확인했다.

강녕은 링거액을 침대 모서리의 구멍에 꽂혀 있는 지주에 매달고 침대에 쓰러졌다. 더 확인할 것이 없었다. 그는 미묘한 께름칙함이 과도한 아드레날린이 만든 우연일 거라 생각했다. 아니 그렇게 믿고 싶었다.

첩보의 세계에 우연이란 없다. 이 세계는 필연이다. 어떤 현상이든 반드시 원인과 결과가 마주보고 있다. 하지만 그것을 되새기기엔 강녕의 몸은 쇠약했고, 정신은 아드레날린에 잡혀 있었다. 게다가 죽음의 문턱에 다녀온 그의 마음은 조급했다.

강녕은 기억을 더듬으며 천천히 휴대폰번호를 눌렀다. 국제전화 인식 코드, 국가 코드를 눌렀다. 강녕이 누른 국가 코드는 63. 필리핀이다. 이어지는 수신자의 전화번호가 상당히 길었다. 일반 휴대폰이 아니라 선불카드 휴대폰번호였다. 신호가 가고 누군가 받았다.

"단장님, 잘 지내셨습니까?"

최진영의 씩씩한 목소리에 강녕은 왈칵 반가웠다. 그러나 그 반가움을 전할 수 없는 안타까움이 강녕의 마음을 아프게 했다.

"오래 통화할 수 없네. 코드 A 상황이네. 3일 후 그곳으로 오게. 긴박하고 중요한 일이니 묻지 말고 따라주게."

"알겠습니다."

"몸 건강하게. 꼭 성공하길 빌겠네."

강녕의 통화 내용은 곧바로 20층 VIP 병실로 전송되었다. 전화 신호추적 장비는 즉시 강녕의 통화를 추적했다. 추적 화살표는 우주공간에 떠 있는 통신위성을 경유하여 필리핀으로 향했다. 화살표가 마닐라에서 잠시 멈췄다. 위성으로부터 온 모든 신호를 각 지역으로 분배하는 통신 중계국이 있는 곳이다. 화살표가 마닐라에서 서쪽으로 방향을 잡았을 때 갑자기 추적신호가 끊겼다.

"칙쇼!"

모니터를 지켜보던 와타나베가 낭패라는 듯 내뱉었다. 통화 시간은 신호음을 포함하여 33초였다. 수신자 추적에 성공하려면 최소한 1분이 필요하다. 그 전에 전화를 끊으면 추적 장비의 신호가 길을 잃는다.

나직한 목소리의 두 번째 통화자에게도 같은 내용이었고, 통화 시간은 45초였다. 화살표는 마닐라를 맴돌다 멈췄다.

"망할 놈의 영감탱이!"

"야비한 늙은이!"

와타나베가 욕을 하자 료코도 합세했다. 그들은 아래층의 늙은이가 산전수전 다 겪은 베테랑 첩보원임을 되새겨야 했다. 이와 발톱이 다 빠졌어도 호랑이는 호랑이다. 어쩌면 추적에 실패할 거라는 비관마저 들었다. 또 얼마나 기다려야 하나? 이틀 전 아드레날린을 주사한 것도 그가 유언을 남길 때까지 기다릴 수 없었기 때문이다. 특급 호텔보다 비싼 병실비는 매일매일 올라갔다.

일본인들이 절망감에 사로잡혀 있을 때 다시 휴대폰 키패드를 누르는 소리가 들렸다. 어쩌면 마지막 기회일 것이다. 회의실의 여섯 일본인은 침을 삼키며 바짝 긴장했다. 신호가 가고 전화를 받았다. 북한 말투가 들려왔다.

북한 말투의 사람은 여섯 명에게 기쁨을 가져다 주었다. '이력서'를 가지고 그곳으로 오라는 강녕에게 "허 선생, 괜찮은 거디요? 건강엔 문제없는 거디요?"라며 끊임없이 안부와 건강을 물었던 것이다. 통화를 짧게 하려는 강녕의 노력도 북한인의 걱정

앞에서 소용없었다.

모니터 화살표는 필리핀 남쪽 민다나오 섬 삼보앙가(Zamboanga)의 항구 지역을 가리켰다. 수신자의 신원은 파악할 수 없었다. 선불 전화카드를 사용하기 때문이다. 그러나 잠보앙가 항구 1km 인근에서 북한 사투리를 쓰는 자를 찾는 것은 어렵지 않을 것이다. 그가 가진 이력서를 뺏어야 한다.

료코는 응접실 탁자 위에서 도청 내용을 정리해서 보고서를 작성했다. 잠시 후 그녀가 보고서 초안을 가방에 넣고 병실을 나섰다.

아래층의 강녕은 용신과 통화를 마치고 한숨을 내쉬었다. 통화 시간이 3분 30초나 되었다. 이제 한 번의 통화가 더 남았다. 이틀 전 심장이 멎었을 때 떠오른 이름의 소유자에게 전화를 걸 차례였다. 강녕은 번호를 누르려다 말고 휴대폰을 침대 머리맡에 내려놓았다.

'과연 그를 믿을 수 있을까?'

다시 의문이 생겼다. 그러나 현 상황에선 다른 대안을 찾을 수 없었다. 그가 가진 최대 장점은 정보요원이 아니기에 한국 정보기관은 물론 미국이나 일본의 주목을 받지 않았다는 점이다. 신뢰도는 만나서 검증해 보면 될 것이다.

전화를 걸기 위해 다시 휴대폰을 들었다. 순간 휴대폰과 침대의 철제 프레임이 맞닿으며 미세한 전자음이 울렸다. 불길함이 온몸을 덮쳐왔다. 환자용 침대를 싸고 있는 철제 프레임을 모조리 확인했다. 이상이 없었다.

강녕의 눈에 침대 모서리에 꽂힌 링거 걸이가 들어왔다. 그냥 평범한 스테인레스 파이프처럼 보였다. 파이프를 빼서 속을 들여다보았다. 그 안엔 다닥다닥 붙은 전기 회로들과 엄지 손톱만한 마이크가 떡- 하니 자리 잡고 있었다. 파이프 전체가 음성신호를 보내는 송신장치였다. 송신장치는 끊임없이 파란색 등을 반짝이며, 어디론가 소리를 전송하고 있었다. 강녕의 입에선 낭패감이 가득한 외침이 터져 나왔다.

"젠장!"

9. 황상도

뿌얀 먼지를 일으키며 낙타 한 마리가 달려왔다. 알 카에다 전사들은 먼지를 조심한다. 넓게 퍼진 먼지는 미국 정찰위성의 주의를 끌기 때문이다. 숨어 있던 캠프 경계병들이 총을 겨눠 낙타를 세웠다. 낙타에서 내린 것은 베두인족 연락병이었다. 그는 와하이시에게 베두인 부족회의의 결정을 전했다.

와하이시는 그간 알 카에다와 제휴를 거부했던 베두인족 셰이크가 도움을 청한 것이 반가웠다. 아라비아반도를 넘어 사하라사막에까지 퍼진 베두인족을 끌어당길 좋은 기회였다. 더구나 두 명의 인질 중 하나는 한국인이랬다. 와하이시는 약속을 지키지 않는 한국 정부를 증오했다.

2007년 와하이시는 아프가니스탄에 있었다. 당시 한국은 아프가니스탄에 군대를 주둔시키고 있었다. 군대 규모로는 미군, 영국군 다음이었다. 알 카에다 수뇌부는 한국 정부에게 명확한 메시지를 전달할 것을 결의했다.

와하이시가 이끄는 부대가 한국인 인질들을 무더기로 잡았다.

분당의 한 교회에서 단체로 선교활동 온 기독교인 23명이었다. 그는 인질 석방의 대가로 한국군의 철군을 요구했다. 하지만 한국 정부는 미적거렸다. 와하이시는 단호한 의지를 보여주었다. 2명의 인질을 처형한 것이다. 놀란 한국 정부는 더 이상 군대를 파견하지 않겠다고 약속했다. 그 해 말 한국군은 아프가니스탄에서는 완전 철군함으로써 약속은 이행되었다.

2008년 말 와하이시는 예멘으로 돌아왔다. 그 즈음 한국도 대통령이 바뀌었다. 새로 정권을 잡은 이명박은 철저하게 미국을 추종했다. 미국이 요청하자 슬그머니 다시 아프가니스탄에 의료부대를 파견했다. 와하이시는 약속을 어긴 이명박에게 다시 경고하기로 맘먹었다.

2009년 3월 15일 시바의 여왕이 세운 고대 도시 세이윤에서 알카에다는 자살 폭탄 공격을 감행했다. 이 사건으로 한국인 관광객 4명이 죽고 3명이 크게 다쳤다. 3개월 뒤엔 의료 선교를 나온 한국인 간호사를 죽였다. 와하이시는 분명한 경고를 전했다고 여겼다. 그러나 한국의 이명박 정부는 가지 말라는 곳에 간 여행객들을 탓하며 모른 척했다. 와하이시는 열 받았다. 그런 그에게 또다시 경고를 보낼 기회가 온 것이다.

와하이시는 즉시 AQAP 참모 회의를 소집했다.

"베두인족 셰이크에게서 연락이 왔소. 한국인 남자와 캐나다인 여자를 잡고 있다 했소. 인질을 우리에게 넘겨준다 하오. 조건은 마리브의 석유회사를 몰아내 달라는 것이오."

"좋은 기휘입니다. 당장 인질들을 데려옵시다."

AQAP의 2인자로 정보와 보안 조직을 이끄는 까심 알리 라미가 주장했다.

"그런데 14일 후부터 라마단이 시작됩니다. 이 기간에 일을 벌이면 아랍 형제들로부터 지지를 받기 어렵습니다."

이슬람 율법학자 출신으로 정훈교육을 담당하는 알 시리가 걱정했다. 와하이시가 알 시리의 말을 받았다.

"나도 그 문제를 고민하고 있소. 베두인족 셰이크도 아마 이 문제 때문에 우리에게 넘기려는 것 같소. 한 달 간 인질들을 어쩌지 못하니까."

"라마단이 걸려 있어도 이 건을 받아야 합니다. 베두인족과의 제휴도 성사되는 장점이 있습니다. 일단 인질을 데려오는 것을 전제로 후속조치를 논의해 보아야 합니다."

까심은 항상 강경한 입장을 표했다. 그는 열여섯에 알 카에다에 들어와 아프리카 수단과 이라크와 아프가니스탄을 누빈 베테랑 전사였다. 와하이시는 고개를 끄덕이며 다른 참석자들의 의견을 물었다. 알 시리를 포함한 모든 참모들도 동의했다.

"인질을 어떻게 할 것인지에 대해 논의해 봅시다. 영국 석유회사는 영연방의 일원인 캐나다 여자를 외면할 수 없을 것이오. 모른 척 했다간 캐나다 사람들이 들끓을 테니 말이오. 어떤 식으로든 성의 표시를 하겠지. 그러나 한국인 남자는 석유회사에 쓸모가 없소. 한국인 하나 잡고 있다 해도 백인들은 눈 하나 깜작하지 않을 거요. 닭대가리 같이 쓸모없는 이놈을 어떻게 활용하면 좋겠소?"

"인질을 나눠 2건으로 만들어야 합니다. 캐나다 여자는 석유회사에, 남자는 한국 정부에게 보낼 경고용으로 써야 합니다. 두 번이나 우리 경고를 무시한 한국 대통령에게 본때를 보여줍시다. 최근 한국 대통령이란 자가 주동해서 아랍에미리트에 특수부대를 파견했답니다. 민간 기업이 하는 원자력 발전소 건설 사업인데 반응이 신통치 않으니까 보너스로 군대 파병을 얹어서 팔아먹은 거죠."

까심이 열을 올렸다.

"이번 한국 대통령이란 자는 오지랖도 넓더군요. 바다에선 군함이 침몰하고, 땅으론 포탄이 마구 떨어지는데도 손가락만 빨고 있던 주제에 말입니다. 남의 나라에 보낼 군대 보낼 게 아니라, 지네 나라부터 튼튼히 지켜야지. 쯔쯔. 저도 한국인들에게 충격 좀 줘야 한다고 생각합니다."

훈련소장을 맡고 있는 올라키가 입을 열었다. 매년 수백 명의 전사들을 만들어내는 그는 미국과 유럽 정보기관의 1급 수배자다. 까심이 올라키의 말을 받았다.

"캐나다 여자는 라마단 이후로 미루고, 한국인부터 먼저 처리합시다. 여자는 데리고 있어도 마음이 놓이지만, 남자는 감시하기 귀찮아집니다."

"한국 놈을 죽이자는 것이오? 라마단을 어쩌고?"

와하이시가 묻자 알 시리가 대답했다.

"라마단 시작 전에 끝내 놓으면 됩니다. 미리 해치우되 비디오로 찍어 놔야죠. 그 과정을 단계별로 한국인들에게 보여주는 겁니다. 처음엔 자지를 자르고, 다음엔 귀와 코, 그 다음엔 팔다리를 자릅시다. 튀어나온 건 다 자르는 거죠. 머리 가죽도 벗기고. 끝에 가선 목을 쳐야죠. 비디오가 피칠갑이 되겠군요. 하하하"

"맞습니다. 경고를 보내도 안 들어먹는 놈들에겐 피범벅을 안겨줘야죠. 이게 알라의 뜻입니다. 인샬라!"

까심이 두 손을 벌여 하늘로 향하며 말했다. 모두들 까심을 따라 알라에게 경배를 올렸다.

"좋소. 한국인 인질 처리는 이렇게 결정합시다. 그러면 인질을 데리러 베두인족 마을에 누가 가겠소?"

와하이시의 이 질문엔 참모들이 선뜻 나서지 않았다. 혹시 미국이나 예멘 정부가 파 놓은 함정이 아닐까 하는 의구심이 가시질 않았기 때문이다. 함정에 빠져 잡히면 관타나모 수용소로 끌려가 모진 고문을 당하고 처형될 것이다. 한참의 정적 후 올라키가 어렵게 입을 열었다.

"고작 인질 두 명 데리러 가는데, 여기 계신 분들이 나설 필요는 없다고 봅니다. 훈련소의 우수한 요원을 보내도 충분합니다. 아부 잔달이 아직 출발 전입니다. 그에게 일을 맡기시지요. 후앙도 함께 보내면 됩니다. 인질이 한국 놈이라니까요."

어제 가라앉았던 붉은 공이 사막 위로 떠올랐다. 사막의 아침은 온도가 급격히 오르는 것으로 시작된다. 태주 일행은 출발 준비를 서둘렀다. 태주가 GPS를 확인했다. 트라이튼에는 하산이 알려준 지점이 선명히 찍혀 있다. 목표 지점까지는 서두르면 오후 늦게 도달할 수 있는 거리였다.

숨이 턱턱 막히도록 열기를 뿜어내는 모래밭을 몇 시간 동안 이동했다. 흔들리는 낙타 위에서 보면 바람이 만들어 놓은 모래 고랑이 파도처럼 보였다. 하늘과 맞닿은 모래의 지평선이 파도가 넘실대는 수평선이라는 착각마저 들었다. 이틀 간 마실 물을 한나절 만에 다 먹었다. 그러고도 갈증은 가시지 않았다. 도시와 사람이 그리웠다.

점심 때 즈음 낙타 몇 마리를 끌고 가는 베두인족 노인을 만났다. 그에게 방향을 물었다. 베두인족 노인은 멀리 돌아가는 길을 가리켰다. 길잡이인 하산은 그의 말을 따르자고 했다. 하메드 역시 마찬가지 의견이었다. 그러나 태주는 마음이 급했다. 그렇기에 어젯밤 잠들기 직전 생각했던 사막의 법칙을 떠올리지 못했다.

태주는 최단거리로 방향을 잡았다. 트라이튼에 내장된 TOPO 지도상의 등고선으론 평지였다. 위성사진도 별다른 문제가 없어 보였다. 태주는 사막엔 길이 없다고 생각했다. 사람이 다니면 그것이 곧 길이리라.

하지만 사막에 사는 사람들이 바보는 아니다. 평생을 사막에서 살아 온 그들도 곧장 질러가는 게 빠르다는 걸 안다. 그런데도 덥고 힘들게 일부러 돌아간다면, 태주는 그들의 경험을 존중했어야 했다.

태주가 선택한 방향에는 50m가 넘는 거대한 모래언덕이 가로 막고 있었다. 왔던 길을 되돌아갈 수는 없다. 태주 일행은 죽을힘을 다해 사구를 기어올랐다. 그런데 사구 위로 올라서자 한 치 앞도 보이지 않는 모래 폭풍이 몰려왔다. TOPO 지도에 높은 사구를 표시하는 등고선이 없는 것은 거센 폭풍의 변덕 때문이다. 바람은 거대한 언덕을 순식간에 만들었다 없앴다 한 것이다. 폭풍에 놀란 낙타가 날뛰는 바람에 태주 일행은 낙타에서 떨어져 언덕 아래로 굴러 떨어졌다. 낙타에 실린 짐들도 마찬가지였다.

폭풍이 휩쓸고 지나간 뒤 정신을 차려 보니 물통과 AK 소총과 탄약통과 배낭이 모두 사라졌다. 사구 아래 모래 속 어딘가에 파묻혀 있을 것이다. 남은 건 낙타 여섯 마리와 용케 모습을 드러낸 다이너마이트 상자뿐이었다.

물통이라도 찾기 위해 사방을 헤집고 다녔다. 그러나 열에 달궈진 모래는 손가락으로 파헤칠 수 있는 것이 아니다. 물과 짐을 찾으려 시간을 보낼 것인가, 아니면 물 없이 몇 시간을 갈 것인가 고민했다. 시간을 더 지체하다간 사막 한 가운데서 오도 가도 못할 상황이 될 것이다. 탈진한 상태에서 맞는 사막의 밤은 다음날

아침을 기약하지 못하게 한다.

사막의 지평선 아래로 태양이 저물고 있다. 셋은 생사를 넘나들고 있다. 태주는 낙타 위에 간신히 매달려 있는 형국이었다. 떨어지면 죽는다는 생각 하나로 버티고 있었다. 온몸의 수분이 다 증발해 버린 것 같았다. 침이 말라 입과 혀의 감각이 없었다. 하메드는 눈꺼풀이 반쯤 감겼다. 사막에서 자란 하산도 힘겨워했다.

사막에 깊은 어둠이 내려앉았다. 얼마나 왔는지 모른다. 어디로 가는지도 모른다. GPS를 볼 엄두를 못 냈다. 또 GPS를 본다 해도 뾰족한 수가 있는 게 아니다. 하산과 하메드는 이미 정신을 잃었다. 태주 역시 정신이 오락가락했다.

그때 멀리 희미하게 불빛이 시야에 들어왔다. 태주는 몸을 일으켰다. 하지만 배와 가슴은 여전히 낙타 등에 붙어 있다. 바닥난 체력은 이제 손가락 하나 까딱할 힘이 없다. 태주는 안간힘을 썼다. 바지 주머니에서 꺼낸 손전등을 켰다. 전지가 다 된 손전등은 완전 연소 직전의 불씨처럼 희미하다. 태주는 손전등을 낙타의 목에 걸었다. 조금 전에 본 것이 신기루가 아니기를 간절히 빌던 태주의 눈 앞이 하얗게 변했다. 그리곤 낙타 목덜미에 힘없이 고개를 처박았다.

밑바닥까지 온 힘을 긁어 짜낸 그의 몸은 그저 낙타가 이끄는 대로 흔들릴 뿐이다. 주인의 상태를 아는 듯 모르는 듯, 태주를 태운 낙타는 꾸준히 발걸음을 옮겼다.

"후앙, Hurry up!!"
앞서 달리는 아부 잔달은 빨리 오라고 성화를 부렸다. 후앙이라 불린 사내는 달리는 낙타에 채찍질을 가했다. 하지만 20여 미터 앞서 달리는 아부 잔달을 따라잡는 게 힘들었다. 낙타는 헉헉 댔고, 사내의 입에서도 단내가 났다.

황상도. 이 사내의 이름이다. 이름에서 알 수 있듯 그는 만주 벌판을 내달렸던 동이족의 후예다. 아마도 상도가 탄 것이 말이라면 이렇게 고전하진 않았을 것이다.

상도의 낙타는 나름 용을 썼다. 그러나 낙타는 빠르게 달리는 걸 좋아하는 놈이 아니다. 말이 단거리 스프린터라면 낙타는 마라톤, 아니 경보 레이서다.

상도의 몸이 반원을 그리며 고꾸라졌다. 헉헉대며 달리던 낙타가 앞으로 넘어진 것이다. 그 바람에 상도는 모래 바닥으로 내동댕이쳐졌다. 땅에 떨어지며 본능적으로 어깨를 둥글게 말았다. 낙법을 써서 몸을 다치진 않았다. 하지만 낙타는 땅바닥에 배를 깔고 엎드려서 가쁜 숨을 몰아쉬었다. 더 이상은 무리다. 낙타에겐 휴식이 필요하다.

한참을 달려가던 아부 잔달이 되돌아왔다. 그가 탄 낙타 역시 몹시 힘겨워 하고 있다. 아부 잔달은 쓰러진 낙타의 배를 툭툭 걷어찼다. 낙타는 고통스러운 듯 꺽꺽 댔다. 상도는 아부 잔달을 보며 고개를 설레설레 흔들었다. 아부 잔달은 가야 할 방향만 바라보며 한숨을 내쉬었다.

"먼저 가라. 뒤쫓아갈 테니."

상도의 말이 끝나자 아부 잔달은 두 말 없이 낙타에 올라탔다. 그가 채찍으로 낙타의 엉덩이를 강하게 내리치자, 깜짝 놀란 낙타가 달려나갔다. 상도는 멀어지는 아부 잔달의 뒷모습을 보며 자신의 판단이 옳았음을 새삼 느꼈다.

훌륭한 체격 조건에 목적 달성을 위해서라면 뭐든 가리지 않는 냉혹함, 그리고 계략을 꾸밀 줄 아는 아부 잔달은 분명 출중한 전사다. 하지만 첩보공작 요원으로선 아직 부족했다. 상황을 읽어내는 눈을 뜨지 못한 것이다. 그건 캠프에서 가르친다고 될 일이 아니다. 가지고 태어나거나 부단한 실전 경험을 통해 체득하는 것이다.

반면 자비르는 달랐다. 물론 낯선 곳에 가면 처음엔 고생을 할 것이다. 하지만 그는 주변을 관찰하는 능력이 뛰어났다. 유연하게 상황을 살피고 주변의 자원을 포섭해내는 것이 자비르의 장점이다.

상도는 거칠고 단순한 해적들을 포섭해야 할 소말리아엔 자비르를 보내야 한다고 건의했다. 하지만 와하이시와 AQAP 참모들은 정반대의 결정을 내렸다. 10개월 동안 하루 24시간 함께 지내면서 지켜본 교관의 판단은 나중에 증명될 것이다.

상도는 오후 사격 훈련을 앞두고 올라키의 호출을 받았다. 명령은 단순했다. 베두인 마을에 가서 외국인을 데려오라는 것이었다. 그들이 누군지, 무슨 이유로 데려오라는 것인지는 알려주지 않았다.

상도는 사막을 달리면서 내내 자신이 맞닥뜨린 상황과 의문점을 파고들었다. 외국인은 한 명 또는 최대 2명일 테고, 인질이리라. 얼마 있으면 시작되는 라마단 때문에 인질은 며칠 내로 처리할 테고, 캠프 수뇌부의 성향으로 보아 인질의 처리방식은 잔인한 살육이 될 것이다. 여기까지는 무리 없는 상황 추론이었다.

그런데 인질을 데리러 자신까지 보내는 것은 풀기 힘든 의문이었다. 보낼 사람이 없는 것도 아니다. 평소엔 동굴 밖으로 나가지도 못하게 하면서 왜 오늘은 베두인족 마을에 가라는 걸까? 여러 가능성을 추측한 끝에 내린 결론은 인질이 자신과 같은 민족, 즉 국적이 남이든 북이든 단군의 후예이리라는 것이다. 아부 잔달이 달려간 방향을 바라보던 상도가 가볍게 한숨을 내쉬었다.

황상도의 조국은 2002년 1월 29일 미국의 전 대통령 부시가 '악의 축(Axis of Evil)'이라 지칭한 세 나라[99] 가운데 하나고, 핵무기를 보유했다고 공식적으로 밝힌 여덟 나라[100] 중 하나다. 공화국임을 내걸었지만 아버지가 큰 아들에게 버젓이 권력을 물려줬고, 그 아들은 또 자신의 셋째 아들에게 권력을 물려주려는 나라다. 정식 국명은 조선민주주의인민공화국이지만, 흔히 북한(North Korea)으로 불린다.

상도는 자비르와 아부 잔달이 캠프로 오기 보름 전에 알 카에다 훈련소의 교관이 되었다. 당시 그의 사정은 급박했다. 몸을 숨겨야 했다. 그런 그에게 사막의 알 카에다 캠프는 최상의 은신처였다.

상도는 현역 군인이었다. 그의 근무지는 위도 39.058780487°, 경도 125.740413938° 지점이다. 위성지도로 좌표를 찍어 보면 평양시 서성구역의 서평양역 인근 해발 300m의 산이다. 대동강과 평양 시가지를 내려다보는 그 산자락에 북한 체제를 지탱하는 기관이 있다. 북한 인민군의 지휘본부인 인민무력부다.

인민군은 북한 권력의 중추다. 그래서 젊어서 군복 몇 번 입어 본 게 전부인 김정일이 '원수' 계급의 '장군님' 칭호를 달고 산다. 김정일은 국방위원회 위원장 겸 최고사령관으로 군 통수권을 움켜쥐고 있다. 군대가 그의 권력 유지 기반이기 때문이다.

김정일은 충성심이 검증되지 않는 사람은 좀처럼 믿지 않는다. 그건 그의 아버지인 김일성도 그랬다. 충성을 맹세하고, 그

---

99) 이란, 이라크, 북한.

100) 미국, 러시아, 영국, 프랑스, 중국, 인도, 파키스탄, 북한. 실제론 가지고 있지만, 보유선언을 하지 않은 이스라엘을 포함하면 지구상 9개 나라가 핵무기를 가지고 있다.

것을 몸으로 보여준 자들만을 가까이 한다. 충성스런 부하들에 겐 계급 정년이 없다. 따라서 자연사나 숙청 이외의 군 수뇌부 교체는 없다.

국방위원회나 조선노동당 중앙군사위원회 회의를 할 때면 가 슴에 주렁주렁 매단 훈장의 무게조차 버거워하는 노인들이 모인 다. 82살 조명록,101) 80살 오극렬, 79살 김영춘, 77살 김일철, 75 살 리영호, 74살 우동측, 73살 주상성 등등. 차수, 대장 계급장을 단 이들은 충성의 대가로 김정일로부터 별장과 벤츠를 선물 받았 고 정기적으로 최고급 양주와 돈도 받는다.

김정일은 이들 노장들에게 군 지휘권을 나누어 맡겼다. 노장들 은 권력자의 신임을 이용해 자신을 정점으로 하는 군내 파벌을 이루었다. 파벌들은 자파의 인물을 주요 보직에 앉히기 위해 극 렬하게 권력투쟁을 벌였고, 한 번 차지한 자리는 파벌 내에서 독 점했다.

60만 대한민국 군도 규모에 비해 장성 수가 많은 비대칭형이 다. 그러나 120만 인민군의 장성은 한국군의 3배 가까운 1,300명 이다. 죽을 때까지 현역에서 물러나지 않는 늙은 '꼰대'들로 인한 엄청난 인사적체 탓이다. 김정일과 그의 아버지 김일성은 승진하 지 못해 불만을 가진 장교들이 일을 저지를까 불안했다. 그래서 끊임없이 별 자리를 만들었다. 그 결과 장성과 영관급 장교들이 과도하게 많은 기형적 군대가 되었다. 지휘할 병사가 없는 장교 가 수두룩한 것이다.

인민군 장성 중엔 이런 상황에 넌덜머리를 내는 부류가 있었 다. 이들은 어느 파벌에도 속하지 않았다. 만주에서 항일 빨치산

---

101) 조명록: 북한 인민군 차수. 국방위원회 제1 부위원장. 오진우가 김일성의 군부 최측근이었다면, 공군 사령관 출신의 조명록은 김정일의 최측근이었다. 2010년 11월 6일 사망했다.

활동을 했던 김일성은 군대의 척추인 장교 육성에 관심이 많았다. 그래서 김일성군사종합대학 출신 중에서 매년 수십 명씩을 뽑아 옛 공산권 국가로 유학 보냈다.

공부를 마치고 돌아온 그들은 군내 엘리트로 자리 잡았다. 이들이 장성으로 진급을 할 수 있었던 건 파벌 간 대립의 어부지리였다. 이해관계가 엇갈리는 자리엔 무파벌 엘리트들을 배치하여 완충 역할을 하도록 파벌 수장들이 암묵적으로 합의한 것이다.

황상도의 아버지 황철식 소장도 그렇게 장성이 된 사람 중의 하나였다. 그는 신처럼 떠받들어 모셔지는 절대 권력자에게 충성을 바치고 싶지 않았다. 조국과 인민에 충성을 다하고자 했다. 그렇기에 물자가 부족해서 군사 훈련을 못하는데도 최고급 위스키와 와인을 마셔대는 군 수뇌부 꼰대들을 경멸했다. 또 인민들은 굶어 죽어 가는데 초호화 별장 수십 개를 건축하고, 아버지 동상에 금박을 입히는 권력자를 증오했다.

북한에서 군사 쿠데타 모의가 빈번했던 시기는 김일성에서 김정일로 권력이 넘어갈 때였다. 황철식과 비슷한 생각을 가진 군인과 조선노동당 고위 간부들이 권력 세습에 대한 거부감으로 쿠데타102)를 준비했던 것이다. 쿠데타 모의는 김정일이 확고하게 권력을 거머쥐자 사그라졌다.

그런데 2009년 초 김정일이 뇌졸중으로 쓰러졌다가 간신히 일어났다. 그가 쓰러진 후 권력의 공백과 혼란이 생기자 3대 세습 작업이 시작되었다. 스물일곱 살 먹은 김정일의 셋째 아들 김정

---

102) 1993년 인민무력부 부총참모장이었던 안종호를 중심으로 소련 푸룬제군사학교 유학생 출신 장성 11명이 쿠데타를 기도하다 발각되어 전원 처형당했다. 1995년 함경북도 청진의 6군단에서 정치위원을 중심으로 쿠데타를 준비했다. 이 사건엔 함경북도 당 책임비서, 군단 국가안전보위부장, 인민보안성 부부장 등 군, 당, 행정기관장들이 대거 가담했고, 처벌받은 이들이 400명에 이른다.

은을 대장으로 진급시킨 것이다. 거기에 김정은의 후견인이자 김정일의 여동생 김경희의 어깨에도 별 넷이 달렸다.

인민군 장성들이 동요했다. 평생 군복을 입어 본 적이 없는 새파란 젊은 놈과 일흔 먹은 할머니를 하루아침에 대장으로 만드니 말이다. 특히 황철식 같은 무파벌 장성들은 인민의 군대에 대한 모욕이라 여겼다.

권력 이양기를 맞아, 숨죽이고 있던 이들이 서로 비밀리에 연락을 취했다. 그렇게 모인 9명은 더 이상 참고 지켜 볼 수가 없다고 의견을 모았다. 쿠데타를 결의했다. 그러나 병력과 화력이 빈약했다.

이들이 지휘하는 청진, 회령, 무산의 후방 사단은 평양을 방어하는 평양방위사령부(평방사)나 김정일의 호위부대인 보위사령부와 인민무력부 직할부대에 비해 무력이 형편없었다. 인민군의 정예 부대는 늙은 꼰대들 파벌이 장악하고 있다.

김정일이 공식으로 후계자 선정을 머뭇거린 이유는 중국의 눈치를 보기 때문이었다. 중국 공산당 주석 후진타오는 북한의 3대 세습에 거부감을 표시한 적이 있었다. 황철식은 중국 공산당 지도부의 의도를 알고 싶었다. 마침 김정일의 큰 아들 김정남이 아버지 병문안 차 북한에 돌아와 있었다. 아버지의 눈 밖에 나 마카오로 쫓겨난 김정남은 중국 지도부에 상당한 인맥을 구축했다. 황철식은 김정남에게 접근했다.

김정남은 평양 중구역에 위치한 '우암각'이라는 특각(특급 호텔)에 머물고 있었다. 그는 아버지 김정일이 그러는 것처럼 매일 파티를 벌였다. 비밀 호화 파티를 통해 당과 군에 자신의 세력을 구축하려 한 것이다. 황철식은 파티에서 평양에 파견된 중국 국가안전부(국안부/MSS) 요원을 만날 수 있었다. 그에게 슬쩍 인민군 장성들의 불만을 전했다.

며칠 후 국안부 평양 책임자로부터 은밀히 만나자는 연락이 왔다. 13억 인구의 인적 정보 대국은 이미 황철식과 그의 동지들에 대한 정보를 꿰고 있었다. 국안부 평양 책임자는 북한에 내부적인 군사변동이 일어나더라도 중국은 관여할 의사가 없다고 말했다.

자신감을 얻은 황철식과 동지들은 평방사에서 동조자들을 탐색했다. 자신들이 지휘하는 야전군에 평방사 병력을 끌어들이면 해볼 만하다고 판단했다. 어디든 불만을 가진 사람들은 있기 마련이다. 평양에서의 세력 규합은 인민무력부 정찰총국에 근무 중이던 황철식의 아들 황상도가 힘을 보탰다. 쿠데타 준비는 은밀히 속도를 붙여나갔다. 그러나 갑자기 황철식이 체포되면서 거사를 준비하던 세력이 붕괴되었다.

권력 승계자의 입장에선 비록 거세되었어도 김정남은 현존하는 잠재적 위험이다. 김정은은 비밀 파티를 벌이며 세력을 모으는 듯한 이복형의 행동을 보고만 있지 않았다. 김정은은 보위사령부 병력을 동원해 우암각에 쳐들어갔다. 김정남을 확실하게 제거하기 위해서였다. 그러나 김정남은 중국 정보기관의 도움으로 우암각을 빠져 나와 마카오로 도망쳤다. 화가 난 김정은은 우암각 직원들을 잡아다 분풀이를 했고, 그 과정에서 우암각 비밀 파티 참석자들이 드러난 것이다.

김정은은 황철식과 동조자들을 고문한 끝에 쿠데타 모의 사실을 알게 되었다. 그리고 중국 정보기관의 언질도 알게 되었다. 김정은은 국안부 평양 요원들을 대거 체포했다. 아들의 보고를 받은 김정일은 이 건을 기화로 중국에서 뭔가를 얻어내려 했다. 그는 성치 않은 몸으로 기차를 타고 중국에 가서 중국 지도부를 몰아 붙였다. 난처해진 후진타오는 김정은 후계체제를 인정할 수밖에 없었다. 2009년부터 2011년 초여름까지 연례행사처럼 이어진 김정일의 중국 방문은 이런 배경 때문이다.

황철식이 체포되자 쿠데타 동지 중 화를 피한 몇몇이 중국으로 망명해 버렸다. 평양에 파견한 부하들이 체포된 것도 마음이 상하는 일인데, 거기에 취조과정에서 맞기까지 했다는 보고를 받고 화가 치민 중국 국안부장은 이들을 숨겨주었고, 활동비까지 대주었다. 망명객들은 황철식의 아들에게 연락을 취했다.

황상도는 인민무력부 정찰총국 소좌였다. 정찰총국은 대남 첩보수집 기관이던 기존의 인민무력부 정찰국, 남한으로 간첩을 보내던 노동당 작전국, 해외 공작을 벌이던 노동당 35호실이 합쳐진 핵심 정보기관이다.

아버지의 동지들로부터 피신하라는 연락을 받았을 때, 황상도는 예멘의 아덴 항에 입항하려는 화물선 위에 있었다. 배에는 알 카에다에 팔아먹을 AK 소총과 탄약, RPG-7[103] 같은 무기가 가득 실려 있었다.

이란과 알 카에다에 무기를 팔고 달러를 벌어들이는 일은 김정일의 통치자금을 관리하는 노동당 39호실 소관이다. 무기는 무역 화물로 위장해서 은밀히 배달된다. 그런데 예멘 바로 옆의 소말리아 해적들이 문제였다. 이들은 국적을 가리지 않고 덤벼들었다.

해적들이 감히 최고 권력자의 통치자금을 위협하자 39호실 책임자 김동운은 정찰총국의 대부인 오극렬에게 지원을 요청했다.

---

103) RPG-7(Rocket-Propelled Grenade -7, 러시아어 Ручной Противотанковый Гранатомёт, РПГ -7): 옛 소련에서 개발한 대전차 로켓 발사기. 값싸고 구하기 쉬워 전 세계 게릴라의 필수 무기가 되었다. 중국의 '69식 화전통'은 RPG-7을 약간 개량한 것이고, 북한에서는 '7호 발사관'이라는 이름으로 만들고 있다.

그래서 정찰국의 정예 요원인 황상도와 5명의 특수전 요원이 선원을 가장해서 화물선에 타게 된 것이다. 상도의 첫 항해는 2008년 원자력 발전 설비와 터빈을 싣고 페르시아 만을 거슬러 이란의 부쉬르[104] 항에 간 것이다.

예멘은 이번이 두 번째 방문이었다. 항구엔 예멘 북한대사관 무관들이 나와 있었다. 그들은 상도를 체포한 후 선실에 가두고 북으로 압송할 계획이었다. 상도는 입항 대기 중이던 배에서 뛰어내렸다. 부하들과 선원들은 그를 막지 않았다. 존경했던 상관에 대한 마지막 예의였다.

3km를 헤엄친 끝에 항구에서 조금 떨어진 한적한 해변에 도달한 수 있었다. 피신할 곳을 찾아야 했다. 열흘 동안 아덴 항 주변을 배회했다. 북한 화물선이 돌아간 후 아덴 항의 알 카에다 아라비아반도 지부 비밀 아지트를 찾아갔다. 지난번 왔을 때 무기 인수인계를 하며 안면을 튼 알 카에다 간부를 만났다. 그는 거래처 무관들에게 쫓기는 상도의 처지를 안타깝게 여기진 않았다. 그러나 특수전 교관으로서의 가치엔 관심이 있었다.

AQAP 캠프 훈련소장 올라키는 상도를 철저히 통제했다. 한 달에 한 번 있는 이틀 동안의 휴가에도 감시원들을 붙였다. 그는 순혈 알 카에다가 아닌 교관은 믿지 않았다. 올라키는 계약기간이 끝난 교관이 귀국을 원하면 그를 귀환시켰다. 전임 교관이던 프랑스 외인부대[105] 출신의 세르비아인은 저승으로 보내졌다.

---

104) 부쉬르(Büshehr): 페르시아 만에 위치한 이란의 주요 항구. 배후에 핵무기 개발용으로 의심받는 원자력발전소가 있다.

105) 레지옹 에뜨랑제(Légion Étrangère): 캐피블랑(흰색 깡통모자)으로 잘 알려진 다국적 프랑스 용병부대. 1831년 알제리 독립운동을 진압하기 위해 창설되었다. 이후 프랑스 식민지를 중심으로 파병되어 명성을 드높였지만 1953년 디엔비엔푸(Điện Biên Phủ) 전투에서 베트남군에 의해 부대가 궤멸되는 참패를 겪기도 했다. 지금까지 35,000회의 교전 기록을 가지고 있으며 "용기를 버리기보다는 차라리 목숨을 버리겠다"는 부대 표어가 상징하듯 훈련 강도가 세다고 알려져 있다. 현재 8,500명 규모로 러시아, 동유럽 출신이 많다.

이런 식으로 알 카에다 훈련소의 비밀을 유지하는 것을 상도도 눈치 챘다. 그는 매월 휴가를 이용해 중국으로 망명한 아버지의 동지들에게 도움을 청했다. 그리고 지난달 어렵게 중국에서 보낸 여권과 투라야 위성폰을 손에 쥐었다.

충분히 휴식을 취한 낙타가 몸을 일으켰다. 낙타가 회복되었으니 준비는 다 끝난 셈이다. 몇 달 전부터 이런 기회를 노려 왔다. 그 때문에 과도하게 낙타를 혹사시켰고, 큰 의심받지 않고 아부잔달을 멀찌감치 떼어낼 수 있었다. 이젠 사막을 가로질러 달아나기만 하면 된다.

그러나 상도는 낙타에 올라타지 못했다. 인질이 한국인일 거라는 생각이 그의 발목을 잡고 있었다. 낙타의 고삐를 손에 쥔 그는 맞닥뜨린 상황에 대해 여전히 갈피를 잡지 못했다.

배두인족의 보름달 축제는 이슬람력 여덟 번째 달의 보름달 아래에서 춤과 노래를 즐기는 만월제다. 달빛을 사랑하는 배두인족의 전통축제라고 하지만, 실상은 14일 뒤부터 시작될 라마단과 관련이 있다. 한 달 간 금식과 금욕을 해야 하므로 미리 많이 먹고 신나게 놀아두려는 현실적인 욕구가 숨겨져 있는 것이다.

달의 모습을 보며 보름달 축제의 시작을 선포하는 것은 셰이크의 큰 권한 중 하나다. 셰이크는 언덕에 올라가 쌍안경으로 달의 모양을 살피고 있었다. 그의 쌍안경에 아주 희미한 불빛이 잡혔다. 자세히 보니 여섯 마리의 낙타와 그 위에 널브러져 매달린 사람들이었다. 즉시 부하들을 보내 그들을 데려오게 했다.

태주 일행은 정말 운이 좋았다. 영리한 동물인 낙타는 주인들

월 급여는 병장급이 700만 원 선이고, 5년 간 복무하면 프랑스 국적을 취득할 자격이 부여된다.

이 방향을 정해주지 않자, 땅 위에 새겨진 다른 낙타들의 체취를 따라 움직였고, 그곳에 셰이크가 있었다.

기절했다 깨어난 하메드는 물조차 마음껏 마시지 못했다. 하산은 동생이 가져 온 낙타 젖을 조금씩 마셨다. 태주는 세상의 물을 모두 마실 것처럼 들이켰다. 바짝 마른 오징어를 물에 담근 것처럼 조금씩 몸의 세포가 살아나는 것 같았다. 셰이크는 태주의 입에 암염 덩이를 넣어주었다. 혈액 내 염분이 부족하면 물중독으로 죽을 수도 있다.

베두인족 마을은 축제 준비로 분주했다. 셰이크는 천막 앞 말뚝에 매인 낙타와 양들에게 알라를 대신해 축복을 내려주었다. 조금 떨어진 곳에선 남자들이 숫돌에 잠비야를 갈고 있었다. 무슬림들은 아무 고기나 먹지 않는다. 종교 지도자 이맘이 알라께 감사드리고 제물에 축복을 내린 것만 먹는다. 그런 고기를 할랄이라 한다. 가축을 잡을 때 축복을 내리는 것은 이맘을 겸하고 있는 셰이크의 중요한 사명 중 하나다.

오늘밤 세상을 하직할 짐승들에게 축복을 내려준 셰이크는 자신의 집무실인 베잇타쉬알의 마후라지로 태주 일행을 안내했다. 셰이크는 물담배를 빨며 태주에게도 권했다. 바짝 마른 폐에 연기가 들어가자 허파에 쌓인 모래먼지가 요동치는 것 같았다. 손님이 아닌 하산은 축제 준비를 돕는다며 슬그머니 천막을 나갔다.

태주는 눈을 지그시 감은 채 물담배 향을 음미하는 셰이크를 찬찬히 살펴보았다. 그러면서 셰이크가 어느 선까지 용납할 수 있는지 계산해 보았다.

일단 돈. 돈은 누구든 필요하고 좋아한다. 셰이크처럼 비공식적이지만 영역을 통치하고 병력을 유지한다면 더욱 그렇다. 셰이크가 인질의 가치를 얼마 정도로 여기는지에 따라 달라지는 액수가 문제일 것이다.

그런데 돈과 정치적 계산이 결합되면 좀 복잡해진다. 일단 정치적 문제는 단기간 내에 해결할 수 없다. 때문에 정치적 시간을 돈으로 단축시켜야 한다. 몸값이 엄청나게 올라갈 것이다.

최악의 경우는 100% 정치적 인질이다. 이 경우엔 돈도 무용지물이다. 기회를 노려 탈출하는 수밖에 없다. 하지만 사막에서 베두인족에게 추격당하는 건 그리 바람직한 상황이 아니다. 태주는 낙타에 실린, 모래 폭풍 속에서 유일하게 잃어버리지 않은 다이너마이트 박스를 염두에 두었다.

"어쩌다가 사막에서 조난 당한 것이오?"

셰이크가 안쓰럽다는 듯 물었다. 셰이크에겐 머리싸움을 하는 것보다 진심의 호소가 잘 통하리라는 예감이 태주의 가슴에 와 닿았다.

"저는 한태줍니다. 셰이크께서 한국인 청년을 데리고 있는 걸 알고 왔습니다. 한국에 있는 부모는 자식이 돌아오길 애타게 기다리고 있습니다. 청년을 한국으로 데려가려고 제가 온 것입니다."

셰이크는 놀랐다. 사우브와 잠비야를 차고 있는 이 사람이 인질을 데려가겠다고 온 한국인이라니.

"맞소. 내가 한국인 하나를 데리고 있긴 하오."

"그 청년의 죄가 무엇입니까? 혹시 그 청년이 셰이크나 베두인족에게 잘못을 저지른 적이 있습니까?"

셰이크는 허를 찔린 느낌이었다. 원로회의 결과를 마지못해 추인했지만, 원수가 아닌 이방인을 인질로 삼는 건 신실한 무슬림으로서 꺼림칙한 일이다. 핑계 거리를 만들어야 했다.

"그는 큰 잘못을 저지르진 않았소. 다만 신성한 우리 부족의 영역에서 불경한 짓거릴 하려 했고 또 내 낙타에게 총질을 하려 했소. 마침 곁을 지나던 우리 전사들이 두 사람을 데려온 것도 알라의 뜻이겠지. 인샬라!"

태주는 희망의 빛을 보았다. 셰이크가 불경한 짓거리를 저지른 방성태를 적으로 여기진 않는다는 것을 안 것이다. 가족이나 친구 아니면 적인 인간관계에서 적이 아닌 인질이라면 풀어줄 가능성이 매우 높다. 태주는 셰이크에게 적당히 몸값을 내면 방성태를 데려올 수 있으리라는 판단이 섰다.

"인샬라! 알라의 뜻으로 제가 여기 온 겁니다. 알라께서는 거센 모래 폭풍 속에서도 청년과 바꿀 선물을 지켜주셨습니다."

"당신이 가져온 알라의 선물이 뭐요?"

"다이너마이트 한 박스와 석방 보상금입니다."

셰이크는 무릎을 쳤다. 머릿수가 월등한 베두인족이 십여 명의 용병들에게 밀리는 것은 무기의 차이다. 다이너마이트를 확보하고 석방 보상금으로 RPG-7을 구입하면 베두인족의 무력이 급상승하게 된다. 폭탄과 로켓포만 갖추면 굳이 알 카에다의 힘을 빌리지 않고도 싸워볼 만하다.

셰이크의 머리 속엔 새로운 전술이 그려졌다. 여러 곳의 시추 장비와 시설에 동시에 다이너마이트를 터뜨려 용병들을 분산시킨다. 그리고 매복해 있다가 그들이 달려오면 RPG 포탄을 안겨주는 것이다. 베두인 전사들은 눈을 감고도 다닐 만큼 이쪽 지형에 밝다. 아침, 점심, 저녁으로 치고 빠지는 게릴라 전술을 쉴새 없이 펴면서 녀석들의 진을 빼는 것이다. 둘 중 하나는 지쳐서 나가떨어질 테고, 동료의 시체를 떠메고 퇴각하는 건 당연히 용병들일 것이다.

알 카에다는 말로는 형제를 찾지만 RPG를 살 돈과 다이너마이트를 주지 않는다. 그러나 눈 앞의 한국인은 그것을 가져왔다. 셰이크는 어쩌면 이것이 알라의 뜻일지도 모른다는 생각이 들었다.

"좋소. 보름달 축제날 찾아온 손님이 알라의 뜻이라면 받아들이겠소. 석방보상금은 얼마나 준비됐소?"

"먼저 한국 청년을 만나본 다음에 말씀 드리겠습니다. 10분 정도면 됩니다."

셰이크의 허락을 받은 태주는 성태가 갇힌 천막으로 갔다. 성태는 태주를 보자 흥분했다.

"아이구, 한국대사관에서 왔죠? 왜 이제야 왔어요? 나 죽도록 얻어 터졌어요. 저 새끼들 가만 놔두지 마세요. 먼저 이것 좀 풀어줘요. 그런데 대한민국 대사관은 자국민이 이렇게 개고생 했는데도 이틀 간 뭘 했어요? 이거 직무유기 아니에요?"

"나 대사관 사람 아니거든! 그러니 널 구해 줄 의무도, 풀어 줄 계획도 없어."

"뭐 하시는 분이세요?"

"그냥 지나가던 사람."

"지나가는 사람이라도 우린 마늘 먹고 인간된 웅녀의 자손 아니에요? 외국에선 동포끼리 돕고 살아야죠. 안 그래요?"

"같은 민족이라… 그거 심금을 울리는 말이지. 눈물이 나려 하네. 좋아! 뭘 원해? 내가 차근차근 도와줄게!"

"일단 경찰에 신고부터 해주세요. 이놈들 아주 질이 나쁜 놈들이에요. 납치에 폭행에… 어제 내 여친을 데려갔는데, 아마도 늙다리 족장 놈이 먹어 버렸을 거예요."

"너 교회 다니지? 그럼 이렇게 이야기해 보자고. 니네 교회 앞마당에서 어떤 연놈이 몸을 섞고 있어. 그걸 보면 기분이 좋겠냐? 나쁘겠냐?"

"열 받죠. 개새끼도 아닌데 길거리에서 떡을… 근데 그거랑 이 거랑 같아요? 교회는 성스러운 곳이고, 여긴 황량한 사막인데."

"니가 황량하다고 한 곳이, 이 사람들에겐 신성한 땅이야. 설령 경찰에 신고한다 해도, 남의 땅에서 뻘짓거리 하다가 잡혀 온 외 국인을 구하러 사막 건너 올 예멘 경찰은 없어!"

"한국에 연락 좀 해주세요. 한국 정부에서 이 빌어먹을 예멘 정부 놈들에게 압력을 넣을 거에요."

"미국 대통령 케네디가 이런 말을 했지. 국가에 뭘 해달라고 징징대며 진상 떨지 말라고."

"그럼 울 아버지한테 전화 좀 하게 해주세요. 울 아버지, 파워 맨이에요. 한국의 사회 지도층이란 말이에요. 아버지 한 마디면 대통령도 두손 모으고 무릎 꿇어요. 아마 당장 특공대를 보낼걸 요!"

"특공대? 흥! 너, 병역 면제 받았지? 그래서 잘 모르나 본데, 네 나이 또래 대한민국 육군 병장 월급이 얼만지 알아? 무려 5만 원이야!

너 같은 신의 아들 때문에 월급 5만 원짜리가 여기 왔다가 잘 못되면 어떻게 되는지 알아? 대한민국 국민이 낸 세금에서 장례 보조비를 지급받아. 그게 거금 9,000원이야!

사지육신, 아니 오지육신 멀쩡하면서도 국민의 의무를 외면한 네가, 국민된 도리를 다하기 위해 어쩔 수 없이 청춘을 희생하고 있는 그들을 부른다는 건 빈대의 콩팥을 빼먹는 짓 아니냐?"

"그건 융통성 없는 걔네들 사정이고, 난 대한민국의 귀중한 자 원이란 말이에요. 자유민주주주의 국가에선 타고난 능력을 발휘 하며 사는 거잖아요. 대한민국의 미래를 책임질 나 같은 인재가 이런 데서 개고생하는 건 말도 안 돼요. 한국에 큰 보탬이 될 사람의 에너지를 갉아먹는 일이라고요!"

"여기저기 싸돌아 다니면서 여성들 농락하고, 애비 없는 자식들 만들어 놓은 게 대한민국 발전의 에너지 분출이었냐?"

"그건… 어쨌든 여기서 나가게 해주세요. 제발요. 한국에 돌아가고 싶어요."

"네 앞엔 두 가지의 선택이 있다. 첫 번째, 니가 가진 돈 다 털어서 셰이크의 자비를 구하는 방법. 두 번째는 평생 이 사막에서 모래먼지 마시며 낙타 치고, 까트 씹으며 보내는 것. 어떤 걸 고를래?"

"처음이 좋은데… 돈…이 없어요. 가난한 대학생이에요."

"그토록 가난하셔서 베엠베 760을 렌트해서 다녔구나? 비행기도 퍼스트나 비즈니스 아니면 안 타고? 아직 정신 못 차렸군. 그냥 여기 눌러앉아라. 살다 보면 정 들고, 내 나라 되는 거지. 더구나 이슬람으로 개종하면 마누라도 여럿 둘 수 있잖아. 물론 니가 얼마나 낙타를 잘 잡느냐에 따라 몸매가 달라지겠지만."

"어떻게 생겼는지도 모르는 여자를 몇 명씩 거느려서 뭐해요! 그리고 내가 여기서 뭘 하겠어요? 낙타나 잡고 까트나 씹으며 못 살아요. 난 꿈이 있어요. 그 꿈을 위해 이 후진 나라에 주저앉을 순 없다구요!"

"싫다고 해도 넌 사막에서 낙타 똥 치며 살 수밖에 없어. 혹시 아냐? 여기 룹 알하리 사막 복판에서 살다 보면 니 삶에 대해 반성하고 깨우칠지. 예수, 석가모니, 무함마드도 광야에서 홀로 번민하다가 깨우쳤단다. 사막이란 데가 말야, 너도 겪어봤다시피 인생의 바닥을 경험할 수 있는 막장 중의 막장이거든."

"아악! 제발 그만 하세요."

성태는 눈물을 글썽이며 가랑이 사이에 차고 있던 전대에서 달러 뭉치를 꺼내 놓았다. 다섯 뭉치. 5만 달러다.

"냄새 끝내준다. 너 돈 독이 얼마나 무서운 건지 안 겪어봤지? 까딱하다간 평생 발기부전이야!"

5만 달러를 품속에 넣은 태주는 다시 셰이크의 응접실을 찾았다. 응접실에는 셰이크 앞에 아랍 청년 하나가 앉아 있었다. 두건과 어깨에 흙먼지를 잔뜩 뒤집어쓴 걸로 봐선 방금 사막을 건너온 듯 했다. 셰이크의 표정이 곤혹스러워 보였다. 하메드도 눈을 깜빡거리며 경고를 보냈다. 원인은 아랍 청년인 듯했다.

태주는 범상치 않은 기운을 풍기는 아랍 청년을 유심히 보았다. 몸을 감싼 아랍 복장 뒤로 탄탄한 몸이 느껴졌다. 주먹엔 굳은살이 박혀 있었다. 격투 훈련을 열심히 한 증거다. 왼쪽 눈가엔 미세한 주름이 잡혀 있었다. 그 눈을 감고 뭔가를 꾸준히 했을 것이다. 왼쪽 눈을 감고 하는 일은 사진과 사격 외엔 없다. 태주는 그가 열심히 한 것이 사진은 아니리라 판단했다. 그의 거친 손이 증명해주고 있었다.

"여기 계신 분들 모두 먼 길을 온 내 손님이오. 골치 아픈 이야긴 나중에 합시다. 오늘밤은 우리 베두인족의 축제날이오. 모두 나가서 마음껏 먹고 알라의 축복을 받으시오."

어색한 침묵을 깨고 셰이크가 일어섰다. 주인이 천막을 나서자 손님들도 따라 나설 수밖에 없었다. 아랍 청년은 불만이 가득한 표정으로 셰이크의 뒤를 따랐다. 하메드가 천막을 나서는 태주의 소매 끝을 잡아당겼다.

"저 녀석, 이름이 아부 잔달이라고 하던데요. 알 카에답니다. 셰이크가 그쪽에 인질을 넘겨주겠다고 했나 봐요. 데리러 왔다고 하네요. 조심해야 돼요."

"인질을 데리고 이곳을 떠야겠어요. 준비하고 있어요."

환한 보름달 아래 베두인족의 축제가 시작되었다. 모래 바닥에 양탄자를 깔고 베두인족들이 둘러앉았다. 셰이크가 축제의 시작을 선포하자 악사들이 현을 켜고, 북을 두드리며, 가죽피리를 불었다. 베두인족의 전통 악기 소리가 어둠을 가르며 사막으로 퍼져나갔다.

베두인족은 달빛과 별빛 아래의 사막을 좋아했다. 그래서 이들은 도시에 정착할 수 없다. 중동의 각국 정부가 사막의 베두인족에게 무상으로 집을 주고, 도시 정착을 유도했지만 이들은 다시 사막으로 되돌아갔다. 언제든 환한 빛을 밝히는 전등과 손만 대면 물이 콸콸 나오는 수도보다는, 불편해도 밤하늘 아래 마음껏 춤추고 노래 부를 수 있는 사막을 택한 것이다.

셰이크의 축복을 받은 낙타들이 바비큐가 되어 등장했다. 함께 축복을 받은 양들은 낙타의 뱃속에 들어가 있었다. 그리고 양의 뱃속엔 감자와 옥수수가 가득했다. 잘 익은 고기 냄새가 사막을 진동했다.

흥이 오른 중년의 베두인족이 노래를 부르기 시작하자, 청년들 몇이 손뼉을 치며 악기처럼 리듬을 탔다. 심즈메이니아라 부르는 베두인족의 손뼉 리듬은 자연 속에서 사는 행복과 그것을 베풀어준 알라의 축복을 노래한다. 여기저기서 호르륵 호르륵 휘파람 소리가 터져나왔다.

셰이크는 부족 원로들과 함께 낙타와 양고기를 뜯고 있었다. 태주는 셰이크에게 눈짓을 보냈다. 신호를 알아차린 셰이크가 고갯짓으로 천막을 가리켰다. 천막 응접실에 앉은 셰이크는 달러 뭉치를 보자 흡족했다. 이 정도면 RPG-7 10정과 로켓 포탄을 살 수 있다. 셰이크는 부족 원로들이 축제를 즐기는 동안 조용히 빠져 나가라고 했다.

태주와 하메드, 하산, 성태, 앨리스는 셰이크의 천막 뒤편에 모였다. 앨리스는 성태를 외면한 채 태주 곁에 꼭 붙어 있었다.

"이 년이 누구 돈으로 풀려나는 건데…."

성태는 이곳을 빠져나가기만 하면 스크랩북에 저 악독한 년의 붉은 털을 붙여버리리라 결심했다. 잠시 후 셰이크와 부관이 다섯 마리의 낙타를 끌고 왔다. 셰이크는 하산에게 사막의 길을 알려 주었고, 태주에겐 AK 소총 한 자루를 건네주었다. 하산을 선두로 태주 일행이 소리 죽여 베두인족 마을을 나섰다.

그런데 조금 떨어진 천막의 어둠 속에서 누군가 이 모습을 지켜보고 있었다. 눈에 분노를 가득 담은 아부 잔달이었다. 태주 일행이 마을을 벗어나자 그도 조용히 낙타에 올랐다.

갈등을 겪던 상도는 결국 베두인 마을로 향하던 중이었다. 사막의 밤은 소리를 멀리 퍼뜨린다. 상도의 귀에 바람에 실려 오는 소리가 들렸다. 그는 바람이 불어오는 방향으로 나아갔다. 저 멀리 어둠 속에서 심상찮은 기운이 느껴졌다.

상도는 낙타에서 내려 소리가 들리는 곳으로 다가갔다. 언덕 아래 여섯 명의 윤곽이 눈에 잡혔다. 상도의 정면으로 보이는 건 아부 잔달이다. 그는 살결이 흰 여자의 목덜미에 달빛마저 가를 정도로 날이 선 잠비야를 들이대고 있다. 아부 잔달이 움직일 때마다 칼날도 움직였고 여자는 비명을 질러댔다. 아부 잔달의 발치엔 몸을 웅크린 한 남자가 숨넘어가는 두꺼비처럼 신음을 게워내고 있다.

아부 잔달이 다른 손에 쥐고 있는 AK의 총구를 따라가면 작은 바위 뒤에 몸을 숨긴 한 남자가 AK 소총을 겨누고 있다. 그와 아부 잔달은 서로 총을 버리라고 소리치며 대치 중이다. 멀찌감치 낙타 뒤로 숨은 두 명의 아랍인은 멀뚱히 서서 사태를 관망 중이다.

상도는 바위 뒤에 있는 남자를 자세히 보았다. 안정된 사격 자세를 갖춘 그의 얼굴은 분명 한국인의 생김새였다. 그럼 쓰러져서 간간이 '씨부랄!'을 토해내는 놈은? 상도는 의문이 생겼다. 한국인이 하나가 아니었나?

땅바닥에선 작은 울림이 계속 전해져 왔다. 낙타 발굽 소리다. 그와 아부 잔달이 왔던 방향에서 달려오고 있다. 알 카에다 요원들일 것이다. 인질을 데려오는 아부 잔달을 응원하려고 나왔으리라.

상도는 결정을 내려야 했다. 알 카에다 훈련소로 돌아갈 생각은 없다. 올라키는 계약기간이 거의 끝난 자신을 가만 놔두지 않을 것이다. 이대로 돌아가면 더 이상 기회가 없을지 모른다. 늦기 전에 이 자리를 떠서 사막을 가로지르면 알 카에다의 위협에서 벗어날 수 있다. 와하이시와 참모들이 인질에 관심을 쏟는 동안이면 예멘을 탈출하기에 충분한 시간이다.

그러나 자리를 벗어나려 해도 발이 떨어지지 않았다. 저들을 버리고 가는 건 비겁한 짓이라는 외침이 머리 속을 떠다녔다. 낙타 뒤에 서서 소 닭 보듯 이 상황을 지켜보기만 하는 아랍인들은 풀려날 것이다. 그들은 동조자로 포섭되어 알 카에다의 정보원이 될 것이다. 그러나 나머지 셋은 죽임을 당하게 될 것이다. 그중엔 같은 민족도 둘이나 있다. 미우나 고우나 피는 물보다 진하다. 비록 그들이 남조선 인민이라 해도 말이다.

상도가 아부 잔달을 부르며 언덕 아래로 내달렸다. 원군을 얻은 아부 잔달은 자신감에 찬 소리로 자신의 위치를 알렸다. 상도는 바위 쪽으로 총을 겨눈 채 아부 잔달의 뒤편으로 달려갔다.

한편 또 다른 남자를 적으로 맞은 태주의 심경은 절망으로 얼룩졌다. 그는 베두인족 마을을 떠나며 한껏 긴장했다. 셰이크가 건네 준 AK 소총을 한 손에 든 채 사방을 경계했다. 일행은 밤새 낙타를 타고 달렸다.

위기를 벗어나면 마음을 놓기 마련이다. 베두인족 마을에서 멀어질수록 긴장이 조금씩 풀려갔다. 새벽 즈음이 되자 태주의 경계도 느슨해졌다. 사건은 항상 그럴 때 터진다. 작은 언덕을 지날 때 갑자기 낙타 한 마리가 튀어나오며 공중에 총을 갈겼다. 그 바람에 성태가 탄 낙타가 놀라며 요동쳤고, 비틀거리던 그는 다른 낙타에 타고 있던 앨리스에게 엉겼다.

성태와 앨리스가 땅바닥에 떨어지자, 아부 잔달은 그들의 등 뒤에 총을 겨눴다. 곧이어 아부 잔달이 성태의 가랑이 사이에 강력한 킥을 날렸다. 아부 잔달은 영악한 놈이었다. 낭심을 얻어맞으면 남자는 온몸의 힘이 빠진다. 저항은커녕 비명 지를 힘조차 남아 있질 않게 된다. 낭심 걷어차기는 북한 특수부대 격투술의 핵심 요소다. 태주는 아부 잔달이 누구에게 저런 훈련을 받았는지 의아했다.

예기치 않은 위기가 닥쳤을 때는 시간을 허비하면 안 된다. 상황을 파악하고 유리한 점과 불리한 점을 분석해 유리한 방향을 파고들어야 한다. 태주의 이점은 바위 뒤에 은폐하고 있다는 것이다. 반면 아부 잔달은 앨리스의 뒤에 서 있기에 몸이 노출될 수밖에 없다. 태주는 그 점을 노렸다.

태주는 아부 잔달의 머리로 총을 겨냥했다. 그러나 베두인족을 환히 비추던 보름달은 이미 빛을 잃고 지평선 쪽으로 떨어져 갔다. 단 한 발에 아부 잔달을 정확히 맞추기엔 어두웠고, 아부 잔달도 영악하게 앨리스의 몸 뒤로 숨어 있었다.

기회를 노리며 대치하던 중 한 사내가 아부 잔달에게 합류했다. 이 사내는 특수훈련을 오래 받았을 것이다. 언덕을 내려오는 자세가 무척이나 날렵했다.

태주의 의문은 풀렸다. 모래 언덕을 내려오던 남자가 아부 잔달을 부를 때 북한 억양을 드러낸 것이다. 인질이 잡혀 있어 아부 잔달 하나도 힘든데, 거기에 특수훈련을 받은 북한인까지 상대해야 하는 태주의 마음은 달빛이 사라진 사막만큼이나 어두워졌다.

그런데 잠시 후 놀라운 일이 벌어졌다. 우두둑 소리와 함께 아부 잔달이 힘없이 바닥에 쓰러진 것이다. 아부 잔달의 목을 꺾은 건 북한인이었다. 그가 낮은 목소리로 외쳤다.

"쏘지 마시오. 알 카에다 놈들이 오고 있소. 날래 이 자리를 뜹세."

상도가 겁에 질린 앨리스를 낙타에 태우는 동안 태주는 정신 못 차리는 성태를 낙타에 실었다. 성태는 온전히 앉아 있질 못했다. 할 수 없이 낙타 등에 널브러뜨리고 줄로 묶었다. 태주는 상도가 가는 방향으로 달렸다. 어둠을 뚫고 낙타를 몰던 태주가 상도에게 다가와 물었다.

"한태주라고 합니다. 도와주셔서 고맙습니다. 그런데 누구십니까?"

"이름은 뭐…. 그냥 지나가다 도와준 거라 생각하시오."

"북한 분 같은데, 어쨌든 신세졌습니다. 나중에 기회 되면 꼭 보답해 드리겠습니다."

"우린 같은 민족이오. 북조선과 남조선으로 나뉘었지만 같은 말 쓰고 김치를 먹는단 말이오. 휴전선에서야 서로 싸울진 몰라도, 밖에선 내 민족 편드는 건 당연하오. 신경 쓰지 마시오."

총소리가 요란하게 울렸다. 허공에 대고 쏘는 것이다. 총소리는 총구의 방향이 수직일 때와 수평일 때의 울림이 다르다. 응원 나온 알 카에다 요원들이 쓰러진 아부 잔달을 발견하고 분노의 총질을 하는 것이리라.

달려온 거리는 3km 남짓 되었다. 금세 따라 잡힐 수 있는 간격이다.

"어디로 가는 겁니까?"

"사막 길은 나도 잘 모르오. 일단 저들로부터 멀어져야 하니까, 그들이 오는 것과 반대 방향으로 가는 거요."

우선 어느 방향으로 가야 할지를 알아야 했다. 태주는 GPS를 확인했다. 그리고 목표가 생겼다. 진행 방향으로 30km 앞에 설정해놓은 지점이 있었다. BMW 760Li가 서 있는 곳이다. 거기까지만 가면 위기를 벗어나게 된다. 낙타의 주력은 차의 마력을 이길 수 없다. 태주가 방향을 선도했다.

알 카에다는 집요하게 쫓아왔다. 바람이 전해 준 그들의 목소리는 무척이나 격앙되어 있었다. 올라키가 선두에서 요원들을 이끄는 것 같았다. 그의 사나운 고함소리가 점점 크게 다가왔다. 상도가 태주에게 말했다.

"먼저 가라우. 내가 여기서 저들을 막고 있갔어."

"이 방향으로 계속 오십시오. 먼저 가서 차 시동 걸고 출발 준비해 놓겠습니다."

"20분만 기다려 주시오. 그 이후에도 내가 안 오면 그냥 가시오. 알갔소?"

"꼭 올 거라 믿겠습니다."

상도는 움푹 패인 모래 구덩이에 몸을 숨겼다. 그리고 어깨에서 AK-74를 풀었다. 씩씩거리는 올라키의 호통 소리와 함께 어둠 속에서 희미한 움직임이 보였다. 상도는 탄창을 확인했다. 30

발 가득 들어차 있었다.

시계의 시침이 숫자 5에 걸려 있었다. 먼 지평선 부근은 이미 희붐해졌다. 날이 밝아지면 극히 불리해진다. 추격자의 발을 잠시라도 잡아 놓고 자리를 떠야 한다.

타타탕~ 타타탕~. 상도의 총에서 불꽃이 튀었다. 표적을 겨냥한 건 아니었다. 하지만 효과는 충분했다. 달려오던 알 카에다 요원들이 모두 황급히 낙타에서 뛰어내려 바닥에 엎드렸다.

타타탕~ 타타탕~. 상도는 또 다시 3점사로 두 번 쐈다. 총알은 고개를 들고 전방을 노려보던 올라키와 알 카에다 전사들의 눈앞에 흙먼지를 피워 올렸다. 그들은 다시 납작 엎드렸다. 그리곤 총을 머리 위로 올려놓고 난사했다. 하지만 총알은 전부 상도에게서 멀찌감치 떨어진 곳으로 날아갔다. 그들은 총성이 시작된 방향은 알아냈지만 상도가 숨은 위치를 몰랐다.

알 카에다 요원들은 한참 동안 총을 난사했다. 몇 개의 총알이 상도가 숨은 모래 구덩이 끝에서 먼지를 일으켰다. 날이 조금씩 밝아지면서 목표물이 숨어 있을 만한 곳을 찾아낸 것이다.

일순 총소리가 그치고 소강상태가 왔다. 탄창을 갈아 끼고 있을 것이다. 상도는 다시 6발의 총알을 발사했다. 그중 한 발이 고개를 쑥 내밀고 앞을 내다보던 녀석의 오른쪽 어깨를 관통했다. 비명과 고함소리가 희붐한 사막에 울렸다.

상도는 시계를 봤다. 30분을 버텼으니 떠야 할 때가 왔다. 그는 낙타에 올라 채찍을 가했다. 뒤에서 총소리가 요란했다. 등 뒤의 총소리는 공포감을 배가시킨다. 하지만 몸에 뭔가 맞지 않았다면 그 소리는 무시해도 된다.

소리의 속도는 340m/s, 즉 초당 340미터를 간다. 이를 시간 단위 거리로 환산하면 시속 1,272km다. 알 카에다 요원들이 쏘는

AK-74 소총은 5.45×39mm 규격의 M74탄을 쓴다. 이 총알의 속도는 900m/s, 즉 시속 3,240km다. 음속의 3배, 즉 마하 3에 가깝다.

따라서 등 뒤의 총소리는 이미 머리 위로 날아가 버린 총알을 쫓아오는 것일 뿐이다. 상도는 추격해 오는 자들과 최소한 500m 이상 간격을 벌이려 노력했다. AK-74는 먼 거리에서 쏘는 저격용이 아니다. 근거리에서 접전을 벌일 때 유용한 돌격용 소총이다. 그래서 유효사거리가 500m다. 그러나 그건 스펙일 뿐이다. 실제론 300m 정도만 유지하면 총알에 맞아 살상될 가능성은 거의 없다.

쫓기는 자는 조급하다. 추격자로부터 멀찌감치 달아나려 하기 때문에 과두한 에너지를 소모하게 된다. 상도가 그랬다. 상도는 거리를 유지하기 위해 계속 채찍을 가하며 낙타를 전력질주 시켰다. 그 결과 낙타는 헐떡댔고, 점차 속도가 쳐졌다. 그 사이 알 카에다 요원들은 거리를 좁혀 왔다.

더 이상 낙타를 달리게 하는 것이 어려워졌다. 상도는 낙타를 쉬게 한 후 사격 준비를 했다. 사막의 지평선에 붉은 빛이 가득해지며 추격자들의 윤곽이 확연히 드러났다. 모두 4명이다. 그리고 상도가 손에 쥔 AK 소총의 탄창엔 12발의 총탄이 남아 있다. 추격자들이 선제공격을 해 왔다. 총알이 상도 주변에 박히며 흙먼지를 일으켰다.

타타탕 타타탕~. 맨 앞에서 달려오던 녀석이 낙타에서 떨어졌다. 하지만 남은 셋은 개의치 않고 달려왔다. 타타탕~. 세 발 모두 빗나가 버렸다. 달리는 낙타 위에 타면 상체가 자연스레 전후좌우로 흔들린다. 권투 선수가 상대의 펀치를 피하려고 사방으로 몸을 움직이는 위빙처럼 말이다. 움직이는 표적은 가늠하기 어렵다. 총알이 많으면 한 구역에 집중 사격하면 되겠지만, 상도의 탄창엔 단 세 발이 남아 있을 뿐이다.

상도가 다시 낙타에 올라탔다. 하지만 회복이 안 된 낙타는 좀처럼 속도를 내지 못했다. 간격이 점차 가까워져 갔다. 상도는 달리면서 20초 간격으로 한 발씩 쏘았다. 그러나 아주 미약하게 추격자의 속도를 늦추는 효과가 있을 뿐이었다. 세 번째 단발 사격을 한 후 상도는 총을 버렸다. 이제 남은 건 오로지 달리는 것 외엔 없다.

상도가 총을 버리는 걸 본 추격자들은 기세가 등등해졌다. 그들에겐 여분의 탄약이 아직 많았다. 부하들을 앞세우고 뒤에서 달리던 올라키가 선두에 나섰다. 달리는 낙타의 리듬에 맞춰서 몸의 흔들림을 최소화시키고 총을 들었다. 가늠쇠에 상도의 등짝이 들어왔다. 방아쇠에 걸린 오른손 검지손가락에 힘을 주는 순간 올라키는 낙타에서 떨어져 버렸다. 총소리는 그 다음에 들려왔다. 곧이어 올라키 바로 뒤에서 달리던 두 녀석도 낙타에서 떨어졌다.

총을 든 태주가 모습을 드러냈다. 그는 한참 동안 쓰러진 올라키와 전사들에게 총을 겨누고 있었다. 하지만 모래 바닥에 누운 자들은 더 이상 움직이지 않았다. 잠시 후 태주가 낙타를 몰고 상도의 뒤를 따랐다. 룹 알하리 사막은 떠오르는 아침 해를 맞이하고 있었다.

사나 공항 출국장. 태주와 상도, 앨리스가 출국심사를 마치고 탑승장으로 들어왔다. 이번에도 퍼스트 클래스에 앉게 된 성태는 일찌감치 탑승 게이트 앞에 가 있다.

이 세상 남자는 모두 2개의 고환을 가지고 있다. 불알이라고도 하는 이 신체기관은 정자를 생성하고 성욕을 일으키는 남성호르몬을 분비한다. 이것이 기능을 상실하면 애를 낳을 수 없을뿐더러 남성호르몬이 분비되지 않아 성욕이 확 줄게 된다. 한국의 내시나 중국의 환관이 그런 경우다.

성태는 사나의 예멘국립병원에서 하늘이 무너지는 소리를 들었다. 성태의 고환 한 개는 크기가 야구공만 해졌고, 다른 하나는 터져버렸다는 것이다. 하나 남은 고환이라도 기능을 살리려면 응급수술이 필요했지만, 예멘 의사의 의술을 믿지 못한 성태는 한국에 가서 수술 받겠다며 고집을 꺾지 않았다.

예멘국립병원 비뇨기과 의사는 성태의 사타구니에 부목을 대고 성기와 고환에 석고를 씌워 고정시켰다. 그러면서 당장 치료하지 않으면 축구공 크기만큼 부풀다가 터져버릴 수 있다고 경고했다. 성태는 스크랩북을 가슴에 꼭 안은 채 한숨을 쉬었다.

상도는 망명객들을 찾아서 북경으로 간다. 때문에 태주와 상도가 타고 갈 항공기가 달랐다. 태주는 아랍에미리트 두바이에서 한국으로, 상도는 카타르 도하를 거쳐 중국으로 가야 한다. 두바이행 항공편의 게이트가 열렸다. 태주는 상도에게 악수를 청했다. 상도도 태주의 손을 반갑게 맞잡았다.

"덕분에 큰 사고 없이 저 친구를 데리고 가게 되었습니다."

"사내구실 못하게 된 거이가 큰 사고가 아니라고? 하하. 태주 동무, 배포 한 번 고래뱃속이구레."

"목숨은 건졌잖습니까. 그 정도면 고마워서 큰 절 올려야지요."

"이녁도 고마워해야 갔구만. 태주 동무 덕에 목숨 부지했잖소. 하하."

"우린 서로의 목숨을 구한 전우 아닙니까? 또 만날 수 있으면 좋겠군요. 전쟁터가 아닌 곳에서요."

"인연이라면 또 만나갔디. 사람 인연이라는 게 묘한 거이야. 내일은 아무도 모르지비."

"안녕히 가십시오."

"잘 가시라우요. 태주 동무."

태주는 성태가 기다리는 게이트를 향해 발걸음을 옮겼다. 등 뒤에서 상도가 불렀다. 태주가 돌아봤다.

"황상도. 내 이름은 황상도요."

태주는 상도에게 손을 흔들어 주었다. 상도도 태주를 향해 손을 흔들었다.

10. 이시카와 요시오

그는 나고야 바쇼가 열리는 나고야 아이치현 체육관의 귀빈실에 있었다. 천황이 관람하는 1월 도쿄 료고쿠 고구키관(국기관)의 하쓰 바쇼와 11월 후쿠오카의 규슈 바쇼 이외엔 바쇼를 찾지 않는 그로선 이례적인 일이다. 그의 입이 매우 쓰고 떫은 상태이기 때문이다.

그는 스모협회를 조종하여 절정기에 다다른 요코즈나[106] 아사쇼류를 축출시켰다. 아사쇼류는 야마토다마시이(大和魂)를 가진 일본인이 아닌 몽골 출신이었다. 그는 몽골 출신이 일본인이 기록한 요코즈나 최다 우승 기록을 갈아치우는 것을 용인할 수 없었다.

그런데 아사쇼류가 떠난 요코즈나 자리에 일본인을 올리려던 그의 바람은 수포로 돌아갔다. 아사쇼류와 함께 요코즈나 라이벌을 이루던 하쿠호 역시 몽골 출신이고, 요코즈나로 승격될 수 있

---

106) 스모의 최상위 강자급.

는 오제키도 4명 중 셋이 외국인이다. 오제키 아래의 세키와케도 좋은 성적을 거두는 건 죄다 몽골, 러시아, 불가리아 등에서 온 외국인들뿐이다.

서른일곱 살이 된 유일한 일본인 오제키인 카이오는 스모의 한 해를 마감하는 11월 후쿠오카 규슈 바쇼를 끝으로 은퇴하겠다는 의사를 비쳤다. 이 때문에 그가 나고야까지 와서 스모 협회장과 임원들을 모아놓고 대갈하고 있는 것이다.

"스모엔 야마토 정신이 면면이 흘러야 한다. 그런데 너희는 뭐 하는 자들인가? 천황 폐하께서 친히 관람하시는 내년 1월의 하쓰 바소를, 야마토가 뭔지 관심도 없는 외국인들의 잔치로 전락시킬 것인가? 하늘에 둘도 없는 불경을 저지를 셈이냔 말이다!"

회장과 임원들은 바닥에 무릎 꿇고 앉아 이마를 땅에 댔다.

"무슨 수를 써서라도 스모 경기장을 야마토 정신으로 채워라. 내년 1월 천황 폐하께 불경한 짓을 저지르면 엄중히 문책하겠다."

머리가 희끗한 임원들 가운데 그나마 까만 머리카락이 돋보이는 젊은 임원 하나가 조심스럽게 고개를 들었다.

"이시카와 총재님, 한 말씀 드려도 괜찮겠습니까?"

역정을 내던 사람은 이시카와 요시오였다. 60여 년 전 홍사익을 취조하던 렌즈데일을 따라 통역을 하던 이시카와 요시오, 바로 그다. 세월은 20대 중반의 청년을 아흔 줄의 노인으로 만들었다. 그러나 얼른 봐서는 70대 중반으로 보일 만큼 나이에 비해 매우 정정했다.

젊은 임원은 요시오의 눈치를 살피며 말을 이었다.

"총재님 말씀은 항상 옳습니다. 그러나 송구스럽게도 현실은 그렇지 않습니다. 요즘 일본 젊은이들은 살찌는 걸 두려워합니다. 그래서 도통 스모 도장에 발을 들이려 하지 않습니다. 각지의

도장에서도 지금 난립니다. 외국인 아니면 대가 끊어지게 생겼다
고요. 경기장을 찾아오는 관객도 젊은 층이 없습니다. 모두 노인
들뿐입니다. 총재님 명령대로 저희가 승부조작도 하고, 외국인들
에게 각종 불이익을 주고 있지만, 근본적으로 일본 리키시(力士)
들은 좀체 실력과 근성이 부족합니다."

요시오가 벌떡 일어섰다. 그는 짚고 있던 지팡이를 들어 젊은
임원의 머리를 연속으로 내리쳤다. 그의 몸은 분노로 부들부들
떨렸다. 덩치가 산만한 전직 요코즈나 출신의 임원은 피할 생각
도 못한 채 떨어지는 지팡이를 머리에 맞았다. 관자놀이에서 한
줄기 피가 흘러내렸다. 회장과 다른 임원들은 그저 숨죽이며 지
켜볼 뿐이었다. 요시오의 매질은 지팡이가 부러질 때까지 계속되
었다.

"네가 굶주리며 도장 바닥을 뒹굴 때 밥과 고기를 먹인 게 누
구냐? 네가 요코즈나에 올라 누린 영광은 누구의 덕이냐? 네가
스모협회 임원이 된 게 누구 힘이냐? 방금 너의 말은 언론 나부
랭이들이나 할 말이다. 결정은 내가 한다. 내가 결심하면 너흰 그
것을 따라라. 뼈가 부서지고 살이 튀어도 그대로 이행해라. 시시
한 변명 따위나 나불대지 말고!"

회장과 임원들은 황망히 고개를 바닥으로 숙였다. 피 흘리는
젊은 임원도 마찬가지였다.

2005년 바다를 매립해 만든 주부국제공항 개장 이후엔 항공자
위대 기지로 사용되는 나고야 공항을 이륙한 지 40분 만에 걸프
스트림 V(Gulfstream V)가 도쿄 하네다 공항에 착륙했다. 걸프 스
트림은 두 개의 롤스로이스 Tay MK 611-8C 엔진을 꼬리에 장착
한 최고급 비즈니스 제트기다. 식사와 회의용 4인 좌석, 침대로

사용 가능한 3개의 카우치, 160도까지 젖힐 수 있는 다섯 개의 좌석, 두 개의 조리실과 샤워가 가능한 화장실까지 갖춘 하늘의 리무진이다.

비행기의 트랩을 내려선 건 요시오는 건장한 체격의 수행비서 기요하라 마사유키를 데리고 하네다 공항의 VIP실로 향했다. 거기엔 다무라 료코가 나와 있었다. 그녀에겐 긴급 보고 사항이 있었다. 료코는 요시오에게 허리 숙여 인사한 후 그의 뒤를 조용히 따랐다. 공항 입국장 앞엔 검정색 세단이 대기하고 있었다.

그런데 모양새가 좀 독특하다. 요즘 거리를 달리는 차는 거의 모두 차문 쪽의 필러에 사이드 미러를 달고 있는 데 비해, 이 차의 그것은 앞바퀴 쪽의 휀더에 달려 있다. 고전적 스타일을 고수하는 이 차가 12기통(V12)에 배기량 5000cc로 도요타가 생산하는 최고급 승용차인 센추리다.

도요타는 센추리가 벤틀리, 마이바흐, 롤스로이스와 어깨를 나란히 하는 명차라고 자랑하지만, 세계인은 물론 일본의 최상류층도 거기에 동의하지 않는 모양이다. 안 팔리니 그렇겠지만 매년 한정 수량만이 수작업으로 생산되어 일본 수상이나 고위 관료에게 관용차로 납품된다.

그러나 1967년 처음 나온 지 30년 만인 1997년에야 2세대가 나올 만큼 디자인이 변하지 않는 이 차가 요시오에겐 일본 정신을 구현하는 상징이다.

도요타 사장은 요시오의 전화를 받고 센추리 5대를 특수 제작했다. 내부는 최상급 송아지 가죽 위에 에르메네질도 제냐에서 맞춤 제작한 최고급 캐시미어(Cashmere) 원단을 씌웠고, 대리석 러닝 보드와 일본 전통 종이를 이용한 차내 조명등을 단 다섯 대의 차량은 센추리 로얄로 명명되었다.

벤틀리 스테이트 리무진이 영국 왕실 전용인 것처럼, 센추리 로얄은 일본 왕실 이외엔 그 누구도 가질 수 없다. 재벌이라고 해도 함부로 살 수 있는 차가 아닌 것이다.

라디에이터 그릴과 타이어 휠 캡에 장식된 금빛 봉황이 빛을 뿜어내며 센추리가 움직였다. 료코는 뒷좌석 요시오 옆에 앉았고, 운전석 옆엔 수행비서 기요하라가 앉았다. 기요하라는 공항 VIP실에서 료코의 몸을 수색하면서 요시오가 묻기 전엔 아무 말도 해선 안 된다고 주의를 주었다.

료코는 긴장된 시선으로 센추리의 내부를 둘러보았다. 좌석은 푹신하고, 시트 재질은 매우 부드러운 캐시미어의 촉감이 났다. 그러나 무거워 보이는 진은 대리석 장식은 물론, 운전석과 센터 페이시아의 디자인은 고루한 느낌이 팍팍 들었다. 처음 본 차에 빠져 있던 료코의 정신이 바짝 들게 하는 소리가 들렸다.

"뭔가? 긴급 보고라는 게."

"허강녕이 필리핀에 전화하는 걸 도청했습니다. 필리핀에 연락한 건 총 세 번입니다. 전화를 받은 사람도 셋입니다. 그중 한 명의 소재를 파악했습니다."

"나머지 둘은?"

"늙… 아니… 허강녕은 영악했습니다. 소재 파악을 하기 전에 통화를 마쳤습니다. 마지막 사람의 소재를 파악한 것도 운이 좋았습니다."

료코는 옆에 앉은 거물이 늙은이나 노인이라는 말을 극도로 싫어한다는 것을 잊을 뻔했다. 료코는 혹시라도 불벼락이 떨어질까 목을 바짝 움츠렸다. 그러나 요시오의 목소리는 이전과 다름없었다.

"이름이 뭔가?"

"이름은… 모릅니다만, 북한 말투를 쓰는 사내였습니다. 허강 녕은 3일 후… 아니 이젠 이틀 후에 셋을 모이라고 했습니다."

"음… 이름도 모른다? 북한 말투를 쓴다면 아마 장용신일 게 야. 허강녕은 그들을 어디서 만나는가?"

"그 장소를 모릅니다. 장용신을 찾아내어 그를 미행할 수밖 에 없습니다. 또 허강녕은 장용신에게 이력서를 가져오라고 했 습니다."

"이력서라… 내가 원하는 게 그것인 것 같구먼. 필리핀에 나가 있는 내조실 요원이 누군가?"

"야마구치 히데오가 마닐라에 있습니다."

"그 친구, 쓸 만한가?"

"아시다시피 필리핀은 내각조사실이 판단하는 비중이 작습니 다. 그래서…."

요시오는 오른 손을 들어 료코의 말을 끊었다. 그리곤 앞좌석 의 비서에게 말했다.

"기요하라, 다이키가 어디 있는지 확인해 봐."

기요하라가 전화를 걸었다. 소곤소곤 통화하던 그가 요시오에 게 보고했다.

"지금 전화 받을 수 없답니다."

요시오는 약하게 한숨을 내쉬었다. 그리곤 료코에게 물었다.

"궁내청 요원 중에 누가 가장 쓸 만하지?"

"나까지마 신이치입니다. 어려운 일은 그가 도맡아서 하고 있 습니다."

"자넨 나까지마와 내조실 통신요원 하나를 차출해서 3시간 후 에 하네다 공항으로 나오게. 자네들이 할 일은 그 이력서를 내 앞 으로 가져오는 게야. 그리고 내 손자도 자네들과 함께 필리핀에 갈 것일세. 일의 진행 상황을 그 애에게도 알려주게. 다이키도 이제 일을 배워야 할 때니까."

지시를 마친 요시오는 롯폰기 역 앞에 료코를 내려주었다.

요시오의 집은 치요다구 히라카와초에 있다. 고쿄[107]와 가까운 곳이고 근처엔 그랜드 프린스 아카사카 호텔이 자리 잡고 있다. 요시오는 차창 밖으로 호텔을 내다보았다. 그는 이곳의 옛 모습을 떠올렸다. 고쿄와 아카사카 별궁의 중간에 자리한, 화려한 유럽식 2층 저택과 아름답게 꾸며진 2만평의 정원이었다.

요시오는 어릴 적 2만 평의 정원을 꾸미던 현장에 간 기억이 있다. 여덟 살 무렵이었다. 그의 아버지는 황실의 뒤치다꺼리를 하는 궁내청에서 일했다. 아버지를 따라 그곳에 간 요시오가 아버지에게 물었다.

"아버지, 이게 우리가 살 새 집이에요?"

아버지는 대답 대신 씁쓸하게 웃었다. 저택이 완공된 후 그곳엔 영친왕이라는 조선인 왕이 살게 되었다. 요시오의 집은 여전히 고쿄 근처의 좁은 단층집이었다. 요시오의 마음속에는 조선왕에 대한 악감정이 생겨났다.

요시오는 아버지의 대를 이어 궁내청에서 일하게 되었고, 패전 후 필리핀으로 가라는 천황의 명을 받았다. 궁내청 직원 중에 영어가 가장 유창하다는 이유로 뽑혔다. 필리핀에서 그는 일생의 기회를 잡았지만 더불어 정신적 패배감도 얻었다.

그때 필리핀 전범재판소에서 에드워즈 렌즈데일의 통역이 된 건 일생의 기회였다. 반면 황실 재산을 빼돌리고 천황 폐하를 능

---

107) 황거(皇居): 도쿄 지요다구 1번지. 일본 왕의 왕궁.

멸한 홍사익의 기세에 눌려 아무런 말도 하지 못한 요시오는 일생 동안 열패감을 안고 살아야 했다.

2차 대전 후 미국 대통령 트루먼과 미군 사령관 맥아더는 필리핀에서 노획한, 야마시타 골드로 알려진 막대한 양의 금괴 활용을 놓고 고민했다. 미국의 문제는 4년 혹은 8년을 주기로 정치권력이 바뀐다는 것이다. 아무도 모르게 막대한 금괴를 숨겨두고 이를 운용하기엔 비밀유지가 힘든 구조다.

금괴의 비밀 유지를 위해 고심하던 미국 정부는 일본 왕실을 주목했다. 일본 왕실은 왕이 죽을 때까지, 아니 죽어서도 비밀이 유지된다. 새로 왕이 된 아들이 죽은 아버지의 허물이나 비밀을 까발리지 못할 것이기 때문이다.

때문에 미국은 1순위 전범인 히로히토의 책임을 면책시키고 왕위를 보장했다. 대신 그에게서 협조를 얻어냈다. 스위스, 룩셈부르크, 바티칸 은행, 홍콩, 마카오 등지에 분산해 놓은 20억 달러 상당의 금괴 소유자 명의를 빌린 것이다. 이 과정에서 금의 소유권을 주장한 일본 왕실도 절반을 소유하게 되었다.

미국 CIA와 일본 궁내청이 운용하는 신탁계좌들이 만들어졌고, 그것들은 각각 '블랙 이글 트러스트(Black Eagle Trust)'와 '쇼와 신탁(昭和 信託)'이라 명명되었다. 그리고 신탁계좌를 운용하여 얻은 수익은 두 나라의 비밀 계좌로 각각 적립되었다.

미국 측의 펀드운용 담당자는 CIA의 숨은 실력자 렌즈데일이었다. 렌즈데일은 일본 왕실 측 파트너로 요시오를 추천했다. 히로히토도 흔쾌히 허락했다.

신탁계좌의 수익금 규모는 전후 30여 년 간 세계 경제의 급성장에 힘 입어 엄청난 규모로 커졌다. 렌즈데일의 갑작스러운 사망으로 담당자가 바뀐 1982년의 결산 내역을 보면 연 이자만 10

억 달러에 달했다. 그런 규모로 30여 년 동안 쌓인 신탁계좌의 수익금은 스페인과 포르투갈이 있는 유럽 이베리아 반도의 모든 땅과 이탈리아 영토의 절반을 통째로 사들일 수 있을 만큼 커졌다.

요시오는 과도하게 비대해진 신탁계좌를 수십 개의 펀드로 쪼개어 관리했다. 그는 1971년 8월, 미국 대통령 닉슨이 브레튼 우즈 체제의 붕괴를 선언한 닉슨 쇼크108) 이후엔 석유, 철광석 같은 자원개발에도 눈을 돌렸다. 또 1980년대 헤지펀드가 등장한 이후엔 헤지펀드에 자금을 대는 베일 뒤의 큰 손이 되었다.

그 사이 미국 CIA는 끊임없이 블랙 이글 트러스트의 수익을 빼먹었다. 베트남 전쟁의 수렁에 빠졌고, 전 세계의 친미 독재자들이 권좌를 위협받으면 자리보전하라고 돈을 뭉텅이로 집어 주었으며, 소련의 침공에 저항해 아프가니스탄의 판시지르 협곡에 모인 무자헤딘(مجاهدين)109)과 알 카에다에게 총과 로켓포를 대주었다.

요시오는 CIA의 협박에도 불구하고 그런 일에 절대 자금을 사용하지 않았다. 불어난 돈은 천황의 재가를 얻어 일본 정신을 드높이는 일에만 사용했다. 올림픽 개최, 스모 활성화, 다도와 꽃꽂이 홍보, 일본음식 세계 전파, 사무라이와 야마토 정신을 함양하는 망가(만화)와 아니메(애니메이션) 제작 지원, 공공장소에 일본

---

108) 브레튼 우즈 체제(Bretton Woods System)의 핵심은 미국 달러를 순금에 태환시켜 국제기축통화로 만든 데에 있다. 즉, 미국 정부가 미국 화폐 35달러와 순금 1온스의 교환을 보장한 것이다. 그러나 베트남 전쟁으로 달러를 과도하게 찍어낸 미국은 각국의 달러 보유자들로부터 금 태환 요구에 시달렸다. 찍어낸 화폐에 비해 보유한 금이 부족해진 미국 정부는 달러와 금의 태환을 폐지한다고 일방적으로 발표했다. 이것이 닉슨 쇼크다. 이후 미국 달러는 태환화폐가 아닌 법정화폐로 전락했고, 이후 미국 FRB는 금 보유량에 구애받지 않고 마음껏 달러를 찍어낸다.

109) 소련의 침공을 계기로 아프가니스탄에 모여든 이슬람 의용군을 말한다. 성전(지하드)을 위해 싸우는 전사를 의미한다.

식 정원 꾸미기, 가부키,110) 노가쿠,111) 조루리112) 등의 전통예술 진흥과 까나마라 마쯔리113) 같이 다른 나라에선 절대 할 수 없는 지역 축제 활성화에 돈을 썼다. 물론 일본 기업의 세계시장 진출에도 많은 자금이 지원되었다.

그러는 동안 요시오는 일본의 정치·경제·문화계의 막강한 실력자가 되었다. 그의 실력은 야쿠자에게도 확실했다. 요시오의 귀에 들어오는 지하세계의 어두운 일에 관한 정보는 일본 경시청장을 능가했다.

그러나 1990년대 들어 일본의 부동산 거품이 꺼지면서, 일본 부동산 업계의 실력자였던 요시오는 상당한 자산이 증발해버렸다. 손실을 만회하기 위해 고심하던 그에게 한국은 좋은 시장으로 다가왔다. 내각조사실을 동원해 한국의 상황을 알아본 후, 전자제품을 만드는 한국의 재벌에게 협력의사를 타진했다. 그러나 아키히토 천황이 한국 재벌과 손잡는 것을 탐탁하게 여기지 않았다.

"한국의 재벌이라는 것들은 비자금 사건이 터질 때마다 모든 잘못을 죽은 제 아비의 탓으로 돌린다. 저 살자고 제 아비를 욕먹이는 천하의 불효막심한 족속이다. 그런 불량한 자를 어찌 믿겠는가!"

천황이 부정적인 태도를 보이자, 요시오는 한국의 재벌과 제휴하는 것을 포기했다. 그러나 한국에 대한 관심을 버린 것은 아니었다. 그는 홍사익이 숨겨 놓은 금괴의 행방을 찾기 위해 꾸준히

---

110) 독특한 의상을 입고 춤, 노래, 연기를 혼합하여 이야기를 풀어가는 일본 전통 연극.
111) 가면을 쓰고 대사 없이 음악에 맞춰 춤을 추는 일본 전통 뮤지컬.
112) 샤미센이라는 현악기를 연주하며 이야기로 풀어가는 공연.
113) 도쿄도 가와사키 시에서 매년 4월 15일 열리는 남근 축제.

정보를 수집했다. 스물네 살 이후 평생을 지녀온 열패감을 버리기 위하여….

일본은 내각조사실에서 파견한 요원을 중심으로 일본 기업 주재원, 언론사 특파원, 한국으로 유학 온 학생 등이 혼연일체가 되어 정보를 수집한다. 정보를 얻기 위해 일본인들은 뭉칠 수밖에 없다. 인적 정보수집 면에서 일본은 미국이나 중국의 상대가 되지 않았기 때문이다.

미국은 대사관에 소속된 화이트의 수백 배가 넘는 블랙이 영어강사, 다국적 기업 직원, 재미교포 사업가 등으로 위장하고 정보를 수집하고 있다. 또한 한국 정부와 군부 내의 친미파, 미국에 목을 매는 기업가, 정치적 야심을 품은 대학교수들이 자발적으로 미국대사나 정무영사, CIA 한국지부 요원, 미군 정보부에 미주알고주알 일러바친다. 미국이 서울의 생각과 움직임을 손바닥 보듯 훤히 꿸 수밖에 없는 이유다.

반면 평양에 대한 정보는 그렇지 못했다. 도널드 그레그[114]의 한탄처럼 북한은 지구상에서 유일하게 "미국 첩보 역사에서 가장 오래 지속되는 실패 사례"이다.

중국은 강점인 북한 정세 파악에 비해 상대적으로 남한 정보의 질이 떨어졌다. 그래서 풍부한 인적 자원을 무기로 저인망식 정보 수집 행태를 취한다. 수십만 명의 중국 교포들은 물론이고, 한국의 외교관과 기업인들을 금전과 여자 등 다양한 수단으로 엮어 정보원으로 활용한다.

일본의 내각조사실은 미국과 중국에 비해 현저한 물적·인적 열세를 극복하기 위해 일본 특유의 세밀함으로 정보원들을 무장

---

114) 도널드 그레그(Donald P. Gregg): CIA 한국지부장, 주한 미국대사를 역임한 미국 내 최고의 한국 문제 전문가.

시켰다. 그렇기에 내조실이 취득하는 정보의 질이 매우 높다. 또한 일본은 북한 정권의 대일본 창구인 재일조선인총련합회(총련)를 적절히 이용하여 정보를 캐낸다. 이는 남북한이 첨예하게 대립하는 문제에 대해 남북한을 아우르는 정보 분석이 가능함을 의미한다.

1년 전 요시오는 한국에 파견한 내각조사실 요원이 보낸 정보 보고서에 눈길이 쏠렸다. 정보 보고서에는 한국에서 은밀히 나도는 '찌라시'115)의 내용이 언급되어 있었다.

찌라시는 정치, 경제, 사회, 연예, 스포츠, 문화 등 한국사회 전 분야의 은밀한 정보를 취합한 것이다. 찌라시는 한국사회의 지도층이라는 사람들이 원하기에 만들어진다. 언론에 보도되지 않는 은밀한 정보에 목말라 하는 그들은 그런 정보를 수집하는 전담 직원을 두고 있다.

자신들 우두머리의 목마름을 해소하기 위해 재벌기업 홍보실 과장, 증권사 시장분석팀 과장, 언론사 기자, 국회의원 보좌관, 대검과 경찰청 직원 등 10여 명이 정기적으로 모인다. 10여 개에 이르는 이런 모임에 나가기 위해선 자신도 알고 있는 것을 내놓아야 한다. 그게 없으면 그 자리에 끼질 못한다. 이들은 자신들이 들은 '했다더라' 수준의 은밀한 루머를 교환한다.

교환, 취합, 선택된 루머는 곧바로 자신들이 몸담고 있는 조직의 최상위자에게 보고된다. 보고된 루머 중 70%는 거짓이거나 쓰레기116)다. 그러나 정보에 목마른 자들에게 30%의 사실은 거부할 수 없는 유혹이다. 술자리를 달구는 연예인의 사생활 관

---

115) 찌라시: 사전적 의미는 낱장 광고의 속어.

116) 2005년 삼성 계열사 제일기획이 만든 속칭 '연예인 X 파일'은 이런 식으로 교환된 루머 중 연예 부분만을 취합한 것이다.

런 정보가 유통되는 것처럼 보고된 내용은 조직 최상위자의 머리 속에만 있질 못한다. 입을 통해서 임원급에게까지 전파되는 것이다.

일본 기업의 주재원들은 서울 용산구 동부이촌동에 모여 산다. 강변에 접한 서울의 부촌 중 하나인 이 동네는 한강과 철도로 사방이 막힌 섬 같은 지역이다. 타지 사람들이 일없이 접근하기 어려운 지역적 특성은 거주민들 간의 친밀도를 높여 준다. 일본인들은 이 동네에 사는 한국 기업 임원들로부터의 정보 취득에 강했다. 이 지역에 흔한 일식집에서 한국 기업의 임원급 인사들과 사케 잔을 부딪치며 최신 찌라시 내용을 자세히 들을 수 있었던 것이다.

요시오가 주목한 것은 얼마 전 밀려나 재벌 기업 고문으로 간 전직 국정원 최고위직이 누설한 정보였다. 재직 중 취득한 기밀 누설금지 의무는 국정원 하위직에게만 채워지는 족쇄인가보다.

전직 국정원 최고위직은 허강녕이라는 전직 국정원 하급 요원의 행적을 의심스러워했다. 비싼 보트를 사서 해양 스포츠 사업을 하다가 망해서 배를 날리고, 관광 식당을 열었다가 도박 빚에 쪼들려 식당을 넘기면서 횡령한 자금 20억 원을 모두 탕진했다는 게 수상쩍다고 했다.

더구나 허강녕은 북한에서 대학 사학과 교수였던 장용신이라는 탈북자와 가까이 지냈다. 허강녕이 자금을 횡령해서 필리핀에 간 이후, 장용신도 홍콩행 비행기를 탔다. 장용신이 홍콩에서 북경으로 간 것까지는 확인되었다. 그러나 이후의 행적은 알 수 없었다.

마닐라에 사는 허강녕을 감시했더니, 사업을 말아먹은 그는 필리핀 본토에서 멀리 떨어진 술루해의 섬들에 관한 자료를 모으고 있었다는 것이다.

다음날 요시오는 아침 식탁 위에 놓인 찌라시 원문 번역본을 찬찬히 읽었다. 요시오의 가슴이 두근거렸다. 요시오는 즉시 내각조사실장을 불렀다. 허강녕의 일거수일투족을 감시하고, 장용신의 북한 내 행적을 조사하라는 명령을 내렸다. 그리고 마침내 오늘 꼬리를 잡은 것이다.

요시오는 넓은 유리창 너머로 정원을 내다보고 있다. 송림 사이로 작은 계곡들이 흐르고, 그것들은 혼슈117) 모양으로 조성된 연못에 이른다. 대문에서 현관까지 굽이진 오솔길을 따라 여러 가지 모양으로 다듬은 정원수들이 자라고, 정원수들 사이엔 기암괴석들을 놓았다. 그리고 곳곳에 선 석등과 석탑은 밤이 되면 정원을 더욱 아름답게 만든다.

요시오의 집은 에도118)시대의 건축물로 원래는 도쿠가와 바쿠후(막부)에 볼모로 와 있던 지방 다이묘119)의 것이었다. 1970년대 일본 경제의 고도성장에서 밀려 난 다이묘의 후손이 내놓은 것을 요시오가 산 것이다. 이 집에 들어온 첫날, 요시오는 어린 시절 아버지의 씁쓸한 웃음을 회상했다.

아버지를 슬프게 했던 영친왕의 대저택은 전쟁 후, 일본 철도 회사 세이부에 팔려 그랜드 프린스 아카사카 호텔이 되었다. 호텔 한 켠에 보존된 영친왕의 저택은 호텔의 결혼식 연회장으로

---

117) 섬나라인 일본의 영토는 크게 4개의 큰 섬(홋가이도, 혼슈, 시코쿠, 규슈)과 부속도서로 이루어졌다. 그 중 혼슈는 가장 큰 섬으로 도쿄와 오사카 등 주요 도시들이 있고 인구도 가장 많다.

118) 도쿠가와 막부 시절 도쿄의 명칭. 메이지 유신 이후 도쿄로 개칭됨.

119) 도쿠가와 막부는 일본 전국을 지배하지 않았다. 당시 일본에는 270개 가량의 지방 한(藩)이 있었다. 쇼군은 지방 세력들의 반란을 방지하기 위해 지방 영주인 다이묘(大名)의 처자식을 도쿄에 볼모로 잡아두었다. 따라서 도쿄에는 지방 다이묘의 대저택이 많았다. 메이지 유신 이후 다이묘들은 지방의 영지를 천황에게 반납하고, 도쿄로 와서 귀족이 되었다.

사용된다.

전쟁 후 영친왕은 빠르게 몰락했다. 평민으로 전락한 그는, 돈이 없어 집과 재산을 모두 팔아야 했다. 그 즈음 요시오는 마음속으로 영친왕을 용서했다. 영친왕이 찾아와 일본 여권을 만들어 달라고 부탁한 이후였다. 영친왕은 아들 이구의 MIT 졸업식에 참석하고 싶었지만, 그의 친척이자 본국 대통령이던 이승만은 여권 발급을 거절했다. 요시오는 영친왕의 일본 귀화를 이끌었다.

미국에 간 후 아들과 함께 살던 영친왕은 1963년 11월, 죽음을 앞두고 침대에 누운 채 자신이 태어난 땅으로 돌아갔다. 그리고 2005년, 미국에서 살던 영친왕의 아들 이구는 그가 태어난 자리인 그랜드 프린스 아카사카 호텔에서 삶을 마감했다.

요시오는 그랜드 프린스 아카사카 호텔의 사장에게 이구가 죽은 23.5m²(7평)의 1911호 스탠다드 객실을 영구 폐쇄하라는 지시를 내렸다. 한때 일본 황실의 왕족이었던 가문에 대한 마지막 예의였다.

조선에서 태어난 영친왕이 도쿄에서 아들을 낳은 것처럼, 요시오의 조부도 도쿄로 터를 옮겨서 요시오의 아버지를 낳았다. 대대로 천황가의 일을 하며 살던 이시카와 가문은 도쿄 토박이가 아니다. 엄밀히 따지면 교토의 터줏대감이다.

그의 조부는 1867년 다이세이 호칸[120] 이후 도쿠가와 쇼군의 처소였던 도쿄 에도성으로 거소를 옮긴 천황을 따라 왔다. 교토의 집을 버리고 온 그의 조부는 에도성을 둘러싼 해자 인근에 작은 집을 빌려 살았다. 천황은 자신을 따라온 가신들에게까지 집과 땅을 줄 형편이 못 되었다. 도쿠카와 바쿠후에게 반란을 일으

---

120) 대정봉환(大政奉還): 1867년 11월 9일 도쿠가와 막부가 천황에게 통치권을 넘긴 것.

킨 지방 다이묘 세력들에 의해 옹립된 처지였기 때문이다.

일본의 평민들에게 천황의 존재는 미미했다. 자신들을 통치해온 다이묘와 쇼군만 알고 살아 온 그들에게 천황은 낯선 존재였다. 수백 년 동안 존재감도 실권도 없던 천황 가문은 그리 부유하지 못했다. 그래서 권력을 쥐게 된 메이지 천황은 궁내청을 두어 재산 증식을 도모했다. 그 일을 맡은 것이 요시오의 조부였다. 그리고 그 일은 아버지를 거쳐 요시오에까지 이어졌다. 요시오는 천황 가의 은밀한 재산관리를 가업이라 여겼다.

요시오는 아키히로라는 아들 하나만을 두었다. 그런데 아키히로가 18년 전 죽었다. 일본 경제의 버블 붕괴로 요시오가 관리하던 재산이 많이 축나자 투자 실패의 책임을 지고 아키히로가 자살한 것이다. 그러나 과도한 부동산 투자는 요시오의 결정이었다.

아키히로의 외아들 이시카와 다이키는 공부 잘하는 모범생이었다. 요시오는 영리한 손자를 무척 자랑스러워했다. 그런 다이키가 15세 되던 날부터 공부에 손을 놓고 말았다. 지금 요시오가 서 있는 자리에서 배를 갈라 죽은 아버지를 본 이후였다.

천황 가문의 인사를 제외하고 일본 내에서 요시오가 통제 못할 사람은 없었다. 그러나 다이키는 요시오에게 또 다른 열패감을 맛보게 해주는 예외적 인물로 자랐다.

요시오의 눈에 정원을 가로지르는 여자의 뒷모습이 보였다. 헝클어진 머리, 구겨진 재킷과 뒷트임이 옆으로 돌아간 스커트를 미처 챙기지 못한 여자가 뒤를 돌아보았다. 낯익다 싶은 얼굴이라는 생각이 드는 순간, 그의 눈 앞에 NHK 뉴스 말미에 기상 예보를 하는 아나운서가 보였다. 그녀는 뭔가 아쉬운 듯한 표정으로 요시오의 집 2층을 멍하니 바라보다가 쓸쓸히 발걸음을 옮겼다.

쿵쿵- 울리는 소리가 들렸다. 2층에서 누군가 내려오고 있다. 이 집안에서 그런 발걸음 소리를 낼 사람은 단 하나다. 요시오가 눈살을 찌푸리며 몸을 돌렸다.

다이키가 다다미 위에 털썩 주저앉았다. 유일하게 그가 몸에 걸친 팬티도 뒤집어 입고 있었다.

"영감, 뭣 땜에 불러대고 난리야?"

입에서 술 냄새를 풍기는 다이키는 차관의 찻물을 요시오의 찻잔에 붓고는 벌컥 들이켰다. 열패감이 요시오의 온몸을 휘감았지만 그는 화를 억눌렀다. 요시오가 부드럽게 타일렀다.

"다이키, 다도는 예절이다."

"지금 나한테 다도 가르쳐? 이런 찻잔, 워래는 조선 사람들이 개 밥그릇으로 쓰던 막사발이잖아. 도요토미 히데요시가 전쟁 일으켜서 이런 거 훔쳐다가 국보[121] 삼은 거고. 개 밥그릇 앞에 놓고 고상 떠는 게 예절이야?"

"그런 말은 옳지 않아. 예의와 체면을 지켜라."

"오호, 예의 바르고 체면 챙기는 영감탱이가 아들을 죽음으로 내몰았나?"

요시오의 관자놀이에 파랗게 힘줄이 돋았다. 장대한 체구의 전직 스모 선수의 머리통을 깰 때도 그랬다. 그러나 요시오의 기백은 발현되지 않았다. 천하의 요시오를 영감탱이라고 부르는 이 녀석이 가업을 이어갈 유일한 핏줄이다.

"네 아비는 죽음으로써 가문의 폐를 갚았다. 훌륭한 삶이었고 거룩한 죽음이었다."

"입에 발린 소리 따위는 집어치우고, 왜 불렀는지나 말 해!"

---

121) 교토 다이도쿠사(大德寺)의 '기자에몬이도'가 일본 국보다. 일본에서 소장 중인 200여 점의 조선 막사발 중 일급 보물이 3점, 중요 문화재가 20점에 이른다.

"넌 우리 이시카와 가문을 이어갈 기둥이다. 나도 늙었다. 조만간 세상을 뜨겠지. 이제 네가 대를 이을 준비를 해야 한다."

"흥, 결혼시키려고? 누구 맘대로. 난 영감의 속셈이 뭔지 알지. 증손자 보겠다 이거잖아. 난 절대 그렇게 못해줘. 내 방엔 콘돔만 열 상자가 있고, 수틀리면 확 정관수술 해버리겠어."

요시오는 한숨을 내쉬었다. 이 녀석의 결혼도 서둘러야 할 일이다. 그러나 그것보다 더 급한 일이 있다.

"결혼 이야기가 아니다. 네가 이 할애비의 일을 물려받으려면 사람들에게 내세울 떳떳한 자격이 있어야 한다. 필리핀에 적합한 일이 있다. 문서를 가져오는 일이다. 그걸 가져오면 그 누구도 너의 자격에 시비 걸 사람은 없다. 일은 궁내청과 내조실 요원들이 진행할 것이다. 넌 그들을 지휘하는 역할을 맡아라."

"영감이 하는 일에 관심 없어. 물려받지도 않을 거야. 개나 줘버리라지."

"네 애미를 불러다 호되게 야단쳐야겠다. 자식을 어떻게 가르쳤기에. 쯔쯧."

"죄 없는 엄마는 왜 입에 담아? 날 이 모양으로 만든 게 누군데?"

요시오의 손이 벨을 눌렀다. 다이키의 방을 청소하던 가정부가 달려왔다. 그녀는 팬티만 입고 앉아 있는 다이키에게 옷을 건네주었다. 요시오가 가정부에게 말했다.

"어멈 나오라 해."

가정부가 "네" 하곤 종종 걸음으로 나갔다.

"치사하게 영감과 나 사이의 일에 엄마는 왜 불러? 당장 취소해."

"필리핀에 갈 준비를 해라. 지금 당장."

"영감탱이야, 난 안 간다고 했잖아."

돌돌돌ー 바퀴가 바닥에 구르는 소리가 들렸다. 다이키가 이를 갈며 요시오에게 말했다.

"엄마에게 뭐라고 한 마디만 하면 가만 있지 않을 거야!"

가정부가 휠체어를 밀고 들어왔다. 휠체어에 앉은 여인은 몸이 앙상했고 얼굴엔 병세가 완연했다. 다이키의 어머니 사요코다. 그녀의 헝클어진 머리는 조금 전까지 자리에 누워 있었음을 알려 주었다. 사요코는 매우 불안한 기색이었다. 시아버지를 제대로 보질 못했다. 다이키는 휠체어에 실린 어머니 앞에 섰다. 요시오 와 어머니 사이를 가로막은 것이다. 요시오가 다이키를 보며 말 했다.

"시간이 없다. 필리핀에 가겠느냐?"

"알았어. 알았다구. 가면 될 거 아냐!"

"진작 그렇게 했어야지. 다이키가 며칠 간 외국에 갈 것이다. 어멈은 다이키의 짐을 챙겨 주거라."

사요코가 물러가자 요시오는 비서실 직통 전화를 들었다.

"기요하라, 비행기를 준비시키게."

다이키는 비서에게 명령을 내리는 요시오를 노려보았다.

11. 장용신

해가 질 무렵의 항구는 하루를 마감하기 위해 바쁘게 돌아간다. 낡은 서류가방에 두 개의 봉투를 넣고 지퍼를 잠근 용신이 창밖으로 항구를 내다보았다. 필리핀에 온 이후 7년 간 매일 나가 온종일 서성거린 삼보앙가 항구다.

삼보앙가는 술루해 남단의 중심 항구로 술루해에 산재한 섬 주민들을 실은 여객선과 고깃배들은 모두 삼보앙가에 모여든다. 때문에 이 항구엔 각지의 섬들에 관한 정보가 흘러 다닌다.

용신은 이 항구를 드나드는 사람들을 가까이 했다. 그들은 탄두아이(Tanduay)를 가득 담은 술잔을 건네며 자신들이 사는 지역에 대해 묻는 이방인에게 보고 들은 것을 이야기해줬다.

어부들과 여객선 승객들의 이야기는 각 섬 별로 분류되고, 누적되며 점차 세밀한 정보로 축적되어 갔다. 그렇게 3,000개에 이르는 술루해의 섬들을 검토한 최종 결과물이 낡은 가방에 넣은 봉투 안에 들어 있다.

한국을 떠날 때에는 이렇게 오랜 시간이 소요될 줄 예상하지 못했다. 1~2년 안에, 오래 걸려야 3년이면 충분하다고 여겼다. 머리 속에 항해일지가 있으니 말이다. 그러나 기대는 며칠 만에 산산조각이 나 버렸다.

필리핀에 온 다음날 강녕과 용신, 상욱과 진영은 마닐라 항에서 선장을 고용하고 홍사익이 탔던 것과 같은 500톤급 배를 임대했다. 그 배로 항해에 나섰다. 항해일지에 기록된 항로를 따라 옛 제셀톤, 지금의 코타키나바루까지 항해했다.

암초와 모래톱이 많은 남사군도의 바닷길은 경험 많은 선장이 해결했다. 남사군도를 통과하는 항로의 풍경은 홍사익의 항해일지 기록과 정확히 일치했다. 예나 지금이나 뱃길은 변하지 않은 것이다.

코타키나바루에 도착해서는 곧바로 배를 돌려 보루네오 섬의 동쪽 끝을 돌았다. 며칠만 더 항해하면 금괴 300톤이 있는 섬이 어딘지 알게 될 터였다.

그런데 선장이 갑자기 배의 항로를 동북 방향으로 바꿨다. 선장은 보루네오 섬과 술루해의 접점인 터틀 제도에서 남서쪽으론 아무도 가지 않는다고 했다. 그 쪽에 있는 봉가오와 홀로 제도는 필리핀에서 가장 위험한 해적과 이슬람 반군의 주요 거점이고, 그들의 허락 없이 그 해역에 들어섰다가 종적이 묘연해진 뱃사람들이 수도 없이 많다는 것이다. 강녕과 진영이 설득해 봤지만, 겁에 질린 선장과 선원들은 요지부동이었다. 결국 항로를 바꿔 마닐라로 돌아와야 했다.

마닐라에 돌아와 홀로 섬과 봉가오 섬에 대해 알아 본 결과 선장의 말은 사실이었다. 아마존의 밀림과 아프리카의 오지까지 자세하게 설명해주는 론리 플래닛 같은 여행 안내서에도 이 지역에 대한 설명은 서너 줄에 불과했다. 그 내용도 위험하니 가지 말라는 것이다.

실제로 필리핀, 말레이시아, 인도네시아의 해상 국경지대인 술루해 서부와 셀레베즈 해협 사이에선 매년 수십 건의 해적 사고가 일어난다. 세 나라 정부는 빈번한 해적질로 인해 골머리를 썩고 있지만, 자국의 빈약한 해군력을 이곳에 상주시킬 여유가 없다. 이곳보다는 중국과 대치하고 있는 남사군도를 노려보고 있어야 한다. 그 모래톱들 밑에 엄청난 양의 석유가 매장되어 있기 때문이다.

국가 권력의 공백 지역에 무장 집단들이 터를 잡았다. 섬 주민이자 해적이자 반군인 이들은 섬들을 장악하고 바다를 지배했다. 이들의 해적질은 흔적이 거의 남지 않을 정도로 깔끔하다.

이들은 지나가는 화물선을 잡으면, 가장 먼저 배를 팔아먹는다. 잘 알려지지 않은 중국 연안의 선박 수리소로 보내진 배는 세탁 작업을 거친 뒤 오성홍기를 나부끼며 다시 바다로 나올 것이다.

배에 실렸던 화물은 말레이시아령 라부안으로 넘긴다. 조세회피처로 유명한 라부안은 자유무역항이기도 하다. 라부안의 밀수 조직은 화물을 컨테이너째 사들여 원적지를 위조한 후 시장에 내다 판다. 원적지 세탁이 마땅치 않은 물품은 어둠의 시장으로 돌린다. 북한, 미얀마, 이란, 시리아, 쿠바 같이 미국의 수출금지 대상인 나라가 이들의 주요 거래선이다.

선원들은 아주 운이 좋으면 몸값을 받고 풀려나거나, 섬 주민 겸 해적으로 정착한다. 하지만 대개의 경우는 최고 수심이 5,600m에 이르는 이 해역 상어들의 한 끼 식사로 전락한다.

생각지도 못했던 현지 상황 때문에 강녕과 용신은 대책을 마련해야 했다. 정보만 수집하며 자금을 소진할 수 없기에 필리핀 정착을 추진했다. 상욱은 한국 관광객이 많이 찾는 팍상한 폭포에 식당을 열고 관광업에 뛰어들었다. 카누에 한국인 단체 관광객을 태우고 협곡을 거슬러 폭포까지 다녀오는 사업은 수익이 좋았다.

진영은 팔라완 섬의 푸에르토 프린세사에 스쿠바 다이빙 샵을 열었다. 창업에 거액이 들었지만, 다이빙 애호가들을 태우고 3~4일 일정으로 투바타하 리프[122]나 코론 섬에 다니는 그의 리브어보드[123]는 높은 수익을 가져다주었다. 그는 예약이 없으면 배를 몰고 나가 용신이 정해 준 지역을 탐험했다.

강녕은 마닐라에 남아 사업 수익금을 관리하고 용신을 지원했다. 느리지만 꾸준히 작업을 진행했다. 그러다 3년 전 강녕이 한국으로 돌아가야 할 상황을 맞게 되었다. 정권이 바뀌며 국정원의 감시를 받게 된 것이다.

강녕이 귀국을 결심한 후, 넷은 상욱이 운영하는 식당에 모였다. 강녕과 상욱과 진영은 용신이 모은 정보를 확인했다. 아직은 뜬구름잡기나 다름없었다. 술루해에 있는 모든 섬 3,000개다. 그중 집중 탐사 대상으로 삼은 술루 군도의 섬 수는 900개. 4년 간 정보를 모은 결과는 900개에서 1/2 가량을 탈락시킨 수준이었다. 아직도 반 넘게 남아 있었다. 실망감이 그들을 짓눌렀다.

"이거 아직도 500개나 되는 섬을 언제 다 확인하죠?"

온몸이 검게 그을린 진영이 산 미구엘을 들이킨 후 한숨을 내쉬었다. 이젠 어엿한 사업가 티가 나는 상욱도 가세했다.

"단장님, 벌써 4년이 넘게 흘렀습니다. 아직도 시간이 많이 필요한데, 이러다 우리 모두 늙어 필리핀 땅에 묻히는 거 아닌지 하

---

122) 투바타하 리프(Tubbataha Reef): 술루해 중심부에 위치한 대규모 산호 군락. 유네스코 세계 자연유산에 등재될 정도로 아름다운 바다 속 풍경을 자랑한다.

123) 바다 위에서 숙식이 가능한 스쿠버 다이빙 용 선박. 작은 크루즈라 할 수 있다.

는 걱정이 듭니다. 그리고 관광객들 상대하는 일이 이젠 직업이 됐습니다. 내가 왜 필리핀에 왔는지 가끔 잊어버린다니요."

"단장님이 한국 가시기 전에 해결 보죠. 좀 위험하더라도 항해 일지대로 따라가면서 확인해 봅시다. 우리 배로요. 해적들이라고 지나가는 배 모두 잡는 건 아니잖아요. 운 나쁘면 당하는 거지만, 우리라고 운이 나쁘란 법은 없죠!"

젊은 진영은 위험을 감수하고라도 한방에 일을 진척시키자는 것이다. 용신은 아무런 말을 할 수 없었다. 홍사익이 황금 300톤을 숨겨 놓은 섬을 찾지 못하는 게 자신의 책임인 것 같았다.

"장 선생의 생각은 어떠십니까?"

강녕이 용신에게 물었다.

"내야 무슨 할 말이 있겠습네까. 그저 동지들의 뜻을 따라가겠습네다."

"지금처럼 삼보앙가 항구에서 정보를 수집한다면, 섬을 찾아내는 데 얼마나 더 걸릴까요?"

"900개 섬 중에서 처음 100개 추리는데 2년 걸렸습네다. 다시 100개 추리는 데 1년, 다시 200개 추리는 데 1년 걸렸습네다."

"속도는 계속 빨라지고 있군요. 최소한 3년 안엔 다 되겠네요. 그렇죠?"

"앞으로 3년은 너무 깁니다. 그 동안 무슨 일이 생길지도 모르고요. 진영이 말대로 모험을 거는 것도 방법입니다."

탄두아이[124] 한 병을 까서 들이킨 상욱의 목소리가 커졌다.

"뜻을 모아 함께 왔으니, 갈 때도 함께 가야죠. 보름만 시간을 주세요. 저 혼자라도 한 번 해볼 게요."

---

124) 탄두아이(Tanduay): 산 미구엘 맥주와 함께 필리핀을 대표하는 럼(사탕수수 발효주). 알코올 도수는 40도이며, 5~18년까지 숙성시킨다.

진영도 상욱의 의견에 말을 보탰다. 그들은 모험을 하더라도 황금을 찾아 함께 귀국하자는 것이다. 강녕은 잠깐 동안 생각에 잠겼다.

"동지들. 우리가 처음 필리핀에 올 때 이런 우스갯소릴 했었죠? 필리핀 섬 7,000개를 다 뒤진다면, 하루에 한 개씩 쉬지 않고 돌아도 20년 걸린다고. 난 실제로 20년 걸릴 수도 있다고 생각했어요. 그런데 7,000개의 섬에서 술루해의 섬으로 한정하니까 3,000개로 줄었고, 거기서도 900개로 압축됐어요. 어쨌든 이제 500개밖에 안 남았습니다.

앞으로 2~3년이면 황금이 숨겨진 섬을 알게 되겠죠. 후딱 지나간 지난 4년처럼 그날은 금세 다가올 겁니다. 그때 가선 물건을 어떻게 가져올 것인가 고민하게 되겠죠. 황금은 찾는 것보다 무사히 가지고 나오는 게 중요합니다. 그러기 위해선 몸 간수 잘해야지요. 되도록 무리하지 말고, 보안 유지하면서 진행해 갑시다. 설령 내가 당분간 못 나오더라도 각자 맡은 일에 최선을 다해 주시기 바랍니다."

넷은 그날 밤늦도록 카드를 쳤다. 서로 엇비슷하게 돈을 잃다가 따기를 거듭했다. 실력이 비등비등해서일까? 아니다. 그들은 자신에게 좋은 패가 들어오면 버리거나 죽었다. 서로에게 져주기 위해서였다. 그래서인지 매 게임 승부는 간발의 차이였다. 자기 카드는 안보고 레이스만 치다가 히든에서 뜬 원 페어로 이기고 졌다.

마지막 게임에서 강녕이 에이스 포 카드로 판을 끝냈다. 그들은 네 장의 에이스 카드를 겹친 후 네 귀퉁이에 구멍을 뚫고 각자의 이름을 적어 나눠 가졌다.

그날 밤 강녕은 용신과 한방에서 잤다. 잠들기 전 강녕이 용신에게 말했다.

"장 선생, 부탁이 하나 있소. 이번에 한국에 가면 쉬이 돌아오지 못할 겁니다. 나나 장 선생이나 젊진 않아요. 떨어져 있는 동안 무슨 일이 생길 수도 있는 나이란 말입니다. 내가 이력서를 보고 싶다고 연락하면 그때까지의 작업 결과를 보내주세요. 내 인생 마지막 작품이니만큼 애착이 생기네요. 허허. 예전엔 이런 생각이 들지 않았는데…."

"무슨 가당치도 않은 말씀이십네까? 허 선생은 배에 금덩이 싣고 금의환향 하실 겁네다. 나라에서 훈장도 당연히 줘야 합네다. 30년 공직생활을 보상 받으셔야디요. 그때까진 아무런 일도 없으실 겁네다. 아니 없으셔야 합네다. 한국 가서도 몸 건강하시라요. 내 말 접수하셨습네까?"

강녕이 귀국한 후 용신은 더 열심히 정보를 수집하고 섬을 추려냈다. 하지만 섬이란 게 대부분 절벽과 봉우리가 있고, 봉우리를 둘러싼 밀림이 있다. 차라리 민둥섬을 찾으라면 그게 더 쉽다. 또 항해일지에 기록된 움푹한 만의 작은 백사장은 숱한, 아니 대부분의 섬에 다 있다. 결국 핵심은 북쪽 절벽에 새들이 사는 무인도를 찾는 것이다.

직접 보지 않은 섬을 상상하며 골라내는 일은 매우 피곤한 일이다. 200여 개의 섬으로 범위를 줄인 이후엔 일이 진척되지 않았다. 혹시라도 잘못 판단하고 제외시키면 어디서부터 다시 시작해야 할지 모른다는 압박감과 하루하루 갈수록 총기가 흐려지는 기억에 대한 걱정은 용신의 신체를 물리적 시간의 흐름보다 더 많이 갉아먹었다. 마음이 몹시 지쳐 버린 용신은 두문불출한 채 몇 달을 보냈다.

어느 날, 발이 이끄는 대로 가보니 항구였다. 그날 항구엔 특이

한 사람들이 들어왔다. 필리핀 사람들이 귀신들린 섬이라 부르는 시탕까이 섬에서 해초를 팔러 왔다는 바자우족이었다. 이들은 술루해의 주류인 모로족과는 다른 민족이라 했다. 조상 대대로 바다를 떠돌며 살아왔다는 것이다. 용신은 혹시나 싶어 새들이 사는 절벽을 가진 섬에 대해 아느냐고 물었다. 그러자 이들은 지금까지 접해 온 어부나 여행자들보다 더 많은 정보를 주었다.

바자우족이 알려 준 정보를 토대로 10개로 압축했다. 그리고 상욱에게 그 10개 섬의 항공사진을 구해 달라고 요청했다. 상욱은 어렵게 항공사진을 입수해서 보내주었다. 홍사익이 보낸 편지에는 섬의 광경이 간략히 언급되어 있었다. 편지 내용과 섬의 실제 생김새를 하나하나 대조한 게 보름 전이었다. 그리고 마침내 오늘 아침, 밤새도록 심사숙고한 끝에 단 한 개의 섬을 골라냈다.

기쁜 소식을 서울에 알려야겠다는 생각이 들었을 때, 마침 강녕에게서 전화가 왔다. 그가 이력서를 보내달라고 했을 때, 용신의 가슴이 덜컥 내려앉았다. 느낌이 좋지 않았다. 몇 번이고 되물었지만 강녕은 아무 일 없다고 말할 뿐이었다. 하지만 용신은 그의 힘없는 목소리에서 변고가 있음을 알아차렸다.

전화를 끊고 들여다 본 거울 속 자신의 얼굴도 몰라보게 늙어 있었다. 7년 간의 필리핀 생활은 그의 몸을 빠르게 노쇠시켰다. 온몸이 수시로 삐걱거렸다. 세월엔 장사가 없는 것이다. 용신도 강녕처럼 준비해야 할 것이 있었다. 그는 전화기를 들었다. 국제전화 부호를 누른 후 국가 식별 번호를 눌렀다. 86, 중국이었다.

용신의 아버지 장창하는 연희전문대학[125])에 다니다가 강제 징

---

125) 현재의 연세대학교

용된 학병이었다. 해방 후 그는 유동열의 수행비서로 일했다. 미군정 통위부장으로 대한민국 국군 창설을 위해 동분서주하던 유동열에게 신문기자 김을한이 찾아왔다. 그날 오후, 유동열은 창하에게 서류 뭉치를 건네주며 이 서류가 뭔지 알아볼 것을 지시했다.

편지는 일본군에 징집된 조선인이라면 누구나 이름 석 자를 알고 있던 홍사익이 보낸 것이고, 서류 뭉치는 일본어로 기재된 어떤 배의 항해일지였다. 편지엔 귀중한 물건이고 새 나라와 민족을 위해 잘 쓰이기를 바란다고 되어 있었다.

창하는 항해일지에 나온 배에 실린 물건이 무엇인지를 알아내기 위해 노력했다. 하지만 당시의 시대 상황은 그 문제에 전념하도록 놔두지 않았다. 목전에서 매일 돌변하는 정치적 격랑은 수천km 떨어진 필리핀의 물건에 눈을 돌릴 수 없게 만든 것이다. 창하는 홍사익의 편지와 항해일지를 서류함 깊숙이 넣어두고 현안에 매진했다.

그러다 6.25전쟁이 발발하고 유동열이 북으로 '모심을 당하자', 그는 유동열을 수행해서 북으로 갔다. 그의 북한행에는 유동열에 대한 충정뿐만이 아니었다. 당대의 양심적 지식인들이 그러했듯, 창하 역시 민족을 배신한 친일파들이 권력을 장악한 남한의 현실을 경멸했고, 땀 흘려 일하는 사람들이 대우받는 사회 건설을 꿈꾸었다.

유동열이 죽은 후 창하는 자신의 신념에 따라 인민군 장교가 되었다. 그러나 전쟁이 끝난 후, 창하는 후회하게 된다. 그가 택한 땅에서는 피비린내가 진동하는 치열한 권력투쟁이 벌어졌다. 결국 김일성 일파가 여타의 파벌들을 제압했고, 평등한 사회를 꿈꾸던 수많은 사람들이 숙청되어 사라졌다. 그리곤 김일성이라는 희대의 독재자가 군림했다.

다행히도 창하는 숙청의 회오리를 피할 수 있었다. 그가 모셨던 유동열이 평양 애국렬사릉에 묻힌 까닭이다. 살벌했던 김일성 일파도 애국열사로 모신 인사의 비서마저 제거하기엔 명분이 부족했다.

창하는 인민의 우상이자 영웅이자 신이 된 김일성을 마음 깊숙한 곳에서 거부했다. 인민군 최고지휘부에 들진 못했지만, 그렇다고 진급이 누락되지도 않았다. 별을 달고는 자강도와 양강도의 보잘것없는 후방 사단장과 평안남도 순천시에 위치한 김철주포병군관학교 교장 등을 전전했다. 하지만 그의 군사 철학은 분명했다. 조국과 인민을 위한 군대였다.

은연중에 창하를 따르는 사람들이 생겼다. 그처럼 해방과 전쟁으로 소용돌이친 시기에 북을 선택한 지식인의 자제들이었다. 창하는 청년 장교들에게 격변기에 북조선인민공화국을 택했던 이들의 생각, 즉 모든 인민이 평등하고 풍족하게 사는 부강한 나라를 설파했다.

창하에게 교육받은 받은 청년 장교들은 드러내진 못해도 김일성을 우상화하는 독재체제를 거부했고, 무능하고 탐욕스러운 독재자로 인해 핍박받는 인민들을 안타까워했다. 이들이 장성이 되었을 때 분노와 저항심은 커졌다. 김일성이 그의 아들 김정일을 후계자로 내세워 왕조를 세우려 했기 때문이다. 1993년부터 1995년 사이의 군사 쿠데타 모의 사건은 이들이 중심이 되어 진행된 사건이었다.

몇 차례의 쿠데타 모의 사건이 발각되었어도 저항세력은 완전히 뿌리 뽑히진 않았다. 창하가 예편하기 직전에 길러낸 초급 장교들이 장성이 된 것이다. 그중 하나가 황철식이었다.

장용신과 황철식은 어릴 때부터 함께 자란 친구다. 철식이 군복을 택한 반면, 용신은 학문의 길을 걸었다. 김일성종합대학을 나온 용신의 전공은 일제 치하 항일투쟁이었고, 유동열 연구로 박사학위를 받았다.

하지만 그것은 외부적인 눈속임이었다. 물론 자신의 아버지가 모셨던, 독립에 평생을 바친 인물에 대한 존경심도 있었다. 그러나 핵심은 종종 장롱 깊숙이 넣어둔 오래된 서류 뭉치를 꺼내보며 한숨을 내쉬는 아버지를 보며 자란 용신이, 아버지가 풀지 못한 숙제에 팔을 걷고 나선 것이다.

김일성종합대학에 들어간 용신은 도서관에 틀어박혀 자료를 뒤적이며 비밀리에 홍사익과 항해일지에 관한 연구에 매달렸다. 하지만 북한이 가진 자료는 자료로는 배에 실린 화물이 무엇인지 알 수 없었다. 적대적 관계인 일본과 미국 정부의 자료를 구하는 것은 불가능했다. 궁금증이 그의 머리를 떠나지 않았다.

차광수신의주제1사범대학 혁명력사학부 교수가 된 이후, 총련을 통해 얻은 일본의 자료를 얻어 보면서 화물의 윤곽을 조금씩 그릴 수 있었다. 2차 세계대전 당시 동남아시아에서 금을 빨아들이던 일본 왕실의 행태에서 홍사익의 물건이 황금일 수도 있다는 생각이 든 것이다. 그러나 문제는 심증뿐이고 확증이 없다는 것이다. 그렇다고 필리핀으로 가서 확인할 수도 없는 상황이었다.

용신은 이 일이 자신에게 주어진 역사적 사명이라 여기고, 꾸준히 사료를 모으고, 연구를 진척시켜 나갔다. 그러던 중 김정일을 축출하기 위해 은밀히 동지를 규합하고 있던 철식이 의사를 타진하자 흔쾌히 합류했다.

그런데 용신에게 문제가 생겼다. 그가 사는 신의주는 중국과의 교역 창구다. 때문에 단둥의 중국 상인과 손을 잡고 비공식적인 거래를 하는 자들도 많았다. 신의주 암시장을 주도하는 그들은 많은 돈을 벌었다. 그런 상인 중 하나가 지지리도 공부 못하는 자식을 대학에 보내고 싶어 했다. 욕심 같아선 평양의 김일성종합대학에 넣고 싶지만, 과도한 욕심이 혹시나 후환을 불러올까 두려워한 암거래상은 졸업하면 학교 선생이 되는 사범대학에 눈을 돌렸다.

암시장 상인의 뇌물을 받아먹은 사범대학 학장은 성적이 형편없는 학생을 합격시켰다. 그 학생은 혁명력사학부에 배정되었다. 그러자 용신은 격렬히 거부했다. 부정 입학은 마땅히 그 책상에 앉을 자격이 있는 다른 학생의 미래를 좌절시키는 범죄다. 결국 암시장 상인 아들의 합격은 취소되었다.

그러나 몇 달 후, 용신은 종파적 분자로 몰려 보위부에 체포되었고, 그와 가족은 협동농장으로 보내졌다. 용신이 북한을 탈출하게 된 건 철식의 도움이 컸다. 그는 협동농장에서 친구의 가족을 빼내어 얼마간의 돈과 함께 국경 초소를 피해 압록강을 넘게 해주었다. 용신이 북에서 가지고 나온 건 비닐로 꽁꽁 싸맨 항해일지 하나였다.

랴오닝성의 선양으로 온 용신은 탈북 브로커를 잘못 만났다. 그는 용신 일가를 포함한 15명의 탈북자들을 미얀마 국경에 떨구어 놓고는 도망쳤다. 산악과 밀림을 헤매면서 다른 탈북자들과도 헤어진 용신 일가는 굶어 죽기 직전 기적과도 같이 타이 국경 검문소를 보았고, 개천 같은 국경을 넘었다.

용신 일가는 깐짜나부리의 난민수용소로 보내졌다. 자국의 독재정권을 피해 국경을 넘은 미얀마인들을 수용하는 곳이었다. 수십 명의 미얀마인들과 함께 좁고 불결한 움막에서 6개월을 지냈다. 매일 생사를 넘나든 미얀마 횡단 과정에 비하면 그곳의 생활은 충분히 참을 수 있었다. 그 기간 동안 인적 사항과 탈북 경위서를 썼다.

한국에 와서는 본격적으로 신문을 받았다. 이 새끼, 저 새끼는 양반의 호칭이었다. 한국말에 그렇게 다양한 욕이 있는지 처음 알았다. 또 몇 차례나 몽둥이찜질을 당했고 며칠씩이나 잠 한숨 못자고 취조 당했다. 조사관은 시도 때도 없이 간첩질하려고 온 것 아니냐며 윽박질렀다. 인격이 송두리째 파괴되는 과정을 겪었다. 그러나 용신은 참아냈다. 조국과 인민을 위해서….

하나원을 나와선 홍사익 자료 찾기에만 매달렸다. 매일 도서관으로 출근했다. 남한엔 인터넷이라는 편리한 정보검색 도구가 있었다. 인터넷으로 미국의 비밀해제 자료를 알아냈고, 일본에 가서 그 자료들을 복사해 왔다. 마침내 황금의 존재를 증명할 수 있는 자료들을 손에 넣게 된 것이다.

용신은 강녕이 의심하고 있다는 걸 알고 있었다. 그러나 강녕만큼 확실한 동업자를 찾을 수 없었다. 탈북자라면 일단 얼굴색이 달라지며 무시하기 일쑤고, 친절하게 다가오는 자는 정착자금을 노리는 사기꾼일 가능성이 높은 남한 사회에서는 말이다.

용신은 강녕을 끌어들이기 위해 홍사익의 편지와 항해일지가 유동열 생가에 보관되어 있다가 소실되었다고 거짓말했다. 아버지와 자신이 숨겨놓았던 것이라면 강녕은 용신의 말을 믿으려 들지 않았을 것이다.

그리고 강녕이 관심을 보이며 항해일지를 달라고 했을 땐, 북에서 가지고 온 진짜 원본을 태워버렸다. 세상에 남은 항해일지는 자신의 머리 속에 저장된 사본 밖에 없다는 용신의 말은 그 시점부터 사실이 되었다.

필리핀 삼보앙가 항에 터를 잡은 후, 용신은 중국의 조선족을 통해 철식과 연락을 주고받았다. 강녕과 명확하게 약정한 건 아니지만, 황금을 찾은 후 이를 정확히 반으로 나눌 생각을 했다. 자신의 몫은 김정일 체제를 무너뜨리려는 철식에게 전달할 계획이었다.

그러다가 1년 전 나쁜 소식을 들었다. 거사 준비를 하던 철식과 동지들이 보위부에 끌려가 처형당했다는 것이다. 이 소식을 전한 건 용케 살아남아 베이징으로 망명한 몇몇 동지들이었다. 용신은 며칠 간 아무 것도 하지 못한 채 식음을 전폐하고 앓아누웠다. 간신히 정신을 차린 용신은 베이징으로 연락을 취했다. 철식의 아들 황상도가 인도양을 항해 중인 것을 기억해냈기 때문이다.

이후 용신은 황금이 숨겨진 섬을 찾는 작업에 더 매진했다. 비록 철식과 많은 동지들이 죽었지만, 살아남은 이들이 베이징을 중심으로 활동하며 북한 내의 체제 불만 인사들을 규합하고 있다. 드러내놓진 못하지만 김일성-김정일-김정은으로 이어지는 3대 왕조 체제에 불만을 가진 사람들은 많다. 이들을 움직이는 데 필요한 건 자금이고, 굶주리는 북조선 인민들에게 시급하게 식량과 약품을 보내야 한다는 사명감이 그를 지배했다. 그리고 마침내 그 결실을 손에 쥐게 되었다.

용신은 가방 위에 내일 출발하는 마닐라행 항공권을 올려놓았다. 강녕이 정한 날짜는 모레다. 하지만 그보다 하루 빠른 내일 마닐라에 가야 하는 건, 베이징에서 보낸 사람을 만나야 하기 때문이다. 강녕과 통화를 마친 용신은 자신의 몫인 황금을 수송할 사람을 부르기 위해 베이징으로 전화를 건 것이다.

삼보앙가 항구는 어느 새 불을 환하게 밝혔다. 술루해의 각 섬에 유류를 공급하기 위해 출발하는 유조선이 부두를 천천히 빠져 나가는 동안, 일본식 영어 발음을 구사하는 두 명의 사내가 항구 주변의 상인들에게 무언가를 묻고 있었다.

12. 푸껫

"한태주 씨 되십니까?"

처음 전화를 받았을 때, 태주는 푸껫 빠똥 비치에 있었다. 파라솔 그늘 아래 비치 체어에 누워, 얼음에 쟁여 놓은 싱하[126]를 마시려던 참이었다.

태주는 휴가 중이었다. 혹사당한 몸과 상처 받은 마음에 보상이 필요했다. 물도 없이 낙타에 이끌려 룹 알하리 사막을 헤매고 다닐 때, 살아 돌아가면 바닷가에 누워 시원한 맥주를 들이키리라 다짐했다. 그 희망으로 입 속에 가득 찬 모래를 씹으며 사막을 건넜다.

인천공항에서 목사 부부에게 멱살 잡히고, 악다구니를 들었을 때 태주는 바다 속으로 잠수하고 싶었다. 그들은 자식이 살아 돌아왔다는 것보단 아들의 망가진 신체 일부분을 보며 태주에게 저주를 퍼부었다.

---

126) 싱하(Singha): 타이를 대표하는 라거 맥주.

100원짜리 동전 크기가 정상인 남자의 불알이 야구공 크기로 부풀었을 때 태주는 귀국을 늦추고 응급 수술을 받으라 했지만, 성태는 고집을 부렸다. 긴급히 한국의 의뢰인에게 연락했다. 목사 부부에게 위험에 대해서 이야기했지만 그들도 무조건 당장 귀국시키라고 소리쳤다. 몇 차례의 간곡한 만류도 소용없었다.

인천공항 의무실에서 목사 부부는 수박만 하게 부푼, 자식의 하나 남은 불알을 목격했다. 수술하면 고환의 크기는 다시 작아지겠지만 기능 회복도 힘들고 영구불임이 될 가능성이 높다는 의사의 말에 목사 부부는 난동을 피웠다.

"저 모양으로 살아서 뭐하나?"

태주의 멱살을 움켜쥔 목사의 절규였다. 태주가 알기론, 이 목사는 재활원의 장애인들에게 이렇게 설교하고 다녔다.

"주님께서 형제자매님들에게 약간의 불편함을 주신 이유는 세상의 빛과 소금이 되라는 특별한 소임을 맡기심입니다. 그래서 장애를 부끄럽게 여기는 사람들은 주님의 종이 될 자격이 없습니다. 형제자매님들은 결코 그런 사람이 아니지요? 당당하게 살아가십시오. 그래서 삐뚤어진 눈을 가진 사람들을 바른 길로 구원하십시오. 빛과 소금이 되어 혼란한 이 세상을 살 만한 곳으로 인도하십시오."

"아들에게 강제로 빼앗아서 이교도 놈들에게 바친 돈" 내놓으라는 목사를 보며 태주는 안다만해127)에서 청새치128)를 낚아채는 트롤 낚시를 생각했다.

---

127) 안다만해(Andaman Sea): 미얀마, 타이, 말레이시아, 인도네시아 수마트라 섬을 끼고 있는 바다. 주요 무역항로이자 주변 연안에는 이름난 휴양지가 많다.

128) 청새치(Striped Marlin): 크기 3~4m, 무게 수백 kg에 이르는 거대한 물고기. 헤밍웨이의 <노인과 바다>에서 '산차고' 노인이 4일 간 사투를 벌여 낚아 올린 물고기다. 주둥이가 뾰족하고 무척 빠른 것이 특징이다.

응급차에 실린 성태가 서울의 종합병원으로 간 후 태주는 바로 방콕으로 돌아왔다. 그리곤 스쿠바 다이빙 장비를 챙겨 푸껫으로 왔다. 태주는 파디(PADI)[129] 다이브 마스터(Dive Master) 자격증이 있다. 남에게 다이빙을 가르쳐도 될 만한 실력이 있는 것이다.

푸껫 빠똥비치와 가장 가까운 반타이 호텔에 장비를 내려놓았다. 호텔 정문에서 길 하나 건너면 바로 해변이다. 태주는 얼음 채운 아이스박스에 맥주를 담아 해변으로 나갔다. 싱하 맥주를 마시며 어디로 다이빙 갈지를 고민했다. 크라비(Krabi), 카오락(Khao rak), 피피(Phi phi) 중 그 어느 곳도 빼기 아까웠다. 태주는 리브어보드(Live-aboard)를 빌려 세 지역의 다이브 포인트를 모두 다니면서, 이동 중엔 트롤 낚시를 하기로 마음먹었다. 계획만으로도 즐거웠다.

그런데 막 맥주를 집어 드는데 전화벨이 울린 것이다. 국가번호 82. 한국이었다. 전화를 건 사람의 나이가 많은 사람이었다. 목소리에서 느껴지는 건 상당한 교양을 갖췄다는 것, 그리고 평소 말을 많이 하는 사람이라는 것이다.

"한태주 씨의 도움을 필요로 하는 사람이 있습니다. 저는 그를 대신해서 전화 드립니다. 그 사람이 한태주 씨를 만나길 원합니다."

"죄송하지만, 안 되겠습니다. 다른 사람을 찾아보시지요."

태주는 전화를 끊었다. 그는 의뢰를 직접 받지 않는다. 홍콩의 에이전시로 접수된 일만 맡았다. 그렇다고 에이전시로 접수되지 않은 일을 못하도록 계약된 건 아니다. 그러나 의뢰 건을 진행하다 보면 에이전시의 도움이 꼭 필요할 때가 있다. 에이전시의 역

---

129) PADI(Professional Association of Diving Instructors): 세계에서 가장 큰 다이빙 교육기관.

할은 불량 의뢰를 걸러내고 해결을 돕는 것이다.

　세 병째 맥주를 다 비울 즈음 파라솔 위로 빗방울이 떨어지기 시작했다. 방콕을 지나는 동경 100°선, 즉 그리니치 천문대가 있던 영국 런던 그리니치 공원의 본초자오선130)에서 원형체인 지구의 둘레를 동쪽으로 돌아 100°만큼 떨어진 지역은 열대성 폭풍을 연구하는 분야에선 중요한 지역이다.

　북태평양에서 발생되는 태풍은, 드물지만 동경 100°선을 넘어서 인도양의 사이클론(cyclone)으로 바뀌기도 한다. 그러나 인도양에서 발생하는 사이클론은 동경 100°선을 넘어 동진하여 태풍이 되는 경우가 없다. 즉, 동경 100°가 사이클론의 동진 한계선인 것이다. 두 개의 거대한 열대성 저기압 활동 영역의 경계에 있는 방콕과 푸껫은 사이클론은 물론 태풍도 거의 오지 않는 지역이다.

　그런데 인도양 안다만해에서 발생한 사이클론이 동경 100°선 가까이 있는 푸껫 쪽으로 방향을 잡았다. 태주가 푸껫에 도착한 날, 이 녀석은 동진 한계선에 다다랐음에도 힘을 잃거나 북쪽으로 방향을 바꾸지 않았다.

　빠똥비치의 중심축인 방라 로드의 유흥가는 일제히 문을 닫았다. 노천 씨푸드 식당들은 말할 것도 없었다. 상인들은 서둘러 집에 갔고, 관광객들도 호텔 객실 창문을 때리는 빗줄기를 하염없이 보고만 있었다.

　반타이 호텔은 E자 형태로 객실동을 배치하고, 그 사이에 수영장을 길게 만들어 놓았다. 아무도 없는 수영장에 태주가 삼각 수

---

130) 본초자오선: 지구 남북 간의 중심인 적도를 기준으로 삼는 위도에 비해, 지구의 동서축은 기준점이 없었다. 때문에 1884년 국제회의에서는 영국 그리니치 천문대를 기준으로 삼기로 약속했다. 지구의 자전에 따른 지역별 시간대 변화를 표시하는 경도는 그리니치 공원의 본초자오선을 0°로 하여, 180°E(동경 180도)~180°W(서경 180도)를 범위로 한다.

영복을 입고 나왔다. 초콜릿 복근이나 툭 튀어나온 이두박근처럼 돋보이는 근육은 없어도 태주의 몸은 매끈하고 탄탄하다. 헬스클럽에서 부풀린 공갈빵 근육이 아닌, 오랜 길거리 싸움질로 단련되어 그 분야에 최적화된 몸이다.

태주는 쏟아 붓는 비에도 아랑곳하지 않고 헤엄쳤다. 자유형, 접영, 평영, 배영으로 왕복한 후 잠영에 돌입했다. 우박 같은 빗방울이 머리통과 등짝을 후려치는 느낌이 좋았다. 30m 길이의 수영장에서 홀로 싱크로나이즈 스위밍도 펼쳤다.

객실로 돌아와서 TV를 켰다. 일기예보는 사이클론은 소멸되어 열대성 저기압 변했지만, 며칠 간 폭풍을 동반한 비가 내릴 거라는 우울한 소식을 전했다. 예쁜 바다 속 풍경과 짜릿한 손맛의 기대는 비바람에 날아가 버린 것이다. 절로 한숨이 나왔다.

100파이퍼스에 싱하를 섞어 한 잔 들이키고 난 직후 휴대전화 벨소리가 울렸다. 아까와 같은 번호였다. 그러나 이번엔 다른 사람의 목소리였다. 한때는 당당했음이 분명하지만 지금은 몹시 쇠약해진 낮은 목소리였다.

"한태주 씨요?"

"네. 누구십니까?"

"난 허강녕이라 하오. 당신에게 일을 맡기고 싶소."

"홍콩의 브라운&해리스 에이전시로 의뢰하세요. 주소나 전화번호 알려 드릴까요?"

"한태주 씨! 이 일은 외부에 알려져서는 안 되는 일이오. 절대로 홍콩의 당신 에이전시에 알릴 수 없소. 또 매우 긴박한 일이오. 내가 아는 한 비밀리에 신속하게 이 일을 할 수 있는 사람은 당신, 한태주 씨밖에 없소. 도와주시오."

도와달라는 말이 태주의 마음을 움직였다. 휴가지만 며칠 간

지속될 비바람 속에서 아무 것도 할 게 없는 난감한 상황도 태주의 심사를 흔들었다.

"제가 어떻게 도와드리면 될까요?"

"일단 날 만나야 하오. 내일 오전 10시, 신촌 현대백화점 앞으로 오시오."

"허 선생님, 말도 안 됩니다. 지금 여덟 십니다. 전 지금 태국 시간을 말씀 드린 겁니다. 한국 시간으로는 밤 10시겠네요. 12시간 만에 푸껫에서 서울로 오라구요? 그리고 전 지금 휴가 중입니다. 아무런 준비도 돼 있지 않아요. 최소한 방콕에 들러 옷이라도 챙겨 가려면 내일 이맘때는 되어야 합니다."

"여권 가지고 있소?"

"네. 전 외국인이라 여권을 신분증으로 쓰니까요."

"그럼 됐소. 수단과 방법을 가리지 말고 내일 10시까지 오시오."

강녕은 그 말만을 남기고 전화를 끊었다. 태주는 어이없었다. 그리고 어느 새 다이빙 장비와 짐 가방을 챙기는 자신의 손을 보며 허탈해했다. 하지만 그는 씨익— 웃을 수밖에 없었다. 강녕의 일방적인 요구에 거부감을 가진 뇌와는 별도로 손이 움직인 건, 아마도 쥴리가 개발한 100파이퍼스 폭탄주 탓이리라.

푸껫은 한국인이 즐겨 찾는 휴양지다. 그래서 한국의 국적기인 대한항공과 아시아나항공은 매일 인천공항과 푸껫을 연결하는 비행기를 띄운다. 그러나 이 항공기들은 차터(Charter)다. 항공사는 여행사들에게 블록(Block), 즉 대량으로 좌석을 넘기고, 여행사는 관광객을 모집해서 좌석을 채우는 구조다. 여행사들은 좌석 판매의 편의와 효율성을 위해 3박 5일이나 4박 6일의 형태의 패키지로 모객한다. 따라서 출국할 때 함께 온 승객들이 귀국할 때도 함께 가는 것이다.

항공사에서 배정한 좌석 비율대로 대금을 내야 하는 여행사 입장에선 좌석을 비우면 그만큼 손해다. 따라서 여행사들은 무조건 티켓을 팔아 좌석을 채워야 한다. 미처 안 팔린 항공권의 경우엔 그냥 날리느니 다만 얼마라도 건져야 한다. 항공 원가에도 못 미치는 199,000원이나 299,000원짜리 여행상품 광고가 난무하는 이유가 여기에 있다.

일단 여행객들을 비행기에 태워 보내면 손해를 메울 방법은 많다. 고가의 옵션이나 바가지 쇼핑 등을 유도할 수 있고, 여차하면 관광객들을 이끌고 다니며 행사를 진행하는 현지 여행사(랜드사)에 떠넘길 수도 있으니 말이다.

이런 차터 항공기를 편도로 이용하려면 두 가지 방법이 있다. 한국의 여행사로 전화해서 미처 채우지 못한 빈 좌석을 알아보거나, 항공사와 협상해서 이코노미나 비즈니스, 퍼스트를 가리지 않고 남는 좌석에 앉는 것이다.

한국 시간은 이미 10시가 넘었다. 서울의 여행사 직원들은 퇴근했거나, 사무실에서 야근하더라도 업무 시간이 종료되었으니 내일 전화하라는 안내를 반복하는 ARS로 전화회선을 돌려놓았을 것이다. 태주는 푸껫 공항으로 전화를 걸었다.

13. 세부 퍼시픽

뾰족한 삼각형의 필리핀 전통 수상가옥 형태의 지붕이 특색인 삼보앙가 공항. 민다나오 섬의 거점 공항답게 승객들로 북적였다. 그리 넓지 않은 대합실을 촘촘하게 매운 그들은 마닐라나 세부 또는 술루해의 섬으로 가려는 비행기 탑승 시간을 기다리고 있다.

대합실 중앙부의 딱딱한 플라스틱 의자에 불편한 자세로 의자에 기대어 잠자거나 멀뚱히 시간을 보내는 승객들 가운데 한 노인이 있다. 장용신이다. 머리가 하얗게 센 그는 까만 머리의 주변 사람들 속에서 도드라져 보인다. 밤색 샌들을 신은 용신은 다리를 모으고 무릎 위에 낡은 서류 가방을 올려놓고 있다.

손등에 힘줄이 시퍼렇게 서도록 가방 손잡이를 두 손으로 꼭 쥔 채 그는 공항 대합실 이곳저곳을 둘러보고 있다. 하지만 그의 시선은 불안을 가득 담고 있다. 용신이 비행기 탑승권을 확인하고 시계를 보았다. 탑승 시간은 아직 50분이나 남았다. 바짝 마른 입술을 혀로 적신 용신은 가방을 끌어당겨 팔로 감싸듯 몸에 바짝 붙여두었다.

그런 모습은 누가 봐도 부자연스럽다. 그래서 사람들의 시선을 끌고 있음을 그도 안다. 하지만 그에겐 온 신경을 곤두세워 주변을 경계할 이유가 있다. 가방 안엔 그와 동지들이 필리핀에서 보내야 했던 7년의 세월의 결과물이 들어 있기 때문이다.

마닐라행 비행기의 탑승 게이트가 열리자, 용신이 가방을 쥐고 일어섰다. 그런데 게이트 앞엔 벌써 긴 줄이 늘어서 있어 혼잡했다. 다시 자리에 앉았다. 그때 의심쩍은 두 사내가 눈에 띄었다. 자리를 뜨려다 멈춘 그들은 다시 의자에 앉더니, 힐끔거리며 용신을 쳐다보았다.

용신은 이민들을 이중 삼중으로 감시하는 나라에서 오래 살았다. 누군가 자신을 보고 있다면 반드시 이유가 있음을 잘 안다. 그걸 가볍게 여기던 사람들이 어디론가 사라지는 것을 자주 경험했다.

북한에서 중국을 거쳐 남한으로 온 용신은 중국과 한국인의 외모적 특징을 구분한다. 극동아시아인이면서 한국인도 중국인도 아닌 저들은 분명 일본인이다. 용신이 노려보자 일본인들은 시선을 피했다.

탑승이 시작되었고 줄이 빠르게 짧아져 갔다. 용신은 필리핀 단체 승객들이 탑승 게이트 앞으로 이동하는 것을 보았다. 자리를 박차고 뛰었다. 용신은 스무 명이나 되는 필리핀 사람들 앞에 서게 되었고, 허둥지둥 달려온 두 명의 일본인은 단체 관광객들 뒤로 밀렸다.

비행기에 오른 용신은 자신의 좌석번호를 무시했다. 출입문에서 가까운 창가 좌석을 훑었다. 비상구 다음 열 창가 쪽에 비어 있는 자리를 얼른 차지했다. 옆 자리엔 20대 후반으로 보이는 예뻔 여성이 앉아 있었다. 뒤늦게 탑승한 일본인들은 필리핀 단체 승객들에 밀려 10열 뒤에 앉았다.

오렌지색 티셔츠를 유니폼을 입은 세부 퍼시픽 스튜어디스들이 승객들을 자리에 앉히고 안전벨트를 확인했다. 곧이어 그녀들은 춤을 추며 비상사태 시 행동 사항을 안내했다. 비행기가 이륙한 후 안정 고도에 이르자 안전벨트 사인이 꺼졌다. 승객들의 좌석 이탈과 이동이 가능해진 것이다.

용신은 뒤쪽의 일본인들을 보았다. 그와 일본인들 사이엔 승무원들이 통로를 점유한 채 승객들에게 음료와 간식을 나눠주고 있었다. 승무원들이 음식을 나르는 카트에 의해 통로가 막혀있고, 일본인들이 행동하기엔 눈이 너무 많은 것이 다행이었다.

용신은 옆 자리의 여성을 보았다. 두툼한 영문 서류를 읽고 있지만 생김새는 분명 한국인이었다.

"한국인이십네까?"

"네. 한국분이셨어요? 전 중국인이신 줄 알았어요. 죄송합니다."

"죄송은 무슨⋯. 난 장용신이라 합네다. 한국 떠난 지 7년 되었습네다. 필리핀 와서 눈 깜짝할 새 세월이 지나 버렸디요. 필리핀에 삽네까?"

"이소림이에요. 전 스위스 제네바에서 일하는데, 출장 왔어요. 민다나오 섬에."

"스위스 제네바라면 직장은 어딥네까?"

"UN 인권위원회에서 일해요."

"아하, UN. 훌륭한 일을 하시누만요. 기럼 오늘 필리핀을 떠나십네까?"

"아니에요. 내일 떠납니다. 오늘은 만나야 할 사람이 있어요."

용신은 잠시 생각에 잠겼다. 일본인들이 노리는 건 가방 안의 문건들일 것이다. 비행기가 착륙한 이후 저들은 행동을 취할 것이다. 공항에서부터 호텔까지 언제 어디서 덮칠지 모른다. 늙고 힘없는 용신의 몸은 저들을 당해내질 못할 것이다. 그렇다고 빼앗길 수도 없는 일이다.

용신은 가방에서 서류 봉투 2개를 꺼냈다.

"부탁 하나 들어 주시갔습네까? 소림 양, 이 봉투들을 잠시 보관해 주시라요."

"잠시만요. 선생님의 물건을 맡으라고요? 그 물건이 뭐죠? 위험한 건지도 모르잖아요!"

"봉투 안에 든 건 사진입네다. 소림 양에게 아무런 해가 될 게 없습네다."

"죄송하지만, 전 못해요."

"사정이 급해서 그럽네다. 이건 우리 민족에게 매우 중요한 겁네다. 소림 양도 한국사람 아닙네까? 일본이나 미국에 뺏겨선 안될 사진입네다. 일본인들이 날 미행하고 있습네다. 이 비행기에도 타고 있습네다."

"글쎄, 저는 한국인이지만, 할아버지는 말투가 북한 분 같은데요. 전 남북 문제엔 연루되고 싶지 않아요."

"절대 그런 거 아닙네다. 이건 지난 7년 간 남북한이 손잡고 힘을 모은 일의 결과물입네다. 내, 하늘에 대고 맹세할 수 있습네다."

"그래도, 남의 물건을 어떻게…."

"잠시 보관만 해주시라요. 내 일본인들을 따돌리고 찾아 가갔습네다. 그때까지만 맡아 주시라요. 부탁 좀 드립네다!"

용신은 대한민국 정부가 발행한 여권으로 자신의 신분을 확인시켜 줬다. 그리고 봉투를 열었다. 봉투 안엔 항공사진 한 장 외엔 없었다. 소림은 더 이상 거절하지 못했다. 머리가 하얗게 센 용신의 간절한 눈빛을 외면하기 어려웠다. 그리고 그의 눈은 꽤나 맑았다. 소림이 낮은 한숨과 함께 말했다.

"그럼 어디에서 몇 시에 뵐까요?"

용신은 비행기에 비치된 여행안내서에서 마닐라 지도를 펼쳤다. 그의 손가락은 말라테 지역의 한 곳을 가리켰다.

"이곳이 아드리아티코라고 서울로 치면 명동쯤 됩네다. 거기에서 젤로 유명한 데가 레메디오스 서클이라고 밤에 분수 뿜는 곳이 있습네다. 그 바로 앞에 코리안 팰리스라는 한국 음식점이 있습네다. 한국 궁궐이라는 뜻이디요. 대문에 태극 마크가 있어 쉽게 찾을 겁네다. 거기서 7시에 만나기로 합세다. 내 저녁 푸짐하게 대접 하갔습네다."

용신은 2개의 서류 봉투를 소림의 커다란 숄더백에 넣어 주었다. 그리고 봉투 안엔 작은 쪽지도 한 장 넣었다. 뒤쪽의 일본인들이 눈을 번뜩이고 있어도, 그들의 시선은 좌석 등받이를 통과하진 못한다. 용신은 안도와 불안이 섞인 한숨을 내쉬었다.

소림은 장용신의 부탁이 부담스러웠다. 그러나 오늘 저녁때까지만 맡아달라는 용신을 거부할 순 없었다. 약간은 께름칙했지만 설마 하며 넘겼다. 그러나 이 사진의 정체와 그로 인해 벌어질 일을 알았다면 맡으려 하지 않았을 것이다.

14. 서울 신촌

새벽의 인천공항은 한산했다. 입국심사장에서 차례를 기다리던 태주는 난데없는 욕설이 터져 나온 곳으로 시선을 돌렸다. 외국인 입국 심사하는 부스였다. 태주 나이 또래의 심사관은 그보다 훨씬 나이 많은 동남아시아인에게 소리치고 있었다.

"What's your purpose of entry? 하~ 이 자식. 이것도 못 알아듣는 놈이 한국엔 왜 왔어?"

인천공항은 시설과 편의성과 효율성 면에선 높은 점수를 받지만 입국심사관의 수준은 그보다 좀 떨어진다. 그들은 일단 동남아시아인들을 잠재적인 불법체류자로 보고 있다. 때문에 입국 심사과정에서 험악한 말을 쏟아내며 취조하는 것이다. 태주는 한국에 입국할 때 험한 꼴 당했다는 동남아시아 사람들의 하소연을 자주 들었다. 태주는 그들이 자신의 나라에서 먹고 사는데 아무런 지장이 없는 경제력을 지녔음을 알고 있다. 그저 미안하다는 말밖엔 할 수 없었다.

입국 심사를 마치고 세관 검사대를 지나가는 태주에게 공항경찰이 달려왔다. 그는 태주에게 동행을 요청했다. 태주를 데려간 곳은 새로 도입된 전신 스캐너 앞이었다. 공항경찰은 태주를 전신 스캐너에 서게 한 후 양팔과 양다리를 벌리라고 했다.

"젠장할 놈."

태주는 알몸 같은 자신의 신체사진을 누가 보고 있는지 깨달았다. 태주는 활개를 펼친 두 손의 가운데 손가락을 살포시 들었다.

공항을 나와 택시를 타려 할 때 전화벨이 울렸다.

"이 새끼야, 국가 기록물에 퍼큐가 뭐냐? 너 대한민국 공권력을 능멸하는 게냐?"

"망할 자식아, 전신사진은 뭐 하러 찍고 지랄이야? 내 파이어볼이 얼마나 튼실해졌는지 궁금해?"

"예전부터 니껀 허접했어. 오죽했으면 은주가 널 버리고 날 택했겠냐?"

태주의 첫사랑 여인과 결혼한 박효준이다. 말 그대로 둘은 불알친구다. 둘의 우정은 한 여자를 놓고 갈등을 겪을 때에도 무너지지 않았다.

"망할 자식, 아픈 델 마구 찌르는구나. 내 일생의 패배는 단 한 번밖에 없어. 딱 한 번. 그런데 그게 지랄 같아. 사천만의 호구인 너에게 졌으니 말이야."

"질질 짜면서 깨끗이 승복해 놓고는… 아주 발광을 하세요."

"서연이는 잘 크냐?"

"우리 애가 갈수록 널 닮아가는 것 같아. 그래서 나 요새, 울마누라 무지 구박해. 하하하."

"날 빼다 박았더라도 친자 확인 이 딴 거 할 생각 말고 친구 자식 키운다 여겨라. 몸에 좋은 거, 원하는 거 다 해다 바치면서 훌륭하게 키워. 낄낄낄."

"조카한테 사탕 하나 안 사준 놈이. 쯔쯔. 울 마누라도 애한테 가르친다. 방콕 삼촌 노랭이, 구두쇠라고. 그런데 너, 자주 온다. 이틀 전에도 왔다 그냥 가더라. 국내에 일정한 거소도 없는 자가 쥐새끼 풀빵구리 드나들 듯 한국에 오면 매우 수상한 놈이지. 당연히 전신 스캐닝 해서 그 자의 몸을 살피는 게 국록을 먹는 내 소임이야. 호호호."

"이 은혜는 반드시 복수해주마."

"오케이 기다리겠다. 오후에 밥이라도 먹자. 오랜만에 애들도 부르고."

"내 전화하마."

태주는 신촌의 24시간 문을 여는 설렁탕집에서 아침 식사를 하고 찜질방에서 목욕한 후 옷을 갈아입었다. 그리고 천천히 걸어 현대백화점 신촌점으로 향했다. 10시 정각에 그는 백화점 정문 앞에 서 있었다. 백화점 벽에는 정기 세일을 알리는 커다란 리본이 붙어 있었다. 백화점 개장과 함께 문 앞에 모여 있던 사람들이 우루루 백화점 안으로 들어갔다. 그때 휴대전화 벨이 울렸다.

"한태주 씨, 도착했소?"

"지금 백화점 앞입니다."

"백화점을 등지고 왼쪽을 보시오. 백화점 모퉁이에 작은 길이 있을 거요. 그 길을 따라 들어오시오."

태주는 휴대전화의 통화를 유지한 채 빠른 걸음으로 이동했다.

"30m 들어오면 오른쪽에 황토색 벽돌 건물이 보일 거요. 일 층엔 허름한 국밥집이 있소."

"확인했습니다."

"그 건물 4층으로 오시오."

초석을 보니 1969년에 지어진 건물이었다. 당시엔 신촌시장 옆의 신식 첨단 고층건물이었겠지만 지금은 붕괴를 걱정할 정도가 되었다. 비좁고 가파른 계단을 타고 올라가 4층에 다다랐다. 그런데 거기엔 작은 창고와 화장실밖에 없었다. 태주는 건물을 잘못 들어왔다고 생각했다. 옆 건물로 가기 위해 다시 계단을 내려가려 했다. 그때 강녕으로부터 전화가 왔다.

"다 왔소?"

"죄송합니다만, 제가 건물을 잘못 들어왔습니다. 옆 건물에 온 것 같아요. 여기서 다시 내려가야겠습니다."

"잠시 멈추시오. 한태주 씨, 창고와 화장실이 보이오? 그럼 제대로 왔소."

태주는 기가 막혔다. 망가진 의자와 깨진 간판, 찌그러진 냄비와 그릇 같은 잡동사니가 뒹구는 창고밖에 없는데 제대로 왔다니.

"화장실 문을 열고 들어오시오. 소변기와 대변기 칸이 따로 있을 거요. 대변기 칸막이 안을 보시오. 보고 있소? 그럼 오른쪽 벽을 미시오."

힘을 주어 벽을 밀치자, 벽은 회전문처럼 돌며 숨은 공간을 드러냈다. 공간 안으로 들어서자 손잡이가 있는 현관문이 있었다. 조심스럽게 문을 여니 상상도 못했던 넓은 공간이 펼쳐졌다. 15평 정도 되는 사무실이었다. 태주는 눈앞의 상황에 적잖이 놀랐다.

사무실의 하얗게 칠한 벽은 사방이 막힌 공간에 나름의 개방감을 주었다. 의자와 탁자 소파 등 각종 사무 집기류는 아주 오래되어 보였지만 상태는 매우 좋았다. 사무실 구석엔 야전침대가 놓여 있었고, 그 위에 병약한 노인 하나가 누워 있었다. 그 옆에는 백발을 가지런히 넘긴 사내가 벽에 매달린 링거의 수액량을 조절하고 있었다. 그는 얼굴에 걱정이 가득했다. 야전침대의 노인이 힘겹게 상체를 일으켰다. 그러자 백발의 사내가 그의 등을 받혀 침대에 앉혔다.

"고생했소. 내가 허강녕이오. 반갑소. 이쪽은 세브란스 의대 김대관 교수요. 한태주 씨에게 처음 전화한 사람이오."

강녕이 자신과 대관을 소개했다. 악수를 청한 강녕의 손은 다 죽은 나무껍질 같았다.

"사람들이 북적거리는 도심에 이런 숨은 공간이 있을진 몰랐습니다. 여긴 뭐 하는 곳입니까?"

"이곳의 명칭은 풍년상회였소. 이래봬도 국가 재산이오. 중앙정보부라고 들어봤소?"

"네. 지금은 국정원이죠. 제 친한 친구도 그 회사131) 다닙니다."

"그 사람에게 이 사무실 이야길 전해주시오. 1970년대 말 중정은 서울의 주요 대학에 직원들을 내보냈소. 그들의 임무는 유신에 반대하는 학생들 감시였지. 그런 일을 맡은 직원들의 사무실이 필요했소. 보안을 유지하며 본부와 연락을 주고받아야 했으니까. 이런 곳을 여러 대학 앞에 마련했소. 그런데 사무실을 매입하는 데 중정 이름을 쓸 순 없잖소? 그래서 중정 직원들 명의를 빌렸지. 사무실의 명칭은 암호로만 불려졌소. 풍년상회라던지 대륙상사라던지 반도흥업 같은.

알다시피 중정은 대빵이 1979년에 대통령을 죽였소. 그 때문에 수많은 직원들이 쫓겨났지. 이 사무실의 명의자도 그때 쫓겨났고, 몇 년 후 자살했소. 항상 누군가를 쫓고 미행하던 사람이 졸지에 감시당하게 되니 화병이 나 미쳤던 거지.

---

131) 전 세계 정보기관 요원들은 자신이 몸담은 조직을 회사라 부른다. 미국 CIA는 Company, 영국 MI6는 Firm, 한국 국정원은 회사로 통칭된다.

그때 쫓겨난 사람들은 명의자들뿐만이 아니었소. 이런 연락사무실을 관리하던 부서 직원들도 전부 물갈이 되었소. 쫓겨나는 처지라 인수인계가 제대로 되지 않았지. 그러니 난데없이 새로 업무를 맡은 사람들은 이런 게 있는지도 알 수 없었소.

뒤끝이 있는 조직의 무서움을 잘 알고 있었기에 쫓겨난 명의자들은 죽을 때까지도 이 부동산을 자식들에게 말해주지도 않았소. 서슬 퍼런 정보기관이 혹시나 자식들에게 화를 입힐까 두려웠던 거요. 그러니 죽은 명의자의 자식들도 이런 사무실이 자신에게 상속된 것도 몰랐소.

그런데 알지도 못하는 부동산의 재산세 부과 통지서가 날아오면 어떻겠소? 첨엔 횡재했다 싶어 주소지를 찾아와 확인해 보겠지. 그런데 아무 것도 없는 거요. 부동산은 없는데, 세금 내라고? 당연히 자식들은 화가 나겠지. 세금 매긴 공무원들 데려와서 화장실 보여주며 항의했소.

공무원들도 답답했을 거요. 건물등기부 상엔 분명 15평의 사무실인데, 나와 보면 두어 평쯤 되는 화장실이니까. 그렇다고 직권으로 등기부를 말소할 책임감이나, 화장실 벽을 뜯어 볼 만큼 사명감이 있으면 그들은 공무원 하질 않소. 공무원의 특성은 그냥 뭉개는 거요. 관행대로 세금 매기고, 민원 들어오면 탕감해주고. 그렇게 30년이오. 30년 동안 공중에 떠 있는 거지."

"그럼 30년 동안 이곳을 찾은 사람이 아무도 없었단 말씀이십니까?"

"나도 이곳을 잊고 있었소. 며칠 전 죽다 살아나면서 떠오른 거요. 아… 그때 생각난 건 당신 이름도 마찬가지요. 어쨌든 국정원도 그렇고 다른 국가기관들도 이런 경우가 많소. 떳떳하지 못하면 나라 재산을 잃고도 밝히지 못하는 거지. 따지고 보면 나도 국정원 비자금 20억 원을 한 입에 삼키고도 그냥 풀려난 사람이오."

말을 많이 한 강녕이 현기증을 느끼는 듯 머리를 앞으로 숙였다가 잠시 후 세웠다.

"많이 편찮으신 것 같은데 병원에 가셔야 하지 않을까요?"

"한 선생. 이 친구 좀 말려주세요. 글쎄 이 몸으로 병원을 도망쳐 나오면 어쩌자는 건지. 쯔쯧."

대관이 태주를 보며 진심으로 말했다. 그는 심각했다.

"이 친구가 남들에겐 신통한 명의지만 나에겐 돌팔이요. 내 몸은 내가 잘 아오. 아직은 괜찮소. 버틸 만 하오."

"선생님 몸이 안 좋으시니 저에게 일을 맡기시고 병원에 가시는 게 좋을 것 같습니다. 의뢰하실 일이 뭔가요?"

"지금부터 내가 하는 말 잘 들으시오. 그리고 이 방에서 들은 이야긴 절대 입 밖에 내어선 안 되오. 그 누구에게라도 말이오."

강녕은 7년 전 용신을 처음 만났을 때부터 지금까지 진행되어 온 일들을 태주에게 설명했다. 태주는 금 300톤이라는 게 어느 정도 규모인지 감이 잡히지 않았다.

"금 300톤이면 한국 돈으로 얼마나 됩니까?"

"300톤이면 30만 킬로그램, 즉 3억 그램이오. 우리가 흔히 사용하는 금 1돈은 3.75g이고. 3억 그램을 3.75로 나누면 약 8천만 돈이오. 지금 금 도매 시세가 1돈에 대략 217,000원[132] 한다 하오. 8천만 돈에 대략 21만 원을 곱하면 규모를 알게 될 거요."

태주는 머리 속으로 계산했다. 현실감이 없는 숫자가 튀어 나왔다.

---

132) 2011년 7월 14일 한국귀금속중앙회가 고시한 시세 기준. 이 날짜 금 3.75g(1돈)의 도매가격. 소매가는 25만 원을 넘는다.

"17조… 제 계산이 맞나요?"

"그럴 거요. 그것을 개인이 손에 넣으면 누구도 따라올 수 없는 한국 최고의 부자가 될 거요. 삼성을 지배하는 이건희 일가의 총 재산이 10조 원 조금 넘는 정도니 말이오. 국제적 차원에서 설명할 수도 있지. 로만 아브라모비치라는 자가 있소. 러시아 최대의 석유 재벌이지. 잉글랜드 프리미어 리그 첼시의 구단주이기도 하고. 돈을 주체하지 못해 사방에 뿌리고 다니는 그 자가 포브스가 발표한 세계 억만장자 서열에서 딱 50위요.[133] 내가 순금 300톤을 손에 쥐고 있다고 밝히면 아브라모비치는 50위권 밖으로 밀려나게 될 것이오."

태주는 머리를 흔들었다. 놀란 건 김대관도 마찬가지였다. 그는 입을 다물지 못했다. 그는 친구의 어깨에 손을 올리며 말했다.

"자네가 이런 일을 하고 있을 줄은 꿈에도 몰랐네. 병원에서 도청 운운하며 난리치던 게 이해가 되는구만. 내 무슨 수를 써서라도 자네를 돕겠네. 황금을 가져올 때까지 무슨 수를 써서라도 살아 있게 할 걸세."

그러나 태주에겐 너무 비현실적인 이야기로 들렸다.

"선생님께서 제게 의뢰하실 것이 필리핀에서 가서 황금 300톤을 싣고 오라는 건가요?"

"아니오. 금은 당장 싣고 올 순 없을 거요. 기회를 노려야지. 하지만 내 생명이 그때까지 버틸 수 있을 것 같진 않소. 그래서 장용신 동지에게 결과물을 달라고 했소. 그도 나이가 많소. 언제 나처럼 쓰러질지도 모르오. 우리가 죽은 후, 이 사무실처럼 아무도 알지 못하고 묻히면 큰일 아니겠소?"

---

133) 포브스(www.forbes.com) 2010년 10월 기준 세계 억만장자 순위.

"그럼 제가 해야 할 일이 뭔가요?"

"내일 우리 동지들이 마닐라 호텔에 모이오. 장용신 동지도 보물섬 탐사 자료를 가져올 거요. 당신이 할 일은 그걸 받아오는 거요. 내가 죽어도 누군가는 그 일을 진행해야 하지 않겠소? 그게 누가 될지는 아직 정하지 않았지만 말이오."

"필리핀 가서 서류 받아오면 되는 간단한 일이네요. 아무나 가도 되는…. 그런데 푸껫에서 휴가 중인 제가 왜 필요하셨죠?"

"난 감시 받고 있었소. 입원한 병실에 누군가 도청장치를 설치했지. 미국인지 일본인지는 몰라도…. 어쩌면 중국일 수도 있고. 어디서 정보가 그들에게 샌 건지 모르겠소만, 도청한 놈들은 내일 동지들이 마닐라에 모이는 걸 알고 있소. 내 실수로 카드 한 장을 까 보인 셈이지. 그러나 어디서 모이는지는 모르오. 그래도 이미 내 패 한 장은 누설되었으니까 어쨌든 내가 불리하오. 흐름을 뒤집으려면 출중한 빵끼134)를 치거나 강력한 카드가 필요하잖소? 난 막판 대반전을 위해 빵끼도 치고 히든카드도 준비했지. 그 카드가 바로 한태주 당신이오.

난 빵끼를 치기 위해 비밀리에 병원을 빠져 나왔소. 병원이 발칵 뒤집혔다 하오. 그런 소동이 났으면 놈들도 내가 없어진 걸 알았겠지. 그리고 이렇게 판단할 거요. 허강녕이가 내일 필리핀에 가려고 하는구나. 놈들은 공항을 지키고 있겠지. 하지만 난 본진을 지키고 있고, 대신 에이스를 보내는 거요. 허를 찌르는 거지. 당신은 이 세계에 전혀 알려져 있지 않소. 내가 당신을 히든카드로 선택한 이유도 바로 그것이오.

당신은 오늘 저녁 방콕으로 돌아가시오. 그리고 내일 아침 첫

---

134) 페인트(Feint): 운동 경기에서 상대를 속이려는 동작. 이 단어가 도박업계에서는 <빵끼>라는 은어로 변형됨.

비행기를 타고 마닐라로 출발하시오. 마닐라 호텔에 가서 서류를 받아오시오. 난 당신이 돌아올 때까지 여기서 버티면 되는 거요. 놈들이 알아 차렸을 땐 이미 게임은 끝난 거고."

"선생님은 절 어떻게 믿고 이런 일을 맡기시는 거죠? 제가 욕심이 생겨 자료 들고 도망쳐서 황금을 찾으러 가기라도 하면 어찌 하시겠습니까?"

"처음 들어왔을 때 당신의 눈을 보았소. 이 사람은 믿어도 되겠다 싶었소. 현장에서 첩보원으로 산 게 어언 30년이오. 적진에서 수많은 동조자를 구축하고 관리해 왔소. 나도 사람 보는 눈이 있다고 자부하오."

"절 믿어 주시니 고맙습니다만, 솔직하게 말씀 드리면 전 선생님 말씀이 믿어지지 않습니다. 필리핀엔 금과 관련된 사기 사건이 많다고 들었고요."

"오늘 내일 하는 늙은이가 이상한 사무실로 불러서는 난데없이 금 이야기를 하니, 당신 같은 전문가가 믿지 못하는 건 당연할 거요. 세상엔 믿지 못할 일들이 많소. 그러나 그중 대부분은 사실이지."

"제 직업이 사람 찾고 물건 회수해 오는 일입니다. 선생님이 오더를 주시면 하긴 하겠습니다만, 저에게 금덩이 300톤이 무인도에 숨겨져 있다는 말을 믿으라고 강요는 하지 마십시오."

"알겠소. 당신은 마닐라에 가서 이력서를 받아오기만 하시오. 필요한 경비는 준비해 뒀소."

강녕이 대관에게 고갯짓을 했다. 대관이 재킷 안주머니에서 봉투를 꺼내어 태주에게 건네주었다.

"풍족하진 않을 거요. 나라와 민족을 위해 한 번쯤 염가 봉사한다고 생각하시오."

"좋습니다. 그런데 제가 마닐라 호텔에서 선생님 동지들을 만
난다 해도 그분들이 절 어떻게 믿죠?"

"그래서 당신을 서울로 부른 거요. 필리핀의 동지들에게 당신
이 내 대리인이라는 것을 인정받을 징표를 건네주기 위해."

강녕은 야전침대 한켠에 놓아 둔 가방에서 4개의 편지 봉투를
꺼냈다. 세 개의 봉함된 봉투엔 각각 수신인의 이름이 적혀 있었
다. 장용신, 안상욱, 최진영에게 보내는 편지다.

강녕은 이름이 쓰여 있지 않은 봉투를 열었다. 네 귀퉁이가 대
각선을 이루며 구멍이 나 있는 스페이스 에이스 카드 한 장이 들
어 있었다.

15. 핑커턴

옛 중정의 신촌 비밀 연락사무소가 있는 건물은 현대백화점 신촌점 옥외주차장과 골목처럼 보이는 좁은 도로를 사이에 두고 있다. 백화점 옥외주차장은 4층짜리 개방형 철골 구조물이다. 창이 없는 주차장 끝에 오면 골목 같은 도로를 한 눈에 볼 수 있다. 그 꼭대기 층에 쉐보레 쉐비 밴을 개조한 검정색 스타크래프트 한 대가 주차되어 있었다.

이런 육중한 차는 조립식 철골 구조물인 옥외 주차장에 오를 수 없다. 그러나 오늘 아침 현대백화점 신촌점의 주차관리 담당자는 본사의 이례적인 지시를 받았다. 쉐비 밴 한 대를 옥외 주차장에 넣으라는 것과, 그 차에 대해선 관여치 말라는 것이었다.

백화점 주차 요원들은 주차 칸을 세 개나 먹고 서 있는 스타크래프트를 보고 까다로운 연예인 하나가 온 것으로 여겼다. 주차 요원들은 단지 짙은 선글라스를 낀 채 운전석 옆에 서 있는, 연예인의 보디가드 같은 건장한 흑인이 신경 쓰일 뿐이었다.

그러나 이 커다란 밴은 연예인을 싣고 여기저기 행사 다니는 차가 아니다. 육중한 철판을 두른 이 차는 첨단 통신 장비들을 탑재하고 있다. 위에서 내려보았을 때 이 차의 지붕이 오목하게 패였음을 알 수 있다. 반경 3km 내의 모든 소리를 잡아내는 음향 레이더가 차의 지붕에 올려져 있기 때문이다. 고성능 지향성 마이크는 뒤편에 달려 있다. 일반인들은 좀 커다란 후사경쯤으로 알 것이다.

차 내부는 복잡한 계기판들로 가득했다. 수많은 소리와 소음 중에서 원하는 목소리를 정확히 파악하는 스피커 ID(Speaker ID)와 위성 송수신 통신장비는 항공기의 콕핏을 연상시켰다.

차 안에선 2명이 그 장비들을 운용하고 있었다. 그들은 지향성 마이크의 포커스를 주차장에서 10m 도 안 떨어진 황토색 벽돌 건물의 4층에 맞춰 놓고 있었다. 놀란 듯한 태주의 목소리와 함께 강녕의 쇠를 긁는 듯한 목소리가 스피커를 통해 흘러나왔다.

대한민국은 미국과 일본, 중국과 러시아 정보기관의 손바닥 안이다. 이들 나라의 정보기관들은 한반도에서 일어나는 일들을 소상히 알고 있다. 지구 궤도를 떠도는 인공위성 때문이다.

인공위성은 크게 통신용 위성(통신위성), 기상관측용 위성(기상위성), GPS용 위성(항법위성)과 영상위성(정찰위성)으로 나누어진다. 통신, 기상, 항법위성은 정지궤도위성[135]으로 지표면에서 약 35,800km 상공에 자리 잡고 있다. 서울과 평양을 관통하는 동경 127° 주변 상공에 떠 있는 정지궤도 위성은 모두 97개다. 이 중 4개만 한국 것[136]이고 나머진 대부분 미국, 일본, 중국, 러

---

135) 적도선상의 궤도에서 지구의 자전주기와 동일한 공전주기를 갖는 위성. 지구에서 보면 이 궤도를 도는 위성은 적도 위의 어느 한 점에 고정되어 있는 것처럼 보인다.

136) 한국의 정지궤도 위성은 통신용인 무궁화 2호(경도 113.0), 3호(경도 116.1), 5호(경도 116.5)로 한반도 구석 서해 상공에 떠 있다. 2010년 6월 27일 쏘아 올린 기상위성 천리안(경도 128.2)만이 한반도 중심부 상공에 위치한다. 그런데 자리를 선점한 일본과 중국 위성 때문에 전파간섭이 심하다.

시아에서 발사한 것이다.

지표면을 샅샅이 훑어내는 영상위성은 400~600km의 저궤도 상공에서 경도를 따라 남북으로 선회하는 극궤도 위성이다. 이들 위성은 2~4시간[137] 간격으로 지구를 한 바퀴 돌며 지표면 구석구석을 정찰한다.

광학 카메라를 장착한 영상위성은 구름이 끼거나 밤이 되면 무용지물이다. 그래서 광학위성과 함께 적외선 카메라가 장착된 레이더 위성이 한 조를 이뤄 각기 다른 궤도로 움직인다. 그리고 1개조만으로는 감시가 비는 사각 시간이 생기기 때문에 2개조를 한 팀으로 운용한다.

저궤도를 도는 정찰위성은 미국이 운용하는 것이 압도적으로 많지만 중국, 러시아도 만만치 않다. 일본도 2개의 광학 위성과 2개의 레이더 위성을 띄워 놓고 24시간 감시 중이다. 북한의 군사 움직임 감시를 목적으로 한다지만, 그건 핑계고 대개는 남한 곳곳에 포커스를 맞추고 있다.

영상위성의 해상도는 못해도 50cm 이하다. 즉, 지상의 물체 중 50cm를 넘는 것은 식별이 가능하다. 공식적으로 일본은 60cm급, 중국은 50cm급이라고 밝히고 있지만 실제론 그보다 훨씬 정교할 것이다. 구글 어스의 위성사진[138]이 60cm급이기 때문이다. 미국은 10cm급 이하[139]이며 42,000개의 목표물을 동시에 정밀 감시할 수 있는 능력이 있다.

그러나 미국 정보기관이 위성에서 얻은 사진만으로 만족할 만

---

137) 저궤도 정지위성은 초속 7km 이상의 속도로 지구 궤도를 선회한다.

138) 구글 어스의 위성사진은 미국의 민간 상업위성인 퀵버드로부터 얻은 것이다.

139) 미국의 관측위성 키홀(HK-12)의 해상도는 5cm~10cm로 축구공의 패턴까지 판별할 수 있다. 그러나 미국 정부는 키홀의 존재를 공식적으로 인정하지 않고 있다.

한 정보를 얻을 수 있다면 많은 비용을 들여 각 나라에 요원들을 보낼 이유가 없다. 정찰위성에서 얻은 사진은 사후 증거일 뿐이다. 정작 필요한 정보인 문제의 원인과 해법은 사람, 즉 인간정보(Human Intelligence, HUMINT)로부터 나온다. 이는 정보세계의 절대원칙이다.

김대중과 노무현 정부 시절, 미국 정보당국은 청와대와 국정원 같은 핵심기관의 정보를 얻는 데 어려움을 겪었다. 때문에 CIA 한국지부 요원들은 정보줄기를 찾아 사방을 찌르고 다녀야 했다. 열에 아홉은 속임수인 북한 정보를 분석하는 것만도 힘겨운데, 한국의 권력자들마저 속을 썩이니 발에 땀이 나도록 뛰어다녀야 했다.

하지만 이명박 정부가 들어선 이후 CIA 요원들은 더 이상 발품을 팔지 않는다. 청와대, 국정원, 국방부의 고위직 인사들이 휴민트를 자청하며 찾아와 상세히 정보를 누설한다. CIA 요원들은 커피 한 잔 받아 마시곤 전후 맥락을 시시콜콜 줄줄이 토해내는 자들을 기다리기만 하면 되는 것이다.

손발이 편해진 CIA 요원들은 서울에서 활동하는 중국과 일본의 정보요원들에게 관심을 기울였다. 그러던 중 일본 대사관의 화이트 요원인 와타나베 영사의 특이한 행동이 포착됐다. 멀쩡하던 사람이 갑자기 입원한 것이다. 심상찮은 장비가 병실로 반입되었고 도청 분야의 전문요원임이 분명한 인력도 일본에서 왔다.

와타나베는 화이트다. 대사관의 영사 직함을 가지고 대외적인 신분을 외교관이라고 포장하지만, 실제로는 내조실 소속의 정보요원이다. 그런 자가 아프면 당연히 본국으로 송환된다. 주재국의 병원에 입원하는 경우는 교통사고 같은 긴급한 상황일 때에만 적용된다. 그런데 와타나베는 멀쩡히 걸어서 입원했다.

CIA 한국지부장 윌리엄 앤더슨은 와타나베의 입원에 뭔가 있다는 느낌을 가졌다. 그는 부하 요원들을 투입해 입원한 와타나베를 밀착 감시했다. 그러나 5일 동안 와타나베는 내분비 계통의 호르몬 검사 이외엔 별 다른 행동이 없었다.

앤더슨은 생식기 같은 특수한 신체부위의 이상으로 피치 못하게 병원에 입원한 와타나베가 본국과의 연락을 위해 통신 보안장비를 반입한 것으로 잠정 판단했다.

감시 요원들을 철수시켰다. 앤더슨은 일본보다 중국과 북한 정보를 우선시 하는 본부의 지침을 거슬러가며 일본 영사 감시에 요원들과 장비를 운용할 순 없었다.

그러나 앤더슨은 혹시나 하는 의문을 완전히 떨쳐 버리지 못했다. 뭔가 있는 것 같기도 하고 아닌 것 같기도 한, 똥 싸고 밑을 닦지 않은 채 나온 것 같은 찜찜한 기분이었다. 이럴 때 필요한 게 외주하청이다. 적합한 업체가 있었다. 국제적인 사설탐정 회사 핑커턴140)이다.

크롤(Krooll Associates), H&A(Hill&Associates), 부즈 앨런 해밀턴(Booz Allen Hamilton) 같은 국제적인 사설탐정 회사들은 CIA, FBI, NSA 등 미국 정보 및 수사기관의 퇴직자들을 받아내는 저수지다. 많은 사설탐정 회사들 중에서 핑커턴은 CIA 퇴직자들을 선호한다.

핑커턴 서울지사는 주로 미국 기업들의 의뢰를 받아 한국의 기업이 특허를 침해했는지 조사하거나, 한국의 기업 정보와 정부의

---

140) 핑커턴(Pinkerton): 1850년 앨런 핑커턴이 설립했고, 'We Never Sleep'이라는 로고로 유명한 사설탐정 회사. 초기 핑커턴은 요인 경호, 기업 경비는 물론 남북전쟁 당시엔 군사정보 수집과 광역 수사기관의 역할도 했다. 영화 <내일을 향해 쏴라>의 주인공인 부치 캐시디와 선댄스 키드를 추적해서 사살한 것도 핑커턴 요원들이었다. 사립탐정이었던 세실 B. 해밋의 범죄소설엔 항상 핑커턴 탐정이 등장한다.

산업 정책 기밀을 캐는 산업 스파이 역할을 한다. 핑커턴 한국지사장은 두 달 전 부임한 토마스 올드리치다. 그는 앤더슨과 막역한 친구이자 동료였다.

올드리치는 친구의 의뢰를 받고 요원들을 세브란스 병원으로 보냈다. 그리고 이틀 후 일본 정보요원들이 영사가 입원한 20층 병실의 바로 아래층 병실에 도청장치를 설치했다는 보고를 받았다. 올드리치는 아래층 병실의 환자가 누군지 궁금했다.

환자에 대한 정보가 2시간 만에 그의 책상에 올라왔다. 화려한 현장 경력을 가진 전직 국정원 요원이었다. 그런데 올드리치는 허강녕이라는 이름을 어디선지 본 기억이 났다.

한국의 비밀스러운 정보를 가장 확실하게 전달해 주는 문서 파일을 꺼냈다. 올드리치가 뒤적이는 건 전임자에게 물려받은 증권가 찌라시 모음이다. 올드리치는 두툼한 문서철에서 포스트잇이 붙어 있는 면만을 훑었다. 포스트잇은 전현직 정부 고위관료들이 누설한 기밀사항들을 표시해 놓은 것이다.

잠시 후 그는 1년 전의 찌라시에서 허강녕이라는 이름이 거명된 부분을 찾아냈다. 전직 국정원 고위인사가 술기운에 누설한 내용은 '좌빨' 전 정권 인사들을 한방에 보낼 수 있는 폭탄이 있고, 그 뇌관의 심지가 허강녕이라는 것이다. 전직 고위인사는 허강녕이 빼돌린 돈이 노무현의 비자금으로 흘러갔을 것이라 단정했다. 그는 뇌관에 불을 붙이지 못하고 그냥 묻어 버린 걸 아쉬워했다.

올드리치는 정보 분석업무를 담당하는 로버트 다우니를 불렀다. 다우니는 CIA 일본지부에서 근무한 경험이 있었다. 올드리치는 그에게 세브란스 병원의 상황 보고서와 찌라시를 건네주며 물었다.

"이 문제 좀 분석해 봐. 국정원 비자금 20억 원을 떼어먹고 필리핀에 갔던 전직 요원이 있어. 떼어먹은 돈 20억 원은 필리핀에서 다 말아먹고 빈털터리라고 해. 유람선을 사서 여행업을 하다가 망해서 배를 날리고, 관광 식당을 열었다가 빚에 쪼들려 넘기고. 암튼 4년 만에 20억 원을 모두 탕진했어. 한국의 현 정권은 그 돈을 전 정권이 꼬불친 거라 믿어. 하지만 함부로 건드리기엔 파장이 너무 커질 것 같아 덮어 버렸어.

그런데 돈 떼어먹은 전직 요원이 입원했어. 절망적이야. 몇 달 못 살 거래. 이런 늙은이를 일본 내조실이 감시하고 도청했어. 왜일까? 한국의 국정원도 손을 떼었는데, 무엇 때문에 일본이 나선 걸까?"

곰곰이 생각하던 다우니가 입을 열었다.

"내조실은 이 노인네가 죽기 전에 반드시 알아내야 할 것이 있었던 겁니다. 일본이 알고 싶은 건, 20억의 행방 따위가 아닐 겁니다. 시시하게 20억 정도에 움직일 내조실이 아니죠."

올드리치는 손바닥으로 책상을 탁─ 치며 자리에서 일어섰다.

"자네도 뭔가 느낌이 오지? 원숭이 놈들, 분명히 어떤 꿍꿍이 속이 있어!"

"보고서를 보니 노인네는 내조실이 감시하고 있음을 알았네요. 아마도 조만간 병원을 바꾸거나 퇴원할 겁니다. 그리곤 일본에 누설된 기존의 규칙을 바꾸겠죠. 내조실이 알아낸 것을 알고 싶으면 노인네를 주목해야 합니다. 조만간 움직일 거니까요."

다우니의 분석은 정확히 들어맞았다. 세브란스를 감시하던 요원들이 강녕의 이동 소식을 보고해 왔다. 현대백화점 뒷편의 골목이었다. 그런데 요원들로부터 그가 사라졌다는 긴급 연락이 왔다. 분명 건물로 들어갔고 나오는 것을 못 봤는데 종적을 감췄다는 것이다.

올드리치가 현장으로 달려갔다. 후줄근한 건물 주변을 살펴보았다. 다른 곳으로 연결된 통로 같은 건 없었다. 건물 내부를 하나하나 훑었다. 4층 화장실을 열고 나서 올드리치는 알아차렸다. 오래 전 CIA 교범에 수록된 도시형 비밀 접선 공간으로 일선 요원들 사이에선 '막장 두더지 굴'이라 불렸던 비밀 아지트(비트)였다.

최소한 30년 전에 만들어진 구시대의 첩보 유물이 한국의 서울 도심에 남아 있는 것을 보고 올드리치는 매우 놀랐다. '막장 두더지 굴'은 교묘하게 숨을 순 있지만, 발각 시 퇴로가 없어 곤란을 겪었다. 1979년 이란 혁명 당시, CIA는 이 공간으로 피신한 공작 요원들 다수를 잃었다. 그 때문에 1980년대 초 교범에서 삭제되었다. 따라서 올드리치 이후의 CIA 요원들은 이런 비트에 대해 교육받지 못했다.

올드리치는 요원들을 조용히 건물 밖으로 퇴각시켰다. 그리곤 맞은편 현대백화점 옥외주차장으로 첨단 도청 장비를 탑재한 스타크래프트를 보낸 것이다.

올드리치는 스타크래프트로부터 실시간으로 전송된 대화 내용을 번역시켰다. 번역본을 받아든 올드리치는 책상 위에 놓인 전자계산기를 눌렀다. 그러나 탁상용 계산기가 버벅거렸다. 단위가 너무 컸기 때문이다. 컴퓨터의 계산기를 써야 했다. 그는 눈을 의심했다. 무려 160억 달러였다.

번역본을 쥔 올드리치의 두 손은 부르르 떨고 있었다.

16. 마닐라 공항 제3터미널

1시간 20분 간의 비행을 마친 세부 퍼시픽 항공기가 니노이 아키노 국제공항 3터미널에 착륙했다. 신축 청사인 3터미널은 필리핀의 두 번째 항공사인 세부 퍼시픽이 거의 독점하다시피 사용하는 터미널이다.

안전벨트 사인이 꺼지기도 전에 용신이 가방을 들고 출입문 앞에 나가 섰다. 맨 앞이었다. 용신의 뒤로 승객들이 통로를 점유했다. 일본인들도 서둘렀지만 한참 뒤에 서게 되었다. 문이 열리자 용신이 달리듯 나갔다.

일본인들은 앞에 선 사람들을 밀치며 나가려 애썼다. 그들이 출입문 앞 두 번째 좌석까지 왔다. 용신의 옆자리에 앉았던 소림은 아직 자리에 앉아 읽던 프랑스 소설책을 정리하고 있었다. 앞장선 일본인이 소림의 손에 들린 소설 표지를 훑어봤다. 그는 바로 뒤의 일본인을 향해 고개를 젓고는 용신이 나간 출입구 쪽으로 시선을 돌렸다.

일본인들은 공항 출구 쪽으로 달려갔다. 마닐라 국제공항 3터미널은 이용객 수에 비해 규모가 매우 컸다. 한 무리의 승객들이 저만치 앞에서 출구로 향하고 있었다. 일본인들은 전력으로 질주하며 공항 청사를 가로질렀다.

단 하나만 열린 터미널 출구 앞에 승객들이 길게 늘어서 있었다. 공항 직원들이 탁송 수하물에 부착된 태그(tag)와 승객들이 가진 태그의 번호를 일일이 대조한 후 통과시키기 때문에 승객 하나하나를 주시하는 데 유리했다. 그러나 일본인들은 그 곳에서 용신을 찾을 수 없었다. 비행기 안에서 앞장섰던 일본인이 휴대전화를 걸었다.

"야마구치? 나까지마다. 그놈을 놓친 것 같다. 출구 앞인데, 그 자식이 안 보여. 밖으로 나왔나?"

터미널 출구 앞에서 나오는 승객들을 지켜보던 야마구치가 대답했다.

"아직 안 나왔습니다."

공항 내부를 둘러보며 나까지마가 으르렁거렸다.

"니시무라와 난 공항 안을 더 수색할 테니, 너는 출구를 잘 지켜라. 혹시 나오거든 바로 연락하고. 알았나?"

나까지마는 니시무라에게 샌드위치 가게에서 의자를 가져오게 했다. 그는 의자에 올라서서 공항 내부를 좌에서 우로 훑었다. 까만 머리들뿐이었다. 나까지마가 찾는 흰 머리는 눈에 띄지 않았다. 낙담한 나까지마는 다시 한 번 찬찬히 반대로 훑었다. 역시 없었다.

그런데 구석진 곳에 걸린 표지판 하나가 시선을 잡았다. 남녀가 그려진 만국 공통의 심볼이었다. 의자에서 뛰어내린 나까지마는 니시무라의 팔을 끌고 그곳으로 달려갔다.

역시 거기에 있었다. 맨 끝 칸의 칸막이 문 아래로 밤색 샌들이 보였다. 그 칸에서 나직한 소리가 들려왔다. 전화통화 하는 것 같았다. 칸막이 앞에 선 나까지마는 니시무라에게 눈짓을 했다. 니시무라는 아이를 데리고 온 필리핀인이 소변을 본 후 손을 씻고 나가자 문을 걸어 잠갔다.

나까지마는 마지막 칸 화장실 문을 발로 내질렀다. 우지끈하며 들썩였지만 문짝은 굳건했다. 나까지마의 구둣발이 다시 문짝으로 날아갔다. 쾅 ─ 소리와 함께 문짝에 구멍이 생겼다. 나까지마는 손을 넣었다. 안에 있는 사람이 필사적으로 나까지마의 손을 막고 자물쇠를 잡았지만 소용없었다.

문을 연 나까지마 앞에 휴대전화기를 든 용신이 서 있었다. 낡은 서류가방은 변기 물탱크 위에 반듯이 놓여 있었다. 용신이 들고 있던 휴대폰을 변기 속으로 던졌다. 그러나 운동신경이 좋은 나까지마의 반응이 빨랐다. 허리를 기울이고 팔을 쭉 뻗은 그는 변기 속으로 떨어지기 직전에 그걸 낚아챘다.

용신이 달려들었다. 하지만 늙고 허약해진 그의 몸은 우람한 나까지마의 적수가 될 수 없었다. 나까지마의 오른 주먹이 용신의 턱을 강타했고, 연이어 배구의 스파이크 같이 그의 왼 손바닥이 관자놀이로 날아왔다. 떠억 ─ 소리와 함께 용신의 머리가 벽에 강하게 부딪혔다. 용신의 몸은 힘없이 바닥으로 흘려 내렸고, 백발이 붉은 색으로 물들기 시작했다.

나까지마가 쓰러진 용신의 몸을 짓밟고 들어가 변기 물탱크 위의 가방을 집어 들었다. 지퍼를 열었다.

"칙쇼!"

나까지마는 열패감이 진득한 단어를 내뱉었다. 그는 쓰러진 용신을 일으켜 세웠다. 하지만 용신의 몸은 축 늘어졌다. 기절한 것 같았다. 나까지마가 니시무라에게 소리쳤다.

"물 가져와!"

니시무라가 달려와 변기 아래 달린 호스를 집어 들었다. 종이 보다 물이 흔한 동남아시아 지역에선 일찍부터 물로 뒤처리를 했다. 변기 옆 수도에 호스를 연결한 작은 샤워 꼭지를 달아 비데로 사용한 것이다. 샤워꼭지 비데의 수압은 강했다. 항문 주름에 긴 변을 털어내는 것을 넘어 마사지 효과도 추구하는 것 같다.

강한 물줄기를 맞은 용신이 눈을 떴다. 나까지마가 물었다.

"조센징 야로(조선 새끼야)! 물건 어디다 뒀나?"

용신은 입을 꾹 다물고 있었다. 나까지마는 손바닥으로 그런 용신의 뺨을 대여섯 차례 내갈겼다. 꾹 다문 입술 사이로 피가 배 어나왔다. 잠시 후 용신이 입을 오물거리더니 이빨 두 개를 퉤- 뱉어냈다. 그리곤 나까지마를 노려봤다.

"말 안 하겠다? 묵비권 좋지. 그런데 그 따위 것, 내겐 안 통해."

나까지마의 구둣발이 용신의 갈비뼈를 파고들었다. 문짝에 구 멍을 낼 정도였던 발차기다. 쿨럭쿨럭-, 헉헉-. 바닥에 쓰러진 용신은 기침과 호흡 곤란, 그리고 엄청난 고통에 몸부림쳤다.

"갈비뼈가 다 부러졌을 거야. 부스러진 뼛조각이 허파를 찔렀 을 테고, 구멍난 허파는 공기를 담을 수 없겠지. 시간이 갈수록 숨쉬기 곤란할 걸. 너에게 마지막 기회를 주겠다. 이번에도 말 안 하면 남은 허파도 그 꼴 난다. 셋을 세겠다."

나까지마는 니시무라에게 용신의 휴대전화를 건네주며 고갯짓 을 했다. 니시무라가 휴대폰의 최근 통화 기록을 뒤적였다.

"셋… 둘… 하나!"

나까지마가 발을 들어 올렸다. 그러자 용신의 입이 미세하게 움찔거렸다.

"오호. 그렇지. 말을 해야지. 지금이라도 병원가면 살 수 있어. 오래 살아야 할 거 아냐? 그런데 잘 안 들려. 뭐라고?"

나까지마가 상체를 숙여 용신의 입에 귀를 댔다. 용신이 그의 귀에 대고 말했다.

"케다모노메, 쿠소쿠라에!(짐승 같은 놈아, 똥이나 쳐먹어라!)"

얼굴이 일그러질 대로 일그러진 나까지마가 벌떡 일어섰다. 그리곤 용신의 입을 향해 구둣발을 날렸다. 그것으로 분이 풀리지 않았는지 방아 찧듯 발로 용신의 몸을 찍어 내렸다. 나까지마의 발은 이마, 목, 어깨, 가슴과 배를 가리지 않고 떨어졌다. 맞을 때마다 몸을 들썩이던 용신이 어느 순간부터 움직이질 않았다.

휴대전화를 확인하던 니시무라가 나까지마를 말렸다. 그리곤 용신의 코 밑에 손가락을 댔다. 니시무라는 나까지마를 보며 고개를 가로 저었다. 정신이 든 나까지마는 휴우~ 한숨을 내쉬었다.

"어차피 뒈질 놈이다. 전화는 어디로 했나?"

"7분 남짓 동안 4통화를 했습니다. 처음 둘은 필리핀, 그 다음은 한국, 마지막엔 베이징입니다. 그런데 베이징 통화 시간이 제일 깁니다. 4분 30촙니다."

"북경? 이놈이 북경엔 왜 전활 했을까? 한국은 이해가 되지만. 어쨌든 넌 필리핀 수신자를 확인해서 어떤 놈인지 알아내. 빠른 시간 내로. 난 본부에 한국과 북경을 알아봐 달라고 요청하겠다."

나까야마와 니시무라는 용신의 시신을 끝 칸에 구겨 넣은 후 문을 닫았다. 그리곤 손을 씻고 옷차림을 정돈한 후 화장실을 나섰다.

그들이 화장실을 나서자 끝 칸의 문이 스르르 열렸다. 용신의 밤색 샌들이 빼꼼 드러났다. 바닥엔 그의 몸에서 흘러나온 검붉은 핏줄기가 하수구를 향해 흘러내리고 있다.

용신은 베이징의 동지들에게 할 말이 많았다. 무엇보다 지금의 급박한 상황과 비행기에서 만난 이소림에 대한 이야기를 먼저 전해야 했다. 그러나 중국으로의 국제전화는 상태가 그리 좋지 못했다. 컴퓨터의 랙이 걸리듯 전화통화도 시차가 생겼다. 서로의 말이 엇나가면서, 베이징 동지들의 태평스러운 안부 인사를 받는 동안 3분이 훌쩍 지났다. 간신히 지금의 상황에 대해 이야기를 마친 순간, 나까지마가 문을 박차고 들이닥쳤다.

용신의 가슴 속엔 전화로 미처 전하기 못한, 동지들에게 당부하고 싶은 말이 남아 있다. 그것은 홍사익의 자료를 찾기 위해 남한의 도서관을 직장처럼 다닐 때, 우연히 읽은 법정 스님의 말씀한 구절이다.

"봄이 와서 꽃이 피는 게 아니라, 꽃이 피어서 봄을 이룬다."

나까지마의 모진 발길질을 온 몸으로 받으며, 용신은 환상을 보았다. 붉고, 노랗고, 희고, 파란 꽃들이 활짝 핀 봄날이었다. 푸른 하늘 아래, 화사한 꽃동산에서 인민들이 마냥 웃음 지으며 행복해 하고 있었다.

숨이 멎은 용신의 검은 눈동자에 꽃들이 만발해 있었다.

17. 필리핀 대학교

　공항을 나온 소림은 퀘존 시의 필리핀 국립대학교로 향했다. 월든 벨로[141] 교수를 만나기 위해서다. 그는 제3세계의 빈곤 문제에 대한 세계적인 석학이다. 소림은 장 지글러로부터 필리핀에 가서 월든 벨로를 찾아가라는 조언을 받았고, 이틀 전 싱가포르에서 마닐라에 도착하자마자 소림은 그에게 줄리가 남긴 민다나오 섬의 땅에 대한 자료를 부탁했다.

　월든 벨로는 강의 중이었다.[142] 그의 명성 탓에 수강생들이 많았고, 그들의 눈은 모두 벨로에게 쏠려 있었다. 소림은 조용히 강의실의 빈자리에 앉았다. 벨로의 열정적인 육성은 강의실 전체를 지배했다.

　"오늘날 필리핀은 대표적인 쌀 수입국입니다. 과거엔 아시아

---

141) 월든 벨로(Walden Bello): 필리핀 국립대학교 사회학과 교수. 신자유주의 세계화를 비판적인 세계적인 석학. 제3세계인들의 노벨상이라 불리는 '올바른 삶을 기리는 상' 수상자.

142) 신자유주의와 세계화 부작용에 관한 내용은 아래의 책을 참조했다.
　　장 지글러 지음, 양영란 옮김, 『탐욕의 시대』, 갈라파고스, 2010; 월든 벨로 지음, 김기근 옮김, 『그 많던 쌀과 옥수수는 모두 어디로 갔는가』, 더숲, 2010.

최대의 쌀 수출국이던 나라가 왜 이렇게 됐을까요? 답은 신자유주의 일색인 세계화 때문이죠. 신자유주의를 앞세운 백인 자본가들은 아시아와 아프리카, 남아메리카의 가난한 농민들을 노예로 만들었습니다.

고대부터 근대까지의 노예제도는 비용이 많이 들었죠. 잡아다 놓고 일 부려먹는 대신 먹이고, 입히고, 재워줘야 했으니까요. 그런데 현대의 노예는 그런 비용이 전혀 들지 않습니다. 노예들이 스스로 알아서 먹고, 자고, 입고, 또 다음 세대의 노예들까지 생산하면서도 주인들에게 돈까지 바칩니다. 정말 충직하죠? 그런데 주인들은 노예들에게 준 게 아무 것도 없어요. 달러라는 종이쪼가리를 던져준 것 외에는. 더구나 노예들은 달러를 손에 쥐어보지도 못했고.

왜 제3세계 나라 사람들은 백인 자본가들의 노예가 되었을까요? 그건 바로 빚 때문입니다. 2006년 미국과 유럽의 선진국들이 제3세계 122개 국가의 개발을 위해 지원한 돈은 580억 달러입니다. 그런데 그 해 122개 나라 사람들은 나라의 부채에 대한 이자와 원금 상환으로 선진국의 은행에게 5,010억 달러를 지불했습니다."

월든 벨로가 강의한 신자유주의로 무장한 선진국 자본가들이 가난한 나라 사람들의 등골과 척수까지 빼먹는 착취와 수탈의 과정은 이렇다.

국제기구 IBRD(International Bank for Reconstruction and Development, 국제부흥개발은행)와 IMF(International Monetary Fund, 국제통화기금)는 철저하게 자본금을 댄 선진국의 이익만을 위해 움직이는 곳이다. 이런 기관을 앞세운 부자 나라의 은행들이 제3세계 가난한 나라의 탐욕스러운 권력자들에게 접근해선 돈을 빌려줄 테니 사회기반시설을 건설하라고 꼬드긴다.

사실 권력자는 자신의 나라에 지금 당장 그런 게 필요치 않다는 것을 잘 안다. 지금의 도로와 공항과 항만과 수리시설로도 사는 데 지장 없으니까. 그런데 권력자는 자신의 스위스 은행 계좌로 엄청난 뒷돈을 받아 챙기곤 거액의 차관 도입을 승인한다.

가난한 나라 사람들은 그 돈을 구경도 못한다. 꼬리가 달린 차관은 곧장 선진국의 건설회사로 가기 때문이다. 제3세계 사람들에겐 쓸데없는 도로와 항구와 공항과 수도가 생겼다. 하지만 지금까지 무료였던 길을 가는데 돈을 내야 하고, 강에서 그냥 퍼 마시던 물도 값을 치러야 한다. 더구나 사람들이 이용하지 않아 도로와 수도, 항구와 공항을 운영하는 회사가 적자에 빠지면 세금으로 충당해야 한다. 결국 가난한 나라 사람들에겐 세금 퍼먹는 시설들과 막대한 차관(빚)만 남게 된다.

그런데 차관을 줄 땐 그냥 주는 것처럼 굴었던 부자 나라 은행들이 갑자기 빚을 갚으라고 강요한다. 유대인 고리대금업자처럼 처음부터 높은 이율의 이자를 붙였고, 그 이자가 자동적으로 원금에 포함됨으로써 더 많은 이자를 불러일으킨 상태다.

하지만 가난한 나라는 그걸 갚을 능력이 없다. 그러자 부자 나라 은행들은 빚의 일부를 탕감해주곤 가난한 나라에 건설한 사회기반시설을 빼앗는다. 가난한 나라 정부가 국민의 세금으로 이익을 담보해주니 수익은 안정적이고 더불어 영구적이다.

그래도 남은 빚은 이자가 이자를 낳으면서 빠르게 늘어간다. 마침내 원금보다 이자가 더 많아지면, 부자 나라의 은행들은 이자 탕감을 빌미로 가난한 나라의 자원을 빼앗는다. 석유, 목재, 구리와 철광석, 희토류[143] 같은 지하 광물과 금, 다이아몬드 같은 보석류가 그 대상이다. 천연자원을 빼앗긴 가난한 나라는 더욱

궁핍해진다.

얼마 후 또다시 불어난 이자를 빌미로 이젠 가난한 나라의 땅을 빼앗는다. 숲이 울창한 밀림지대나 강이나 지하수가 많은 곳이 우선이고 다음은 농지다. 땅을 빼앗은 부자 나라의 은행들은 이를 공익 재단에 넘긴다. 이 재단은 지구환경보호 활동을 한다는 곳이다. 하지만 이런 재단을 소유한 자들이 바로 은행이나 거대 기업을 가진 자본가들이다. 이들은 안다. 이 땅의 자연이 나중엔 값을 헤아릴 수 없는 가치가 되리라는 것을….

이 과정에서 땅을 빼앗긴 사람들의 반발이 없을 수 없다. 자본가들은 부자 나라 정부를 움직여 반발하는 가난한 나라의 양심적인 사람들의 싹을 자른다. 회유가 안 되는 민족주의자들에게는 암살자를 보낸다. 또 가난한 나라의 엘리트들을 미국이나 유럽의 학교로 데려와 신자유주의를 세뇌시킨 후 다시 보낸다. 부자 나라에 경도된 엘리트들이 가난한 나라의 지배층으로 자리 잡게 되므로 결국 가난한 나라의 권력까지도 장악하게 된다.

땅과 권력을 장악했으니 이젠 사람들을 노예로 만들 차례다.[144] 이 과정엔 은행과 국제 농산물 카르텔과 세뇌된 엘리트들이 나선다. 먼저 몬산토(Monsanto)나 듀퐁(Dupont) 같은 농산물 종자 기업이 가난한 나라의 농민들에게 신품종 종자와 농약을 팔아먹는

---

143) 희토류(Rare Earth Elements): 원소 주기율표 상에서 란타넘(La)과 루테늄(Lu)까지의 란타넘족 15개 원소에 스칸듐(Sc)과 이트륨(Y)을 합한 17개 원소를 가리킨다. 희귀한 원소라는 이름과는 달리 지구상에 폭넓게 분포되어 있다. 다만 경제성 있는 농축된 형태, 즉 광물 형태로 발견하기 어려울 뿐이다.

희토류 중에서도 탄탈은 열이나 녹, 산에도 강하고, 다른 금속과 결합하면 강도를 높여주는 역할을 한다. 때문에 휴대폰 안에는 탄탈룸을 사용한 리튬필터(탄탈룸 커페시터)가 2~6장 들어간다. 휴대폰 제조에 필수 재료인 이 금속을 확보하기 위해 휴대폰 제조사들이 탄탈 원석(콜탄) 매장지를 점령하고 있던 콩고민주공화국(옛 자이레)의 반군 세력을 부채질하기 시작했고, 이때부터 400만 명의 목숨을 앗아간 자이레 내전이 본격화되었다.

144) 가난한 나라의 농업 착취 부분은 윌리엄 엥달 지음, 김홍옥 옮김, 『파괴의 씨앗 GMO』, 길, 2009를 참조했다.

다. 지금까지 신품종 종자와 농약 없이도 농사를 잘 지어 왔지만, 농민들은 수확량 증대를 미끼로 내건 사기에 넘어간다. 이 과정에서 외국에서 공부한 이 나라의 친서방 엘리트들이 식량증산 캠페인을 벌이며 적극적으로 거들고 나서고, 종자와 농약 살 돈은 외국 은행이 빌려준다.

몇 년 후 농민들은 자신들이 큰 실수를 저질렀음을 깨닫는다. 종자 기업이 제공한 종자는 병충해에 약해서 비싼 농약 없이는 수확량이 형편없음을 안 것이다. 토질도 척박하게 만들어 매년 땅에 비료도 주어야 했다. 더구나 몬산토의 GMO[145] 종자는 다음 해에 싹을 틔우지 못하도록 조작되어 있다. 매년 자신들에게 종자를 살 수밖에 없도록 만들려는 것이다.

가난한 나라의 자생종 농산물은 이 나라의 토양과 환경에 적응한 품종들이었다. 그래서 농약이나 비료 없이도 농사지을 수 있었다. 농민들은 다시 예전의 농사 방식으로 돌아가려 했다. 하지만 그럴 수 없었다. 가난한 나라의 자생종 농산물들은 이미 멸절된 상태다.

어쩔 수 없이 매년 다국적 종자 기업이 공급하는 씨앗을 사야 했고, 들끓는 해충을 잡기 위해 농약을 쳐야 했으며, 황폐화된 땅엔 비료를 뿌려야 했다. 많은 돈이 들었다.

종자회사는 단일 작물에 맞는 화학비료를 집중 투입하면 생산량을 획기적으로 늘릴 수 있다고 속이면서, 농지에 단일 작물을 경작하도록 유도했다. 하지만 화학 비료를 더 많이 투입했어도 작물의 생산량은 늘지 않았다. 오히려 토지만 더욱 황폐화시켰

---

145) GMO(Genetically Modified Organism): 유전자변형 농산물. 특정한 의도를 가지고 인공적으로 돌연변이를 일으켜 만든 농산물 품종. 유전자 조작은 전 세계의 기아 해결을 위한 것이 아니라, 기업 이윤의 극대화 수단이다.

다. 단일 작물 경작의 필연적 결과다.

한 번 훼손된 토지는 쉽게 회복되지 않고, 심한 경우 경작불능의 황무지로 변한다. 살갗에 계속 쓸데없는 피부 연고를 바르면 자극을 받은 피부 진피층 세포가 죽는 것과 같은 이치다. 식물에게 양분을 공급하는 흙은 지구 표면의 1m 내외로서 지구의 살갗 기능을 한다.

종자 값과 농약 값, 화학비료 등의 투입으로 생산 원가가 높아진 농산물은 가난한 나라의 시장에서 잘 판매되지 않는다. 이때 나서는 것이 카길(Cargill)이나 아처 대니얼스 미들랜드(Archer Daniels Midland) 같은 국제 곡물 유통 메이저들이다. 농민들은 메이저 이익에는 판로가 없다는 것을 알게 된다. 유통 메이저는 매년 매입 가격을 후려치지만, 판로가 없는 농민들은 어쩔 수 없이 헐값에라도 팔 수밖에 없다.

그렇다면 종자 기업의 종자, 농약, 비료 값도 농산물 유통 메이저가 후려치는 가격만큼 낮아졌을까? 그런 일은 결코 일어난 적이 없다. 종자와 농약, 비료 가격은 오히려 매년 상승했다. 서방세계의 자본가들이 소유한 농산물 종자 기업과 유통 기업은 카르텔을 이루고 있기 때문이다.

가운데 낀 농민들은 점점 더 가난해지고 빚은 늘어만 갔다. 농민들은 농산물 카르텔의 허락 없이는 아무 것도 할 수 없다. 현대판 농노가 된 것이다. 도망갈 수도 없다. 농산물 카르텔의 영역이 아닌 곳을 찾기가 어렵다.

땅과 노예를 확보한 농산물 카르텔은 가난한 나라의 농업 구조를 더욱 예속화시켰다. 국가별 플랜테이션 체제로 바꾼 것이다. 예를 들면 곡물 메이저는 필리핀 농민들로부터 바나나, 파인애플 같은 열대과일이나 사탕수수만을 매입했다. 쌀, 옥수수, 콩 같은 곡물은 매입에서 제외시켰다. 수확한 곡물이 썩어나가자 필리핀 농민들은 어쩔 수 없이 논과 밭을 갈아엎고 사탕수수나 과일 농사에 매달려야 했다.

바나나와 파인애플은 주식이 될 수 없다. 반면 쌀은 필리핀인들의 주식이다. 그런데 쌀을 재배하는 농민이 적으니, 매년 바나나 파인애플보다 더 비싼 돈을 주고서라도 유통 메이저에게서 사 와야만 한다. 열대 기후 덕에 1년 3모작이 가능한 나라에서 쌀을 수입해야 하는 웃지못할 참담한 상태로 전락한 것이다.

인도네시아의 경우도 마찬가지다. 곡물 메이저는 인도네시아의 울창한 밀림을 밀어 버리고 거기에 팜을 심었다.146) 비누, 라면, 식용유의 원료인 팜유가 바이오 연료로 각광 받으면서부터다. 인도네시아 농민들은 먹을 수도 없는 팜 때문에 자신들의 주식인 쌀농사를 포기해야 했다. 그리고 하루 쌀값에도 못 미치는 일당을 받는 곡물 유통 메이저의 팜 농장 노예로 전락했다.

이런 식으로 전 세계 농산물 재배지 구조 조정을 해놓았으니, 곡물 메이저는 농산물 가격을 쉽게 예측할 수 있다. 예를 들어 전 세계 바나나 공급량의 20%를 점유하는 세계 2위의 바나나 수출국 필리핀의 작황이 안 좋으면, 수확 철 바나나 가격이 오를 것은 당연한 일이다. 작황을 파악한 유통 메이저는 다른 지역의 바나나를 모두 사들여 매점매석 한다. 그리곤 시카고 곡물거래소에서 높은 가격으로 선물 거래하는 것이다.

농산물 카르텔의 수익은 엄청나게 늘어갔다. 이들 기업의 이익 창출은 땅 짚고 헤엄치기보다 쉽다. 바나나 작황이 안 좋으면 쌀을 살 돈조차 손에 쥐지 못하는 필리핀 농민들처럼, 전 세계엔 10

---

146) 인도네시아의 전 세계 팜유 점유율은 50%를 넘는다.

억 명의 노예들이 매년 손해를 감수하면서 카르텔을 위해 농사짓고 있기 때문이다.

"결국 가난한 나라 사람들은 더욱 가난해지고, 부자는 더 부자로 만들어 주는 게 신자유주의고 세계화입니다."

20세기의 인권유린은 정치권력의 문제였지만, 21세기엔 경제권력의 탐욕이 원인이라는 장 지글러의 말을, 벨로의 강의를 들으며 소림은 새삼 느꼈다.

열정적인 강의를 마친 벨로가 수강생들의 질문을 기다렸다. 뒷자리의 소림이 손을 들고 일어섰다. 벨로는 소림을 알아보곤 빙긋 미소 지었다. 소림이 벨로에게 물었다.

"우린 과도한 탐욕과 가혹한 수탈경제의 시대에 살고 있는 거네요. 희생자는 항상 가난한 사람들이고요. 이런 비극이 언제까지 계속될까요?"

"암세포는 우성인자예요. 그래서 다른 세포들처럼 조용히 자기의 기능만을 하고 있지를 못해요. 주변의 정상 세포를 포섭하지요. 하나가 둘이 되고, 둘이 넷이 되고, 넷은 여덟으로 순식간에 전이되죠. 암세포가 뭉칠수록 그 속도는 더욱 빨라지고요. 결국 암세포 덩어리가 되면, 전체를 죽음으로 몰고 가지요.

신자유주의도 마찬가지예요. 지금 지구를 뒤덮은 신자유주의와 세계화는 자본의 효율성만 강조하고 경쟁의 논리로만 몰고 가죠. 그 안에 인간의 이성이나 염치는 철저히 배제되었어요.

자신들의 이익을 위해 신자유주의를 신봉하고, 이를 강요하는 극소수의 전 지구적 지배계급을 저는 암세포라고 생각해요. 정상 세포들이 생명체를 유지하기 위하여 일정 부분 스스로를 희생하면서 조화를 이루는 반면, 암세포는 아예 그럴 생각이 없어요. 어떻게든 혈관을 파고들어 양분을 독차지하고는 생명체가 죽을 때까지 몸집을 키우죠.

난 가끔 미국 독립선언서를 보곤 하죠. 모든 인간은 평등하고 침해할 수 없는 권리가 있다. 그중 가장 중요한 권리는 살 권리, 자유를 누릴 권리, 행복을 누릴 권리라는 독립선언서를 보고 있노라면 가난한 나라에 신자유주의를 강요하는 미국 정부를 도무지 이해할 수 없어요."

벨로는 소림을 자신의 연구실로 안내했다. 그리고 커피 한 잔을 건네주었다. 한 모금 머금자 진한 맛이 입 안을 휘감았고, 부드럽게 식도를 타고 내려간 후엔 상큼한 잔향이 코를 자극했다. 처음 경험하는 커피 맛이었다.

"와우, 정말 좋은데요. 아주 독특한 커피네요."

"지금까지 소림 씨가 마셨던 커피와는 다른 맛이죠? 그나마 덜 불행한 농부들이 농사지은 커피에요."

"행복한 농부가 즐거운 마음으로 수확한 먹거리는 그것을 먹는 사람도 행복하게 만든다는 말씀이죠? 그렇다면 저도 항상 그나마 덜 불행한 농부들의 커피를 마시고 있는 걸요."

"아하! 장 지글러 박사님과 함께 근무하고 있죠? 제가 잠시 잊었네요."

장 지글러는 매년 주변의 믿을 만한 사람들에게 커피를 판다. 소림도 그 커피를 구입하는 사람 중 하나다. 장 지글러가 판매하는 커피를 생산한 에티오피아의 커피 농부들은 그나마 덜 불행한 사람들이다. 우리가 흔히 마시는 커피를 생산하는 전 세계의 커피 농부들은 말도 안 되는 고초를 겪고 있다. 1년 내내 일했지만 생산비도 못 건지는 농부들에게, 커피는 그들의 피눈물이나 다름없다.

1989년도에 커피 콩 1파운드(약 453g)를 팔면 농부가 손에 쥐는 돈이 1.2달러였다. 그런데 20년도 더 지난 오늘날에는 50센트도 채 안 된다. 그 동안 커피 생산에 필요한 비용과 물가는 수십 배나 증가했어도 커피 원두값은 오히려 반값 이하로 떨어졌다.

그 이유는 담합이다. 예나 지금이나 전 세계 커피 산업을 주도하는 건 5대 식품 메이저[147]다. 1950년대 말부터 1990년까지 5대 식품 메이저는 커피 원두를 1파운드 당 1.2~1.4달러 선에서 사들였다. 이들이 국제커피협약(ICA: International Coffee Agreement)을 맺었기 때문이다. 말하자면 ICA는 석유 생산량을 조절해서 가격을 담합하는 석유수출국기구(OPEC)와 비슷한 역할을 한 것이다. 차이라면 OPEC이 생산자의 담합이라면 ICA는 중개상의 담합이라는 것이다.

담합의 이유는 커피가 주요 수출품목인 세계 70여 커피 생산국이 옛 소련과 공산권에 유착하는 것을 방지하기 위함이었다. 그런데 1991년 소련이 붕괴되면서 자본주의 세계를 위협하던 세력이 사라졌다. 그러자 식품 메이저로서는 더 이상 커피 매입가 담합을 유지할 필요가 없어졌다.

하지만 5대 메이저는 이번에도 담합했다. 시장 논리를 앞세워 매년 매입가를 후려치는 데 합의한 것이다. 물가와 생산비는 매년 오르는데, 농부들의 손에 쥔 돈은 매년 줄어들었다. 그렇다고 커피를 마시는 소비자들이 그 비율만큼 싸게 구입한 것도 아니다. 오히려 소비자 가격은 매년 오르기만 했다. 공산주의가 붕괴하면서 농부와 시민들이 모두 피해를 입은 셈이다.

그러나 다수가 피해를 입는 구조에서도 웃는 자가 있기 마련이

---

147) 스위스 네슬레(Nestle), 미국 크래프트(Kraft foods), 미국 프록터 앤 갬블(Procter&Gamble), 미국 사라리(Sara Lee), 독일 치보(Tchibo).

다. 웃는 자는 당연히 거대 자본으로 무장한 5대 식품 메이저다. 이들은 매년 초 전년도 매출이 몇% 증가했고, 이익은 몇% 상승했다고 실적을 발표한다. 그들이 자랑하는 실적은 생산자에 대한 착취와 소비자에 대한 폭리의 결과다. 하지만 그들은 부끄러운 줄 모른다.

벨로가 자신이 뽑아낸 커피를 설명했다.

"필리핀에는 여러 곳에서 다양한 커피가 생산되고 있어요. 루손 섬과 민다나오 섬에서 재배하는 커피 종이 다르죠. 이 커피는 필리핀 각 지역에서 재배되는 몇 종의 커피를 섞어서 볶은 거에요. 볶는 과정에서 여러 커피가 제각각 발산하는 향이 어우러지면서 독특한 향이 만들어지죠. 사람들도 부자건 가난하건 이렇게 어우러져 살아야 할 텐데. 참, 소림 씨, 민다나오에 가보니 어때요?"

"엄청나게 넓더군요. 현지 안내인 말로는 10,000핵타아르도 넘을 거라 하던데. 구글 위성사진으로 보긴 했지만, 실제로 가보니 감당이 안 될 정도였어요. 파리 베르사유 궁전의 넓이가 815핵타아르[148]잖아요. 궁전과 정원만 대충 구경하는데도 하루가 꼬박 걸리는데, 그 10배가 훌쩍 넘으니⋯ 일부분만 간신히 보고 왔어요. 그런데 교수님, 물이 풍부하고 숲이 울창한 그 땅은 누구의 것이었을까요?"

"그제 소림 씨가 땅 소유권이 명시된 문서를 보여줬을 때, 나도 무척 흥미가 생겼어요. 그래서 국립도서관에서 옛날 사료와 고문서를 뒤적거리며 열심히 조사했죠.

---

148) 1핵타아르(Ha)는 10,000평방미터(m^2)이고 평수론 3,025평이다. 베르사유 궁전의 넓이인 815핵타아르는 대략 250만 평 정도다. 참고로 단일공장으로는 세계에서 가장 넓은 부지를 가지고 있는 현대자동차 울산공장의 규모가 150만 평이다.

민다나오 섬 아포산 언저리의 광대한 땅을 차지했던 자는 후안 아리자 쏘시아스에요. 그는 1566년 스페인 왕 필리페 2세[149]의 명령을 받고 필리핀을 침략해서 식민지로 삼은 미겔 로페즈 데 레가스피의 부하였어요. 레가스피의 함대는 필리핀에 오기 전 멕시코에 있었죠. 쏘시아스는 자신의 상관이 멕시코의 넓은 땅을 차지하는 과정을 똑똑히 지켜봤어요.

당시 필리핀은 갓 전파된 이슬람이 자리 잡기 시작했어요. 그런데 레가스피의 부대가 쳐들어 와서는 세부와 마닐라를 점령하고 부족들을 기독교로 강제 개종시켰어요. 그러나 스페인의 힘은 남부 민다나오 섬엔 미치지 못했어요. 민다나오는 지금도 그렇지만, 당시에도 이슬람 세력이 강했거든요. 필리핀에 전도하러 온 가톨릭 수사들은 그걸 못마땅해 했죠.

그들은 1572년 인트라무로스를 건축한 후 죽은 레가스피 대신 쏘시아스에게 민다나오 정복을 맡겼어요. 쏘시아스는 이슬람 세력과의 전투에서 어렵게 이긴 후 자신의 상관이던 레가스피가 멕시코에서 한 것을 그대로 써 먹었죠. 정복한 땅을 독차지한 거에요. 물론 그 땅에 살던 원주민들에게 납 총알 한두 개씩 쥐어주고는 사인을 받았죠. 원주민들은 토지매매 계약서가 뭔지도 몰랐어요. 그들의 사상은 공기처럼 자연의 일부인 땅은 사고파는 게 아니었거든요.

쏘시아스도 레가스피가 멕시코에서 그랬던 것처럼 스페인 국

---

149) 필리페 2세(Philipe II): 재위 1556~1598. 무적함대를 보유하며 스페인의 전성기를 이끌었던 왕. 그러나 필리페 2세의 결혼 이력을 보면, 왕권유지를 위해 정략결혼을 일삼았던 유럽 각 나라 왕실의 실상을 알 수 있다. 신성로마제국 황제 카를로스의 아들로 스페인 국왕이 된 필리페 2세의 첫 부인은 포르투갈의 왕인 조앙 3세의 딸 마리아로, 필리페 2세와 마리아는 4촌 관계였다. 필리페 2세의 두 번째 아내는 영국의 여왕 메리 1세로, 메리는 필리페의 5촌 고모였다. 필리페 2세의 세 번째 아내는 프랑스 앙리 2세의 딸 엘리자베르로 전쟁으로 치닫던 프랑스와 스페인은 장인과 사위의 나라가 된다. 필리페 2세의 네 번째 아내는 자신의 아들과 약혼했던 신성로마제국 막시밀리안 2세의 딸 안나로 필리페 2세는 그녀의 삼촌이었다.

왕 필리페 2세에게 편지를 보냈어요. 자신의 충성스러움과 이슬람 세력 토벌 공적에 대해 구구절절하게 설명한 다음, 자신이 차지한 땅에 대해 언급했어요. 요는 자신의 소유권을 인정해 달라는 거였죠. 필리핀을 완전 정복했다니 국왕은 기뻤겠죠. 그래서 선심 쓰듯 쏘시아스에게 땅의 소유권을 인정한다는 답신을 보내요. 땅을 줘도, 그에게 세금을 거둘 수 있으니 왕으로선 손해가 아닌 거죠.

쏘시아스는 땅을 차지했지만 레가스피처럼 자신의 영지를 만들진 못했어요. 전열을 가다듬은 이슬람 세력의 저항이 시작됐기 때문이죠. 치열한 싸움 끝에 스페인 총독과 민다나오의 이슬람 지도자는 민다나오 섬을 스페인 국왕의 영토로 하되 이슬람 세력의 자치를 인정하는 선에서 타협했어요.

마닐라 인트라무로스 안에서 귀족처럼 살다 죽은 쏘시아스는 민다나오 섬의 땅에 관한 소유권 서류를 남겨요. 하지만 쏘시아스의 후손들은 미개한 식민지에서 사는 게 싫었나 봐요. 그가 죽자 가족들이 전부 스페인으로 귀국해 버렸어요.

이후 민다나오의 땅에 대해선 쏘시아스의 후손들도 잊었거나 관심이 없었나 봐요. 스페인 총독들도 그렇고, 스페인에게서 필리핀을 빼앗아 식민통치했던 미국 정부도 민다나오의 이슬람 세력을 골치 아파했어요. 때문에 쏘시아스의 땅은 잊혀졌죠.

소림 씨도 실제로 가봤으니 알겠지만 현재로선 경제적 가치가 전혀 없는 원시 밀림이잖아요. 그런데 누군가 이 땅에 관심을 가졌나 봐요. 그는 쏘시아스의 후손으로부터 이 땅에 대한 권리를 양도 받았어요. 그걸로 소유권을 주장하여 필리핀 정부에 소유권 확인 청구도 했고요. 그 지역은 현재 아포산 필리핀국립공원의 일부예요. 그런데 필리핀 정부는 소유권을 넘겨줄 수밖에 없었어요. 정부는 국민들이 이 사실을 알까 봐 쉬쉬하고 있죠.

부끄럽게도 필리핀은 전체 토지의 70% 이상이 200개 가량의 대지주 가문 소유예요. 이들은 스페인 식민지 시절 쏘시아스처럼 땅을 차지하고 대대로 상속시켜 왔죠. 안타깝게도 역대 대통령과 유력 정치인들이 대지주 가문 출신이기 때문에 필리핀에선 단 한 번도 토지개혁이 없었어요. 그래서 16세기의 토지 소유권도 인정됩니다.

소유권확인 청구자는 런던의 '지구의 미래'라는 환경보호재단이었는데, 갑자기 그 땅의 소유권이 줄리 울릭센으로 바뀌죠. 줄리가 소림 씨의 친구죠? 내 추측이지만, 소림 씨의 친구는 아마 그것 때문에 죽게 되었을 거예요. 그러다가 2년 뒤 소림 씨에게 상속된 거죠. 2년이란 기간은 소림 씨의 친구가 해 놓은 안전장치일 거예요."

"이 땅을 어떻게 활용하면 좋을까요? 제 친구 줄리는 조화로운 삶을 위해 써달라고 했는데요, 조화로운 게 어떤 것인지 모르겠어요. 농사 지을 땅이 없는 가난한 필리핀 사람들에게 골고루 나눠줘야 할까요?"

"내 생각은 그 땅은 소림 씨의 것이 아니에요. 그렇다고 가난한 필리핀 사람들이라고 해서 가질 수 있는 것도 아니죠. 그 누구의 것도 아니에요. 그 땅에 사는 원시부족들의 사상처럼요. 소림 씨의 친구가 바라는 조화로운 삶이란 게 뭔지 잘 생각해 보세요. 그리고 그 조화로운 삶을 유지하기 위해서 소림 씨가 해야 할 일이 뭔지도 깊이 고민해 보시고요."

"경제적 이득을 위해 그 땅을 훼손하는 일은 없어야겠네요."

"그래야 되겠죠. 그런데 조심하세요. 소림 씨의 친구를 죽인 자들이 잃어버린 소유권을 되찾기 위해 소림 씨에게 해코지를 할 수도 있다는 생각이 들어요."

"명심하겠습니다."

"교수님, 도와주셔서 감사합니다. 제가 생각하고 고민한 것을
가지고 다시 연락드릴 게요. 그때 다시 도움을 청해도 되겠죠?"

"물론입니다. 소림 씨의 부탁이라면 언제든 환영입니다. 그 동
안 저도 생각을 다듬어 놓을 게요."

벨로가 함박웃음을 지으며 말했다.

18. 영종도

영종도는 서울 근교에서 유일하게 주말에도 교통이 원활한 곳이다. 터무니없이 비싼 공항고속도로 요금 때문이다. 이 때문에 주말엔 길 안 막히는 곳을 찾아 영종도로 나들이 나오는 사람들이 많다.

태주도 영종도에 있었다. 친구들과 함께였다. 영종도에 사는 효준이 김영기와 한정일을 불러 모은 것이다. 고등학교 시절부터 절친한 사이인 동창 넷은 인천공항 뒤편 무의도행 선착장 근처의 회집에 자리를 잡았다. 한정일이 툴툴거렸다.

"무슨 부귀영화를 누리겠다고, 이 먼 데까지 톨비 버리면서 오라 그래?"

그러나 그는 회 한 점을 입에 넣고 나서는 그런 소리가 싹 사라졌다. 이들이 온 곳은 자연산만을 취급하는 회집이었다.

"대왕문어 빨판으로 부황 떠도 시원찮을 녀석아, 난 니 이름 신문에서나 볼 줄 알았다. 부고란에서. 우리 이 자식이 살아 있는 것을 기념하며 한 잔 하자."

태주의 바로 옆에 앉은 김영기가 술잔을 들며 말했다. 그는 컴퓨터 프로그래머로 항공사의 전산을 관리한다. 군대 가기를 끔찍이 싫어했던 영기는 어떡하든 병역을 면제 받으러 발버둥 쳤다. 그러나 기갑부대 연대장 출신인 그의 아버지는 아들을 강제로 군대로 떠밀었다. 논산 훈련소로 가기 전날 광란의 밤을 보낸 영기는 새벽이 되자 땅이 꺼질 듯 한숨을 내쉬며 고속버스 터미널로 향했다.

군대 운의 90%는 보직에서 갈린다. 같은 날 입대했어도 누구는 전선을 감은 방차통을 등에 메고 산을 넘고, 누구는 81mm 박격포(mortar)를 어깨에 둘러메고 들판을 뛰어다니며, 누구는 매일 아침 커피 타고 부대장과 주임 상사의 전투화에 물광 불광 내며 하루를 시작한다.

군 문제로 고민할 때 영기는 주변에 폭 넓게 조언을 구했다. 그때 귀에 쏙 들어오는 소리가 있었다. 입대 후 꼴통 짓을 하여 군 생활 부적응자로 불명예 전역당하라는 것이다.

그걸 실행하려던 차에 생각지도 못한 보직을 받았다. 한미연합사령부 워 게임(war game) 운용병이 컴퓨터 게임에 미쳐 살았던 그에게 떨어진 보직이었다. 야전 훈련이 거의 없는 꽃보직으로 비슷한 시기에 입대한 효준과 정일이가 삽과 한몸이 되는 '삽신일체'의 경지에 이르도록 땅을 팔 때, 그는 매일 스타크래프트를 하며 무료한 시간을 보냈다.

그러나 제대 후엔 몸이 편했던 꽃보직이 그의 발목을 잡았다. 군에 하사관으로 있던 태주를 빼고 정일, 효준과 영기는 유럽으로 배낭여행을 가기로 했다. 세 명의 피 끓는 청춘은 유럽에서 보아야 할 것, 경험해야 할 것 등의 자료를 수집하며 출발일자를 기다렸다. 그러나 공항에서 비행기를 탄 사람은 효준과 정일뿐이었다. 영기는 함께 갈 수 없었다. 그의 여권 발급을 제한한 국방부는 중요한 군사기밀을 접한 사병은 전역 후 2년 간 나라 밖으로 나갈 수 없다는 규정을 내밀었다. 영기는 어깨를 축 늘어뜨린 채 배낭 메고 공항으로 향하는 친구들의 뒷모습만을 바라보았다.

2달 후 정일과 효준이 귀국해서는 유럽에서 보고 경험한 것, 그 중에서도 함부르크나 암스테르담의 홍등가 견학을 힘주어 자랑했을 때, 배알이 꼴린 영기가 비장하게 말했다.

"니들이 유럽 여러 나라 돌아다니며 하수도에 오줌 싸는 동안, 난 방구석에 찌그러져서 영어와 일본어를 배우면서 인체의 오묘한 신비를 터득했다. 교재는 야동이었느니라. 두루마리 휴지를 매일 한 개씩 소모할 정도로 맹렬히 학습했지."

효준과 정일은 영기에게 엄지손가락을 치켜들며 말했다.

"우리가 졌다."

전역 후에도 영기는 군대를 싫어했다. 군부대 쪽으론 오줌도 안 눴다. 그런 그에게 예비군 소집은 날벼락이었다. 그는 군복도 입지 않고 예비군 훈련장에 느긋하게 나갔다. 이번에도 조언을 구했고, 절묘한 비법을 인터넷의 지식인들이 속속 알려 주었다. 그는 훈련장 정문 앞에서 무언가를 기다렸다. 점심 때 즈음 기다리던 것이 왔다. 버스였다.

영기는 얼른 버스를 따라 훈련장으로 들어갔다. 그리곤 버스 문을 두드렸다. 버스 옆면엔 대한가족협회 플래카드가 걸려 있었다. 대한가족협회 직원은 영기의 신청서를 보고 고개를 갸웃거렸다. 협회 직원이 조심스럽게 물었다.

"나이가 스물넷이시네요? 아이는 몇이나 두셨어요?"

"아직 미혼인데요."

"네? 미혼이에요? 돌아가세요. 나중에 후회할 거에요."

"헌혈하면 하루, 정관수술 하면 그 해 예비군 면제되는 거 맞죠? 난 꼭 해야 돼요. 나중에 풀면 되잖아요."

가족협회 직원은 한참을 설득했지만 영기는 물러서지 않았다. 몇 시간 후 그는 병원 수술대 위에 가랑이를 벌리고 누웠다. 그는 마취 주사 바늘이 알집을 뚫고 들어올 때 죽을 만큼 두려웠다. 또 수술용 칼이 비록 주름졌지만 그의 몸에서 가장 부드러운 살을 찢을 땐 평소 찾지도 않던 부처님 예수님을 되뇌었다.

그리고 그 수술실에서 평생 잊지 못할 기억도 얻었다. 수술 전 은밀한 부위를 소독해주던 간호사가 무척이나 예뻤다. 그녀의 손이 영기의 민감한 부위를 스쳤을 때, 가랑이 사이의 기다란 물건은 수술의 공포도 잊은 채 우뚝 서고 말았다. 참 주책없는 놈이었다. 예쁜 간호사는 영기를 한 번 노려보더니 발끈한 녀석 위에 수건을 덮었다. 영기는 그 해 예비군 교육을 면제 받았지만 비뇨기과 트라우마를 얻었다.

그 다음해부터 인구보건복지협회로 명칭이 바뀐 이 단체는 더 이상 예비군 훈련장에 나오지 않았다. 출산률이 떨어져가는 상황이었기 때문이다. 영기는 이제는 출산양육지원센터를 운영하는 옛 대한가족계획협회의 마지막 수술자였다.

졸업 후 항공사 전산실에 입사한 영기는 스튜어디스와 결혼했다. 몸에 알코올이 들어간 그가 고민을 토로했다.

"요새 집에 들어가는 게 괴로워 죽겠어. 마누라가 승무원일 땐 장타를 자주 뛰었지. 그래서 한 이불 덮고 자는 건 일주일에 한두 번 될까? 그런데 울 마누라가 너무 착해서 탈이야. 애가 안 생기는 걸 미안해 하더라고. 그러더니 남의 속도 모르고 지상 근무로 전환 신청했다니까. 난 취소하라며 극구 반대했지. 하지만 결국 지상에서 근무하게 되었어. 그런데도 애가 안 생기니까 안달이 났어. 이젠 날마다 온갖 교태를 다 부려. 무서워 죽겠어."

"교태만 가지고 애가 생기겠냐? 알맹이 없는 물총으로 되겠냐고? 지금이라도 가서 풀어."

얼굴에 웃음을 머금은 효준이 부러 퉁명하게 대꾸했다.

"내가 죄인이지. 용쓰는 마누라 보면 묶은 걸 풀어야 한다고 다짐해. 그런데 다시 수술대 위에 가랑이 까고 누울 용기가 나지 않아."

울상을 짓는 영기를 보며 태주, 효준, 정일이 낄낄거렸다. 한참을 웃고 난 뒤, 태주의 맞은편에서 술잔을 기울이던 한정일이 물었다.

"태주야, 뭐하고 살았냐? 친구들에게 연락도 없이."

"지금은 방콕에서 살고, 하는 일은 그냥 이것저것 남 뒤치다꺼리지. 연인도 잃고, 그래서 경황이 없이 지냈다."

"쟤, 나한테 은주 뺏기고 그때부터 해외를 떠돌았잖아."

효준이 웃으며 끼어들었다. 태주는 친구들에게 줄리에 관한 이야기를 하지 않았다. 효준은 태주의 실연이 자신과의 삼각관계를 의미하는 것으로 착각한 것이다.

"참 외국으로 오래 떠돈 건 너도 마찬가지잖아. 너도 내 마누라를 흠모했냐? 하하하."

효준이 웃으며 정일에게 말했다.

"내가? 제수씨를? 아서라. 내 보기엔 태주도 얼씨구나 손을 놓은 거야. 속으론 쾌재를 부르며. 태주야 맞지?"

정일이 히죽 웃으며 태주에게 공을 토스했다. 태주가 그 공에 스파이크를 매겼다.

"그 당시 어쩌다 효준이랑 삼각관계, 라이벌, 연적이 되었는지 이해할 수 없어. 지금 생각해보면 참 다행이다 안도가 들어. 하하."

"눈물, 콧물 찔찔거리던 그때를 생각해서 너에게 다시 기회를 주겠다. 태주야, 제발 내 마누라를 데려가 다오. 나도 밤이 무섭다."

효준이 태주에게 짐짓 사정 투로 말했다. 그래도 태주의 첫사랑이다. 태주는 화제를 돌리려고 정일에게 물었다.

"정치적 불의에 민감하지 못한 효준이는 공무원이 딱이지. 인생이 덜컥대는 영기는 항공사 전산실 프로그래머가 제격이고. 근데 넌 뭐하며 살았니?"

"필리핀에서 사업하다 올 초에 다 접고 돌아왔어. 필리핀엔 3년 있었지."

태주는 정일에게 필리핀 상황을 듣고 싶었다.

"망했어? 무슨 사업을 했는데?"

"퀘존의 필리핀 대학교 근처에서 어학원을 했어. 한국 학생들이 필리핀에 영어 연수 많이 가잖아. 물가가 싸니까. 학생들은 제법 많았어. 그런데 교사 관리하는 게 힘들더라. 대학교에서 영어 전공한 필리핀 사람들을 강사로 채용했는데, 이것들이 아주 사람을 미치게 만들더라고. 지각이나 하루 이틀 결근은 예삿일이지. 무슨 예수도 아닌데 일 년에 10번도 넘게 지네 부모형제가 죽었다가 부활하다더라고. 어떤 여자는 갑자기 안 나오더니 한참 뒤에 뜬금없이 나타나서 복직시켜 달라고 지역 갱단을 동원해서 떼를 쓰더라. 걔 애인이 갱단 두목이라나. 하여간 머리가 지끈거렸어. 그래서 접고 다른 사업에 뛰어들었지."

"무슨 사업이었는데?"

"뭐, 일종의 지하 매장물 발굴업이라 할 수 있지."

"좀 쉽게 얘기해 봐."

"에이, 뭘 자세히 알려 그래? 알면 알수록 망해. 몸 버리고 돈 버리고."

벌컥 술 한 잔 들이킨 정일이 얼버무렸다. 태주는 오늘 오전에 들었던 이야기가 떠올랐다.

"혹시 필리핀에 야마시타 골드 이야긴 없어? 가령 어느 섬에 금이 묻혀 있다든지."

"너도 아는구나? 누가 너한테 보물 지도 보여주면서 금 캐자 하디?"

"그게 뭐야? 골드가 야마 돌아 싫다는 거냐?"

영기가 픽― 웃으며 물었다. 정일이 한심하다는 듯 영기를 보며 대답했다.

"무식한 놈. 야마시타는 2차 대전 때 필리핀에 주둔한 일본군 대장이었어. 야마시타 골드는 일본군이 숨겨 놓은 금을 말해. 일본 놈들, 악착같이 금을 긁어모아서 일본으로 가져가려 했는데, 전쟁에 지는 바람에 어쩔 수 없이 필리핀 각지에 숨겨두었다는 거지."

"그 이야기 좀 자세히 해줘."

태주가 말했다.

"나도 그 이상은 잘 몰라. 하지만 야마시타 골드 사기 사건은 잘 알지. 사기는 이런 거야. 돈 좀 있는 한국인 호구 하나가 있다고 쳐. 그 호구 앞에 삐끼가 등장하지. 삐끼는 한국인이야. 골프장이든, 한인 식당이든, 사우나든 삐끼랑 마주쳐. 자주 보다보니 통성명 하게 되고. 어느 날 삐끼가 호구에게 솔깃한 이야기를 하지. 야마시타 골드에 대해서.

호구가 조금이라도 관심을 보이면 다음날 삐끼는 포인터(Pointer)를 데리고 나타나, 포인터가 이 사기의 설계자지. 포인터는 자신의 가문이 소유한 땅에 야마시타의 보물이 묻혀 있다고 해. 그는 증거를 보여주겠노라며 호구를 모셔가.

　호구 앞엔 오늘 내일 갈 것 같은 필리핀 할아범이 나타나지. 땅을 소유한 가문의 종손이라는 할아범은 일본군이 금괴를 묻을 때 동원되었다가 몰살된 필리핀 사람들 중 유일한 생존자라고 자신을 소개해. 할아범은 상자에 깊이 간직하고 있었다는 누렇게 변색된 지도를 보여 줘. 지도엔 손으로 쓴 일본어가 적혀 있고, 꽤 오래된 것 같은 지도를 본 호구는 마음이 흔들리지. 포인터가 호구에게 말해. 이 지도와 땅을 사든지, 아니면 채굴 비용을 대고 황금이 나오면 70%를 먹으라고.

　호구는 머리를 굴려. 지도와 땅을 돈 주고 샀는데, 금이 안 나오면 돈을 날리는 거니까, 포인터와 7 : 3 계약을 하지. 그 다음엔 일사천리야. 포인터가 이 방면에서 일 잘하는 전문가들, 즉 땅 잘 파기로 소문이 자자하다는 사람들을 수십 명 데려와. 나중에 알고 보면 죄다 포인터의 친척이나 친구들이야.

　인적 드문 깊은 산속으로 들어가 개울 옆에서 땅 파기 시작해. 땅 파기 전문가들이 장담하는 지들 실력은 두 달이면 지구 반대쪽까지 파 들어갈 정도야. 호구는 넉넉잡고 두 달을 예상하고 발굴 비용을 준비해. 그런데 굴을 팔수록 갱도에 물이 차. 개울 옆이니까. 두 달이면 될 줄 알았던 공기가 마냥 늘어져. 공기가 늘어지고 진도가 안 나가도 땅파기 전문가들의 밥값과 일당은 매일 나가지.

　예상했던 자금은 물론, 주머니의 쌈지돈마저 몽땅 털어 넣어서 빈털터리가 될 즈음 호구가 포기하고 철수할까 고민해. 그때 갱도에서 녹슨 일본도와 뼛조각이 발견돼. 삐끼와 포인터는 조금만 더 파면 노다지를 캘 거라며 광분해. 호구도 금괴만 발견하면 쏟아 부은 돈의 몇 천, 몇 만 배를 회수할 거라는 희망에 부풀지.

호구는 여기 저기 돈을 구하러 다녀. 호구가 돈 구하러 다니는 동안 갱도 안에선 매일 파티가 벌어지지. 그러다 우기가 시작돼. 태풍이 오고 산사태가 나는 바람에 갱도가 함몰돼 버려. 처음부터 다시 시작해야 할 처지가 된 거지. 망연자실한 호구는 지도를 챙겨 야반도주하지.

호구는 이제 삐끼가 돼. 지도를 들고 순진한 호구를 물색하러 다니지. 그 동안 호구 돈으로 잘 놀고먹던 전문가들은 새로운 보물 매장지를 물색하러 다니고, 포인터는 삐끼의 연락을 기다리며 새로운 지도를 제작해."

말을 마친 정일의 눈에 살짝 물방울이 맺혔다. 친구들은 이야기 속의 호구가 정일임을 직감했다. 효준이 심드렁하게 말했다.

"삐끼란 게 우리나라 유흥가에서만 지랄인 줄 알았더니. 쯔쯔. 전 세계 어디서든 삐끼가 문제구만."

"환상은 환상일 때 환상적인 거로군."

태주가 정일의 술잔에 건배하며 위로했다. 그러자 정일이 정색했다.

"이게 환상만은 아니야. 마닐라에 마카티라고 서울로 치면 강남 같은 지역이 있어. 마카티에서도 포브스 파크나 벨 에어는 외부인이 함부로 접근조차 할 수 없는 필리핀 최고 부유층 주거지역이야. 거기에 한국인이 하나 살아. 아주 웅장한 저택에서 경호원들의 호위 속에.

그 한국인이 왕년에 호구였어. 그는 지도를 사서 땅을 팠는데, 그 속에 금괴가 있었던 거야. 수백억 원 어치의 금덩이 발견 후, 한국인 호구는 교민 사회에도 연락을 끊고 성채 같은 대저택에 칩거 중이야. 집 밖엔 거의 나오지 않아. 간혹 외출할 때면 필리핀 경찰이 동원 돼. 앞에선 오토바이 2대가, 뒤에선 경찰차 3대가 호위해주지. 필리핀에서는 2~3천 페소 집어주면 경찰들이 사이렌 켜고 에스코트해 주거든.

또 가끔 금덩이가 발견되기도 해. 몇 해 전, 루손 섬 북부 산간 지역에서 금덩이가 발견되었다고 난리가 났지. 필리핀 정부 관리도 금덩이 발견을 확인했고. 누런 황금덩이를 실제로 긁어보기까지 했다는 목격자는 한둘이 아니었어.

그런데 며칠 뒤 필리핀 정부는 발견된 것이 진짜 금인지 확인해 봐야 한다며 한 발 빼더라고. 그리곤 조사 결과 금이 아닌 고철덩어리라고 발표했어.

그런데 필리핀 정부가 고철덩어리라며 보여준 것이 원래의 모양이 아니었어. 발견자와 목격자들이 이의를 제기했지. 그런데 이의를 제기한 사람들이 하나씩 죽어갔어. 교통사고, 무장 강도를 당했지. 느닷없이 실종된 사람도 있고."

"혹해서 필리핀에 금 찾으러 갔다간 가스통 메고 용광로에 뛰어드는 격이 되겠군."

효준이 어깨를 으쓱하며 말했다. 그러자 영기가 덜컥 받았다.

"가시가 없으면 장미가 아니고, 가시가 없으면 생선이 아니잖아! 도전해 볼 만하겠네. 수백억이면 똥꼬가 벌렁벌렁 하잖아."

둘의 말싸움은 항상 이렇게 시작된다. 효준이 지지 않고 대응했다.

"고등학교 때 우리의 모토가 뭐였더라? 선생님들이 하면 된다를 부르짖을 때, 우린 과감히 이렇게 외치지 않았냐? 되면 한다고."

"일단 저질러라. 그러면 꿈이 현실이 된다잖아."

"그건 소싯적 여자 후릴 때나 써먹던 거고. 넌 이미 꿈을 이뤘어. 수컷의 기능에 심대한 오류가 있는 놈이 예쁘고 착한 마누라를 얻은 게 꿈의 실현이지. 덜컥 저지른 것 때문에 밤이 무서운 건 꿈의 부작용일 뿐이고. 얼른 병원 가서 정자 길이나 뚫어!"

"내 물건 가지고 아주 중탕으로 우려먹는구나. 아! 그런데 진짜 가출해야 하나? 낙장불입이 내 삶의 원칙인데…."

영기가 걱정을 담은 표정으로 말했다. 영기는 진지함으로 주변 사람들을 웃기는 재주가 있다. 세 친구가 웃어대자 녀석도 코를 벌름거리며 킥킥거렸다. 넷은 즐겁게 웃어댔다. 오래된 친구는 이래서 좋은 것이다.

그때 태주의 전화벨이 울렸다. 태주가 전화를 받자마자 급박한 목소리가 튀져 나왔다. 희강녕이었다.

"장용신 동지가 당한 것 같소. 공항에서 일본 놈들에게 쫓기고 있다는 전화가 왔소. 그 이후엔 연락이 안 되오. 이소림이라는 여자를 찾으시오. UN 직원이라 하오. 비행기에서 장 동지가 이력서를 맡겼고, 오늘밤 7시에 아드리아티코의 코리안 팰리스에서 만나기로 했소. 한태주 씨, 지금 당장 마닐라로 가시오."

태주는 시계를 보았다. 시계의 시침이 5시에 다가서고 있었다. 지금 당장 출발한다 해도 비행시간만 4시간 가까이 걸리는 필리핀에 7시까지 도착하는 건 불가능이다. -1시간의 시차를 감안해도 말이다. 더구나 인천공항에서 마닐라로 가는 비행기는 빨라야 8시 넘어서 출발한다. 마닐라에 도착하면 필리핀 시간으로 밤 11시 30분께가 될 것이다. 그 시간에라도 마닐라에 도착하려면 당장 항공기 좌석 확보가 급선무다.

"최대한 빨리 가겠습니다만, 현실적으로 그 시간에 마닐라에 도착하는 것은 어렵습니다. 아무튼 오늘 밤 마닐라에 가서 이소림 씨를 찾겠습니다."

"부탁하오. 이소림 씨는 그것이 얼마나 중요한 것인지를 모르고 있을 것이오."

"걱정 마십시오."

통화를 마친 태주가 영기에게 심드렁하게 말했다.

"비행기 좌석 하나만 확보해 줘. 목적지는 마닐라. 오늘밤 출발하는 걸로. 좌석 없으면 입석이라도 좋아."

태주는 친구들의 빈 술잔을 채우며 건배를 제의했다. 그는 허물없는 오랜 친구들과의 즐거운 시간을 더 누리고 싶었다.

19. 도쿄

요시오는 료코에게서 걸려온 전화를 받고 있다.

"나까지마가 조센징을 죽였답니다. 그런데 문건을 확보하진 못했답니다."

"처음부터 없었단 말인가? 아니면 손에 넣는 데 실패했단 건가?"

"가방 안엔 아무 것도 없었답니다. 나까지마는 비행기에서 조센징 옆에 앉아 있던 여자를 의심하고 있습니다."

"그 여자의 국적은?"

"그게… 아직 확인을 못했답니다. 보기엔 중국인 같았고, 프랑스 책을 읽고 있었다고 합니다. 그리고 조센징의 휴대전화를 확보했습니다. 죽기 전에 한 4통의 전화 중 필리핀 내의 수신지로는 사람을 보냈습니다. 해외전화 두 통 중 하나는 한국입니다. 수신 지역이 서울 신촌이라 허강녕에게 한 것 같습니다. 그런데 나머지 한 통이 북경이었습니다. 수신지를 추적해 보니, 중국 국안부 소유의 안가였습니다."

"음… 중국도 냄새를 맡은 건가?"

"속단할 순 없지만 그런 것 같습니다. 현재로선…."

"일을 빨리 진행시켜야겠구먼. 소란스러워지기 전에. 비행기에 같이 탄 여자를 찾아야 한다. 중요한 건 그 이력서를 손에 넣는 것이다. 알겠나?"

"넵."

"다이키는 어떤가?"

"저… 다이키 씨는 다이아몬드 호텔에 있습니다."

"호텔에서 뭘 하고 있느냔 말이다."

"그게… 저…."

요시오는 료코의 곤혹스러워 하는 모습이 상상되었다. 요시오는 한숨이 나왔다.

"오늘밤 내가 필리핀으로 가겠다. 그 동안 필리핀 수신자들을 추적하고, 비행기에서 만난 여자가 누구이며 어디 있는지 알아내게."

전화를 끊은 요시오는 가정부를 불러 3일 정도의 여행 가방을 싸라고 시켰다. 그리곤 비서실로 전화를 돌렸다.

"기요하라, 내가 필리핀에 가야겠어. 1시간 내로 비행기 준비시키고, 자네도 채비를 마치게. 그리고 내조실에 북경의 안전가옥 거주자에 대해서 알아보도록 요청하게."

요시오는 탁자에 지도를 펼쳤다. 필리핀 전역이 상세히 그려진 전도였다. 요시오의 눈은 지도에 표시된 섬들을 하나하나 훑어냈다. 동경 120~122, 북위 5~7° 사이 보루네오 셀레베즈 해협과 삼보앙가 사이 술루해의 섬들이었다.

필리핀의 7,000여 개 섬 중 반 이상이 무인도다. 그리고 그중 절반은 이름도 없다. 그 이름 없는 섬 중 하나에 홍사익은 금괴

300톤을 숨겨 놓았다. 예전 이슬람 해상 왕국이 있던 홀로 섬과 작은 부속 섬들에 요시오의 눈길이 머물렀다. 지금은 이 작은 섬들 곳곳에 해적들의 본거지가 있다. 금괴가 여기 있다면 수송은 위험한 작업이 될 것이다.

술루해의 섬을 확인하던 요시오의 시선이 루손 섬 마닐라 만 바로 아래의 작은 섬에 멈췄다. 40여 년 전 그에게 환희를 안겨준 루방 섬이다.

다께다 왕자를 대신해 필리핀 각지에 금괴를 숨겨 놓았던 야마시타는 매장된 장소를 전부 불지 않았다. 렌즈데일과 요시오가 그 사실을 알았을 때는 야마시타의 목에 이미 밧줄이 걸린 지 한참 뒤였다. 어쩔 수 없이 포기했고 가슴속 깊이 묻어두어야 했다.

하지만 요시오와 렌즈데일의 그 아쉬움이 출세의 발판이 된 자가 있었다. 20년 후, 필리핀 대통령이 된 페르디난드 에르라린 마르코스였다. 요시오가 야마시타와 홍사익을 회유하러 필리핀에 갔을 때, 마르코스는 렌즈데일의 필리핀 통역이었다. 눈치가 비상했던 마르코스는 렌즈데일을 따라다니며 야마시타 골드의 존재를 눈치 챘다.

렌즈데일이 미국으로 간 후, 빌빌대던 마르코스가 운 좋게 금괴가 매장된 곳을 찾아냈다. 그 금이 마르코스를 일약 정계의 실력자로 발돋움하게 만들었고, 마침내 필리핀 최고의 자리에까지 오르게 되었다. 권력을 손에 쥔 마르코스는 이후 사방 각지를 들쑤시며 야마시타가 숨겨 놓은 금괴를 찾아내어 배를 채웠다.

요시오는 배알이 꼬였다. 그래서 은밀히 궁내청 직원 몇 명을 선발하여 필리핀에 보냈다. 요원들을 배낭여행자로 가장시켜 필리핀 각지를 뒤지게 한 것이다.

마침내 루방 섬에 갔던 요원이 오노다를 찾아냈다. 보고를 받은 요시오는 즉시 필리핀으로 날아갔다. 야마시타 대장의 명령으로 이곳을 사수해야 한다는 오노다의 임무를 중지시켰다. 옛날 일본군 파견대 본부 뒷편의 밀림엔 나무 궤짝에 담긴 50톤의 금괴가 숨겨져 있었다. 30여 년 만에 빛을 본 금괴는 여전히 노란 빛을 잃지 않고 있었다. 요시오는 융통성 없이 고지식하기만 한 오노다를 충직한 황국 신민이자 야마토 다마시이가 살아 있는 영웅으로 포장했다.

언론의 관심을 오노다에게 돌린 요시오는 은밀히 금괴를 가져오려 했다. 그러나 문제가 있었다. 필리핀은 엄연히 주권이 있는 남의 나라였던 것이다. 요시오는 마르코스와 담판을 벌였고, 결국 그에게 50%를 떼어주어야 했다. 금괴 발굴은 리조트 개발이라는 명분을 내걸었다.

금괴 25톤을 실은 배가 도쿄 항에 들어올 즈음, 한껏 고무된 요시오는 본격적으로 필리핀에 요원들을 보냈다. 그들은 2인 1조로 필리핀 전역을 훑고 다니며 야마시타가 숨긴 금괴를 찾아내려 했다. 그리고 요원들이 꽉상한 폭포 근처의 일본군 주둔지에서 금괴 30톤을 찾아내는 성과를 올렸을 때, 요시오는 한달음에 종교 단체를 조직해서 현지에 보냈다.

하지만 그것 이외에는 눈에 띄는 성과를 내지 못했다. 동남아시아의 일본군 점령지에서 소소한 금괴 매장지를 찾아냈지만, 그것은 당시 일본군 지휘관들의 탐욕 부스러기였을 뿐이다. 물론 그것들도 현지공장을 짓는다는 핑계를 대고 온전히 회수했지만, 요시오의 성엔 차지 않았다.

결국 3년 동안 궁내청 요원들을 대거 파견해서 요시오가 거둔 결과물은 70년대 중후반 일본에서 쏟아지듯 출판된 수십여 종의 필리핀과 동남아시아 여행안내서들이었다. 요시오는 실망했다.

야마시타가 숨겨 놓은 금괴는 더 이상 없는 게 아닌가 하는 의구심이 들었다. 그 순간 지금껏 잊고 있었던, 아니 잊으려 애써서 간신히 잊었던 것이 되살아났다. 더구나 지금까지 찾아낸 것의 몇 배나 말이다.

이때부터 요시오는 홍사익이 숨겨 놓은 금괴 300톤에 대한 집착이 생겼다. 그런데 요시오의 집착은 아마도 자신이 모시는 유일한 사람의 영향이었을 것이다.

정신이 오락가락한 아버지를 대신해 일찍부터 실질적인 천황 노릇을 한 히로히토는 유난히 금을 선호했다. 때문에 궁내청은 식민지였던 조선과 포모사(대만), 베이징과 상하이 등 중국 점령지에서 금을 사들였다. 덕분에 1920년대 조선에서는 금광 열풍이 불었다. 손가락 두 개만한 2지금맥을 찾아내어 하루아침에 당대 최고의 갑부가 된 최창익을 따라 너도 나도 곡괭이 하나씩 들고 산으로 올라갔다.

궁내청은 조선에서 발견된 금을 전량 독점 매수했다. 조선인들은 금을 내주고 지폐를 받았다. 지폐는 조선에서만 통용되는 원화였다. 하지만 금은 전 세계 어디서든 통용된다. 조선인들은 바보였다.

2차 세계대전 때에는 일본군이 점령한 동남아시아 각지에서 금과 문화재를 무작정 빨아들였다. 히로히토는 빼앗은 금반지와 팔찌 등을 녹여서 금괴로 만들어 일본 황실 창고에 쌓아두려 했다. 히로히토가 황금백합이라는 암호명을 부여한 이 작업에 그의 친동생인 왕자들이 직접 나섰다.

동남아시아 각지에서 거둔 금괴는 필리핀으로 이동시켰다. 한 곳에 모아두어야 관리하기 편하고 기밀도 유지하면서 일본으로 수송하기도 편했다. 1944년 여름까지 황실 전용선은 주기적으로 필리핀 마닐라 항에 와서 금괴를 실어갔다.

그러나 1944년 가을, 일본 해군이 괴멸되면서 난관에 봉착했다. 하늘과 바다를 장악한 미군은 일본으로 물자를 실어나르는 화물선을 보는 족족 파괴하고 침몰시켰다.

금괴 수송이 어려워지자 황실은 미국 정부와 밀실 협상을 벌였다. 항복할 테니 필리핀에 대한 영유권을 보장해 달라는 것이었다. 황실의 논리는 태평양에 투입된 병력을 유럽으로 돌리면 독일을 쉽게 제압하고 전쟁을 끝낼 수 있다는 것이었다. 미국도 유럽과 태평양에서 2개의 전선을 유지하는 데 힘이 부친 상태였다. 일본 측의 논리가 먹혀 들어가 전쟁 배상금을 협상하는 단계에까지 이르렀다. 그러나 막판에 협상이 깨졌다. 필리핀에 지분을 소유한 맥아더150)가 완강히 반대했기 때문이다.

결국 미군은 필리핀을 점령했고, 각지에 숨겨 놓은 황실의 금괴는 미국의 차지가 되었다. 종전 후 금괴의 절반에 대한 소유권을 인정받았지만 천황의 온전한 재산이 아니었다. 공동 소유자인 미국의 눈치를 볼 수밖에 없는 명의 대여자 신세였다. 각자 관리하는 금 신탁 수익금에 대해서도 미국 CIA는 자꾸만 간섭했다.

그 와중에 히로히토의 배를 아프게 하는 자가 있었다. 필리핀 대통령 마르코스였다. 히로히토는 필리핀에서 금괴 발견 소식이 전해질 때마다 식욕을 잃고 쓴 입맛만 다셔야 했다.

마르코스는 금을 스위스와 미국 은행에 나누어 예치했다. CIA의 지원을 업고 독재를 펼치던 마르코스는 1980년대 들어 미국

---

150) 맥아더는 1935년 준 독립국이 된 필리핀에서 건국의 아버지로 추앙받았다. 2차 세계대전으로 일본군이 필리핀을 침공하기 바로 직전인 1942년 맥아더는 당시 필리핀 대통령이던 케손으로부터 "그 동안의 공로에 대한 보상"으로 50만 달러(현재 가치로 740만 달러)를 받았다.

정부와 불화를 겪었다. 당시 미국 대통령 로널드 레이건은 팍스 아메리카나를 신봉하는 보수주의자였다. 레이건은 미국의 영광을 구현하기 위해 많은 돈이 필요했다. 남미 각국의 친미 독재정권 지원과 소련에 저항하는 아프가니스탄 이슬람 민병대 지원에 쓰일 돈이었다. 그러나 미국 경제는 침체 일로였고, 의회는 예산을 승인하지 않았다.

레이건은 미국 은행에 예치된 막대한 마르코스의 금에 눈독 들이며 침을 흘렸다. 마르코스 입장에선 마른하늘의 횡액이었다. 평생을 바쳐 모은 황금을 거저 달라는 거나 다름없었다. 미국 재무부 공식문서로 차용증을 써줄 수 없다고 했기 때문이다.

아무리 믿음과 의리의 관계라지만 레이건의 임기가 끝나면 돌려받을 길이 막막하다. 그리고 필리핀 국민 모르게 빼돌린 금을 떼이면 정식으로 항의조차 할 수 없다. 결국 마르코스는 금을 빌려달라는 레이건의 요구를 거절했다. 그러자 CIA의 공작이 시작되었다.

결국 마르코스는 1986년 2월 피플 파워[151]로 인해 권좌에서 쫓겨나 하와이로 망명했다. 그에게 망명을 권유했던 레이건은 재산 보장을 약속했다. 그러나 미국 정부는 마르코스가 권좌에서 쫓겨나자마자 스위스와 미국 은행에 예치된 마르코스의 금을 압류해 버렸다. 빈털터리가 된 마르코스는 배신감에 몸부림치다가 화병으로 죽었다.

그 과정을 지켜본 히로히토는 1989년 1월 5일, 요시오를 불렀다. 히로히토는 미국 정부와 공동 소유한 금에 대해 심각하게 우려했다. 그리고 미국 정부 몰래 금을 꾸준히 늘려가라고 당부했

---

151) 1986년 2월의 필리핀 민주항쟁. 마르코스의 정적이었던 니노이 아키노 상원의원 암살이 도화점이었다.

다. 이틀 후 히로히토가 사망했다. 요시오는 히로히토의 당부를 유언으로 받아들였다.

AU라는 원소 기호를 가진 금은 매우 무겁고 안정된 물질이다. 금이 원소 주기율표의 하단에 자리하는 것도 그런 이유다. 금은 인간이 만들어낼 수 있는 자원이 아니다. 중세 이후 수많은 연금술사들의 실패가 이를 증명한다. 과학적으로 금은 지구 같은 작은 에너지를 가진 별에선 생성될 수 없다.

에너지를 다 태우고 수명을 다한 태양은 적색거성이 된다. 적색거성보다 최소한 60배 이상 큰 별이 폭발하면, 그 폭발 에너지로 인해 우주에 존재하는 모든 원소들이 생성된다. 이런 별의 폭발은 로또를 맞는 것과 비슷한 확률이고, 이때 생성되는 금은 아주 극소량에 불과하다.

이보다 좀 더 많은 금이 생성되는 건 태양보다 수억 배 많은 에너지를 방출하는 초신성(Super Nova)의 폭발 잔해 속에 존재하는 중성자별이다. 중성자별은 지름이 수십 km밖에 안 되는 작은 별이지만, 작은 돌멩이 하나의 무게가 수십 억 톤에 이를 만큼 엄청난 질량을 가지고 있다. 이런 중성자별끼리 충돌하면 1조°C라는 우주 최고의 온도에 이르게 된다. 이 과정에서 금이 생성되어 우주에 흩뿌려진다는 것이다.[152] 이런 경우는 로또 1등에 3연속 당첨되는 것이나 다름없는 확률이지만, 우주는 그런 상상하기 어려운 확률을 가끔씩 실현시킬 만큼 넓다.

그러나 과학자들은 지구를 비롯한 온 우주의 별 속에 함유된 금의 태반은 이 우주가 만들어진 때, 즉 빅뱅(big Bang)으로 인

---

152) 2001년 4월 5일 영국 천문학회학술회의(UK National Astronomy Meeting)에서 영국 레스터 대학(Universities of Leicester)과 스위스 바젤 대학(University of Basel) 공동연구팀이 제시한 이론.

해 생겨난 것으로 보고 있다. 오늘날에도 상상조차 힘든 광대한 우주의 모든 물질과 에너지가 한 점에 응축되어 있다가 폭발했을 때 생성된 금 원자가 우주를 떠돌다가 지구가 만들어질 때 흡수되면서 결합하여 땅 속에 광물 형태로 남은 것이 금이란 이야기다.

전 세계 금 관련 사업자들의 단체인 WGC(World Gold Council)는 인류가 지난 6천 년 간 채굴한 금의 총량이 12만 5천 톤이라고 한다. 현재 지구상의 새로운 금광은 더 이상 없고, 전체 금의 60%는 각국 정부나 금융기관이 보유하고 있다. 그래서 WGC가 매월 공표하는 세계 각국과 금융기관의 금 보유량은 뻔하다. 어디선가 늘어나면 어딘가에선 줄어들게 되는 것이다.

미국은 달러라는 강력한 기축통화를 가지고 있다. 하지만 달러는 미국 정부, 엄밀하게는 미 국민의 빚이다. 즉, 미국 정부의 빚 보증을 토대로 연방준비제도이사회153)가 임의로 찍어낸 종이쪼가리인 것이다. 그렇기에 잉크와 펄프만 있으면 얼마든지 돈을 찍어낼 수 있는 미국도 8천 톤에 이르는 금을 움켜쥐고 있다.

미국의 외환보유액 대비 금 비중은 78%에 이른다. 3천 5백 톤의 금을 보유한 독일과 각각 2천 5백 톤씩을 보유한 프랑스, 이탈리아 등 유럽 국가들의 외환보유액 대비 금 비중은 70%에 이른다. 하지만 일본은 750톤의 금만 보유하고 있고, 외환보유액 대비 금 비중도 2%에 불과하다.154)

---

153) 연방준비제도이사회(Federal Reserve Board): 미국의 중앙은행 격인 연방준비제도를 운영하는 이사회. 하지만 이 조직은 미국의 국가기관이 아니다. 지역별 민간은행 연합체인 12개의 연방준비은행(Federal Reserve Banks)의 협의체 성격을 띠고 있다. 연방준비은행은 연방준비법에 따라 설립되었지만, 민간이 소유한 법인이다.

154) 2011년 7월 발표한 WGC 자료. 같은 달 한국의 금 보유량은 39.4톤이고 외환보유액 대비 금 비중은 0.7%다.

히로히토와 요시오는 미국이 막대한 부채에도 불구하고 금을 움켜쥐고 있는 이유를 잘 알고 있었다. 닉슨 쇼크는 금의 유출을 막기 위한 고육지책이었다. 금은 영구불변의 물리적 속성을 지녔다. 그런 속성처럼 재화로서의 금도 지구 상 최고의 가치를 가진다. 금은 영원하다. 단지 주인이 바뀔 뿐이다.

미국 정부는 자국이 보유하고 있는 금의 주인이 바뀌는 것을 원치 않는다. 그렇기에 금값은 계속 오를 것이다. 미국의 의도를 눈치 챈 중국과 러시아가 급속도로 세계의 금을 빨아들이고 있으며,[155] 세계 2위의 인구를 가진 인도와 점차 석유가 고갈되어 가는 중동 산유국들 역시 이 대열에 동참했다. 중국은 세계에서 미국 다음으로 달러를 많이 가지고 있고, 중동의 산유국들 역시 달러 보유량이 많다. 이 상태에서 달러 충격이 오면 상상할 수 없는 타격을 입게 된다. 따라서 이들 나라 정부는 안전 자산 확보 필요성 때문에 금 확보에 총력을 기울이고 있다.

요시오는 히로히토의 유지를 받들어 이행하려 노력해 왔다. 그러나 금의 이동에 관한 미국의 감시는 날카롭다. 미국의 영향권 아래 종속된 일본이 몰래 딴 주머니를 차기는 어려운 상황이었다.

이러한 시기에 홍사익이 숨겨 놓은 금 300톤의 꼬리를 잡았으니, 요시오가 늙은 몸을 움직여 35년 만에 필리핀에 가야 할 이유는 충분했다. 아울러 가업을 이을 손자의 업적을 만들어야 할 필요성도 있었다.

오후 6시 30분, 하네다 공항을 이륙한 걸프스트림 V가 66년 전

---

155) 2000년 400톤이던 중국 중앙은행의 금보유량은 2011년 7월 현재 1,054톤으로 두 배 이상 늘었고, 러시아 중앙은행도 830톤을 보유하고 있다.

홍사익을 태운 신잔 수송기가 그랬던 것처럼, 서남향으로 기수를 돌렸다. 걸프스트림은 마하 0.8의 속도로 도쿄만을 붉게 물들이는 석양을 가르며 날아가고 있었다.

20. 다이아몬드 호텔

"다이아몬드 호텔로 가 주세요."

월든 벨로의 연구실을 나온 소림이 택시 기사에게 행선지를 말했다. 벨로는 아드리아티코와 가까운 호텔을 묻는 소림에게 주변에 다이아몬드와 하얏트와 팬 퍼시픽 호텔이 있고, 조금 떨어진 곳에 마닐라 호텔이 있다고 알려 주었다. 소림은 넷 중에서 다이아몬드 호텔로 정했다. 석양 무렵의 마닐라 만 조망이 괜찮다는 벨로의 조언을 받아들인 것이다.

택시는 바다와 나란히 뻗은 왕복 8차선 도로인 로하스 불러바드(Roxas Boulevard)에 진입했다. 마닐라를 대표하는 이 남북축 간선도로는 1900년대 초 건설 당시의 원형을 간직하고 있다. 이 도로의 원래 이름은 미국과 스페인 전쟁 당시 마닐라 만에서 스페인 함대를 궤멸시킨 미 해군 제독 조지 듀이(George Dewey)를 기리는 듀이 불러바드였다.

1897년 하와이를 합병한 미국은 스페인의 식민지였던 카리브 해의 푸에르토리코와 쿠바, 태평양의 괌과 필리핀에 눈독을 들였다. 미국은 스페인과 싸울 빌미를 만들어야 했다. 전쟁 준비를 마친 미국은 다음해에 쿠바 아바나 항구에서 자국의 전함 메인 호를 폭파시켰다.[156] 이를 핑계 삼아 미국은 스페인의 식민지들로 쳐들어갔다. 이빨과 발톱이 다 빠진 스페인은 떠오르는 신흥제국인 미국의 적수가 아니었다. 미국은 손쉽게 스페인으로부터 식민지들을 인계 받았다.

그러나 필리핀을 노리는 건 미국만이 아니었다. 청나라와 러시아를 쓰러뜨린 아시아의 최강자 일본도 민다나오의 이슬람 세력을 지원하며 호시탐탐 촉수를 뻗고 있었다. 1905년 7월 미국은 일본과 비밀 협정을 맺었다. 카쓰라-태프트 밀약이라 알려진 이 협정은 미국은 필리핀을, 일본은 조선을 지배하는 것을 상호간 인정한다는 것이다. 일본은 이 밀약을 바탕으로 4개월 후 조선의 외교권을 박탈한다. 이것이 을사보호늑약이다.

가쓰라-태프트 밀약으로 필리핀 지배를 확고히 한 미국은 당대 최고의 도시계획가 다니엘 번햄[157]을 불러들여 마닐라 개발에 착수했다. 번햄은 레가스피가 건축한 인트라무로스를 중심으로 마닐라를 특색있는 몇 개의 구역으로 나눴다. 그리고 구역들의 시작 지점에 남북을 연결하는 넓은 도로를 마닐라 만과 나란히 놓았다. 멋진 해안 풍경을 가진 넓은 직선도로는 당대 아시아의 자랑거리였다. 그 도로가 바로 소림이 지나는 로하스 불러바드다.

---

156) 미국의 이런 전쟁 유도 전략은 60여 년 후 베트남의 통킹만에서도 써먹는다. 1964년 8월 2일 미국은 북베트남 군 어뢰정이 미 해군 구축함 매독스 함을 공격했다며 베트남에 미군을 파병하고 본격적으로 베트남 전쟁에 뛰어든다. 하지만 1971년 뉴욕타임즈는 미 국방부 비밀 보고서(펜타곤 페이퍼)를 입수해서 이 사건이 베트남 전쟁에 개입할 명분을 얻기 위해 조작한 것이라고 폭로했다.

157) 다니엘 허드슨 번햄(Daniel Hudson Burnham): 1846~1912. 미국의 대표적인 건축가이자 도시 계획가. 그는 1893년 시카고 만국박람회, 워싱턴 DC 도시계획, 시카고 도시계획 수립자였다.

멀리 바닷가 쪽으로 녹색 지붕이 보였다. 마닐라 만을 배경으로 우뚝 솟은 녹색 지붕은 마닐라 호텔의 상징이다. 번햄의 도시 계획에 맞춰 1912년 완공된 이 호텔은 싱가포르의 래플즈 호텔처럼 이 나라를 대표하는 랜드마크(Landmark)다.

마닐라 호텔을 지나친 택시가 흰색 외벽이 돋보이는 다이아몬드 호텔로 들어섰다. 호텔 입구에서 총을 든 경비원들이 택시를 수색했다. 총기가 흔한 나라이고 이슬람 세력이 간간이 폭탄 테러를 일으키기 때문이다. 호텔 현관에는 금속 탐지기가 설치되어 있었다.

소림이 다이아몬드 호텔 현관의 금속 탐지기 앞에서 소지품을 검사 받는 동안 검정색 링컨 MKZ가 호텔 현관 앞에 멈췄다. 이 차는 마닐라 공항에서부터 필리핀대학교를 거쳐 이곳까지 소림을 미행해 왔다. 소림이 호텔 로비로 들어서자 짙은 선글라스를 낀 백인 남자가 링컨에서 내렸다. 크롤158)의 필리핀 지사장 헤럴드 마이어였다. 그는 회사의 업무와 관계없는 비밀업무를 진행하고 있다. 마이어는 소림을 따라 호텔로 들어갔다. 소림의 객실 번호를 확인하기 위해서였다.

다이아몬드 호텔의 로비는 북적거렸다. 결혼식이 진행 중이었다. 정장과 드레스 차림의 필리핀 젊은이들이 바글거렸다. 여느 예식장이 그렇듯, 젊은이들은 친분 관계에 따라 그룹을 지어 로비와 라운지에 모여 왁자그르르 했다.

호텔 2층의 난간에 턱시도와 웨딩드레스를 입은 신랑 신부가

---

158) 크롤 어소시에이츠(Kroll Associates): FBI 출신 중심으로 구성된 산업보안 컨설팅 업체. 핑커턴과 비슷한 사립탐정 회사지만, 주 업무 영역을 기업활동을 위한 정보수집과 경영보안 서비스에 두고 있다. 크롤은 필리핀의 마르코스와 아이티의 뒤발리에, 이라크의 후세인이 숨겨 놓은 비자금을 추적해서 명성을 쌓았다.

모습을 드러냈다. 예식을 마친 신랑과 신부가 로비를 내려다보며 손을 흔들자 로비의 친구들은 박수 치며 환호를 보냈다.

체크인을 하는 리셉션 데스크 앞도 번잡하긴 마찬가지였다. "Welcome Dongkuk Pharmacy Company"라고 쓰인 환영 플래카드 앞에 오십여 명의 사람들이 엉켜서 북적거렸다. 이들은 단체로 연수 겸 관광 온 한국의 제약회사 영업 직원들이었다. 마이어는 남자들 사이에 끼어 있는 한국 여성들을 하나하나 훑었다. 한국 여자들은 생김새들이 비슷했기에 유심히 보아야 했다. 더구나 여자들은 가만히 있지를 않았다. 수다 떠느라 쉴새없이 이리저리 움직이는 바람에 무척이나 헛갈렸다. 5분 후 마이어는 이 그룹 안에 이소림이 없다는 판단을 내렸다.

마이어는 다급하게 로비 전체를 뒤졌다. 필리핀의 다른 특급 호텔에 비해 다이아몬드 호텔의 로비는 작은 편이다. 그곳을 가득 채운 예식 하객들을 헤치고 다니며 소림을 찾아 다녔다. 마이어의 입에선 쌍소리가 절로 나왔다.

시장 바닥 같은 로비 수색을 마친 마이어는 곧바로 라운지로 향했다. 로비 라운지인 코히칸 구석구석을 둘러보았지만 이소림은 없었다. 할로윈 호박이 통곡할 노릇이었다. 분명히 바로 뒤따라왔는데, 어디로 사라진 것일까?

마이어는 코히칸 옆의 양식당 코니체도 샅샅이 뒤졌다. 그리고 코니체의 통유리 밖에서 이소림을 발견했다. 그곳은 수영장과 연결된 작은 정원이었고, 잘 꾸며진 열대 식물들 사이로 야외 테이블이 놓여 있었다.

그녀는 번잡한 로비나 라운지를 피해 그곳에서 체크인 데스크가 한가해지기를 기다리는 모양이었다. 마이어는 통유리를 사이에 두고 소림을 지켜보았다. 20분이 흘렀다. 체크인 데스크 앞은 여전히 한국인들로 번잡했다.

마이어는 초조해졌다. 소림의 객실 번호를 확인하고 싶었지만, 시간이 부족했다. 마이어는 소림을 찾은 데 10분, 그리고 지켜보는 데 30분을 소모했다. 시계를 보았다. 더 이상 기다릴 수 없었다. 가야 할 시간의 데드라인에 도달한 것이다. 그는 쓴 입맛을 다시며 호텔 현관을 나섰다. 그리곤 마닐라 공항으로 급히 링컨 MKZ를 몰았다.

호텔 현관을 통과한 소림은 체크인 데스크 앞에 운집한 한국인 단체 관광객들을 보고는 코히칸으로 발걸음을 옮겼다. 단체 관광객들로 인해 체크인이 늦어지자 호텔에서 웰컴 드링크라며 망고 주스를 제공했다.

잠시 후 예식을 마친 신랑과 신부가 손을 잡고 나란히 2층 계단을 내려왔다. 로비와 라운지의 친구들이 일제히 꽃가루를 뿌리며 환호했다. 흩날리는 꽃가루와 폭죽 속에 신랑과 신부는 가볍게 키스를 나누었다.

소림은 환하게 웃는 신부의 얼굴에서 행복을 보았다. 오늘은 그녀의 날이다. 모든 사람들의 축복과 부러움을 한몸에 받는 주인공인 것이다. 소림도 어느 새 신부를 향해 손뼉을 치고 있었다.

소림은 문득 자신이 부러움을 느끼고 있음을 깨달았다. 더 이상 젊지 않다는 이브의 말이 떠올랐다. 재가 되도록 불타는 연애를 해보지도 못한 채 서른을 맞은 자신이 안쓰럽다는 생각이 들었다. 공부하느라, 그 후엔 일하느라, 남자를 사귀기는커녕 소개받을 여유조차 없었다. 파리 대학원 시절 이브의 일탈에 줄리와 가끔 동참한 것이 전부였다.

소림은 가볍게 머리를 흔들었다. 괜히 우울해지려는 마음을 떨쳐내야 했다. 그녀는 테이블 위에 놓인 망고 주스를 들고 수영장 옆 코코넛나무 그늘 아래 놓인 선 베드로 자리를 옮겼다. 번잡한 로비와는 달리 한적한 수영장엔 아이들 둘이 물장난을 치며 즐거워했다. 아이들의 부모는 선 베드에 기대어 자식들의 노는 모습을 지켜보면서 커피와 맥주를 마셨다. 가족의 작은 행복이 이런 것이리라.

체크인을 마친 소림이 엘리베이터로 향했다. 엘리베이터가 열렸고, 2명의 사내가 엘리베이터 안에 있었다. 요란한 알로하(Aloha) 셔츠를 맞춰 입은 둘은 한국인이다. 열대지방에 온다고 새로 사입은 것 같은데, 험상인 둘과는 전혀 어울리지 않는 알록달록한 꽃무늬 셔츠다.

이들이 입은 바지도 독특하긴 마찬가지다. 두 사람 모두 엉덩이와 허벅지 부분이 풍성하고 종아리와 발목이 매우 좁은 바지를 입고 있었다. 일명 형님바지 또는 건달바지라는 것이다. 이름에서 알 수 있듯 보통 사람들은 이런 바지를 입지 않는다. 자신들을 건달이라고 칭하는 부류가 즐겨 입는다.

해당 업계 종사자들은 건달로, 일반 사람들은 깡패로, 경찰은 조직폭력배로 부르는 자들도 등급이 있다. 두목이나 2~3인자쯤 되는 자들은 말쑥하고 세련된 차림새를 하고 다닌다. 요란한 옷차림과 험악한 인상으로는 큰 이권이 걸린 사업은 못한다는 것을 알기 때문이다. 폭력 조직도 기업체처럼 운용하고, 두목도 기업 CEO처럼 사업을 관리해야 하는 시대다. 마피아나 야쿠자가 그렇다.

그런 시대에 둘은 하류 건달 티를 풀풀 풍겼다. 보통 수준 이하의 저렴한 인상에 옷차림마저 나 건달이오 광고하며 다니는 그들은 그저 도시 뒷골목을 전전하는 3류 건달일 수밖에 없다.

두 사내는 엘리베이터에서 내리지 않았다. 아니, 내릴 수 없었다.

"고장난 겨? 아니면 니가 작동 방법을 모르는 겨?"

머리에 포마드를 잔뜩 발라 7 : 3으로 가르마를 탄 사내가 소리쳤다. 두툼한 인조가죽 손가방을 옆구리에 낀 그는 짜증이 몹시나 있었다. 이 사내의 이름은 오일출, 나이는 서른넷이다. 하지만 그는 나이보다 겉늙어 보였다. 그런 인상은 작은 눈을 치뜨느라 이마와 미간에 잔뜩 잡힌 주름도 한몫 했다.

다른 사내는 쩔쩔매고 있었다. 큰 덩치에 디룩디룩 살이 붙었고, 머리카락을 박박 민 이 사내가 스물일곱의 조진풍이다. 진풍은 두툼한 손가락으로 엘리베이터 버튼을 부술 듯 눌러댔다.

"행님, 아무래도 엘리베이터 고장 난 거 같심더. 버튼이 눌러지지 않심더."

"이런 니미럴, 방 열쇠 주는 디 가서 따져야 쓰겄다. 당장 사장 나오라 혀야제. 고객은 왕인디, 왕을 고장 난 엘리베이터에 태워? 동네 여관방도 아니고, 비싼 돈 받아 처먹는 호텔에서 고객을 무시하는 거여? 딴 건 참아도 무시 당허는 건 못 참는 당게."

일출은 리셉션 데스크로 달려갈 기세였다.

"잠깐만요. 몇 층 가세요?"

소림이 일출에게 말했다. 놀란 표정의 일출이 소림을 보며 물었다.

"아가씨도 한국인이여? 짱깨나 쪽바린 줄 알았는디."

"이거 고장났심더. 별 짓 다 해봐도 꿈쩍을 안 한다 아입니꺼."

진풍이 단호하게 대답했다. 소림은 리셉션 데스크에서 받은 객실 카드 키를 엘리베이터 버튼 위의 카드 슬롯에 집어넣었다. 파란 불이 반짝거렸다. 슬롯에서 카드 키를 뺀 소림이 20층 버튼을 누르자 엘리베이터가 위로 움직였다. 일출은 놀랐고 진풍은 벙벙했다.

"이 엘리베이터는 객실 열쇠가 있어야 작동해요. 해 보세요."

진풍이 카드 키를 넣다 뺀 후 13층 버튼을 눌렀다. 표시등이 켜졌다.

"아하~ 그런 거여? 우덜 댕기던 데는 이런 거 없어서 몰랐제. 아가씨 고맙소잉."

일출이 소림에게 인사했다. 그리곤 진풍에게 인상을 썼다.

"대학 나온 거 맞어? 대학꺼정 댕긴 놈이 이걸 몰러? 너 땜시 국제적으루다가 쪽 팔릴 뻔 했잖어!"

"죄송합니더 행님, 하지만서도 대학에선 이런 거 안 갈쳐 줍니더. 우짜튼 담부턴 실수 안 할 깁니더."

진풍이 고개를 푹 숙이며 말했다.

2012호. 소림이 배정받은 디럭스 객실이다. 화려하진 않지만 군더더기 없는 실내 인테리어가 맘에 들었다. 게다가 창 밖으로 보이는, 금빛으로 물든 마닐라 만의 풍광은 거부하기 힘든 덤이다. 비록 그 덤이 실제론 온갖 쓰레기로 가득 차 있고, 물에선 역한 냄새가 나는 바다여도 말이다.

소림은 객실에 짐을 풀고 휴대전화번호를 눌렀다. 필리핀에 온 후 이브에게 한 번도 연락하지 않았다. 이브는 소림에게 갈 때도 꼭 싱가포르에 들러 가기를 청했다. 하지만 소림은 오늘 마닐라에 체류해야 했다. 용신과의 약속 때문이 아니다. 유럽행 비행기 시간이 맞지 않았다. 대신 내일은 마닐라-싱가포르-프랑크푸르트-제네바로 이어지는 살인적인 여정을 감수해야 한다.

국제전화 연결 신호음이 들렸다. 그러나 휴대전화를 연결할 수 없다는 전화 회사의 안내음이 들려왔다.

"강의 중인가?"

소림은 이브의 학교 연구실로 전화했다. 신호는 가지만 전화를 받지 않았다. 그러다가 자동응답기로 넘어갔다.

"이브, 나 소림이야. 내일 싱가포르에 체류하지 않고, 그냥 갈래. 네 얼굴 봐서 기뻤고, 나중에 또 보자. 잘 지내. 참, 그 남자랑 잘 됐어?"

소림은 자동응답기에 메시지를 남겼다. 용신과의 약속 시간이 3시간도 넘게 남았다. 엘리베이터를 타기 전 컨시어지에게 코리안 팰리스의 위치를 묻자, 그는 걸어서 10분 정도 걸린다고 답했다.

소림은 호기심이 일었다. 가방에서 용신이 건네 준 봉투를 꺼냈다. 두 개 중 하나의 봉투에 '황상도'라고 쓰여져 있었다. 봉투를 열어 보았다. 비행기 안에서 용신이 확인시켜준 대로 단 한 장의 사진이 들어 있었다. 어떤 섬이 찍힌 항공사진이었다.

항공사진에 찍힌 섬은 그리 크지 않았다. 섬 중앙부는 울창한 밀림으로 덮여 있었고, 밥솥에서 밥 한 주걱 퍼낸 것처럼 생긴 작은 만 안엔 폭이 좁은 백사장이 있었다. 눈에 띄는 것은 해변과 밀림의 경계 지점이 붉은 펜으로 표시되어 있다는 점이다. 항공사진 뒤편엔 '홀로 754번'이라고 적혀 있었다.

"황상도? 이 섬 이름인가? 그런데 이게 무슨 남북한의 합작 결과람!"

소림은 혼잣말을 하며 그것들을 다시 봉투에 넣으려 했다. 그런데 봉투 안의 뭔가에 사진이 걸렸다. 작은 쪽지가 나왔다. 용신이 넣은 것이다. 급히 적은 듯 글씨체가 몹시 흔들려 있었지만 내용은 알아볼 수 있었다. 만약 자신이 오늘밤 식당으로 오지 않으면, 이 사진을 마닐라 호텔 프론트에 맡겨달라는 것이다.

소림은 용신이 식당에 오지 않을 수도 있다는 불안한 느낌이 들었다. 그럼 이것을 어떻게 하나? 소림은 혼란스러워 졌다. 용신이 봉투를 건네줄 때, 그의 연락처를 물어 봤어야 했다고 자책했다. 하지만 이미 지난 일을 어떻게 하겠는가? 소림이 침대에 벌렁 누워 천정을 보며 혼잣말했다.

"에이, 모르겠다. 오시면 드리고, 안 오시면…. 내일 공항 가기 전에 마닐라 호텔에 맡기면 되겠지 뭐."

21. 흥신업자와 불륜 커플

　1302호 객실. 창가의 소파에 앉은 일출은 옆구리에 끼고 있던 가죽 가방에서 디지털 카메라를 꺼냈다. 스냅 사진 찍기에 적합한 올림푸스 뮤 1050SW였다. 일출은 일주일 전 착수금을 받자마자 용산으로 달려가 이 카메라를 구입했다. 3m까지 수중 방수되고 1m 높이에서 땅에 떨어뜨려도 충격을 흡수한다는 판매원의 말에 혹한 것이다.

　올림푸스 카메라엔 중년 남자와 젊은 여자의 다정한 모습이 사진과 동영상으로 기록되어 있었다. 사진과 동영상의 배경은 인천 공항 면세점, 비행기 안, 마닐라 공항, 다이아몬드 호텔 로비였다. 커플의 사진을 보며 일출이 비릿하게 웃었다.

　"흐미, 좋아 죽네, 죽어. 근디 니는 이제 작살날 껴."

　일출의 어깨 너머로 카메라의 LCD 창에 표출되는 사진을 보던 진풍이 물었다.

　"행님, 저 자슥 이제 좆된 기지예?"

　"두 말 허믄 입 아프제. 이 호구 놈 마누라가 결정적 장면을 잡아 달라고 나한테 의뢰한 거 아니냐. 비행기표까정 끊어줘서. 그 아줌씨 성깔로 봐선, 저 인간 간통으로 이혼 당하믄 남는 건 불알 두 쪽밖엔 없을 겨."

"행님, 이걸로 충분한 깁니꺼?"

"아직은 많이 부족허다. 결정적 순간을 잡아야 헌다. 연놈이 홀 러덩 벗고 빠구리 뜨는 장면이 킹왕짱이제."

"당장 저 자슥 방에 가입시더. 지금쯤 홀랑 벗고 있을 기라예. 사진 찍어서 클라이언트에게 보내버립시더. 빨리 일 차뿌꼬 우리 도 관광하고 놀아야 안 되겠심니꺼, 행님."

"서둘다간 일 망친다. 오늘은 첫날인께 이것으로 되았다. 차근 차근 조신조신 접근해야제. 글고 꼬랑지 잡으면 일단 호구허티 쏘당부텀 쳐야 헌다. 이 사진 보내믄 니 마누라가 돈 준다 혔다, 근디 니가 그보담 더 준다면 우덜은 니 성의를 고맙게 받아 들이 겠다, 워쩔래? 그람 이 인간이 벌벌 떨믄서 돈 준다 할거 아녀? 그때 한국에 전화 때려야제. 아줌씨한테 말여. 여기 와봉게 존나 더워서 고생 바가지로 혔다고 공치사 날린 담에 물어 봐야제. 싸 모님, 사진 값으로 얼매나 생각 허고 있소?"

"아지매한테 착수금 받아 왔는데, 배신하면 억수로 미안타 아 입니꺼?"

"이것이 우리 업계 관행이여. 이 자슥이나 마누라나 손오공이 처럼 내 손바닥 위에서 놀다가 인생 종 치는 겨."

"행님, 사진 값으로 얼마 받으실 랍니꺼?"

"알아 봉게 이 인간, 돈이 많아야. 근디 뭐 땀시 그랬는가는 잘 몰라도, 백억 넘는 재산을 전부 마누라 앞으로 돌려 놨더라고. 그 라믄서 겁도 없이 좆 꼴리는 대로 바람피고 다녀 불어. 마누라도 이 인간을 빵에 쳐 넣은 담에 이혼해 불면, 그 재산 확실허게 자

기 꺼 되니께 달려드는 것이제. 양쪽의 사정을 두루 참작해 보믄
말이다, 우덜 몫으로 최소한 일 억쯤 받아야 되지 않겠냐?"

"헉, 일… 일 억예?"

"잘만 허믄 양쪽에서 일 억씩 받아낼 수도 있제. 그런께 우덜
은 양쪽으로 쏘삭쏘삭 뒤통수를 잘 쳐야 헌다. 양쪽에서 몸이 달
아오르면 사진 값이 퍽퍽 오를 거니께."

"행님, 이런 일 몇 번 하모, 순식간에 재벌 되겠심더."

"낄낄. 재벌까지야…. 암튼 이 건만 잘 되믄 사무실부텀 그럴
듯 허니 옮기고, 니 밑으로 애덜 몇 명 붙여 줄 거이다. 난 의리
빼면 껍딱밖에 없어. 나중에 성공 허드라도, 고시원 하꼬방에서
컵라면 하나로 둘이서 끼니 때우던 때를 잊지 않을 껴. 니헌테 거
뭐이냐… 스토크 옵션도 섭섭치 않게 챙겨줄 껴."

"행님, 존경합니데이. 행님과 이 일하는 거, 억수로 좋심더. 마
이 갈쳐 주이소. 내싸 마 행님 밑에서 열심히 배울랍니다."

일출과 진풍의 가슴속엔 희망이 가득 차 있었다. 사람이 희망
을 갖는 것은 좋은 일이다. 목표를 향해 추동할 힘을 얻기 때문이
다. 암담한 상황 속에서 시궁창의 쥐처럼 무시당하고 냉대 받던
이들에겐 더욱 그렇다.

진풍은 경상북도 안동 출신으로 거듭된 취업 실패로 자포자기
상태였다. 지방 대학이지만 재학 시절 나름대로는 열심히 생활했
다. 그러나 졸업 후 도무지 취업이 안 되었다. 낮은 학점에 영어
실력은 바닥이고 특별한 기술도 자격증도 없었다. 조진풍이라는
이름으로 된 증서라고는 헌혈증 몇 개와 삽질만 하다 끝난 군대
전역증이 전부였다. 그 흔한 운전면허증도 학원비가 비싸서 딸
수 없었다. 이력서에 쓸 게 없었다. 완벽한 저 스펙이었다.

부모님의 한숨과 주위의 눈치 때문에 무작정 서울로 왔다. 싸

구려 고시원에 살면서 닥치는 대로 아르바이트를 했다. 편의점, PC방, 당구장, 치킨 배달, 전단지 배부, 공공근로는 물론 일용직 노동과 하루만 일해도 일년치 골병이 한 번에 든다는 택배화물 상하차까지 안 해본 게 없었다. 하지만 항상 적자였다. 고시원비, 식비, 교통비, 휴대폰 요금을 내고 나면 단무지 쪼가리 놓고 소주 한 잔 마시는 것도 버거웠다.

사회에서는 자신과 같은 사람들을 '88만원 세대'라고 했다. 비정규직 반백수다 보니 여자친구는 물론이고, 죽마고우에 막역지우면서 관포지교라던 놈들과도 연락이 뚝- 끊겼다.

더 이상 이렇게 살고 싶지 않았다. 술김에 대통령에게 비정규직만 양산되는 한국 경제의 실태를 통렬히 비판하는 유서를 쓴 다음 수면제 수십 알을 입에 털어 넣고 눈을 감았다. 하지만 다시 눈을 뜬 곳은 천국이 아니었다. 지옥에 떨어진 것처럼 배가 아팠다. 밤새 물똥만 싸댔다. 들락거리던 화장실에서 같은 고시원에 살던 일출을 만났다.

일출은 교도소에서 얻은 변비로 인해 고생했다. 오랜만에 항문에 전해진 짜릿한 신호를 받고 반가운 마음으로 화장실에 들어박혔다. 그런데 도무지 큰일에 집중할 수 없었다. 애써 기를 모으면 덜컥 흐트러뜨리는 놈이 있었다. 화가 났다. 나간 지 10분 만에 다시 들어온 진풍을 잡아서 두들겨팼다. 덩치는 멧돼지만한 놈이 팬티에 물똥을 지리며 엉엉 울었다. 차라리 죽었으면 좋겠다는 진풍의 하소연을 듣고 보니 불쌍했다.

정규직으로 함께 일해 보자며 손을 내밀었다. 그렇지만 특별한 일거리나 일터가 있는 건 아니었다. 그도 얼마 전 교도소에서 출소했기에 막막했다. 10대 중반부터 뒷골목 생활을 해 왔건만 가진 거라곤 별 넷과 몸에 새긴 문신밖에 없었다.

4개의 전과 중 앞의 3개는 무보험 교통사고, 도박, 점유이탈물 횡령159)으로 생긴 거였다. 점유이탈물 횡령이란 별은 일출의 이름을 주간신문에 등재시킨 사건이다. 그 맥락은 이렇다.

지하철 화장실에서 오랜만에 일을 치른 일출은 쓰레기통에서 누군가 버린 지갑을 발견했다. 쾌변에 이은 겹경사였다. 그러나 지갑엔 천 원짜리 딱 한 장 들어 있었다. 내 팔자에 그럼 그렇지 하며, 천원으로 거리 포장마차에서 오뎅 하나 사 먹고 말았다.

그러나 소화된 오뎅이 몸 밖으로 나오기도 전에 일출은 세 번째로 짭새표 은팔찌를 차게 되었다. 그 지갑의 주인은 서울대에 재학 중인 여대생이었다. 여대생은 소매치기 당한 지갑을 찾으려 경찰에 신고했다. 천 원짜리 한 장보다는 학생증과 도서관 출입증 때문이었다. 재수 없다고 지갑을 그냥 버린 소매치기범이 잡혔고, 지하철 휴지통에서 경찰이 회수한 지갑엔 일출의 지문이 남겨져 있었다.

법정에서 국선 변호사는 일출을 21세기 장발장이라고 불렀다. 변호사는 판사에게 구류 정도의 선처를 요청했지만 판사는 앞선 두 번의 전과를 거론하며 또 '학교'에 보냈다.

어쨌든 그런 죄목들은 뒷골목에서 힘 있는 건달로 자리 잡는 데 전혀 도움이 안 됐다. 나이는 들어가는데 어둠의 세계에서 비빌 자리는 없고…. 교도소를 나온 그는 호구지책으로 몸에 문신을 새겼다. 그리고 모텔에서 나오는 불륜 남녀에게 입막음 비를 요구했다. 결정적 물증은 없지만 심증도 엄연히 '합리적 의심'의 근거가 됨은 '학교' 선배들로부터 배운 바 있었다.

---

159) 형법 제360조 제1항. 점유가 이탈된 타인 소유의 재물을 횡령한 죄다. 예를 들면 길거리에 떨어져 있는 지갑을 주워, 그 안의 돈을 꺼내 썼다면 이 죄가 성립된다. 1년 이하의 징역이나 300만 원 이하의 벌금 또는 과료에 처하게 된다.

합리적 의심을 이해 못한 채, 말귀를 못 알아듣는 커플에게는 웃통을 벗어 보였다. 그러면 지갑에서 돈 뭉치가 나왔다. 그러나 이런 영업도 몇 번 하지 못한 채 협박죄로 사성장군이 되었다. 8개월 동안 포 스타로 국록을 먹다가 한 달 전 출소한 것이다.

진풍을 스카우트한 일출은 본격적으로 불륜 추적 전문 흥신업에 뛰어들었다. 이 분야의 시장이 넓고 돈이 된다는 건 포스타로 진급 전, 모텔을 나서는 커플들에게서 충분히 경험했다. 창업비용이 전혀 들지 않는 것도 매력이었다. 게다가 진풍도 남부럽지 않은 저품격 외모를 가졌다. 백지장도 맞들면 낫다고 하는데, 위험을 달고 몸으로 뛰어야 하는 3D 업종이기에 혼자 하는 것보단 쌍으로 하는 게 유리할 것이다.

일출은 창업 기념으로 진풍을 문신업자에게 데려갔다. 위엄 있게 웅비하는 용을 새겨 넣으려 했지만 돈이 부족해서 용 꼬리만 간신히 그리고 말았다. 이번에 돈 벌면 진풍의 몸에 용의 몸통과 대가리를 총천연색으로 새겨줄 것이다.

최소 1억 원이 눈 앞에 있는 것처럼 일출과 진풍은 기분이 몹시 들떴다.

"이 기쁜 날 우덜이 그냥 있으면 되겠냐? 술은 해지면 거하게 찌클고, 일단 더우니께 수영장이라도 가자."

"뻘쭘해서 수영장엘 못 가겠십더. 문신 때문에 말입니더."

"문신은 우리의 힘인디, 그게 왜 뻘쭘하다냐?"

"행님, 생각해 보이소. 그리다 만 용 꼬리를 누구에게 보이겠십니꺼? 가오 상한다 아입니꺼!"

일출은 맞는 말이라고 생각했다. 가오에 살고 가오에 죽는 건달이 약한 모습을 보이면 안 된다.

"벌써부텀 술 먹긴 그렇고, 뭐 헐게 없냐? 길거리나 싸돌아 댕

길거나? 뭐 있나 구경함시롱."

"행님, 이 동네 무섭다 안캅니꺼. 함부로 다니면 위험하답니더."

"위험해 봐야 얼마나 위험허것어? 명색이 우덜도 어깬디. 여그 건달들도 한 번 만나보고, 서로 안부도 묻고, 그람서 인타나쇼날 건달로 성장해가는 거제."

"행님 친구 있잖십니꺼. 제일흥신소 망치 행님예. 그 행님도 작년에 여서 택시기사가 칼 들이미는 바람에 가진 돈 다 삥 뜯겼다고 하던데예. 그 행님은 쉬쉬 하지만서도."

일출의 교도소 친구 망치가 그런 일을 당하긴 했다. 망치는 작년 겨울에 도박하러 카지노 오는 길에 택시 기사에게 다 털리고 그 길로 귀국했다. 그건 사실이지만, 그렇다고 진풍 앞에서 친구를 깎아 내릴 순 없다. 친구의 가오는 곧 자신의 가오다.

"여그 택시기사가 운짱질만 해선 먹고 살기 힘등께, 칼 장시를 겸업허는 거여. 운짱이 해외여행 기념으루다가 식칼 하나 사라는 걸 망치가 가격을 못 알아 묵고 비싸게 산 겨. 걍 영어를 못허잖여. 이래서 사람은 영어를 배워야 혀. 넌 대학꺼정 나왔으니께 영어는 다 알아 묵것지?"

"그… 그람요. 행님. 제 잉글리쉬 실력 보여 드릴까예?"

"나한테 영어 씨부려 봤자, 내가 알간? 니 영어는 쓰일 데가 있을 겨. 망치 말 나온께, 좋은 생각이 떠올라부렀다. 우덜도 카지노에 가 불자. 워뗘?"

"좋은 생각이십니더 행님. 이 호텔 바로 옆 하얏뜨 호텔에 카지노가 있답니더. 거기 가입시더."

"밥 먹기 전까지 딱 한 시간만 땡기다 오자잉. 아직 수금이 안 됐응께, 큰 판은 못 벌리고, 나중에 돈 왕창 싸 들고 제대로 올 때를 대비해서 예습삼아 다녀오는 겨. 알간?"

일출은 형님 바지를 벗어던지고 반바지와 슬리퍼를 신었다. 건달 바지가 폼은 나지만 더위엔 지랄 맞았다. 조금만 돌아다니면 엉덩이와 허벅지에 땀이 흥건하게 찼다.

"행님, 카지노에는 드레스 코드란 게 있습니다. 긴 바지 입어야 하고, 쓰레빠는 안 됩니다."

"니기미. 우리나라 판떼기장은 몸뻬 입은 아짐씨들 허구, 쓰레빠 끌고 온 영감들이 화투장 쪼는디. 젠장헐. 우리도 돈 벌믄 혀볼자. 가다마이 입고 구두 신는 고급 판떼기 하우스. 워뗘?"

"행님이 판떼기장 차리믄, 내는 부사장 할랍니다."

"그랴. 우리 회사가 커져서 내가 회장 되믄, 닌 부회장이여."

"고맙십니더. 행님."

둘은 알로하셔츠에 건달 바지를 걸쳐 입고 기분 좋게 방을 나섰다.

808호 객실. 샤워를 마친 젊은 여자가 수건으로 머리를 감싼 채 욕실의 전신 거울 앞에 서 있다. 일출의 카메라에 중년 남자와 다정한 모습을 연출한 그녀다.

"유젖무죄, 무젖유죄. 빈부는 컵차. 호호호."

그녀는 두 손으로 자신의 가슴을 살짝 들어 올리며 자랑스럽게 혼잣말 했다. 잘록한 허리에 비해 과도하게 큰 가슴이다. 이 육중한 가슴 소유자의 이름은 심순덕.

이름에도 유행이 있다. 50~60년 전쯤엔 여성의 이름으로 인기 있었겠지만, 스물여섯인 그녀 세대에선 흔치 않은 이름이다. 순박하고 후덕하라는 의미의 순덕이라는 이름은 그녀의 할아버지가 지었다. 강원도 횡성에서 소 키우는 할아버지는 젊은 시절 짝

사랑했던 읍내 방앗간집 셋째 딸의 이름을 따왔다고 했다.

하지만 순덕은 자신의 이름에 불만이 많았다. 그래서 좋은 의미가 담긴 자신의 고풍스러운 이름을 숨겼다. 대신 작명소에 가서 시대의 흐름에 맞는 이름을 얻었다. 심아란, 그녀가 사용하는 새 이름이다. 그녀의 본명을 아는 사람들도 그녀 앞에선 아란이라 불러준다. 강원도 횡성 우시장 일대에서 후배들 돈 뺏기로 유명했던 뼁녀 심순덕의 성질을 두려워함이다.

아란은 머리를 감싼 수건을 풀었다. 굵게 웨이브를 넣어 풍성한 머리카락이 어깨 위에서 찰랑거렸다. 샤워하면서 몸만 씻은 모양이다. 얼굴엔 물 한 방울도 묻히지 않았다. 공들여 한 화장이 지워지는 것을 원치 않았으리라.

그녀의 얼굴은 인위적인 느낌이 강했다. 분장 수준으로 바른 갖가지 화장품 때문만은 아니다. 스치면 베일 것 같이 뾰족 선 콧날과 갸름한 턱 선은 조부와 함께 소를 키우는 부모로부터 물려받은 것은 아니다. 많은 돈을 들여 성형외과 의사에게 튜닝을 받았다. 더불어 터무니없이 튀어 나온 가슴 역시 성형외과 의사의 리모델링을 거친 것이다.

아란은 거울 앞에서 가슴을 도드라져 보이도록 다양한 자세를 연습했다. 이어 얼굴 표정도 만들었다. 멍한, 귀여운, 새침한, 화난 표정이 거울에 차례대로 명멸했다. 자세와 표정 연습을 마친 아란은 하늘하늘한 망사 레이스 팬티를 입고, 사케잔만한 브래지어의 컵에 대접만한 젖가슴을 끼워 넣었다.

귓바퀴 뒤와 허벅지 안쪽에 향수를 뿌렸다. 부처님 가운데 토막도 정신 못 차리게 만든다는 페로몬 향수다. 비싼 돈 주고 어렵게 동물병원에서 구입한 만큼 효과가 있어야 할 텐데….

향수를 뿌린 부위에서 밤꽃 냄새가 진동했다. 기대했던 향이 아니다. 발정 난 암소가 풍기는 냄새와 비슷했다. 동물병원에서 쓰는 페로몬이 소나 돼지나 개 같은 가축에게만 효과가 있는 게 아닐까? 아란의 마음속엔 일말의 불안감이 생겼다. 하지만 이미 저질렀으니 일단 믿어보는 수밖엔 없다.

목욕 가운을 두른 아란이 욕실에서 나왔다. 침대 위엔 한 남자가 누워 TV 골프 중계를 보고 있다. 일출이 호구라 부르던 중년의 사내로 이름은 김우달, 나이는 쉰하나다.

침대 머리맡에 어깨를 기대고 누운 우달은 키가 상당히 작달막하다. 그는 왼쪽 가슴에 캘러웨이 상표가 붙은 파란색 티셔츠를 입었다. 하지만 값 비싼 골프 티셔츠는 늙은 호박을 엎어 놓은 듯 불룩 튀어나온 배를 더욱 도드라지게 해주었다.

더구나 그는 대머리였다. 대머리도 형태가 다양한데, 우달은 국가대표급 대머리인 전두환 스타일과 비슷했다. 차이점이 있다면 전두환이 당당한 대머리라면, 우달은 옆 머리카락을 길게 길러 머리 중앙으로 모아 반질반질한 두피를 가리려 했다는 점이다. 그러나 여전히 우달의 정수리 부분은 휑했다.

아란이 사뿐사뿐 우달에게 다가왔다. 덜 여민 가운은 그녀가 걸을 때마다 조금씩 비틀리면서 작은 브래지어에 미처 담지 못한 젖무덤을 살짝 노출시켰다. 우달은 아란의 가슴을 보며 침을 삼켰다. 아란이 뾰로통한 표정을 지으며 말했다.

"오빠, 여기가 외국이야? 온통 한국사람밖에 없잖아. 꼭 제주도 온 거 같아."

"전 세계에 한국 놈들 없는 곳이 어디 있겠냐?"

"좀 비싸더라도 해외여행은 하와이나 지중해로 가야 돼. 후진 나라에 오니까 호텔도 딱 제주도 수준, 엮인 인간들도 촌닭들. 아~ 짜증나!"

"촌닭? 누구?"

"우리랑 같은 차 타고 호텔로 온 불량 감자들."

"아~ 촌스런 남방에 배바지 입고 다니는 놈들?"

"오빠, 우리 딴 데 가면 안 돼? 깍두기 애들이랑 같이 다니려니 끔찍하단 말야."

"깍두긴 김치공장에 있어야지. 그것들은 깍두기 축에도 못 껴. 별 볼일 없는 3류 양아치일 뿐이지. 하긴 그 푼수에 비행기 타고 외국 나오는 거 보니까 한심스럽더라. 지들이 무슨 잘나가는 외국 깍두기인 척하고. 쯔쯔."

"이런 후진 나라로 오니까 그런 떨거지 같은 애들이랑 섞이잖아. 품위 떨어지게. 이래서 선진국으로 가야 돼."

'아주 조선 된장 티를 내는구만. 데리고 온 것만도 고마워해야할 년이. 쯔쯔. 제주도 보다 싸니까, 여기 왔다. 니 수준은 딱 여기니까.'

우달은 속으로 아란을 비웃었다. 하지만 그 비웃음을 겉으로 표시하진 않았다. 아직 아란의 단물을 덜 빨아 먹었으니까 말이다.

"왜 하필 찢어지게 가난한 나라에 왔느냐고? 가난한 후진국이라고 우습게 보면 안 돼. 사실 가난뱅이들한테서 십시일반 긁어 모아야 큰 돈 되는 거야. 돈을 쓰는 건 가난뱅이들이니까. 부자들은 절대 돈 안 써. 움켜쥐고만 있지. 이제 한국에선 떼돈 버는 사업이 쉽지 않아. 그놈의 세금 때문에. 너 우리나라 재벌들이 한사코 중국이나 동남아 시장에 기어져 나오는 이유 알아? 어리숙한 가난뱅이들이 많은 나라일수록 사업 기회가 널려져 있기 때문이지. 나도 이 참에 해외진출 해보려고 왔어. 일종의 시장 조사라할까?"

"흥, 오빠가 사업하러 시장조사 나오면서 나는 왜 데리고 왔어?"

아란은 입술을 삐죽 내밀고 간살스럽게 물었다. 거기에 가슴을 쑥 내민 요염한 자세도 곁들였다. 자세와 표정이 제대로 표출 되었다. 연습한 보람이 있다.

"호호. 내가 널 옆에 두고 사업만 생각하겠어? 돈도 벌고 뽕도 따야지. 꿩 먹고 알 먹고, 누이 좋고 매부 좋고, 도랑 치고 가재 잡고, 마당 쓸고 돈 줍고. 일석이조, 일거양득, 일타쌍피, 원 펀치 투 강냉이."

"사업은 오빠 맘이지만, 뽕은 누가 따게 해준대?"

"니가!"

이렇게 대답하자마자 우달은 캘러웨이 티셔츠를 벗었다. 그리곤 서둘러 바지와 팬티마저 벗어 던졌다. 홀랑 벗은 우달의 몸은 올챙이를 연상시켰다. 팔다리는 가늘고 배만 볼록했다. 아란의 얼굴에 경멸감이 스쳤다. 하지만 그녀는 눈을 질끈 감았다. 나이도 많고 몸도 꽝인 우달과 여행 온 목적만을 생각했다.

"호호. 착각도 자유셔."

아란은 벌어진 가운을 두 손으로 여미며 말했다. 긍정도 부정도 아닌 묘한 어투였다.

"너 향수 뭐 뿌렸어? 어디서 많이 맡아 본 건데…."

아란의 목욕 가운 앞섶으로 뭉툭한 손을 넣으며 우달이 물었다.

"난 향수 같은 거 안 써. 화학물 알러지가 있어서. 그런데 사람들이 내 몸에서 향기가 난대. 자연의 향이라나 뭐라나."

오장육부가 동시에 오글거리는 거짓말이다. 화학물 알레르기가 심하다는 그녀의 얼굴에 두꺼운 화장은 뭐란 말인가?

"자연의 향? 모텔 욕실 하수도에서 모락모락 피어나는 냄새랑 비슷한 묘한 자연의 향이네."

아란의 커다란 가슴을 주무르던 우달이 말했다. 아란은 몸을 비틀어 우달의 손아귀에서 자신의 가슴을 빼버렸다. 화가 났다. 큰 효과 봤다고 페로몬을 자랑한 친구 윤예영의 얼굴이 떠올랐다. 한국에 돌아가면 그 년의 찰랑거리는 머리카락을 바리캉으로 확 밀어버리겠다고 다짐했다.

"왜 이래? 또 뭐에 삐쳤어?"

가운의 섶을 부여잡고 등을 돌린 아란을 보며 우달이 물었다. 이제 시작할 때다. 아란이 말했다.

"흥. 오빠한테 난 뭐야? 섹파야? 오빠가 꼴릴 때마다 몸 대주는 섹스 파트너냐고?"

"난 널 사랑해. 너도 날 사랑하잖아! 정신적으로 러브하면 육체적으로도 러브해야지."

우달은 아란의 가운을 벗기려 했다. 어깨와 목 사이로 매끈한 뼈가 뚜렷이 드러났다. 우달은 침을 꼴깍 삼켰다. 그는 특이 취향의 소유자다. 여자의 쇄골과 목덜미를 보면 흥분하는 페티시가 있다. 당장 아란의 쇄골을 개가 뼈다귀 핥듯 정성스럽게 빨고 싶었다. 하지만 아란은 가운의 섶을 붙잡고 완강히 버텼다.

"오빠는 사랑하는 여자가 업소 나가서 밤일 하는 게 좋아? 난 오빠를 너무 사랑하니까, 2차 안 나가. 2차 안 뛰니까 생활이 어렵잖아. 내가 춘향이야? 무심한 오빠 바라보면서 나만 순정을 바치고 있어. 오빤 그걸 알기나 해?"

우달은 애가 타서 안절부절 못 했다. 평소답지 않게 아랫도리의 욕구 충만도가 최고조에 도달해 있었다. 그가 사정 투로 말했다.

"내가 가끔씩 용돈 주잖아. 그거 갖고 안 돼?"

"흥, 고작 오십, 백 가지고 뭘 해? 나 이래뵈도 2차 한 번 뛰면 삼십씩 받아. 하루에 두 탕만 뛰면 그 돈 번다고."

"내가 시들어빠진 마누라랑 무슨 정이 있겠냐? 조만간 마누라

쫓아내고 너랑 살고 싶어. 하지만 지금은 곤란하다. 조금만 기다려 줘라."

의외의 역효과에 아란은 당황했다. 볼품없는 우달과 한 집에서 부부처럼 사는 건 끔찍한 일이다. 차라리 죽으면 죽었지 그런 짓은 못할 것 같았다. 이젠 능쳐야 할 때다. 아란이 가련한 표정을 지으며 우달에게 말했다.

"난 주제를 알아. 감히 내 처지에 어떻게 오빠랑 한집에서 살길 바라겠어? 그래서 오빠한테 이혼하라고 강요하진 않겠어. 오빠도 사정이 있을 테니까. 하지만 내가 오빠를 사랑하는 만큼 오빠도 날 사랑해 줬으면 좋겠어."

"내가 어떻게 사랑해 줄까?"

"내 친구, 예영이 알지? 걔 가게 그만 뒀어. 쫓아다니던 용희 오빠가 차도 사주고, 카페도 차려줬대."

"카페? 너도 하나 할래?"

"정말?"

"그럼, 내가 아무렴, 사랑하는 너에게 그 정도도 못해 줄 놈으로 보이냐?"

"정말이지? 고마워 오빠."

얼굴에 함박웃음을 띤 아란이 우달의 입에 가볍게 키스했다. 가운의 앞섶을 꼭 움켜쥐고 있던 양손의 힘을 풀었다. 우달은 급하게 가운을 풀어 헤쳤다. 팬티와 브래지어가 훤히 드러난 아란은 얌전히 우달의 손에 몸을 맡겼다.

우시장 뻥녀 생활을 청산하고 서울에 와서 개업식 홍보 도우미로 활동하던 아란은 이내 화류계로 진출했다. 악착같이 모은 돈으로 얼굴과 가슴을 개조한 직후였다. 다행히 수술이 잘되어 업소에서 좋은 등급을 받았다.

중년 남자들일수록 여자의 속옷을 한 꺼풀씩 벗기는 것에 희열을 느낀다는 것을 업소 첫 출근 날 업계 선배들에게 배웠다. 결혼한 지 오래된 여자들은 속옷을 벗을 때, 남편의 손을 빌리지 않는다. 의례 지 손으로 홀랑 벗는다. 중년 남자들은 능구렁이 허물 벗는 것 같은 아내들의 모습에 불만을 가지기 마련이다. 젊은 날의 로망 중 하나가 사라졌기 때문이다. 화류계 종사자들은 중년 남자의 이런 욕구를 적절히 이용해서 영업 효율을 극대화시킨다.

우달의 콧구멍이 심하게 벌렁거리며 아란의 브래지어와 팬티를 차례로 벗겼다. 그는 아란의 매끄러운 몸 위에 자신의 몸을 포개며 말했다.

"자고로 남자와 여자는 침대 위에서 싸워야 돼. 홀랑 벗고. 그래야 뒷끝이 깨끗하지."

"그럼 남자들끼리는?"

"그땐 주먹으로 해결하든가, 돈으로 눌러야지."

우달이 아란의 몸 위에서 용을 썼다. 그리고 2분 후 그가 몸을 헐떡이며 허물어지듯 내려왔다.

"오빠, 다 한 거야?"

"응. 내 모토가 굵고 짧게, 그러나 힘차게 잖냐."

"오빠, 집에서 할 때도 그렇게 해?"

"미쳤냐? 너한테나 성심성의껏 하지. 마누라랑 하면서 힘 불끈 솟아가며, 용쓰는 놈은 정신 나간 놈이야."

아란이 픽— 웃었다. 비웃음이었다. 그녀는 우달과 관계를 가질 때마다 그의 아내를 생각했다. 불쌍하고 박복한 아줌마일 것이다. 그건 자신도 마찬가지다. 아무리 잘 먹고 잘 살기 위해서라지만, 이런 토끼보다 못한 인간과 관계를 가져야 하니 말이다.

그러나 아란은 오늘 성공한 공사160)를 떠올리며 애써 스스로를 위로했다. 이제 당당한 업소 사장이 된 것이다. 지금까지 몇 차례의 공사로 명품 핸드백과 생활비를 얻어냈다. 공사는 기획 떴다방과 부동산 투기로 돈을 번 것 이외엔 아무 볼 것이 없는 우달과 살을 부비는 유일한 이유다. 아란은 우달이 좋아하는 것을 시전했다. 그녀는 사지를 펼치고 숨을 헐떡이는 우달의 가슴에 얼굴을 대고 그의 젖꼭지를 간지럽혔다.

우달은 아란의 엉덩이와 허리를 쓰다듬으며 흐뭇해했다. 밑바닥에서부터 산전수전 다 겪은 그가 콩팥이라도 빼 줄만큼 아란에게 홀려 있는 걸까?

아니다. '알고 당하는 공사는 공사가 아니다'라는 화류계 명언이 있다. 우달도 아란이 공사치는 것을 알고 있다. 그리고 그는 무턱대고 화류계 여자에게 공사 당하는 바보가 아니다.

그는 부동산이 꽤 있다. 그중 하나가 일산 대화동 먹자골목 구석의 3층짜리 건물이다. 그 건물 3층은 카페나 커피숍이나 바가 들어설 공간이었다. 하지만 입지가 안 좋아서인지 툭하면 주인과 간판이 바뀌었다. 지금도 비어 있다. 게다가 업소 설비도 다 있다. 월세 못 내고 보증금마저 다 까먹은 임차인이 설비를 고스란히 놓고 도망갔다. 그것을 아란에게 맡기려는 것이다.

전직 모델로 강남 룸살롱의 잘 나가는 텐% 등급161)인 아란은 영업을 잘할 것이다. 술 취한 호구들 홀리는 재주가 있으니까. 보증금은 없어도 달마다 높은 임대료를 받아 챙기면 우달도 손해는 아니다. 게다가 영업이 잘 되는 업소는 권리금이 높다. 아란에게 정이 떨어질 때쯤 가게 비우라 하면 그만이다. 아란이 잘 키워놓

---

160) 화류계 여자가 손님에게 돈을 얻어내려고 작전 쓰는 것.

161) 접대부의 룸 차지에서 업소가 떼어가는 비율. 인기 많은 접대부일수록 업소에서 떼어가는 비율이 적다. 속칭 '텐 프로'는 전직 모델이나 연예인 지망생들이 많다.

은 업소의 권리금은 지금까지 아란에게 쏟아 부은 것보다 훨씬 많을 것이다. 손해 볼 짓은 시작도 하지 않는 장사꾼 우달이 머리 속으로 계산을 마치고 흐뭇하게 웃은 것이다.

아란의 늘씬한 몸을 보니 다시 아랫도리에 힘이 들어갔다. 10분 만에 또 불끈 힘이 솟다니…. 시간차 연발 사정은 20대 초반 이후 경험해 보지 못한 일이다. 우달은 자신의 젖꼭지를 비비던 아란의 어깨를 끌어당겼다. 그리곤 그녀의 몸에 올라탔다.

"어머, 오빠 왜 이래?"

"아이고, 이 앙큼한 것. 너, 좀전에 홍콩 갔지? 이번엔 홍콩 경유해서 마카오까지 보내줄게!"

다시 우달의 허우적대는 몸짓과 용쓰는 신음소리가 터졌다. 아란은 다짐했다. 한국에 가면 예영의 머리털을 미는 것은 물론 가슴에 넣은 실리콘도 터뜨려 버리겠다고.

아란의 몸은 솔솔 풍기는 페로몬 때문에 우달의 토끼짓을 또 받아내고 있었다.

22. 팍상한

마닐라에서 남동쪽으로 100여 km 떨어진 곳에 팍상한 시가 있다. 팍상한 시의 외곽 주택단지는 작은 정원이 있는 전원주택 풍의 단층 주택들이 모여 있다. 그중 하나에 안상욱이 살고 있다.

집 안의 상욱이 전화를 걸었다. 신호가 떨어지고 진영의 목소리가 들려왔다. 그는 오늘 아침 푸에르토 프린세사 항을 출항하여 배로 마닐라를 향해 오고 있다.

"진영아, 바다 상황은 괜찮아?"

"호수처럼 잔잔합니다. 오면서 낚싯대 걸어 놨는데, 던지는 족족 쉴새없이 무네요. 내일 점심 메뉴는 모둠회가 되겠습니다. 하하."

"회? 좋지. 소주는 내가 챙겨가마. 그런데 진영아, 너도 장 선생님 전화 받았지?"

"받긴 했는데 바다 위라서 전화 상태가 안 좋아서 알아들을 수가 없었어요. 대체 무슨 말씀을 하신 거에요?"

"종잡을 수 없는 말씀을 하셨어. 아주 다급하게 하신 말씀이라

이해하기 어렵긴 마찬가진데, 마닐라 공항에서 일본 애들한테 쫓기고 있다고 하신 것 같아."

"일본 어쩌고 하신 게 그거였어요? 대체 일본 애들이 누구고, 걔네들한테 왜 쫓겨요?"

"글쎄 나도 잘 모르겠어. 무엇보다도 그 양반이 왜 오늘 마닐라에 오셨을까? 전화 받고 나서 생각해 보니 이상해서 다시 장 선생님께 확인 전화 드렸지. 근데 전화를 받지 않아."

"무슨 일 터진 것 아네요?"

"나도 걱정만 하다가 영업 마치고 나섰어. 마닐라에 가보려고."

"약속은 내일이잖아요."

"그래도 가 봐야지. 장 선생님이 혹시 날짜를 착각하신 거 아닐까 싶어서."

"서울엔 연락해 보셨어요?"

"응. 거기도 휴대폰 전원이 꺼져 있어."

"답답하네요. 무슨 일은 생긴 거 같은데. 전 바다 위에 있으니…."

"내가 가까우니까 일단 내가 마닐라로 출발하마."

"그러세요. 전 내일 오전에 마닐라에 입항할 거에요."

"조심해서 항해해라. 그럼 내일 보자."

"네. 형님도 조심하세요."

상욱의 집에서 10m 떨어진 도로에 검정색 미쓰비시 파제로(Pajero) 한 대가 서 있었다. 파제로의 뒷좌석 앉은 나까지마가 상욱의 집을 노려보고 있었다. 운전석의 니시무라는 상욱의 집으로 지향성 마이크를 겨누고 있다. 상욱과 진영의 통화 내용은 파제로의 스피커로 흘러나왔고, 이 소리는 나까지마의 휴대폰을 통해 어디론가 전송되고 있었다.

통화를 마친 상욱은 작은 여행 가방을 들고 집을 나섰다. 그는 주차장에 세워진 카키색 닛산 티아나(Teana)의 시동을 걸었다. 주차장에서 나온 티아나는 부드럽게 주택단지를 벗어났다.

파제로가 티아나의 뒤를 쫓았다. 나까지마는 앞서가는 티아나를 주시하며 어디론가 휴대전화를 걸었다.

"타겟이 출발했다. 추적한다."

나까지마는 짧게 말하고 전화를 끊었다. 그의 시선은 5m 앞에 가는 티아나의 운전석에 쏠렸다. 하지만 나까지마의 시선이 집중된 티아나의 운전자는 별다른 행동 없이 운전에 열중하고 있었다.

팍상한에서 마닐라까지 연결된 도로는 왕복 2차선에 차량 통행이 제법 많은 도로다. 상욱의 티아나는 팍상한 시를 벗어난 후 한동안 거북이걸음을 해야 했다. 요란스럽게 치장한 지프니162) 들이 교통 흐름을 막고 있었기 때문이다. 지프니는 정해진 승하차 장소가 없다. 길가의 승객이 손을 들면 세워서 태우고 승객이 원하는 곳에 멈춰서 내려준다. 게다가 승객을 가득 태운 탓에 느리게 움직였다.

하나씩 지프니들을 추월해서 뻥 뚫린 도로가 되자 티아나는 속도를 높였다. 상욱의 티아나 바로 뒤엔 파제로가 따라 붙었다. 상욱은 사이드 미러로 바로 뒤에 붙은 파제로를 보았지만 대수롭지 않게 여겼다. 파제로 역시 지프니 뒤에서 답답하게 굴러왔을 거라는 생각이었다.

상욱은 라디오를 켰다. 뉴스를 듣기 위해서다. 마침 마닐라 지역의 뉴스가 방송 중이었다. 상욱은 뉴스 내용에 귀를 기울였다.

---

162) 개인이 운영하는 마을버스 성격의 대중 교통수단. 미군 짚을 개조해서 만들었기에 지프니라는 이름이 붙었다.

한국인 관련 사고는 없었다. 티아나는 70km의 제한 속도에 맞춰 달렸다.

상욱은 가방에서 필리핀 교민수첩을 꺼냈다. 마닐라 지역의 교민업소 중 코리안 팰리스 전화번호를 찾았다. 이 식당은 용신의 입맛에 맞게 음식은 내는 집이라, 마닐라에 올 때마다 용신은 이곳을 찾는다.

반대 차로에도 차량이 없었다. 이 차로 역시 지프니 같은 게 막고 있는 모양이었다. 그때 뒤에서 헤드램프가 번쩍였다. 바로 뒤를 따라오던 파제로였다. 상욱은 파제로가 추월하려는 것으로 이해했다. 그래서 속도를 줄이고 차를 도로 가에 가깝게 붙였다.

파제로가 반대 차선으로 넘어가 상욱의 티아나와 나란히 달리게 되었다. 그런데 파제로는 나란히 갈뿐, 속도를 더 높여 티아나의 앞으로 들어오지 않았다. 상욱은 브레이크를 약간 더 밟아 속도를 줄였다. 파제로의 추월을 돕기 위해서였다.

그때 파제로의 뒷좌석 유리창이 스르르 내려왔다. 나까지마가 권총을 겨눴다. 귀로는 뉴스를, 눈으로는 앞의 도로 상황을 주시하던 상욱은 본능적으로 이상한 느낌을 받았다. 오른쪽으로 고개를 돌렸다. 엷게 틴팅(선팅)된 유리창 너머로 권총 총구가 보였다.

"이런!"

상욱이 급브레이크를 밟는 순간 나까지마가 방아쇠를 당겼다. 탕, 탕, 탕. 티아나의 운전석 유리창이 박살났다. 휘청하던 티아나가 이내 중심을 잡았다. 티아나의 VDC[163]가 가동되었기 때문이

---

163) VDC(Vehicle Dynamic Control): 차체자세제어장치. 차량의 바퀴 속도 센서, 스티어링 각도 센서, 액셀러 레이터 센서, 선회 속도 센서, 횡축방향 가속도 센서 등의 데이터를 종합하여 급회전이나 급제동 등 긴박한 순간 차량의 자세를 잡아주는 장치.

다. 그러나 티아나는 조금씩 차로에서 벗어나더니 끝내는 도로 옆 가로수를 꽝— 들이받고 멈췄다.

파제로도 티아나에서 조금 떨어진 앞에 섰다. 파제로에서 나까지마가 내렸다. 그는 티아나의 깨진 앞 유리를 통해 운전석을 보았다. 상욱은 에어백이 터진 핸들에 몸을 숙이고 있었다. 오른쪽 가슴에서 피가 솟구쳐 나오고 있었다. 그러나 그의 어깨가 조금씩 떨렸다. 아직 살아 있는 것이다.

나까지마가 권총을 다시 들었다. 그는 핸들 위에 올려진 상욱의 머리를 겨눴다. 탕—. 총알은 정수리에 정확히 박혔다. 피가 사방에 튀었고 상욱의 몸이 출렁했다가 기어박스 위로 쓰러졌다.

상욱의 죽음을 확인한 나까지마는 차 문을 열고 상욱의 가방을 뒤졌다. 옷가지 몇 개, 필리핀 페소 뭉치, 소주 몇 병이 들어 있었다. 가방 옆 주머니에 꽂힌 지갑이 보였다. 한국 주민등록증의 한자 이름과 사진은 이 자가 안상욱임을 증명해 주었다. 지갑의 깊숙한 안쪽에서 포커 카드 한 장이 나왔다. 네 귀퉁이에 작은 구멍이 뚫린 다이아몬드 에이스였다. 나까지마는 페소 뭉치를 주머니에 챙겨 넣은 후, 다이아몬드 에이스 카드를 상욱의 이마에 붙여 놓았다.

파제로가 휠 스핀을 일으키며 급출발했다. 나까지마가 휴대전화를 들었다.

"처리 완료. 단서 없음. 마닐라로 귀환하겠다."

상욱의 정수리에 시작된 붉은 핏줄기가 다이아몬드 에이스 카드를 붉게 적셨다. 그리고 미처 감지 못한 상욱의 부릅뜬 두 눈으로 흘러들었다.

23. 조나단 모건

 3시간 전 싱가포르를 출발하여 마하 0.82의 최고 속도로 날아
온 BBJ 2(Boeing Business Jet 2)가 마닐라 만 상공에 들어섰다. BBJ
2는 189석짜리 보잉 737-800을 19인승으로 개조한 보잉사의 최
고급 자가용 비행기다. 킹 사이즈 침대와 샤워실을 갖춘 침실, 푹
신한 소파와 VIP 좌석이 놓인 라운지, 조리시설을 완비한 갤리를
갖추고 있다.

 이 비행기의 콕핏 바로 뒤의 VIP 좌석에 조나단 모건이 앉아
있다. 트레저 블랙 담배를 피우는 그의 앞에 루왁(Luwak) 커피
한 잔이 놓여졌다. 늘씬한 스튜어디스가 방금 갤리에서 끓여 온
루왁 커피는 하얀 수증기와 함께 진한 향기를 일으켰다.

 루왁 커피는 루왁이라는 사향고양이의 똥에서 나온 것이다. 인
도네시아의 루왁은 커피 열매만을 먹고 산다. 그런데 루왁은 먹
은 커피 열매의 껍질과 과육만을 먹고 나머진 소화시키지 못한
채 그대로 배설해 버린다. 그래서 루왁의 배설물은 커피콩을 감
싸고 있는 깍지(parchment)들 그 자체다.

농부가 그것을 잘 말려 깍지를 벗기면 원두 콩을 얻게 된다. 루왁의 뱃속에서 잘 숙성된 원두는 독특한 향을 발산한다. 이것이 최고급 커피로 인정받는 비결이다. 인도네시아 커피 농부들에게 있어 루왁은 일손도 덜어주고, 높은 가치를 지닌 상품을 만들어 내는 소중한 동물이다.

"할, 크롤 친구에게서 연락 온 거 없어?"

할은 널찍한 테이블 위에 놓인 노트북 컴퓨터의 마우스에 손을 얹었다. 그의 오른손 손등에 새겨진 큐피드는 메시지를 확인하기 위해 마우스를 클릭하는 손가락 움직임에 따라 화살을 팽팽히 조였다 풀었다를 반복했다. 큐피드 문신을 한 이 사내의 본명은 핼릭스 페일린, 모건의 수행비서 겸 보디가드다.

"크롤 지사장이 마닐라 공항 VIP 룸에서 기다리고 있답니다."

"그 여자가 어딨는지만 알려주면 될 텐데, 굳이 찾아올 게 뭐람? 가뜩이나 시간도 없는데."

원래 모건의 계획은 민다나오에서 소림을 잡아 땅의 소유권 서류를 넘겨받은 후 없애는 것이었다. 그러나 모건은 발목이 잡혀 있었다. 조용히 처리해야 할 일이 있었기 때문이다. 이틀 전 밤의 싱가포르로 돌아가 보자.

모건은 007 같이 스릴 넘치는 첩보 액션의 주인공이기를 바라지만, 제임스 본드처럼 직접 몸으로 부대껴서 해결하는 방법을 모른다. 래플즈 호텔로 돌아온 할에게 제임스 본드 흉내쟁이는 처리해야 할 물건을 가리켰다.

할은 차갑게 식은 이브의 사체를 앞뒤로 뒤집어 살펴보며 말했다.

"똥구멍에 보톡스164)를 맞았군요. 좀 센 걸로."

"자네가 오늘밤 할 일은 이 흉물을 처리하는 거야. 감쪽같이."

"싱가포르는 카메라 천집니다. 이 도시는 그게 흠이죠. 흔적 없이 처리하기 까다로운 거."

"바다에다 던져 버리라구, 돌 매달아서."

"그건 별로 좋은 방법이 아닙니다. 나무는 숲속에 숨기고 돌은 채석장에 숨기라는 말이 있습니다. 그럼 차를 버리기 가장 좋은 장소는 어딜까요? 공용주차장입니다. 공용주차장 중에서도 가장 안전한 주차장은 공항에 있죠. 장기 여행자용 주차장은 몇 달 간 주차되어 있어도 큰 신경을 안 씁니다. 도난 신고된 차가 아니라면요. 그 차의 트렁크에 뭐가 들었든 말든."

"그럼 저걸 당장 차에 싣고 공항에다 버리자고."

"지금은 안 됩니다. 먼저 은밀하게 적법한 차를 구해야 합니다. 그리고 차를 공항 주차장까지 몰고 갈 놈도 구해야 하고요. 무엇보다 물건에 남은 흔적을 깨끗이 씻어내야 합니다."

"뭘 씻는단 말이지? 저년 목욕한 지 얼마 안 됐는데."

"저 여자랑 관계 갖으셨죠?"

"저 년 얼마나 대주고 다녔는지 밑구멍이 창녀 같더군. 동양년들의 쫄깃함이 전혀 없어."

"모든 접촉하는 개체는 흔적을 주고받는다. 로카르의 교환법칙입니다. 과학수사 분야의 격언이죠. 이 여자의 몸엔 이사장님의 흔적이 남아 있을 겁니다. 그리고 이 호텔 객실에도요. 그 흔적들을 완전히 청소해야죠."

"젠장, 저 년은 살아 있을 때나 죽어서나 쓸데없이 시간을 갉아먹는구먼."

다음날 오전, 짙은 레이밴 선글라스를 낀 할은 싱가포르의 뒷

---

164) 보툴리투스 A 톡신(Botulinus A Toxin)으로 만든 것이 미용 성형에 많이 쓰이는 보톡스(Botox)다. 하지만 보툴리누스 A 톡신은 0.05mg으로도 100kg의 사람을 사망시킬 만큼 강력한 독성을 지녔다.

골목을 살피고 다녔다. 그의 수첩엔 CCTV의 위치와 각도가 하나하나 기록되어 졌다. CCTV 감시망 조사를 마친 그는 차이나타운으로 가서 손님이 없어 쉬고 있는 50대 후반의 트라이 쇼 (Tri Shaw)[165] 운전사를 포섭했다.

한 시간 후 중국인 트라이 쇼 운전사는 낡은 세단 한 대를 끌고 할 앞에 돌아왔다.

"당신이 찾는 차를 사 왔습니다."

"이건 흔다이 쏘나타 아니오?"

"싱가포르에선 이 차가 가장 흔한 참니다. 길거리 돌아다니는 택시의 반이 흔다이 쏘나타니까요."

할은 고개를 끄덕이며 차량등록증을 받아들었다. 그는 중국인에게 수고비로 100 싱가포르 달러 지폐 3장을 주었다. 이 중국인 트라이 쇼 운전사는 3일치 일당을 한 나절 만에 벌었다는 기쁨으로 아무 생각이 없었다. 열흘 후 싱가포르 경찰의 조사를 받을 때, 트라이 쇼 운전사는 싸구려 승용차를 사오라고 시킨 사내의 얼굴을 전혀 기억해내지 못했다.

차를 구한 할은 곧이어 리틀 인디아로 갔다. 1881년 세워졌고, 지붕이 온통 칼리(Kali)[166] 신의 형상으로 장식된 스리 비라마 칼리 아만(Sri Veerama Kali Aman) 사원 앞에서 할은 쏘나타를 운전할 사람을 구했다. 인도 출신의 전직 택시기사였고 현재는 무직인 40대 후반의 남자였다. 할이 그에게 말했다.

"내일 오전 10시까지 아랍 스트리트의 이스타나 깜퐁 끌람

---

165) 트라이 쇼 (tri shaw): 자전거 뒤에 인력거를 매단 운송수단. 과거엔 싱가포르의 주요 교통수단이었으나, 지금은 차이나타운이나 리틀 인디아 등에서 관광용으로 주로 이용된다.

166) 힌두교 3대 신은 브라흐마(Brahma), 비슈누(Vishnu), 쉬바(Shiva)로, 이들은 각각 우주를 창조, 유지, 파괴하는 신이다. 칼리는 파괴의 신 쉬바의 아내로 잔인한 죽음의 신이다.

(Istana Kampong Glam)[167] 앞으로 나오시오. 열쇠가 꽂힌 쥐색 흔다이 쏘나타가 있을 거요. 그 차를 11시까지 창이공항 장기 주차장에 가져다 놓으시오."

공항 주차장은 11시 전후가 가장 번잡하다. 들어오고 나가는 차들이 가장 많은 시간이기 때문이다. 할의 계획은 공항이 번잡한 시간대를 이용해서 최대한 이목을 끌지 않는 것이다.

"그게 답니까? 일 마친 후 차 열쇠는 어디로 갖다 드리면 되나요?"

"차 열쇠는 공항 분실물 센터에 맡기시오."

"그럼 보수는 누구에게 받죠? 설마 그것도 분실물 센터에서 받으란 건 아니겠죠?"

"차의 글로브 박스를 열어보면 300달러가 있을 거요."

"아이구, 감사합니다요."

중국인 트라이 쇼 운전기사가 경찰서에 왔을 때, 이 인도인 택시 기사도 조사를 받았다. 이 사내 역시 알이 큰 짙은 레이밴 선글라스 이외엔 할의 얼굴을 기억해내지 못했다.

운전기사를 구한 할은 다시 차이나타운으로 갔다. 청소도구를 구하기 위해서였다. 그가 필요로 하는 것은 염산과 아질산나트륨이었다. 할은 가죽제품 가공 공장에서 염산을, 수제 소시지 가게에서 아질산나트륨을 구입했다. 그리곤 강력한 탈취제와 큰 여행용 가방 2개와 대형 비닐 롤, 스프레이 통, 가위, 펜치 등의 자질구레한 도구들을 사서 래플즈 호텔로 돌아왔다.

할이 밖에 나가 있는 동안 모건은 메이드가 객실 청소를 하지

---

167) 깜뽕 끌람: 싱가포르 독립 전 이 지역의 술탄이었던 후세인이 살던 왕궁. 지금은 말레이 문화를 소개하는 박물관(Malay Heritage Centre)으로 사용된다. 아랍 스트리트의 랜드마크인 술탄 모스크(Sultan Mosque: 이슬람 사원) 근처에 있다.

못 하도록 했다. 그리고 런던 시티 공항(City Airport)[168]에 있는 자신의 전용기를 불렀다. 또한 크롤 필리핀 지사장에게 전화했다. 사적인 서비스[169]를 요청한 것이다.

그날 저녁, 할은 가위와 펜치로 이브의 손가락과 치아를 모두 제거했다. 그리고 이브의 얼굴과 가슴에 염산을 부었다. 염산은 이브의 질과 항문에도 투여되었다. 이브의 사체는 형체를 알아볼 수 없을 정도로 심하게 훼손되었다. 역겨워하던 모건은 그 위에 탈취제를 듬뿍 뿌렸다. 할이 사체를 비닐에 싸서 이민자 용 여행 가방에 담는 것으로 사체 처리가 마무리 되었다.

이젠 흔적을 제거할 차례였다. 할은 아질산나트륨을 물에 희석하여 스프레이 통에 담은 후 객실 곳곳에 뿌렸다. 아질산염은 혈액의 헤모글로빈에 닿으면 붉게 발색된다. 할은 욕실과 드레스 룸의 눈에 보이지 않는 혈흔을 말끔히 제거했다. 그리곤 호텔 청소 도구함에서 진공청소기를 가져와 혹시 카펫이나 바닥에 떨어져 있을지 모를 이브의 체모를 빨아들였다.

모두가 잠든 깊은 밤, 모건과 할은 여행용 가방을 끌고 래플즈 호텔을 나섰다. 그들은 널찍한 벤틀리 뮬산의 트렁크에 가방을 싣고 차이나타운의 후미진 골목으로 갔다. 싱가포르는 도시 곳곳에 CCTV가 설치되어 있다. 하지만 CCTV에도 사각 구역이 있기 마련이다. 쏘나타가 세워진 곳은 주변에 설치된 CCTV 3대의 감시망이 미치지 못하는 곳이었다.

모건이 망을 보는 사이, 할은 여행용 가방에서 비닐로 감싼 이

---

168) 런던 카나리 워프(Canary Wharf) 인근 바다(만)를 메워 만든 활주로 한 개짜리 도심 공항. 런던 시내로의 뛰어난 접근성 때문에 런던 금융가를 방문하는 사업가들의 전용기가 주로 이용한다. 런던의 5개 공항 중 가장 한산한 공항이다.

169) 사립탐정 회사의 사적 서비스에는 의뢰인의 비밀업무 처리, 정보수집, 언론추적 방지 등의 사생활 보호가 있다.

브의 사체를 꺼내어 다른 가방에 옮겨 담았다. 그리곤 그 가방을 쏘나타의 트렁크에 옮겨 실었다. 작업을 마친 할은 유유히 쏘나타를 몰고 깜퐁 끌람으로 갔다. 이곳에서도 차이나타운과 마찬가지로 CCTV의 사각 지대에 차를 세웠다.

다음날 모건과 할은 인도인이 쏘나타를 운전해서 창이 공항 주차장에 넣는 과정을 지켜보았다. 모든 것이 그들의 계획대로 진행되었다. 둘은 인도인이 자동차 열쇠를 공항 분실물 센터에 맡기는 것까지 확인했다. 그러고 나서 BBJ 2를 타고 필리핀으로 날아온 것이다.

다이아몬드 호텔에서 급히 달려온 헤럴드 마이어가 공항청사를 나오는 모건을 맞이했다. 그는 모건에게 소림이 다이아몬드 호텔에 투숙하고 있다고 보고했다. 객실 번호는 언급하지 않고 어물쩍 넘어갔다.

전화로 보고해도 될 텐데, 마이어는 왜 굳이 공항까지 찾아왔을까? 그는 지금 회사의 공식라인을 거치지 않은 사적 서비스를 하고 있다. 사적 서비스를 요청한 사람이 누구인지 알았을 때, 마이어는 복권에 당첨된 기분이었다. 지금도 거물이지만 앞으로 더 거물이 될 것이 분명한 조나단 모건이라니. 그런 최상급 VIP에게 자신의 얼굴을 알릴 수 있다는 건 일생에 한두 번 올까 말까한 기회다. 그렇기에 객실 번호를 확인하려고 시간을 보내기보다는 공항에 나와 서른두 살의 차세대 황제 모건의 눈도장을 받고 싶었다.

마이어는 모건을 마카티의 최고급 호텔로 안내했다. 마카티 샹그릴라 호텔에 단 하나뿐인 프레지덴셜 스윗은 이 호텔 꼭대기 층인 28층에 자리 잡고 있다. 312평방미터(약 95평)의 객실엔 침실, 응접실, 주방, 다이닝 룸이 들어서 있고, 내부 장식은 최고급으로만 꾸며졌다. 이 객실엔 24시간 전담 버틀러(집사)가 배치되어 있다.

푹신한 응접실 소파에 앉아 있던 모건에게 전화가 울렸다. 발신지는 한국의 서울이고, 발신자는 열흘 전에 일을 맡긴 핑커턴 한국지사장 올드리치다. 그 역시 모건과 직거래를 통해 자신의 입지를 구축하려는 것이다. 올드리치는 모건의 구미를 확 당기는 정보를 전해 주었다.

신촌 현대백화점 주차장의 도청팀은 강녕의 두 번째 전화를 도청했다. 그 통화에서 이소림이라는 이름을 듣게 되었다. 올드리치는 이 이름 역시 낯설지 않았다. 일주일 전 성장과정과 인적 사항을 조회해서 모건에게 보고한 대상이다.

올드리치는 300톤의 황금이 숨겨진 보물섬 지도를 이소림이 가지고 있다고 말했다. 그는 이를 CIA나 핑커턴 본사에 보고하지 않았음을 모건에게 강조했다. 모건은 올드리치에게 당신의 이름을 기억하겠노라며 전화를 끊었다.

모건은 이소림에게서 빼앗아올 것이 하나 더 늘었다. 땅과 금, 그리고 이소림. 세 가지를 동시에 빼앗기 위해 제임스 본드처럼 직접 나서서 그녀를 유혹하고 싶지만, 싱가포르에서 이미 노출시켰기 때문에 곤란했다. 그는 이럴 때 사용하는 수족에게 지시했다.

"할, 다이아몬드 호텔로 가서 이소림을 처리해."

"그 여자, 어떻게 죽일까요?"

안 될 말이다. 할은 너무 단순한 게 흠이다. 그러니 일일이 지침을 줘야 한다. 쓸 만은 하지만 주인을 피곤하게 한다.

"내가 가서 민다나오 토지의 소유권 이전문서에 사인 받을 때까진 죽이지 마. 그 계집한테 사적인 볼일도 있거든."

펑— 소리와 함께 뚜껑이 날아갔다. 잘록한 잔에 황금색 액체
가 쏟아지면서 기포들이 뽀글뽀글 솟아올랐다. 잔 꼭대기까지 활
기차게 솟아오른 작고 투명한 거품들은 톡톡 터지며 상큼한 향을
발산하고 있다.

모건은 단숨에 들이켰다. 사과의 상큼함과 파인애플의 달콤함
이 입 안 가득 퍼졌다. 그는 옆에 놓인 캐비어 안주엔 손도 대지
않은 채 얼음통 속에 담긴 볼랭저 스페시알 퀴베 브뤼(Bollinger
NV170) Special Cuvee Brut)를 집어 들어 한 잔 더 채웠다.

세계 100대 와인을 선정한 와인의 대가 로버트 파커가 최고로
꼽은 스파클링 와인171)이고, 영국 왕실의 공식 와인이다. 영국
왕실의 의전용 와인엔 3종류가 있으며, 방문자의 등급에 따라 내
놓은 와인이 다르다. 볼랭저는 최고급 인사가 방문할 때만 등장
한다.

모건이 볼랭저를 즐기는 건 영국 왕실과는 다른 이유다. 그에
게 있어 볼랭저는 제임스 본드를 상징하는 아이콘이다. 〈007 어
나더데이(Die Another Day)〉를 극장에서 본 것은 모건이 스물두
살 때였다. 감옥에서 나온 제임스 본드가 제일 먼저 한 일이 볼랭
저를 마시는 것이었다. 그날 저녁, 술집에 간 모건의 주문은 이렇
게 간단명료했다.

---

170) NV(Non Vintage): 빈티지(와인을 생산한 연도 표기)가 없는 것. 즉 여러 해에 생산된 와인들을 브렌딩한
와인.

171) 한국에선 샴페인으로 통칭된다. 하지만 샴페인은 프랑스 북부 상파뉴(Champagne) 지방에서 만드는
발포성 와인을 말한다. 2번 발효시키는 것이 특징인 스파클링 와인은 나라마다 명칭이 다르다. 스페인에서는
카바(Cava)나 에스푸모소(Espumoso), 이탈리아에서는 스푸만테(Spumante)나 프리짠테(Frizzante), 독일
은 젝트(Sekt)나 샤움바인(Schaumwein) 또는 페를바인(Perlwein), 프랑스에서는 뱅 무소(Vin Mousseaux)
나 끄레망(Cremant) 등으로 불리운다.

"여기 볼랭저 한 병!"

그는 엄청난 재력과 베일 뒤의 막강한 권력을 손에 쥐고 있다. 하지만 그는 뒷전에서 명령만 하기엔 피가 뜨거웠다. 일이 이루어지는 현장에 있어야 직성이 풀렸다. 서른두 살의 그는 세계를 이끌고 가는 야전 사령관이고 싶은 것이다.

잔에 볼랭저를 채우는 모건의 오른손 중지손가락에 낀 반지가 반짝였다. 마카오에서 무릎이 깨진 택시기사가 은반지라고 했던 건 귀금속 중의 귀금속172)인 백금173) 반지가 얼핏 보면 은반지와 헷갈리기 때문이다.

모건은 볼랭저 잔을 들고 창 밖으로 마카티 전경이 내다보이는 카우치에 비스듬히 누웠다. 그는 얼마 후에 손에 넣게 될 의외의 수확물을 떠올렸다. 금 300톤이면 160억 달러. 금수저를 물고 태어난 자신이 상속 받은 재산보다 더 많은 금액이다. 자신의 재산에 금을 더하면 전 세계를 지배하는 사람들 중에서도 단연 선두가 된다. 금 300톤은 권력자들 중에서도 최고 권력자인 더 원(The One)이 될 수 있는 강력한 힘을 반지에 불어 넣어줄 것이다.

모건은 오른손 중지손가락에 낀 반지를 들여다보았다. 반지엔 독특한 부조가 있다. 동그란 원형 테두리 안에 삼각형의 피라미드가 있고, 그 윗부분엔 눈 하나가 광채를 내뿜는 문양이다. 이것은 미국인의 지갑 안에서 흔히 볼 수 있다. 하지만 이 문양을 따로 떼어내 보여주면 미국인들조차 낯설어 한다. 사람들이 흔히

---

172) 귀금속은 백금족 6원소인 백금(Pt), 로듐(Rh), 루테늄(Ru), 오스뮴(Os), 이리듐(Ir), 팔라듐(Pd)과 구리족 3원소(금, 은, 구리)에서 금과 은을 합한 8개의 금속을 말한다.

173) 백금(Platinum)은 황금(Gold)보다 가격이 더 비싸다. 가공성이 좋아서 백금 31.1035g(1온스)을 가늘게 늘이면 43km에 이르고, 넓게 펴면 대략 260m²(대략 테니스 코트의 넓이)까지 펼 수 있다.

사용하면서도 크게 관심을 갖지 않는 곳, 바로 미국 1달러짜리 지폐의 뒷면 왼쪽 도안이기 때문이다.

이 문양이 부조된 백금 반지를 낀 사람은 전 세계에 오직 300명밖에 없다. 부와 명예와 권력을 움켜쥔 이 300명이 지구를 움직이는 실력자들이다. 이들은 어떻게 결정되었을까?

살고 있는 집과 보유한 현금과 미래에 받을 연금을 다 합하여 100만 달러(대략 11억 원)를 가진 사람의 수는 전 세계 60억 인구 중에 2,400만 명이다.[174] 범위를 조금 좁혀서 자신이 살고 있는 집을 빼고 투자할 수 있는 돈이 100만 달러면 백만장자라 한다. 전 세계에 백만장자는 1,000만 명이 있다.[175]

그런데 이런 백만장자를 훌쩍 뛰어넘어서 자산이 10억 달러(대략 1조 1천억 원) 이상인 사람을 억만장자라 한다. 이들은 전 세계에 단 1,000여 명뿐이다. 미국에 400명, 유럽에 200명, 아시아에 200명, 브릭스[176] 나라에 200명 정도다.

그런데 억만장자 중에서도 자신들만이 진정한 부자요, 고귀한 영혼이며, 선택받은 사람이라고 생각하는 부류가 있었다. 주로 G7[177]과 서유럽 출신의 억만장자들이었다. 이들은 땅에서 캐낸 기름을 팔아서 억만장자가 된 중동의 떼부자들이나 갑자기 등장한 아시아의 졸부들과 자신들은 차원이 다르다고 여겼다.

G7 정상회의가 처음 개최된 1975년, 이런 생각을 가진 300명

---

174) 스위스 크레디스위스(CS) 은행 발표 자료. 이 자료에 의하면 전 세계 성인 인구의 0.5%가 전 세계 자산의 33%인 69조 달러를 보유하고 있다. 조금 범위를 넓히면 전 세계 부자 1%가 전 세계 부의 83%를 소유하고 있다. 반면 하층민 50%는 전 세계 부의 단 2%만을 소유할 뿐이다.

175) 영국 이코노미스트 2011년 1월 22일자 세계 부자 특집.

176) 브릭스(BRICS): 브라질(Brazil), 러시아(Russia), 인도(India), 중국(China), 남아프리카공화국(South Africa Republic).

177) G7: 미국, 영국, 독일, 프랑스, 캐나다, 이탈리아, 일본.

의 사람들이 모였다. 그 모임을 300인 위원회(The Committee of 300)[178]라 했다. 60억 지구 인구 중에서 0.00005%의 인원이 모인 이 집단은 조물주가 헛갈릴 때 충고해 줄 수 있는 세계 최상층 엘리트들임을 자부했다.

유럽과 미국 은행들의 아버지 격인 로스차일드 가문, 스웨덴 증권거래소 시가총액의 40%와 GDP의 30%를 차지하는 기업들의 소유주 발렌베리[179] 가문, 의류분야 세계 1위인 헤네스&모리스 (H&M)[180]의 페르손 가문, 베엠베(BMW) 그룹 소유주 콴트 가문, 다이아몬드 업계의 절대강자인 드비어스를 소유한 오펜하이머 가문, 벨기에 최대 금융재벌 프레르 남작 가문, 화장품 업계의 공룡기업인 루레알[181]을 소유한 베탕쿠르 가문, PPR 그룹의 소유자인 피노 가문, 그리스의 선박왕 오나시스 가문, 캐나다 파워 코퍼레이션을 소유한 데스마레 가문, 세계 주류업계의 절대 강자인 캐나다 씨그램의 브론프먼 가문, 설명이 필요 없는 미국의 재벌인 록펠러, 모건, 듀퐁, 밴더빌트, 로브 가문 등 내로라하는 유럽과 북미 재벌가의 대표자들이 모였다.

그리고 영국, 네덜란드, 벨기에, 덴마크, 스웨덴, 노르웨이, 룩셈부르크, 스페인과 일본 왕실의 황태자나 왕자가 초대되었고, 유럽의 오래된 귀족가문들도 대표자를 보냈다. 거기에 미국, 유럽의 재무 계통 최고위 관료와 세계적 석학 등이 구성원으로 참

---

178) 300인 위원회 부분은 존 콜먼 지음, 이창식 옮김, 『음모의 지배계급 300인 위원회』, 들녘, 2001을 참조했다.

179) 발렌베리 가문(Wallenberg Family): 스톡홀름 엔실다 은행(SEB), 일렉트로룩스(전자), 에릭슨(휴대폰), 스카니아(상용차), 사브(항공기 제조), 아스트라 제네카(제약), ABB(발전 설비) 등의 기업 지배.

180) 디자인부터 원단 생산, 의류 제조, 유통, 판매에 이르는 전 과정을 총괄하는 SPA 기업이다.

181) 로레알은 랑콤, 슈에무라, 비오템, 키엘, 입생로랑, 아르마니, 라로수포체, 메이블린, 바디샵 브랜드를 소유한 화장품업계 세계 1위 기업이다.

여했다.

임기도 누구에게 보고할 의무도 없는 이들은 공공의 이익보다는 자신들의 이익을 위해 각국의 정치권력을 부렸다. 그러면서 언론을 통해서는 자신들이 추구하는 방향이 최선인 것처럼 선전했다. 또한 매스미디어를 통해서는 "내일을 걱정하며 오늘을 살아야 한다"고 세뇌시켰다.

이들에게 있어 지구상에서 일어나는 정치·사회·경제 분야의 모든 일에 우연이란 있을 수 없다. 오로지 계획하고 실행했기 때문에 일어나는 것이다. 뉴욕에 폭풍우를 몰아쳐서 얻을 이득이 있다면, 300인 위원회는 아마존의 나비에게 날갯짓을 하도록 만들어 낸다.

못 믿겠다고? 그럼 대학을 보면 된다.[182] 300인 위원회가 제일 먼저 손을 본 것이 대학이니까 말이다. 1970년대 중반까지 대학은 300인 위원회의 문젯거리였다. 1968년 프랑스에서 시작된 반체제 청년운동이 영국과 전 유럽을 휩쓸더니 급기야 미국에까지 상륙했다.

히피 짓거리와 마약까지는 참아줄 수 있었다. 그저 그런 출신 성분의 젊은 것들이 약과 섹스에 취해 고단한 현실을 망각하고 살아가는 건 적극 권장할 만한 일이었다. 하지만 과도한 마약과 섹스의 부작용이었을까? 이들이 현실 문제에 눈을 뜨게 된 것이다. 대학생들이 반전 운동을 전개하며 베트남 전쟁을 극력 반대하고 나서자 300인 위원회는 더 이상 방관할 순 없었다.

300인 위원회 멤버들에게 베트남 전쟁은 아주 먹음직스러운 사업거리였다. 전쟁은 땅 짚고 헤엄치는 사업이다. 미국이 전쟁

---

182) 신자유주의 경쟁을 펼치는 대학 부분은 서보명의 『대학의 몰락』, 동연, 2011을 참조했다.

을 하려면 각종 무기와 군수품이 있어야 한다. 그걸 누가 공급하겠는가? 300인 위원회 멤버들이 소유한 기업들이다. 무기 사고, 병사들 밥 먹일 돈은 어디에서 나오는가? 올해 전쟁 시작하겠다고 연초에 미리 예산을 편성해 놓는 나라는 세계 어디에도 없다. 예상하지 못한 전쟁에 빠져든 정부는 빚을 내게 된다. 그럼 돈은 누구에게 빌리나? 300인 위원회 멤버들이 소유한 은행들이다.

결국 300인 위원회 멤버들이 소유한 기업과 은행들 간의 자전거래일 뿐이다. 지불 보증인은 미국 정부고, 국민의 세금을 담보로 하니 빚을 떼일 염려는 전혀 없다. 자전거래의 막대한 이익에다 매년 미국 정부가 세금으로 가져다주는 거액의 이자까지 받으니, 꿩도 먹고 알도 먹는 아주 짭짤한 사업인 셈이다.

그런데 대학생들과 일부 몰지각한 연예인들이 전국을 돌며 콘서트를 열고 플라워 무브먼트 운동을 벌였다. 그에 동조하는 사람들이 많아지면서 골치가 아팠다. 결국 미군은 베트남에서 비참하게 철수했다. 건국 이래 최초로 패배한 전쟁이 된 것이다.

미국 정부와 국민들은 빚더미에 올랐지만, 300인 위원회 멤버들은 근 10년 간 터지도록 배를 불렸다. 그럼에도 전쟁이 종료되자 300인 위원회 멤버들은 아쉽기 그지없었다. 사람들이 죽어나건 말건 전쟁이 좀 더 계속되었더라면 더 많은 돈을 벌 수 있었을 텐데….

더 얄미운 건 대학생들을 제어하지 못한 대학이었다. 대학을 장악할 필요성을 절감한 300인 위원회는 1970년대 말부터 대학 서열화 작업에 착수했다. 제일 먼저 한 일은 듣도 보도 못하던 잡스러운(듣보잡) 대학일지라도, 총장이나 교수진의 성향이 맘에 들면 돈을 퍼줬던 것이다. 뭉치 돈이 밀려들자 대학은 건물을 새로 짓고, 장학금을 넘치게 지급하면서 우수한 인재들을 끌어 모았다.

그 즈음 300인 위원회는 유에스 뉴스 앤 월드 리포트(US News and World Report)라는 허접한 주간지를 동원해 대학 서열을 발표하게 했다. 이 잡지의 대학 평가 기준은 그야말로 자의적이다.

하지만 듣보잡 대학의 서열이 갑자기 높이 평가되자 위기감을 느낀 기존의 명문대학들도 기부금에 목을 매게 되었다. 300인 위원회는 기부금 지급에 조건을 달았다. 성과주의를 내건 것이다. 사회 현상에 비판적인 인문학은 연구 성과를 측정하기 어렵다. 반면 공학과 경영학 같은 체제순응형 학문은 바로 성과를 알 수 있다.

이후 모든 대학들이 인문학을 축소하고 실용 학문과 공학을 키웠다. 그러면서 기부금과 외부 지원에 의존한 외형적인 성장을 추구하게 되었다. 돈 맛을 안 것이다. 공장과 기업 조직에 적용할 수 있도록 학문을 왜곡하는 청부 학자들이 훌륭한 석학으로 평가되었고, 유능한 대학총장이란 기부금을 더 많이 끌어오는 사람으로 바뀌었다.

300인 위원회 멤버들이 소유한 기업들로부터 기부금을 많이 확보한 대학은 서열이 급상승한 반면, 명문 대학이지만 300인 위원회의 눈 밖에 난 대학은 서열에서 밀려났다. 그리고 그 서열이 고착화되었다.

대학의 서열화는 곧 그 대학에 다니는 학생들의 서열과 같은 의미로 치부되었다. 서열에서 밀려나지 않기 위해 무한 경쟁을 벌이는 대학들은 학생들에게도 무한 경쟁을 강요했다. 상호간의 무한 경쟁에 내몰린 학생들은 선배들이 가졌던 연대의 이상을 상실했다.

이런 환경 속에서 인간적 가치를 논하던 대학의 저항 문화는 힘을 잃었다. 졸업 후 일자리를 얻기 위해서 학생들은 저항보다 순응을 택했다. 300인 위원회가 바라던 신자유주의 무한 경쟁 체계가 대학에도 완성된 것이다.

비판 문화가 사라진 대학과 청년들은 침묵했다. 대량살상무기가 있다고 이라크를 쳐들어갔지만, 아무 것도 나온 것이 없어도 미국의 대학생들은 이를 외면한다. 쥐새끼의 숨소리까지 청음할 수 있고, 사막에 떨어진 바늘 하나까지도 찾아낼 수 있는 첨단기기들을 가지고도 아프가니스탄의 황량한 산악 지대에 숨었다는 터번 쓴 남자 하나를 못 찾아도 의문을 제기하지 않는다. 결국 300인 위원회가 돈을 뿌린 지 20년 만에 대학과 청년들은 거세되어 무기력한 존재로 전락한 것이다.

이처럼 300인 위원회는 정기적으로 모여서 자신들의 이익에 걸림돌이 되는 것들을 제거하고, 지구의 질서를 유지하려 한다. 즉, 자신들의 이익이 최대한 보장 받도록 조율하기 위해 머리를 맞대는 것이다.

더불어 이들이 바라는 것은 자신들 지위의 항구적 보장이다. 원하는 대로 세상을 바꾸고, 무엇이든 할 수 있는 재화와 권력을 자손 대대로 물려줄 수 있는 구조를 추구하는 것이다. 조물주에게 충고할 만하다고 무한대의 수명을 가진 것은 아니기 때문이다. 300인 위원회 멤버도 먹고 싸고 자다가, 늙으면 죽게 되고, 그러면 자식 중 하나가 위원의 자리를 승계한다.

조나단 모건도 2년 전 갓 서른이 되었을 때, 300인 멤버의 자리를 승계했다. 그의 아버지인 억만장자 사무엘 모건이 갑작스럽게 죽었기 때문이다. 사무엘 모건의 사망 원인은 언론에 전혀 언급되지 않았다. 다만 입에서 입으로 전해졌다.

사무엘 모건 생애 마지막 2시간은 이렇다. 그는 페레티 881[183]

의 키를 잡고 수면 위를 날 듯 2시간 동안 달렸다. 호화롭게 장식된 요트엔 사무엘과 그의 후원으로 영화 한 편 찍고 섹스 심볼이 되어 유명해진 여배우 하나만이 타고 있었다.

카리브해의 아름다운 바다 위에서 몸매 좋은 여자와 오붓하게 낮거리를 즐기던 사무엘이 갑자기 가슴을 움켜쥐고 고통스러워했다. 심장이 발작을 일으킨 것이다. 하지만 몸매 좋은 여자는 응급조치에 대한 지식이 전혀 없었다. 그렇다고 망망대해에 병원과 의사가 있을 리 없다. 사무엘 모건은 어찌 해볼 도리 없이 몸매 좋은 여자의 몸 위에서 숨을 거두고 말았다. 비밀리에 시체를 검안한 의사의 사망 소견은 복상사였다.

조나단 모건은 카우치에서 일어서서 스위트룸의 넓은 창을 통해 마닐라 시 전경을 내다보았다. 호텔 주변의 마카티는 깔끔하게 정비된 미래 도시 같다. 하지만 마카티 너머는 헐벗고 굶주린 온갖 자질구레한 인간들이 각축을 벌이는 더러운 땅이다.

다행히도 그런 자들은 마카티에 들어올 수 없다. 자신들 역시 가난한 경찰과 가드가 더 가난한 자들이 마카티에 오는 것을 막아내고 있기 때문이다. 이것이 300인 위원회가 추구하는 지구의 미래다.

필리핀은 300인 위원회가 꿈꾸는 1 : 99의 이상적인 사회 구조를 가지고 있다. 9천 6백만 인구의 99%는 가난과 기아를 넘나드는 반면 1%가 모든 재화를 독차지하고 있는 사회가 필리핀이다.

99%의 가난뱅이들로부터 완벽하게 분리된 마카티의 쇼핑몰에서는 스키복을 판매한다. 스키복의 가격은 한 벌에 1천 달러가

---

183) 세계 최고급 요트를 만드는 이탈리아 페레티(Ferretti) 사의 프래그 쉽 모델. 길이 27.03m, 너비 6.72m. 배수 중량 349톤. 최고 속도 30노트(knot)로 12시간 항해할 수 있다. 가격은 약 90억 원.

넘는다. 필리핀에서 대학을 졸업한 직장인의 월급은 300달러가 채 안 된다. 대졸 사무직 종사자가 스키복 한 벌 사려면 서너 달을 돈 한 푼 쓰지 않고 모아야 한다. 때문에 일반인들은 감히 구매할 엄두를 내지 못한다. 마카티에서 파는 스키복은 겨울이 되면 알프스로 가서 스키를 즐기는 1%의 필리핀 부자들을 위한 것이다.

99%의 필리핀 가난뱅이들은 엄청난 빈부 격차를 눈 앞에 두고서도 분노하지 않는다. 필리핀의 사람들이 흔히 하는 말이 '발할라 나(Balhala Na)'다. 될 대로 되겠지, 나 몰라라 이런 의미다. 이 습성은 스페인과 미국 식민지 시절, 현실의 고통을 회피하도록 세뇌시켰기 때문에 생겼다. 세뇌의 도구는 기독교였다. 9,600만 인구 중 8,800만 명이 가톨릭 신자인 필리핀은 세계 2위의 가톨릭 국가다.

태생부터 기존 질서에 대한 반항이었고, 포교 과정이 무력에 의한 영토 확장이었던 이슬람은 현실의 고통을 증폭시키고, 이를 외부로 폭발하게 만든다. 그렇기에 미국이 눈을 부라리고 무력으로 위협해도 신실한 이슬람 신자들은 겁을 먹거나 고분고분해지지 않는다. 오히려 빈약한 무력으로 세계 최강국에 맞서 싸우려 든다.

반면 가톨릭은 현실의 고통을 미화시키고, 분노를 승화시킨다. 교리가 그렇다. 때문에 300인 위원회는 가톨릭을 교화 도구로 하는 새로운 세상을 진행하고 있다.

지구의 자원은 60억 인구가 나눠 쓰기엔 너무 부족한 상태다. 석유는 이미 매장량의 정점(Oil Peak)을 지나 고갈 상태에 접어들었고, 식량 증산 역시 한계점에 도달했다. 그렇다고 제한된 자원을 60억 명이 공평하게 나눠 갖는 건 불공평하다. 많이 누리는 자신들의 몫을 줄이는 것보다는 적게 가지고도 행복해 하는 인간들을 양산해 내는 게 낫다. 필리핀처럼 말이다.

지난 수년 간 300인 위원회는 조만간 닥치게 될 자원부족 상태에 대비하여 여러 가지 대책을 논의했다. 100% 석유 자원에 의지하는 현재의 도시 체계는 석유가 고갈되면 인류가 생존하기 힘든 지옥이 될 것이다. 석유가 없는 전기, 수도, 난방, 수송 등의 도시 기반은 기능을 상실한다.

도시는 붕괴할 것이고, 풍족한 삶을 누리던 북반구의 도시민 대부분은 기아선상을 헤맬 것이다. 도시엔 식량을 자급할 수 있는 농지가 없기 때문이다. 이들은 먹을 것을 쟁취하기 위해 폭도로 돌변할 것이다. 지구의 지배 계급은 수십 년 동안 버틸 수 있는 식량과 발전 시설로 자급 체계를 갖추겠지만, 폭도들의 위협으로부터 자신들의 안전을 담보할 순 없다.

그런 위기감 때문에 300인 위원회는 하나의 프로젝트를 준비했다. '쉘터링 스몰 월드(Sheltering Small World, SSW)'라 이름 붙여진 이 프로젝트의 모델은 1%만을 위한 마카티와 현실을 회피하는 필리핀인들의 성향이었다.

SSW 프로젝트의 핵심은 마카티처럼 안전하고 잘 정비된 자급 도시를 만드는 것이다. 그 도시는 소수의 지배자들이 안락한 삶을 영위할 터전이므로, 당연히 지배계급을 위해 일할 노예들이 필요하다. 노예들에겐 지배 계급에 비해 가난하고 비참한 삶일지라도 굶어 죽지 않음에 만족하도록 세뇌시킬 것이다. 300인 위원회에 바티칸 측 위원이 있는 것도 이 때문이다.

300인 위원들은 SSW 프로젝트를 진행하기 위해 필요한 도시 건설, 사회적·기술적 운영 체계 마련, 치안 확보 방안, 노예 계급 세뇌와 조련 등의 과제를 나누어 맡았다. 사무엘 모건이 진행했던 분야는 도시를 건설할 지역 확보였다.

대상 지역은 깨끗한 물과 맑은 공기를 만들어 내는 울창한 숲이 있어야 한다. 또한 태양을 잘 받는 곳이어야 한다. 석유 같은 지하자원이 완전 고갈된 상황에서 유일한 에너지원은 태양이기 때문이다.

거기에 기존의 도시와 멀리 떨어져 있어야 한다. 폭도들의 접근이 쉽지 않아야 하고, 그래도 폭도들이 몰려들면 효과적으로 방어할 수 있어야 한다. 이런 조건을 충족시키는 지역은 적도 부근의 원시림밖에 없었다.

사무엘 모건은 아마존 지역과 인도네시아 보루네오 섬과 아프리카 내륙의 밀림지대와 태평양에 산재한 많은 섬에서 땅을 얻었다. 돈을 주고 산 건 아니었다. 막대한 빚을 떠안기고 땅을 빼앗았을 뿐이다. 이런 땅들을 관리하기 위한 대외적인 껍데기도 필요했다. 그래서 사무엘은 환경보호재단을 설립했다. 여러 명의 직원을 채용했고, 그중엔 노르웨이 출신의 쥴리 울릭센도 있었다.

필리핀 민다나오 섬의 광대한 밀림 지대를 알게 된 건 3년 전이었다. 사무엘 모건은 500년 전 이 땅의 소유권을 가졌던 쏘시아스의 후손을 찾아가 소유권 이전 작업을 진행했다. 그러나 2년 전 갑작스럽게 사무엘 모건이 죽은 후 환경재단의 승계 과정에서 혼란이 있었고, 그 사이에 쥴리가 민다나오 섬의 땅 소유권을 빼돌렸다.

모건은 이를 뒤늦게 알게 되었다. 젊은 나이에 아버지의 자리를 물려받은 그는 어떻게든 300인 위원회 모르게 이 일을 수습해야 했다. 홍콩으로 가서 쥴리를 죽였다. 그녀의 애인이었던 한태주라는 자가 뒷조사를 하고 다닌다기에 그도 제거하려 했지만, 그 한국인은 이내 잠잠해졌다. 그러나 쥴리가 빼돌린 소유권은 종적이 묘연했다.

모건은 예의주시하며 단서가 나오길 기다렸다. 그리고 2년이
흘렀다. 일주일 전, 마침내 소유권 승계자를 알아냈다. UN 인권
위원회 직원 이소림이었다. 제네바로 날아가 그녀를 본 모건은
그냥 죽이긴 아깝다고 여겼다. 그녀에게는 다른 여자들이 갖지
못한 매력이 있었다. 태양처럼 환히 빛나는 미소였다. 모건의 주
변에 흔하디흔한, 뛰어난 미모나 몸매의 여자들에게서는 볼 수
없는 자연스러움이었다.

재클린 케네디 오나시스는 미국인들의 영원한 퍼스트 레이디
다. 썩 뛰어난 외모가 아님에도 불구하고 그녀는 당대 최고 미녀
들을 제치고 미국인들의 광적인 사랑을 받았다. 그 이유는 그녀
의 환한 웃음과 우아한 미소에 있었다. 당시 서른일곱의 소문난
바람둥이 정치인 J. F. 케네디조차도 그녀의 미소에 매료되어 청
혼184)했던 것이다.

모건은 재클린이 보여준 그런 미소를 가진 소림을 정복하고 싶
었다. 그의 심사는 어쩌면 당시 케네디의 그것과 비슷할지 모른
다. 가식적이고 꾸며진 아름다움에 실증이 날 무렵 발견한 자연
스러움은 모건의 마음을 흔들어 놓았다.

이소림을 따라 비행기를 탔고, 싱가포르에서 그녀와 적당히 즐
긴 후 소유권을 회수하려 했다. 그러나 엉뚱하게도 객실엔 이브
가 찾아왔다. 모건은 꿩 대신 닭을 객실 안으로 들였다. 매력 없
는 묵은 닭 같은 이브와 교접하는 내내 모건은 빛나는 미소를 가
진 이소림의 몸을 상상했다.

모건은 한 번 계획하면 그대로 해야 직성이 풀리는 성격이다.

---

184) 케네디의 바람기는 재클린의 미소로도 잠재울 수 없었다. 그는 대통령 재직 시에도 숱한 염문을 뿌리고
다녔고, 재클린 역시 맞바람으로 대응했다.

그는 이틀 전의 못 이룬 계획을 오늘밤 실행할 작정이다. 더구나 소림은 황금 300톤이 숨겨진 섬의 지도를 가지고 있다. 모건은 금의 존재를 300인 위원회에 알리고 공유할 생각은 전혀 없다. 최고의 엘리트입네 하며 고상한 척 해도, 300명 모두 뒤로는 자기 잇속만을 챙기는 속물들이다.

10달러어치의 펄프와 잉크로 5만 달러를 만들어 내는, 빚으로 간신히 버티는 미국 경제가 그리 오래 갈 것 같지는 않다. 그런 상황이 오면 자신이 상속받은 미국의 기업과 은행 주식은 가격이 폭락할 것이다. 하지만 금을 움켜쥐고 있으면 지금과 같은 재력과 권력을 유지하는 데 어려움은 없을 것이다.

모건은 마카티 그린벨트 쇼핑몰 광장을 장식하고 있는 동상을 내려다보았다. 루돌프가 끄는 썰매에 탄 산타클로스 설치미술이다. 어깨에 멘 선물자루가 꽤 불룩해 보였다. 때 아닌 산타클로스의 크리스마스 선물이라….

나쁘진 않다. 산타클로스는 언제나 따뜻한 마음으로 정의로움을 추구하며 용감하게 살아온 자신에게 땅과 황금, 그리고 이소림의 몸을 선물로 주려 한다. 고맙게 받아낼 것이다.

볼랭저를 들이킨 모건은 벽난로 위에 커다란 양말을 걸어둔 아이처럼 할의 연락을 기다리고 있다.

24. 코리안 팰리스

　소림은 6시 40분에 객실을 나섰다. 다이아몬드 호텔 뒤편으로
는 거대한 유흥가가 자리 잡고 있다. 어두워지면 활기가 살아나
는 아드리아티코 길을 따라 남쪽으로 10분쯤 걸어갔다. 분수대를
끼고 있는 로터리가 나왔다. 레메디오스 서클이다.

　코리안 팰리스는 레메디오스 서클과 레메디오스 스트리트가 접
하는 모퉁이에 있다. 용신의 말대로 한옥 대문에 태극 문양이 새
겨져 있어 금방 눈에 띄었다. 코리안 팰리스의 길 건너편 카페들
에서 쿵짝거리는 흥겨운 라틴 음악이 길 건너편에까지 들려왔다.

　소림은 6시 50분에 코리안 팰리스로 들어갔다. 식당 안은 손님
들로 가득했다. 다이아몬드 호텔 로비를 점령하다시피 했던 제약
회사 직원들이 이곳에서 회식 중이었다. 오십여 명의 단체 손님
들 시중을 드느라 식당의 한국인 주인과 필리피노 종업원들은 눈
코 뜰 새 없이 바쁘게 움직였다.

　계산대 앞에 우두커니 서 있는 소림에게 식당의 필리피노 종업
원이 와서 일행을 찾느냐고 물었다. 이 시간에 혼자 오는 한국인

은 드물 것이다. 소림이 혼자 왔다고 답하자 종업원은 딱 하나 비어 있는 테이블로 소림을 안내했다.

소림의 옆 테이블엔 일출과 진풍, 우달과 아란이 자리 잡고 있었다. 그리고 한 사람이 더 있었다. 깡마른 체격에 알이 두꺼운 안경을 썼고, 흰색 폴로셔츠 위로 발리(Bally) 메신저 백을 어깨에서 옆구리로 비스듬히 멘 30대 중반의 남자였다. 차림새로만 봐도 관광 가이드임을 알 수 있는 그가 김백준이다. 불판에 삼겹살이 막 올라간 것으로 봐서는 이들도 방금 식당에 온 모양이다.

종업원이 카트에 밑반찬을 가져 와 식탁에 올려놓고 메뉴판을 건네주며 한국어로 짧게 물었다.

"주문하세요."

"일행을 기다리고 있어요. 주문은 나중에 할 게요."

소림이 종업원에게 답했다. 그리고 용신이 오기를 바라면서 출입문 쪽을 지켜보았다. 이 음식점의 테이블 간격은 그리 넓지 않았다. 그래서 주변의 대화 내용이 자연스럽게 귀에 들어왔다.

소림의 옆 테이블에서 백준이 삼겹살을 뒤집으며 말했다.

"한식이 맘에 안 드시면 말씀하십쇼. 낼부터는 원하는 대로 대령하겠습니다."

"나는 삼시 세끼 밥 묵을라네. 한국사람은 밥심으로 살제. 외국나왔다고 짱깨, 덴뿌라, 스테끼 먹어서 힘 나겄냔 말이시."

일출이 열을 올리며 말했다. 씹히는 건 뭐든 다 먹어치우는 진풍은 뭐든 상관없다고 짧게 대답했다. 가타부타 내색은 안 하지만 우달도 식사 후 숭늉까지 마시는 사람이다.

그에 반해 아란은 밥을 잘 먹지 않는다. 자신 있게 내보여야 할 몸매를 위해 과자 부스러기로 연명하는 판에 한식은 과하게 부담스럽다. 게다가 오늘 저녁 메뉴인 삼겹살은 더욱 맘에 들지 않았다. 고기 먹으면 다음날 아침에 얼굴이 달덩이처럼 붓기 때문이다. 하지만 그녀는 불만을 말하지 않았다. 우달에게 시달린 탓에 속이 메슥거리고 만사가 귀찮다.

식사 문제를 정하자 백준은 마음을 놓았다. 그의 경험으로 보아 관광팀이 쪼개지고 반목하는 건 제각기 다른 입맛이 문제였다. 화합의 첫 관문을 무리 없이 통과한 백준은 여행 일정표를 집어 들었다.

"여행 일정을 확인해 드리겠습니다. 내일은 마닐라 관광이 있습니다. 그리고 모레 꽉상한, 그 다음날은 피나투보 화산이 있는 앙헬레스로 가십니다."

"오늘 비행기 타고 왔고, 오늘밤에 술 한 잔 지대로 찌클면 쪼까 힘들어질 텐디, 낼은 살살 댕깁시다. 오전에 관광 허고, 오후엔 방에서 쉬잔 말이시. 날도 더우니 말여."

일출이 말했다. 결정적 증거 사진을 찍으려면 자유 시간이 많아야 한다. 할 일 없고 갈 곳 없는 심심한 남녀가 호텔 방에 처박혀 있으면 하는 일이 뭐겠는가? 둘이서 옷 벗고 엉켜 있는 시간이 많을수록 증거를 확보할 기회도 많아질 것이다.

"오케이, 여행은 조용히 쉬러오는 거요, 우리가 뭐, 촌스럽게 관광에 목 맨 사람들은 아니니, 내일 오전만 대충 보고 오후엔 자유 시간을 가집시다."

우달도 얼씨구나 일출의 말을 받았다. 촌스런 양아치 녀석들과 함께 다니는 것이 싫었다. 더구나 오늘 오후에 아란과 침대에서 뒹군 후에 자신감이 넘쳤다. 30분 동안 연속 네 판, 쌍 더블헤더다. 옆구리에 군살이 늘어진 마누라와는 꿈에도 상상할 수 없는 일이었다. 역시 여자와 닭은 어릴수록 좋구나 싶었다.

"그럼 내일 아침은 호텔 1층에서 식사하시고, 9시까지 로비로 나오세요. 그 시간까지 제가 차를 대기시키겠습니다."

백준의 말이 끝나자 일출이 건배를 제의했다.

"오케바리! 인자 거하게 술 한 잔씩 헙시다. 인생 뭐가 즐겁겠소? 먹는 게 젤이지. 안 그냐?"

"맞십니다. 묵는 게 남는 깁니더. 위로 묵던 아래로 묵던."

진풍이 아란에게 묘한 웃음을 띠며 말했다. '이걸 작업이랍시고 하는 거야?' 아란은 마주 앉아 잇몸을 드러내며 웃는 진풍을 보며 몸서리를 쳤다. 허탈하기만 한 우달과의 섹스에 만족하지 못한 처지라도 이건 아니다. 수준이란 게 있다. 머리카락으로 콧구멍 쑤시는 것 같은 우달에 비하면, 저 우람한 청춘은 틀림없이 히우데 값을 하겠지만 그래도 내 몸이 손해다.

"말씀도 참 저렴하게 하시네요. 우리가 무슨 단세포 아메바에요? 위 아래로 먹고 싸게. 고등 동물은 위로 먹고 아래론 싸요."

아란이 톡 쏘아 붙였다. 그녀가 일하는 업소는 술값과 서비스 요금이 꽤 비싸다. 일반 직장인들이 몇 십만 원 보너스 받았다고 기분 내러 쉽게 올 곳이 아니다. 접대와 눈먼 돈 또는 공금이 짝을 이루는 곳이다. 즉, 낮엔 점잔 빼며 근엄하게 굴던 부류들이 해 떨어지면 남의 돈으로 은밀한 술판을 질펀하게 벌이는 곳이다.

이런 업소에 와서 빳빳하게 고개 쳐들고, 어깨에 힘주는 사람들이 그날의 주빈들이다. 주빈들의 직업은 그다지 다양하지 않다. 대기업 임원, 고위직 공무원, 대학 교수, 종합병원 의사, 기자, 검사같이 권력을 가진 먹물들이다. 아란은 하루에도 몇 차례나 그런 먹물들의 '초이스'를 받았다. 먹물들도 남자고 짐승이라 예쁘고 늘씬한 여잘 좋아한다.

이런 먹물들의 비위를 맞추고 몸을 부비면서 주위들은 풍월이 3년 된 서당개를 능가할 지경에 이르게 되었다. 직접 책을 보며 공부하지 않아도 자연스럽게 유식해지는 것이 업소에서 일하는 장점이다.

아란의 톡 쏘는 대답을 들은 진풍은 열 받았다. 그는 맥주잔에 소주를 따라서 벌컥 들이켰다. 반반한 것들은 싸가지가 없다더니, 늙다리 옆에 달라붙어서 아양 떠는 작부 주제에. 이래뵈도 난 정규직이고, 조만간 승진할 거다. 늙다리 호구 놈과 그 마누라에게 돈 뜯어서 양복도 사고, 차도 사서 네 앞에 당당하게 등장해주마. 그땐 가랑이 잡고 울며불며 후회할 거다.

그런데 생각할수록 화가 났다. 행님 앞에서 날 보고 저렴하게 말 한다니? 그건 곧 무식하다는 것 아닌가? 주먹에 불끈 힘이 들어갔다. 참을 수가 없었다. 뒤집어엎으려는데 테이블 밑에서 누군가의 손이 허벅지를 움켜쥐었다. 일출이었다. 그는 참으라는 신호를 보냈다. 진풍은 꿍— 하며 화를 억누르곤 다시 맥주잔에 소주를 가득 채워 단숨에 들이켰다.

일출은 진풍이 들썩이는 걸 알았다. 앤 다 좋은데, 지 성질을 못 이기는 것이 흠이다. 다년간의 삐끼와 웨이터 경험으로 봐서 아란은 업소녀가 분명했다. 돈 내면 아무 남자에게나 들이대고 살랑거리는 처지가 뭐 그리 대단한 벼슬인가? 따지고 보면 지나 나나 무식한 건 매 일반일 거다. 학교 잘 다니고 공부 많이 한 여자가 업소에서 일하는 경우는 극히 드물다.

몸뚱이 하나 믿고 나대는 아란을 보며 일출도 짜증이 났다. 하지만 지금은 판을 깨면 안 된다는 것을 안다. 분위기를 누그러뜨릴 제3자가 필요한데 가이드는 그런 역할을 할 위인이 못 되었다. 시선을 돌리자 낯익은 얼굴이 잡혔다. 가방끈 길고 성격도 차분해 보이는, 이 시점에 적합한 사람이었다.

"거기, 아가씨!"

일출이 옆 테이블의 소림을 가리키며 불렀다.

"네? 저요?"

소림이 놀라며 되물었다.

"아가씨도 우덜이랑 같은 호텔에 있잖소. 이렇게 오가다가 자주 스치는 것도 인연인디, 아가씨 혼자 밥 먹어서야 쓰겄소? 밥이란 거이 함께 먹어야 더 맛난 것이제. 안 그렇소잉?"

"전 기다리는 사람이 있는데요."

"그 사람도 한국사람이여?"

"그렇다고 할 수 있겠네요."

"한국사람이면 한국사람이제, 그렇다고 할 수 있는 건 뭐다요? 그건 그렇고, 나중에 아가씨 일행이 오면 그때 따로 가더라도 지금은 이 짝으로 오쇼. 예쁜 아가씨가 혼자 앉아 있는 게 좀 그려 보이니께."

소림은 망설였다. 용신이 올 때까지 혼자 자리를 차지하고 있는 것도 좀 미안했다. 식당이 저녁 손님을 받아야 할 시간대였기 때문이다. 더구나 저녁을 먹어야 할 때고, 용신이 올지 확신도 서지 않았다.

"다른 분들께 폐를 끼치는 거 같아서요."

"괜찮다 아잉교. 어서 퍼뜩 오소."

살짝 취한 진풍도 탁자를 툭툭 치며 말했다. 그러자 백준이 우달과 아란에게 물었다.

"저 아가씨 합석해도 괜찮을까요? 바람 맞은 것 같은데."

"상관없어요. 오라고 하세요."

우달이 소림을 힐끗 본 후 말했다. 아란처럼 섹시한 맛은 없어도 우아함이 느껴졌다. 젊고 우아한 것도 상당한 매력이다. 게다가 저 여자에게로 시선이 분산되면, 나이 차가 많은 자신과 아란에게 쏠리는 눈길도 줄어들 것이다.

백준도 소림에게 합석을 청했다.

"이리 오세요. 자꾸 청하면 저희도 무안해지니까요."

"죄송합니다. 제 밥값은 제가 낼 게요."

소림이 백준 옆의 빈자리에 앉으며 말했다.

"그런 걱정 하덜 말고 맛있게 드쇼잉. 아까 엘리베이터에선 고마웠소."

일출이 잘 익은 삼겹살을 소림의 접시에 건네주며 말했다.

"아니에요. 엘리베이터 보안시스템은 잘 모르시는 분들이 많아요. 저도 첨엔 고생했는 걸요."

"아가씨, 맞죠? 행님, 그런 거 대학에서 안 배운다 카이."

진풍이 일출에게 억울하다는 듯 항변했다.

"저, 본의 아니게 듣게 되었는데요, 내일 오전에 마닐라 관광 가실 때 저도 함께 가면 안 될까요? 제 비용은 낼 게요."

소림이 백준에게 물었다.

"저는 뭐라 말씀 드릴 수 없네요. 손님들의 의견을 들어 봐야죠."

백준이 양손으로 일출과 진풍, 우달과 아란을 가리키며 대답했다.

"가이드 양반, 낼 차에 좌석이 남는 감?"

일출이 백준에게 물었다.

"좌석은 충분합니다. 12인승 도요타 하이에이스 미니밴이니까요."

백준이 대답하자 일출이 탁자를 치며 말했다.

"그럼 되았네. 어차피 기름 때감서 댕기는 차에 자리도 남고. 외국 나와서는 같은 민족끼리 돕고 살아야제."

"두 분은 괜찮으시겠습니까?"

백준이 우달과 아란에게 물었다. 아란은 모른 척 외면했다. 그녀는 심사가 뒤틀렸다. 홍일점으로 네 남자의 시선을 받다가, 갑작스럽게 합석한 소림으로 인해 뒷전으로 쫓겨난 퇴물 신세가 되었다. 우달도 마땅찮기는 마찬가지였다. 하지만 자리도 남는데다가 일출이 민족을 거론하며 나서는 판에 거절할 도리가 없었다. 우달이 한참 뜸을 들이다 대답했다.

"아~ 우리에게 묻는 거요? 당연히 우리도 괜찮소."

우달이 허락하자 백준이 소림에게 물었다.

"다른 여행사에서 패키지로 오신 건 아니죠? 만약 그렇다면 문제가 생깁니다. 컴플레인이 들어와요."

"그럴 일 없을 거예요. 필리핀에 출장 왔으니까요."

소림이 대답했다. 이때 홀 안쪽의 제약회사 직원들이 환호성을 터뜨렸다. 단체는 항상 시끄럽기 마련이다. 모이면 즐거운 일이 생기기 때문이다. 함께 먹고 마시며 즐거운 시간을 보내는 것, 그것이 회식 아닌가!

"아가씨도 출장 왔어? 나도 중요한 업무 차 왔으니 하는 말이지만, 난 외국엔 일하러 오는 거라고 생각해. 그런데 쟤들 봐. 기도 안 차. 동네 약국 돌아다니면서 약이나 팔 것이지 어딜 단체로 놀러 다녀? 나 같은 기업가들은 딸라 돈 한 푼이라도 더 벌겠다고 밤낮으로 뛰어다니는 데 말야. 누군 힘들게 벌고 누군 펑펑 써대고. 대한민국이 이래도 되는 나라야?"

우달이 배를 턱 내밀며 거만하게 말했다. 소림은 원론적인 차원에서 대답했다.

"저 사람들이 그 동안 열심히 일한 보상이겠죠. 쉬거나 노는 것도 중요한 거예요. 사람이 기계처럼 일만 하고 살 순 없잖아요."

"쥐뿔도 없는 나라에서 남들 놀 때 같이 놀면 뭐가 남아? 이게 다 민주화가 너무 된 탓이야. 대한민국이 풀려도 너무 풀렸어. 이건 뭐 개나 소나 비행기 타고 외국을 쥐새끼 풀방구리 드나들 듯 하니. 쯔쯔."

우달은 흥분해서 열변을 토했다. 그런데 그의 시선이 일출과 진풍을 향하고 있었다. 둘은 삼겹살을 마구 먹어대고 있었다. 특히 진풍은 고기를 흡입하고 있었다. 씹는 게 아니라 그냥 삼켰다. 평생 고기에 굶주린 놈 같다. 이런 3류 양아치 놈들과 함께 관광 다녀야 한다니, 기가 막힐 일이다.

묵묵히 고기만 먹던 일출이 젓가락질을 멈췄다. 반평생을 어둠의 세계에서 이리저리 굴러다닌 그는 눈치가 빨랐다. 우달이 말한 개나 소가 자신과 진풍을 빗대어 표현한 것임을 알았다. 성질대로 하면 뒤집어엎고 패대기쳐도 시원치 않을 것이다. 하지만 참아야 한다. 이 인간은 최소 1억 원짜리 물건이니까 조심스럽게 다뤄야 한다. 일출이 점잖게 말했다.

"사장님은 겁나게 큰 사업 허는 갑소잉. 근디 함께 온 아가씨는 따님이다요? 사업 갈치시려고? 아이고, 훌륭허요. 사장님."

"그… 그렇소. 내가 딸… 하나만 둬서 회사를 물려주려면 경영… 수업을 시켜야 하니까."

생각지도 못한 일출의 반격에 우달은 당황했다. 청산유수처럼 터져나오던 말도 더듬었다.

"아가씨, 좋은 아버지 두셨네. 배울 것 많은 분이오. 잘 모시고 댕기시오잉."

"네. 우리 아버지가 이번에 저한테 사업체 하나 물려주시기로 했어요. 고마워, 아빠."

아란이 촐싹대며 대답했다. 확실한 쐐기를 박은 것이다.

"자~ 행복한 부녀의 즐거운 사업 여행을 위하여 건배 한 번 합시다."

일출이 소주잔을 들어 올리자 진풍이 따랐다. 가이드 백준은 기계적으로 잔을 들었다. 여행 가이드란 고객의 비위를 맞추는 직업이다. 소림에 이어 아란도 신이 나서 잔을 들었다. 우달도 어쩔 수 없었다. 잔을 든 그의 얼굴이 붉으락푸르락해졌다.

우달과 아란이 부녀 관계가 아님은 소림도 알 수 있었다. 무엇보다도 둘의 외모는 닮은 구석이 전혀 없었다. 아무리 성형수술을 했다 하더라도 얼굴의 판형 자체가 달랐다. 발가락조차 닮지 않았을 것이다. 하지만 둘의 관계를 비꼬는 이야기를 계속하는 것은 옳지 않다. 둘의 관계가 무엇이든 이해관계가 없는 제3자로부터 비난 받아서는 안 된다. 그들의 사생활이고 그것으로 인해 피해를 받는 사람은 여기에 없다.

"가이드 님, 내일 오전 관광 일정은 어떻게 되나요?"

소림은 화제를 돌리기 위해 백준에게 물었다. 손님들 사이의 저강도 물밑 충돌을 보며 당황했던 백준은 소림의 질문이 반가웠다. 그는 최대한 자세하게 일정을 설명했다. 이후 이들의 이야기는 필리핀과 마닐라의 볼거리와 먹거리로 옮겨갔다. 넷은 의도적으로 즐거운 척하며 대화를 이어갔다.

여행도 동반자를 잘 만나야 즐겁다. 넷은 간접적이지만 격렬하게 충돌했다. 그 과정을 옆에서 지켜 본 소림은 넷의 여행이 순탄치 않을 거라는 느낌이 들었다.

소주 4병을 곁들인 저녁 식사가 끝난 시간은 8시 10분경이었다. 그때까지도 용신은 나타나지 않았다. 식당을 나서기 전 소림은 용신에게 쓴 메모를 계산대에 맡겼다. 혹시 늦게라도 용신이 올지 몰라서였다. 메모는 10시까지 다이아몬드 호텔 스카이라운지에서 기다리겠다는 내용이었다.

　식당을 나선 6명은 두 팀으로 나뉘었다. 일출과 진풍은 주변을 둘러보고 가겠다고 했다. 그 자리에 남은 둘을 등지고 소림은 백준, 우달, 아란과 함께 다이아몬드 호텔로 천천히 걸어갔다.

　마닐라 최대 유흥가의 현란한 네온사인과 쿵쾅거리는 음악 속에서 일출과 진풍은 입맛을 다시며 사방을 두리번거리고 있었다.

2권에서 계속

부록: 홍사익(洪思翊)에 관하여

　　홍사익(1889~1946)은 왕족 예우로 중장이 된 영친왕을 제외하곤 조선인 출신으로 일본군 중장에 오른 유일한 인물로, 남방총군 병참총감으로 있다가 2차 세계대전 종전 후 마닐라 전범재판소에서 교수형당한 인물이다.

　　그는 1905년 15세의 나이에 대한제국 무관학교에 입학해서 대한제국 황실 근위대 기병대장이던 유동열 등에게 수학했다. 그러나 이토 히로부미에 의해 대한제국의 군대가 해산 당하자 순종은 무관학교 생도들을 일본 군사학교에 유학시키게 되는데, 홍사익도 그 중의 하나로 선발되었다.

　　이후 홍사익은 일본 육군사관학교를 졸업하고 장교로 임관했고, 1920년 일본군 장교면 누구나 꿈꾸던 육군대학에 들어갔다. 장성이 되려면 반드시 거쳐야 할 육군대학에 조선 출신이고 왕족도 아닌 평민이라는 난제를 극복하고 입학할 수 있었던 건, 군사적 자질이 매우 뛰어났음과 함께 그의 처신도 친일 성향이 있었음을 보여준다. 이러한 행적과 지위로 인해 홍사익은 2009년 친일인명사전위원회가 편찬한 〈친일인명사전〉에 당당히 친일파로 등재되어 있다.

그러나 홍사익에 대해선 다른 평가도 있다. 창씨개명을 하지 않았고, 죽을 때까지 순종이 하사한 대한제국 군인칙유를 간직하고 있었다는 점과 그가 여운형을 통해 비밀리에 독립운동 진영과 연락을 하고 있었고, 상해 임시정부로부터 수차례 광복군 참가 권유를 받았을 만큼 반민족적 행위를 하지 않았기 때문이다.

1944년 일본 남방총군 병참총감 겸 포로수용소장에 임명된 홍사익은 전쟁 종료 후 남방총군 필리핀 방면군 사령관 야마시타 대장 등과 함께 전범으로 체포되었다. 미 군사법정이 패전 직전에 부임한 홍사익에게 전범 혐의로 사형을 선고하자 일본은 물론 한국에서도 여운형, 유동열 등 많은 독립운동가들과 정당들이 나서서 맥아더에게 구명운동을 벌였지만, 1946년 9월 26일 처형되었다.

홍사익에 관한 자료를 그리 많지 않다. 일본의 르포 작가 쓰쿠바가 1973년 『문예춘추』 8월호에 발표한 〈홍사익 중장의 사형〉, 한겨레신문 대표이사를 역임한 언론인 송건호가 1991년 국사편찬위원회가 펴내는 『국사관논총』에 수록한 〈홍사익 중장 평전〉, 일본의 작가 야마모토 시치헤이가 1996년 발표한 〈홍사익 중장의 처형〉 등이 전부다.

이중 한국의 대표적인 지성이면서 민족주의자인 언론인 송건호가 홍사익을 평가한 부분을 보면 다음과 같다.

"지금 시점에서 홍사익을 소개하려 할 때 그에 관한 자료가 거의 없다는 것을 발견했으며, 철저하게 일본에 충성을 바친 친일파에 관한 소개에 관심이 없다는 것은 충분히 이해할 수 있는 일이다. 다만 그에 대한 평가가 일제시대와 해방 후 시점에서 보는 판단이 크게 달라졌다는 것을 말하고 싶을 뿐이다." (주석 9)

"57년간 그는 나서부터 죽을 때까지 민족의 원수 일본제국을 위해서 충성을 바치고 갔다. 본의이든 본의가 아니든 그는 친일파라는 비난을 면치 못할 것이다. 개인적으로 볼 때 그는 우수한 인간이었고 온후한 인격자였다는 호평을 받았다.

개인적으로는 이렇게 장점도 없지 않았으나 공인으로서는 친일파 민족반역자라는 비난을 면치 못하게 됐다. 그는 한국인으로서는 적국 일본군의 장성으로서 최고지위에 오른 사람이다. 일제 말기 그는 일본군에 편입된 수십만 한국군의 대표자로서 그의 일거일동은 그대로 한국인을 대표하는 것이 되었다.

그는 구한말 한국군의 한 사람으로 입대하여 후일 일본군의 장성으로까지 출세한 유일한 한국인으로서, 비슷한 환경에 있던 그의 장인 이갑씨를 비롯해 그의 선배 김광서·이청천 등 적지 않은 동료들이 조국의 광복을 위해 일본군을 탈주, 중국에서 항일 광복군에 투신하고 수차례에 걸쳐 홍사익 중장에게도 항일군에 함께 참여할 것을 비밀로 권유했으나 끝내 응하지 않고 최후까지 일본에 남아 침략전쟁에 협조하다가 전범으로 몰려 미군사재판에서 처형되었다.

그의 평생은 본의 아니게 불명예로 끝났으나 개인적으로는 한 가닥 동정이 없을 수 없다. 한 분야의 지도급 인물이 된다는 것은 그만큼 어려운 일이며 일신의 안락을 위해서 본의 아닌 정도를 일탈해서는 안 된다는 교훈을 남겼다." (주석 12)